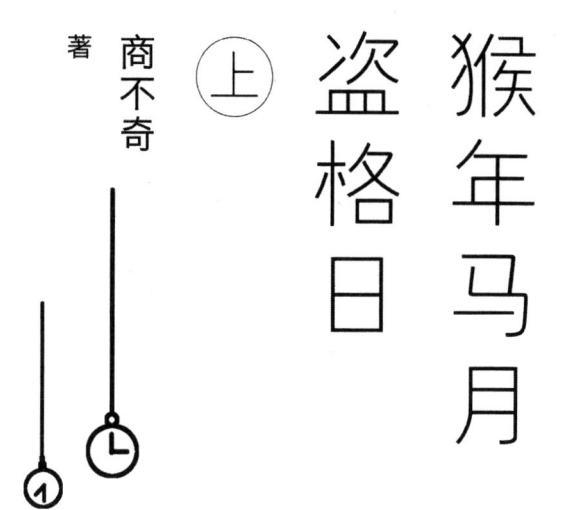

猴年马月盗格日（上）

商不奇 著

南方出版传媒 花城出版社

中国·广州

图书在版编目（ＣＩＰ）数据

猴年马月盗格日．上／商不奇著．－－广州：花城出版社，2018.5
　ISBN 978-7-5360-8602-9

　Ⅰ．①猴… Ⅱ．①商… Ⅲ．①长篇小说－中国－当代 Ⅳ．①I247.5

中国版本图书馆CIP数据核字(2018)第060958号

出 版 人：詹秀敏
责任编辑：陈宾杰　王铮锴
技术编辑：薛伟民　凌春梅
封面设计：姚　敏
封面插画：丸子工作室

书　　　名	猴年马月盗格日．上 HOU NIAN MA YUE DAO GE RI. SHANG
出版发行	花城出版社 （广州市环市东路水荫路11号）
经　　销	全国新华书店
印　　刷	佛山市浩文彩色印刷有限公司 （广东省佛山市南海区狮山科技工业园A区）
开　　本	880毫米×1230毫米　32开
印　　张	10.875　1插页
字　　数	251,000字
版　　次	2018年5月第1版　2018年5月第1次印刷
定　　价	36.00元

如发现印装质量问题，请直接与印刷厂联系调换。
购书热线：020－37604658　37602954
花城出版社网站：http://www.fcph.com.cn

愿每一个爱做梦的人，都有敢追梦的心，和能圆梦的命。

目录

第一章　指尖上的危险 …………… 1
第二章　长在树上的麻花舌 ………… 29
第三章　一念成痴 ……………… 75
第四章　日记本里的秘密 ………… 121
第五章　这块牛肉不一般 ………… 175
第六章　信 …………………… 200
第七章　不可能出现的俟影人 …… 229
第八章　神秘花园遭遇战 ………… 260
第九章　盗格如梦 ……………… 280
第十章　少林奇妙之旅 ………… 309

第一章　指尖上的危险

1

青春像一撮茶叶，在似水的光阴里翻腾、绽放，百般滋味皆随氤氲茗气袅袅而散，沉淀下片片残渣，折射出一幕幕不期而遇的曾经和未来。

这座城市的天气如它漫长而神秘的历史一般难以捉摸，又是一个比冬天还冷的春天，被严寒吓破了胆的太阳宝宝裹着厚厚的乌云赖床不起，风妈妈絮絮叨叨地吹赶也没能把他揪出安乐窝，发愁的老天爷挠下纷纷扬扬的头皮屑，铺出一个粉妆玉砌的世界，压得大地喘不过气来。

对男人们来说，春天向来是危机四伏的，单身者要忍受空虚寂寞冷的煎熬和遍地秀恩爱的烦扰，这份孤闷只有在浩瀚宇宙中虚耗了亿万年青春的地球才能感同身受；而脱了单的更是步步惊心，情人节连着"三八"节，被嗷嗷待哺的商家们轮番宰割，饱受凌迟之苦。

这般季节，如此天气，又恰是百鸟归巢的薄暮时分，原本僻静冷清的学府南路显得越发空寥闷骚，排列整齐的梧桐树隔着宽阔笔直的车道遥遥相望，仿佛皮夹克上两行刻意拉开的链牙，敞露出大学城粗糙不羁的胸膛，一边放肆地勾引一脸深沉的天空，一边贪婪地吞噬投怀送抱的雪花。正欢愉间，一辆锈迹斑斑的自行车突然不解风情地从街角刺出，吱吱嘎嘎的锐响顿时搅黄了天与地的幽会，顺便为千疮百孔的雪地添上一道歪歪扭扭的新伤。

骑车的是位十八九岁的少年，仪表堂堂，却有一脸在零下十摄氏度的凌晨五点被人突然掀了被窝似的苦大仇深。后座的女孩眉目清秀，容光焕发，哼着小曲，两只手各提着七八个鼓鼓囊囊的袋子。

这女孩和这些袋子，便是骑车少年"苦大仇深"的直接原因。他叫郑能谅，这是他有生以来第一次陪女孩逛街，原以为顾名思义只是到街上逛一逛，却没想到秦允蓓能连闯28家商场毫不疲倦，也没有想到她能连买35单毫不眨眼，更没有想到她会把他当成免费搬运工毫不商量。这只怪他年轻阅历浅，不知道逛街状态下的女人都会变身成自然界最生猛的动物，瞬间拥有猎豹的速度、水蛇的灵敏、犀牛的耐力、狼犬的鼻子、猫头鹰的眼睛、鲸鱼的胃口，以及巨猩金刚的霸气。

秦允蓓是那种看《建国大业》不出三分钟就能睡着，散场的时候还会揉着眼问你结局的女生，出了名的神经比牛筋还大条，变身后的威力也非比寻常。郑能谅被她拽着在繁华的闹市区一通暴走，已是晕头转向气喘如牛，却不知真正的麻烦才刚刚开始。秦允蓓突然在宝辛商城的一个高档专柜前刹住脚，从那五花八门的品牌中挑出一个精致小巧的方盒子，随口问道："你看这款怎么样？"

女生的随口一问，绝不可以随口一答。郑能谅嗅出了危险，轻轻接过盒子，托在掌心，犹如托着一枚带有水银平衡装置的定时炸弹。他虚领顶劲，气沉丹田，目光一寸一寸扫过外包装，努力从字里行间搜索蛛丝马迹，奈何没学过法文，看得一头雾水。

价码牌上倒是通俗易懂的阿拉伯文，却令他的一头雾水转眼变成一头冷汗。

"至于吗？一瓶面霜而已，瞧把你紧张得，都快成面瘫了。"秦允蓓又好气又好笑。

"原来是面霜啊，难怪我的脸上感觉酸酸的。"郑能谅嘴上调侃着，一瞅标价又心慌不已。

"别紧张，打折的。"阅人无数的营业员安抚道。

"几折？"女人一听打折就跟打了鸡血似的，秦允蓓也不例外。

"三折。"

"包起来！"

郑能谅忙提醒："她说的是三折，不是三块。"

"要了，"秦允蓓从他手上抢过面霜递给营业员，又冲他一笑，"几块都要了，又没让你买。"

郑能谅的眼睛唰地一亮，心里顿时涌起一股五马分尸当场被改判无罪释放的狂喜，脸上仍是不动声色，嘴里已悄悄变换立场："瞧你这话说的，你的钱也是钱啊，身为你的随军参谋，我有义务帮你争取最大的性价比。当然，钱乃身外之物，你喜欢就好。"

于是，刷卡，打包，前往下一站。令郑能谅没有想到的是，这趟购物列车开上了一条比西伯利亚铁路还长的旅途，破财之患虽已免，煎熬之刑却难逃。体验了购物快感的秦允蓓决定扩大战果，几乎每到一家服装店都要钻一回试衣间，而且每次都抱着一大撂进去，然后试一件往外丢一件，就跟土拨鼠刨地洞似的。守在外面的郑能谅比觅食的金雕还要着急，若不是受生理条件所限，真恨不得立马冲进去把那土拨鼠揪出来。

商城的广播里传来《野兽华尔兹》轻快浪漫的旋律，为购物者们的消费热情加油助兴。一上午翩翩而过，秦允蓓收获颇丰。

郑能谅提议，为了庆祝丰收，由他请吃午饭。关于这个问题，他经过了缜密的盘算：首先，身为一名受过高等教育的知识青年，陪女生逛街如果从头到尾都一毛不拔，显然是有辱师门的；其次，秦允蓓全部心思都在逛街上，用于吃饭的时间不会太久，午饭的安排就有充分理由从简；再者，秦允蓓买了那么多凸显身材的衣服，自然也不敢吃太多……所以，如果"出血"是不可避免的，那么请吃午饭显然是成本最低的选择，加上来时的公交车票也是他买的，这一天的行程可算有个完美的交代了。

如他所料，秦允蓓果然没有心思吃饭，但出于对他绅士风度的赞赏，她还是跟着他进了拉面馆。两碗拉面，十元。她连小菜都没点，匆匆扒了两口就要继续向更多的店铺发起冲锋。前一秒郑能谅还在为自己的深谋远虑暗自窃喜，后一秒就为自己的百密一疏追悔莫及了。他的疏忽在于午饭可以简单便宜，但绝不能快捷迅速，要知道，在商城里望穿秋水地傻等，远不如坐在馆子里喝茶、看电视来得舒服。

秦允蓓这次冲进了一家美容养生馆，迎上来一位美容顾问，容貌身材颇有几分像王祖贤，所以推销起来底气十足，动不动就"你看看我……"，口才也十分了得，一张嘴就吐出一座九曲回肠般的迷宫来：左拐，面部清洁补水去角质赠送头部按摩要多爽有多爽比爱情还滋润……右拐，祛斑除痘美白嫩肤组合套餐超值体验价管保您脱胎换骨破茧成蝶……再左拐，美甲修眉烫睫毛穿耳洞一步到位分分钟秒杀日韩美少女……再右拐，精油开背淋巴排毒全身保养办卡一折起过了这村没这店……

美容顾问的舌头三两下一绕，秦允蓓就变成了落在蜘蛛网里的小飞虫，完全丧失了抵抗力，接着便跟被催眠了似的乖乖走进了包厢。美容顾问得寸进尺，又将目标锁定在郑能谅身上："先生，我们这儿也有很多男士保养的项目，美白、瘦身、香薰、细胞维护、红酒 SPA、前……"

郑能谅噌地一下从沙发上跃起，像闪电侠一样飞出去，仓皇逃至商城的休息区，开始了漫长的等待。身后的休闲驿站雪中送炭般循环播放起神秘园的新专辑《新世纪的曙光》，瞬间驱散了他的焦躁情绪。陶醉在荡气回肠的旋律中，不觉时光飞逝，当他摸着临出门前才刮过的脸颊发现又开始长出胡子的时候，秦允蓓终于从美容馆里出来了。

刚要冲上去向她索要青春损失费的郑能谅忽然怔住了，款款走来的这位姑娘似乎只是穿了秦允蓓刚买的一身装束，但不是秦允蓓的模样。他揉了揉眼睛，仔细一看，嘴巴、鼻子、眼睛、耳朵……每一个部分都是秦允蓓的没错，但组合在一起就成了另外一个人。换句话说，原来的秦允蓓是个表里如一的女中豪杰，此时却变成了艳惊四座的姑射神人。

秦允蓓莲步轻移，翩然而至，亭亭玉立在郑能谅面前，半天没有说话，目光上下左右做着无规则的布朗运动，毕竟她从未尝试过这样的艳丽造型，既不习惯也无自信，期待从观众的反应中得到肯定。来来往往的人们反应强烈，男的垂涎，女的嫉妒，连几个路过的外国小伙都忍不住投过来数道超越国际友谊的暧昧目光，但这些反应对她毫无意义，她只在意一位观众的反应。

"都说时间是最公平的判官，"郑能谅用指背轻轻拂过自己胡茬丛生的面颊，深情地对她说，"浮云一别后，流水十年间。望穿秋水的等待让我不胜沧桑，可你怎么逆天而行，反倒变得更水嫩动人了呢？"

"哈哈哈！人家有进去那么久吗？"得到他拐弯抹角的褒扬，"窈窕淑女"瞬间原形毕露，开心得妆都要散掉了，连忙敛住险些炸开的笑容。

郑能谅便劝:"别绷啊,你改造得如此仙姿玉貌,再和公主一样高贵矜持,我就更自惭形秽啦!"

秦允蓓对此早有准备,立刻答道:"这还不简单,你也改造改造啊,来来来,先做个美容,再去那边,有几家挺不错的男装店,我请客。"

"嗯?"郑能谅正色道,"忘了我们的《友好交往互不嫌弃协议》了?第四条怎么说的来着?"

秦允蓓白了他一眼:"我可没忘,不就是不让我花钱给你买东西嘛,典型的大男子主义!"

"大男子主义不敢当,应该是道德上的洁癖和强迫症,"郑能谅振振有词,"在我看来,只要用了女人的钱就有被包养的嫌疑,那会让感情变得不平衡,也不纯粹。何况自古以来,男人们大多讨厌被女人包养的男人和包养女人的男人,因为前者玷辱了他们出卖色相的渴望,后者玷辱了他们所渴望的色相。所以,我既不想动摇我俩之间和谐稳定的关系,也不想刺激某些男同胞幼小脆弱的心灵。"

"没劲!"秦允蓓噘起了嘴,伸手朝他额头上轻轻一戳,悻悻道,"就你歪理多!"

"唉……别……"郑能谅躲闪不及,被她的指尖点中了眉心,竟忽然像一根泡在豆浆里的油条似的,瘫软在地,不省人事。

2

秦允蓓吓了一跳,她知道刚才那一戳根本没用力,何况就算她用尽全力,也不可能把比她块头大得多的郑能谅戳倒在地。这家伙向来喜欢搞恶作剧,肯定又要什么鬼把戏呢,想到这儿,她咬了咬嘴唇，蹲下去拍拍他肚子："喂，太拼了吧？大庭广众之下说倒就倒啊？"

郑能谅枕着左臂侧身而卧，双目紧闭，没有反应。一对年轻情侣从旁边路过，投过来好奇的目光。秦允蓓尴尬地朝两人笑笑，那位多情少年顿时被她的火辣身材和迷人笑容电倒，情不自禁地回以甜蜜的微笑。"电流"迅速穿过他的身体，扎到了他的女朋友。

"瞎看什么呢？"少女瞪眼质问道。

少年忙解释："不……这不是有人晕倒了嘛。"

"要你多管闲事？你们这些臭男人的花花肠子都一样，他那是装晕，想骗女的给他做人工呼吸呢！"少女一翻洞察万物的白眼，一扯男朋友的胳膊，迅速将他带离危险地带。

秦允蓓被这句话点醒，当即伸手朝郑能谅的屁股轻轻一拍："听到没？人家都拆穿了，还装有意思吗？快起来！别想我给你做人工呼吸。"可他似乎入戏过深，对她的警告充耳不闻，依旧保持着倒地时的姿势，鼻息舒缓平稳，不像受了伤，眼皮微微跳动，倒似在做梦。

"上瘾了是吧？那就别怪我上刑了！"她露出一丝坏笑，轻搓双掌，虚张十指，向他攻去。翻眼皮、掐人中、捏鼻子、搔胳肢窝，她使出浑身解数也无济于事，这才明白那句"你永远无法叫醒一个装睡的人"的含义。更大尺度的唤醒方式不是没有，只是大庭广众不便施展，星星点点的目光已从四面八方投射过来，有的议论，有的拍照，有的说笑。

"行了啊！演过了！"她霍然起身，扭头便走，"好！你自己玩吧！我不管你了，有本事你就一直躺着，等精神病院的车来拉你。"走出没几步，她又猛一回头，郑能谅却没有如她所料翻身而起。她气得一把扯下发夹就要丢过去，忽然灵机一动，快步回到他身边，举起发夹上的插针，朝他的脸比画了一下，又将目标转向他的手。

"哼！让你装！"秦允蓓轻声强调了一遍行凶的理由以说服自己，抿了抿嘴，将凶器缓缓刺向郑能谅的手背，眼睛下意识地闭了起来。这过程显得无比漫长，距离也似乎无比遥远，若非到了别无良策的地步，她是绝不忍心伤他一根毫毛的，纵是如此，她也已在心中默念了无数遍"对不起"。

"你在搞什么呢？"郑能谅的声音忽然从上方传来，把秦允蓓吓了一大跳。她睁开眼，地上已空无一人，自己的手还捏着发夹悬在半空，忙一抬头，就看见那张挂着坏笑的熟悉的脸。

秦允蓓又诧异又尴尬，一边缓缓起身，一边整理思绪，支吾道："你……我……不是……那个……人工嘛……"

郑能谅指着她的手："这发夹？"

"我刚弯下腰去……掉了，你忽然晕……"秦允蓓忽然想起这家伙才是始作俑者，立马从自我批评中回过神来，切换到批判模式，"还好意思说呢！刚才你干吗装晕？！捉弄人很好玩吗？"

"我没有装，"郑能谅忽然板起脸来，"是你违反了我们之间的协议。"

秦允蓓马上叫冤："哪有？！我刚才只说要给你买衣服，又没真的买，你不肯我又没强……"

"不是说第四条，"郑能谅指了指自己的眉心，"协议第三条，不记得了？"

"呃？"秦允蓓愣了一下，看看他额头，又看看自己的手，喃喃道，"未经双方一致同意，不得有身体上的接触……这，可我就那么轻轻一……"

"不管多轻，碰到了都会有危险。"郑能谅一字一顿。

"危险？你的意思是，刚才你突然晕倒，就是因为被我点了下？"秦允蓓下意识地弯了弯细长的手指，眼中一片茫然，就像发现了一件大规模杀伤性武器。

"咳，"郑能谅轻轻叹了口气，语重心长道，"事到如今，我也不瞒你了，其实你天赋异禀，身藏绝技，看似不经意的轻轻一点，却戳中了我的神庭穴，你自己没有感觉，体内的洪荒之力却通过指尖令我瞬间晕厥。"

"胡说八道。"秦允蓓想笑，可瞧他的表情又不像在开玩笑，身藏绝技是假，无意间戳中穴道不是没有可能。

"还记得《天龙八部》里那位藏经阁扫地僧吗？他在萧远山、慕容复两大高手头顶的百会穴轻轻拍了拍，就能让两人进入假死状态。"郑能谅双手按住她的肩膀，一本正经地说，"小蓓，你就是扫地僧转世投胎……"

"去你的！信不信我也给你百会穴来一下?!"秦允蓓又好笑又好气，作势欲打。

"呵呵，好了好了，说正经的，"郑能谅往边上一闪，收住笑，解释道，"其实和你的手指无关，都是我的问题。"

"你的问题？"秦允蓓又困惑了。

"怎么说呢，简单地讲，就是一种过敏性反应，我天生体质特殊，每当与异性发生身体上的接触时，就会出现头晕、窒息、昏厥等症状，甚至可能危及生命。"

"不是吧！"秦允蓓张大了嘴。

"你没发现吗？"郑能谅抬了抬手，"从早上到现在，我这双手套就没脱下来过，之前每次跟你在一起的时候，不也都戴着手套吗？"

秦允蓓眉头忽地一紧："啊！我早注意到了，一直以为是洁癖或个人习惯呢，没想到是过敏……怎么会这样的？"

郑能谅沉默了几秒，缓缓道："异性接触性障碍型脑神经功能紊乱综合征，医生是这么说的。"

秦允蓓盯着他的双眸，从中看不出一丝开玩笑的意思，但如此离奇的事超出了她的理解能力，一时还无法接受，大脑便飞速运转起来，一连串问题脱口而出："可是你刚出生的时候，医生、护士不是要碰到你吗？哺乳怎么办？亲戚朋友里的女性来抱你、摸你，这些不都很危险吗……"

"医学上认为，这种症状与雄性荷尔蒙的含量水平有密切关系，所以一般在成年之后才会出现。"

"那这个异性……什么综合征能治好吗？我……我不知道你有这个……刚才不是故意碰你的，都怪我不好……毛手毛脚的……"秦允蓓有些慌了，更多的是内疚，当初郑能谅和她订下"不可触碰"这条规矩的时候，她还以为只是出于他的保守思想，没想到竟有如此严重的后果。

郑能谅笑笑："不怪你啊，是我以前没有跟你说清楚，也是怕跟你说了让你担心，更怕的是万一你不小心说漏了嘴，让别人知道我有这毛病，会把我当怪胎看呢。"

"不会不会！我保证不跟任何人说！"秦允蓓连忙发誓，又忧心忡忡，"可你这样下去不是办法呀，那么多女的，到处有危险啊！"

"哈哈，什么叫那么多女的，搞得我跟花花公子似的，"郑能谅哑然失笑，宽慰道，"这毛病虽然暂时没什么药可以根治，但现代医学这么发达，迟早都会解决的，再说大多数情况下只是晕倒，也不太有直接的致命性，不用担心的。何况这么多年斗争下来，我早就见惯了各种局面,经验丰富,防范严密,一般的异性交往丝毫不成问题。你瞧,只要穿长袖长裤,戴上手套,再套个大头娃娃面具,生活还是很正常、很方便的嘛。"

秦允蓓被他比画着大头娃娃的憨态逗得扑哧一声破涕为笑:"讨厌!你还有心情开玩笑,刚才没摔疼吧?"说着她下意识地一伸手,又连忙缩了回来。

郑能谅也条件反射地做了个躲闪的姿势,竖起食指在她眼前晃了晃,笑着提醒道:"动口不动手,疼是不疼,晕还晕着呢。"

"别怕,隔着衣服没事。"秦允蓓渐渐适应了规则,轻轻拉住他的胳膊,引他在一张靠背椅上坐好,关切地说,"你先歇会儿,我去买点吃的。"

在接下来的一个小时里,郑能谅享受了一番无微不至的贴心服务,零食、饮料统统喂到嘴边不说,还带肩背放松按摩,生理上的愉悦是其次,心理上的痛快才是无可比拟的。一个是秀色可餐穿着时尚的妙龄少女,一个是貌不惊人土里土气的邋遢少年,这角色错位的情景深深震撼着每一个路人的脆弱心灵,尤其是对单身男性造成了一万点的爆炸性伤害。郑能谅是个容易知足且礼尚往来的人,作为报答,婉拒了她提出的打出租车返校的建议,跑到商场旁的风行车行租了辆单车玩浪漫,于是出现了故事开头的那一幕。

自讨苦吃的郑能谅高估了自己的体力和车技,特别是在陪逛了一天的前提下,也低估了载运物品的重量和秦允蓓的兴奋程度,以致本已风烛残年的自行车像个喝醉了的老酒鬼似的,跟跟跄跄,七弯八拐,幸好路上行人车辆稀少,交警也已下班,否则被治个危害公共安全罪也不冤。

"嗳,我说,咱坐车就坐车,能别哼哼吗?哼哼就哼哼,能别跑调吗？跑调就跑调，能别哆嗦吗？"郑能谅已经第 23 次向秦允蓓发出恳求了。

"谁哆嗦啦？我这叫节奏感，"秦允蓓说着又故意在后座上抖了几下，嘴里哼的也从《如果云知道》切换成了主旋律，"一九九九年，那是一个春天，有一辆老爷车在街边的雪地里画了一条线……"

郑能谅无奈摇头，脚下使劲，驶出学府南路，转入一条林荫道。两侧树丛里，一对对情侣若隐若现，躁动的肢体交错似油锅里难分难解的油条，火热的唇舌搅拌如涸辙中相濡以沫的鲫鱼。身后的哼唱声悄然退去，一双纤细的手臂从腰间箍了上来，郑能谅暗道不妙，猛踩几下，迅速逃离这片春潮涌动的是非之地。

穿过校门，绕过花园，转过大礼堂，便是秦允蓓所住的 41 号宿舍楼。一排银杏树横在楼前，树干挺拔，枝繁叶茂，如皇家侍卫般英姿飒爽。这是这座城市里为数不多能让郑能谅动心的风景之一，每次经过，他都会放慢脚步。他轻轻一刹，推车前行，秦允蓓也跳下来，亦步亦趋。宿舍楼前有一大块草坪，草坪两侧各有一座半人多高的景观石，分别刻着"上善若水"和"厚德载物"，笔势豪纵，墨采飞动。这是西都大学的校训，但郑能谅一直觉得这是个美丽的误会，现实的真相应该是"上善掺水，缺德载物"。

走近一看，两座石刻上分别被人用毛笔加了个歪歪扭扭的小字，变成了"上善若水货，厚德载废物"。草坪上坐着几个肩披长发怀抱吉他的男生，造型大同小异，姿势如出一辙，水平不相上下，有的在唱《模范情书》，有的唱《喜欢你》，还有的唱《爱如潮水》，都卖力地想盖过其他同行的声音，结果搅成了一锅糨糊。为荣誉而战的各路情圣纷纷换上《爱不爱我》《三万英尺》《红日》等 PK 曲目,誓要一鸣惊人,终于惊动了校保卫处,被一顿轰赶,鸟惊鼠窜。

世界又清静下来,站在那两句精辟的"新"校训旁,郑能谅轻轻按住秦允蓓的双肩,含情脉脉地说:"陪你逛街,真是我一生难忘的回忆。"

秦允蓓陶醉不已,以为这一天的调教令他积极性高涨,爱上了拎包陪逛这份有前途的职业。可惜她理解错了,因为痛苦的回忆同样是难忘的。

3

见秦允蓓一脸幸福地转身准备上楼,郑能谅暗自庆幸终于虎口脱险,不料她又忽然回过头来,神秘一笑:"等下一起吃晚饭,有人请客。"

郑能谅一愣,脱口而出:"这不在计划之内啊!"

"却是你职责所在呀,"秦允蓓做了个鬼脸,又用力抿了抿嘴,"今天什么日子你忘了?"

生日!郑能谅瞬间反应过来,难怪她今天又购物又打扮的,缺乏恋爱经验又没有敏感性的他竟未察觉这一天的折腾都只是铺垫,险些酿成失职之罪,幸好灵活的大脑和舌头同时飞转起来:"怎么可能?礼物都准备好了。我的意思是,计划之内这顿饭本该我请的嘛,谁这么喧宾夺主?"

"等下去了就知道了,"秦允蓓露出满意的笑容,"谁请不重要,谁去才重要。"

"好嘞,你上去准备一下,我这就回宿舍拿礼物去。"郑能谅打了个响指,翻身上了自行车,箭一般消失在暮色中。

给女孩买生日礼物是件相当考验智力和财力的事,要知己知彼，要投其所好，要精密计算，要节衣缩食，要勒紧腰带，承受的心理和生理压力不亚于筹备一届奥运会，更别说还要在如此短的时间里完成补救。不过郑能谅并不担心，因为对于秦允蓓来说，只要是他送的，无论什么礼物都欢喜，哪怕是一个肉夹馍甚至一包餐巾纸也行。

郑能谅骑着自行车在校园里转了一圈，决定买只发夹，卡通的，漂亮又可爱，关键是便宜。说辞已经想好，"礼轻情谊重"。接过礼物的一刻，秦允蓓满面春色关不住，这是汉语在作祟，她听成了"礼轻情意重"。更重要的是，发夹蕴含着"永结同心"的意思，送发夹代表着白头偕老、天长地久。这层寓意，秦允蓓知道，郑能谅却不明了。看她这么开心，他也很开心，这是个应该开心的日子。

聚餐地点在向阳小居，一间位于西大路上的高档餐馆，号称有百年历史，还有一个美丽的传说：在那烽烟四起的抗战年代，公务繁忙的李向阳同志常在这家餐馆吃便当，因为这儿的便当价廉物美、营养丰富，李向阳吃了以后便气贯任督、力拔山河，战斗力爆表，轻轻松松就把鬼子们像纸老虎一样撕成了碎片。

此地与冀中平原隔着千山万水，向阳小居也从来不卖便当，所以这个拙劣的广告纯属天方夜谭，何况菜谱上的标价绝对会让革命前辈望而却步，松井小队长都未必吃得起。常有顾客在买单的时候对消费金额感到不可思议，老板就拍着胸脯保证："绝对公道，童叟无欺。"其实他的意思是说：除了童叟，都欺！

秦允蓓一行人不担心被欺，欢聚一堂，大快朵颐。这一桌花销不菲，郑能谅暗暗庆幸不是自己做东。做东的人正坐在秦允蓓左手边，侃侃而谈，作作有芒，对身旁的佳人呵护备至，又夹菜又添茶，俨然成了第一男主角。四座宾客也如众星捧月般绕着他，觥筹交错,传杯弄盏。其乐融融的氛围里,只顾自己埋头吃喝的郑能谅显得很突兀。"第一男主角"的目光扫过这个不懂规矩的愣头青,心中不禁雷电交加,面上依旧风和日丽。他没有忘记这顿饭的主题,也没有忘记自己高贵的身份——庙堂精英怎会与山野村夫一般计较?

生于书香门第的西都大学学生会会长裘比轼幼承庭训,诗礼传家,曾受祖父赐名"裘初戒",取自道家的《初真戒律》,亦合佛家"初善受戒"之说。上中学时,裘初戒爱上了体育运动,尤其在足球、篮球等项目上展现出过人天赋,但很快就跌入人生低谷,因为无论踢球还是看球,无论赢球还是输球,他都会遭到人们的无端辱骂:"日!球出界啦!"

于是他毅然弃武从文,改名为"裘比轼",因为有天他做了个梦,梦见自己是大文豪苏轼投胎转世。进了大学,他加入学生会,有了更多舞文弄墨的机会,西都大学的"新"校训就是他的杰作。身为学生会会长兼大文豪转世如此高级别的校园风云人物,他没少为个人形象操心,穿名牌,涂护肤品,喷香水……只要有钱,都不难办到。但也有不给钱面子的,比如头皮屑,无论他往头上涂多少亮晶晶的发胶,都无法掩盖那恒河沙数的头皮屑,远远看去就像是在油上撒了一层盐。这一观感造成的后果就是,每当同学们在食堂里吃到油爆虾或者椒盐排骨之类的菜肴,都会无法控制地联想到裘比轼的脑袋,然后食欲尽失,从而达到瘦身效果。

裘比轼和秦允蓓是同乡,从小学到高中也一直同班,两家还是世交,用他的话说是"亲上加亲再加亲,顺应天意该成亲"。秦允蓓不记得他的追求始于何时,只知其断断续续应该比八年抗战还久,此中曲折足可拍成一部上百集的肥皂剧,即使她和郑能谅的关系已貌似情侣,他也丝毫没有放弃的意思。裘比轼从来不缺女朋友，万花丛中大有比秦允蓓性感美艳的，而他的女朋友们也大多知道秦允蓓的存在，却都不以介怀。对于裘比轼的执着和姑娘们的包容，郑能谅就没办法用逻辑学解释，不过他很清楚裘比轼追求秦允蓓的动机绝不单纯，眼前这顿生日宴也定有所图。

　　托秦允蓓的福，吃完饭，裘比轼又请众人去溜冰。郑能谅还没猜出他打的什么算盘，又不便扫了秦允蓓的兴致，只得跟上去见机行事。他不会溜冰，任秦允蓓如何怂恿也不学，独自趴在护栏上看裘比轼熟练地给秦允蓓穿戴整齐后扶着她慢慢滑进场地。秦允蓓平衡性很差，手舞足蹈的模样很可爱。裘比轼求之不得，一对肥厚的手掌以搀扶的名义在她全身游走，一双诡谲的小眼睛在昏沉的灯光下闪着欲望的寒芒。秦允蓓沉浸在练习的乐趣之中，在失去平衡的紧张状态下丝毫察觉不出异样的触碰。

　　"小寿星，请我喝一杯吧。"郑能谅大步跨入溜冰场，一把将裘比轼的手从秦允蓓的腰间掰开，抓起她的胳膊扭头便走，懒得去看裘比轼失落或者悲愤的表情。

　　溜冰场边的茶吧里回荡着《梦中的婚礼》悠扬的曲调，坐在沙发里，郑能谅心不在焉地嘬着樱桃汁，目光游离于秦允蓓之外。秦允蓓定定地望着他，嚼着吸管，期待着一些对白。他一句也没给她。

　　郑能谅的心情正如他的表情一般云淡风轻：明天，也许我会被一伙素不相识的人教训一番，或者承受其他任何形式的不爽，但此时此刻，裘比轼很不爽，而秦允蓓好好地坐在我面前，这就足够了。

4

　　当初秦允蓓的表白很直接，郑能谅的拒绝也很果决。这件事发生在他们相识三个月后的某个黄昏,秦允蓓早早埋伏在学校大礼堂的屋顶,那儿地处要冲、居高临下,扼守着从图书馆到7号宿舍楼的必经之路。

秦允蓓用一颗松果把正在边走边听歌的郑能谅叫住,笑眯眯地请他上去。他一看就预感凶多吉少,嘴里说"疯子才上去",身体还是顺着扶梯爬了上去,因为仰着脖子和人说话实在很累。上去后他才想起自己有恐高症,屁股底下又是个斜面,听着瓦片咔咔咔的警告,感觉很糟糕。摔个缺胳膊断腿是小事,万一碰巧砸到来接系花校花的奔驰宝马什么的可赔不起,每个月就那么点零花钱,吃顿大盘鸡还捉襟见肘呢!

一想到这个严重后果,郑能谅哪还敢分心,他一边小心翼翼地控制着身体,一边同秦允蓓讨论起《泰坦尼克号》横扫奥斯卡、吕叔湘先生逝世、亚洲金融危机以及最近的中东局势。可这狡猾的小丫头不知道怎么就把话题嗖的一下跳到了他们两人的关系上,也许是受了意识流的启发。

早在赴西都上大学之前,郑能谅就对北方姑娘的爽直有所耳闻。她们往往会对意中人开门见山:"我挺稀罕你的,你稀罕我不?"起初他只把此事当笑谈,直到遇见了秦允蓓才知厉害。来自苏南的她率性丝毫不输北方姑娘,三个月里又约饭又送礼还跟他的舍友们打成一片,迸发出的热情胜似一团野火,烤得他的心一直没办法冷下来将她推开。

不过,这次秦允蓓调整了战术,她轻轻抬起胳膊,用一种教务处长特有的节奏拍了拍郑能谅的肩膀,语重心长道:"跟你商量个事儿。"——充满了民主的气息。

郑能谅说:"你说吧。"

秦允蓓说:"以后我每月的伙食费都给你,怎么样?"

郑能谅惊愕："你都瘦成这样了，还要绝食减肥？"

秦允蓓哭笑不得："我的意思是说我俩把生活费放在一起，然后我的吃喝拉撒就由你负责了。"

郑能谅惶恐："吃喝还行，可'拉撒'这种事我怎么替你负责？"

从脸色和眼神可以看出，秦允蓓此时最想做的就是一脚把郑能谅踹到下面去。不过她转眼又若无其事了，笑了笑，说"不着急"，让他很费解。后来郑能谅细细琢磨，发觉这事从一开始就注定无果：当时他的耳机里，Doris Day 正用那轻盈温婉的腔调吟唱着《世事不可强求》，似旁观者的忠告；高处不胜寒的屋顶又暗示着"一失足成千古恨"，这种地方通常用来玩极限运动或者寻短见，并不适合风花雪月；最重要的是，黄昏是他一天里头脑最清醒的时候，而谈情说爱这种事往往需要神智迷糊的状态，比如"婚姻"，大多是"因"为"女"方头脑发"昏"而造成的……时间、地点和画外音的不合适，印证了两人的不合适。

秦允蓓来自秦淮河畔的一座小镇，家境殷实，父亲是当地一位颇有建树的民营企业家。和大多数有钱人家的姑娘不同，秦允蓓没有公主病，也不喜欢打扮，唯一算得上贵气的习惯就是用牛奶洗脸。毕竟在那个经济水平和消费观念都不太发达的年代里，喝牛奶是件很奢侈的事，更别提用来洗脸了。更关键的是，在那个科技水平和设计理念都不太发达的年代里，牛奶中也不含神奇的化工原料，所以不必担心洗着洗着就把脸皮溶解掉了。

秦允蓓并不以家境为荣，甚至觉得是一种负担和痛苦，因为它让真情变得扑朔迷离而遥不可及。从小到大，她身边总有许多以朋友的名义存在的异性，他们极度渴望分享她以奶洗面的负担和痛苦，千方百计想把她变成自己的爱人或妹妹——"暧昧"油然而生。高一时，她把初恋给了校篮球队的队长，于是她的那些"朋友"每天都默默祈祷她的男友出门被车撞死，居然有一天梦想成真了，气得她都不知道该找谁算账去，从那以后就再没谈过恋爱。

郑能谅对富二代没有偏见，也不排斥有过前任的女生，可就是感觉自己和秦允蓓不合适，还说不出个所以然。其实大千世界，芸芸众生，任何一对是否合适，都难以从理论上给出证明，恰似哥德尔第一不完备性定理下的某个不可判定命题，既不能被证实也不能被证否，于是，无数自以为合适的最终劳燕分飞，自以为不合适的又匆匆半途而废。

再见面的时候，秦允蓓又提出一个折中方案，郑能谅就不好意思再拒绝——天性善良的他不忍心拒绝她两次。他也相信，自己和秦允蓓之间应该存在着一个"纳什均衡"，可以将双方受到的伤害最小化同时让友好最大化，所以他不再退避三舍，她也不能得寸进尺。秦允蓓提出的方案有助于实现这个均衡，加上郑能谅的补充意见，经过一番争论与让步，便有了《友好交往互不嫌弃协议》：

一、自协议订立之日起，二人确立名义上的男女朋友关系，有效期至大学毕业时止，未经双方一致同意不得解除。期满之日，若双方均未提出终止，则此协议自动延续五年。

二、男方负有陪女方逛街、吃饭、看电影、过生日等男朋友应尽的义务，约会开销 AA 制。

三、未经双方一致同意，二人之间不得有任何身体上的接触。

四、未经男方同意，女方不得为男方支付任何消费或购买 50 元以上的物品。

争论的焦点集中在后两条，尤其是第四条，郑能谅态度坚决，秦允蓓便果断让步了。郑能谅深知秦允蓓是个视钱财如粪土的姑娘，也具备视钱财如粪土的实力，以她的性格，如果没有这一条的约束，恐怕分分钟就会把他从头到脚包装起来，贴满"秦允蓓专属"的标签。这不是空穴来风，哪怕只是一顿普通的约会餐，她也常常拉上浩浩荡荡的亲友团，搞得跟参加选秀大赛似的。他知道她是想将他俩恋爱的假象变成一种舆论事实，却只能听之任之，因为当面否认无从说起，事后再找每个目击者逐一解释又实在太麻烦。他最怕麻烦，麻烦好比蚂蚁，一两只蚂蚁是可爱的，但它们经常成群出现，没完没了，令他头皮发麻。

秦允蓓生日这天就是最好的例证，原本两人吃个烛光晚餐或者约三五好友聚聚都是不错的选择，却没想到她竟答应了裘比轼的安排。在西都大学，"裘比轼"这个名字就意味着麻烦，他请的饭局自然也是鸿门宴。赴宴的路上，郑能谅一听是此人做东，就开始给秦允蓓打预防针。

"小心点，天下没有免费的午餐……"

"放心，这是晚餐。"

"他这是醉翁之意不在酒……"

"没事，别让他喝醉就行。"

"他黄鼠狼给鸡拜年，没安好心……"

"你才是鸡呢！"

"……"

不出所料，从一踏进向阳小居的大门开始，麻烦就接二连三，一直绵延到溜冰场，最终一发不可收拾。一杯饮料的借口显然解决不了今晚的危机,尽管郑能谅和秦允蓓都嘬得非常慢,杯子还是很快就见底了。当最后一滴樱桃汁极不情愿地钻进吸管时,裘比轼就迫不及待地出现在沙发旁,彬彬有礼地朝秦允蓓伸出了邀请之手:"蓓儿,我们继续吧。"

秦允蓓是一个静不住的人,却很享受刚才那短暂的静坐时光,因为只有郑能谅的安静能感染她。她不想接受裘比轼的邀请,但他今天如此温文尔雅,又大方地请吃请玩,实在拉不下面子拒绝。她偷偷瞥了一眼郑能谅,期待他能挺身而出为她解围,比如拍案而起,一把揽过她的肩头,对裘比轼严正宣告:"这是我的女人!少打她的主意!"

郑能谅果然不辱使命,啪的一声拍案而起,目光如电,气势如虹,伟岸的身姿宛如擎天柱,瞬间让秦允蓓热血沸腾起来。她痴痴地望着他,眼眶中星光点点,只见他轻轻抬起右臂,刚举到裘比轼鼻子底下,身子忽地一晃,整个人软绵绵地栽进了沙发里。

裘比轼愣住了:"啥意思?讹人?"

秦允蓓猛然想起白天在宝辛商城里的那次意外,心头一紧,一把推开裘比轼,扑到沙发上,小心地用胳膊托起郑能谅的后颈,焦急地问道:"你没事吧?!"她本想伸手去试他的额头和脉搏,却忌惮于那异性接触性障碍型脑神经功能紊乱综合征,生怕加重他的症状。

"晕……"郑能谅有气无力地吐出一个字。

裘比轼在一旁看得云里雾里,奇怪道:"这也能醉?他喝的不是樱桃汁吗?"

"不是醉,他是有……"秦允蓓刚要解释,却被郑能谅悄悄扯了一下衣袖,便收住了嘴。

"过……过敏,"郑能谅抢过她的话,断断续续道,"回宿……宿舍……休息……下就好……"

秦允蓓马上自告奋勇："我送你回去！"

"我帮你！"裘比轼当然不会错过这个献殷勤的好机会，边说边凑了上去。

郑能谅连忙朝后一缩，像只受惊的小鹿钻入秦允蓓的臂弯，颤声道："香水……过敏。"

声音不大，裘比轼也能听见，顿时尴尬得不知所措。这款高档香水是他托人从国外带来的，初嗅时有柑橘和紫罗兰的清香，细闻则有一股暖暖的皮革味，充满了复古的气息，配上精心准备的双排扣风衣、针织围巾和牛津皮鞋，再辅以操练已久的优雅得体的举止，活脱脱一位成熟稳重的英伦绅士。凭借这套装备，裘比轼已征服了不下十位小女生，对秦允蓓也是志在必得。刚才在向阳小居的庆生会上，虽然受到酒菜香味的干扰，郑能谅还是敏锐地捕捉到这股居心叵测的气息。后来他把秦允蓓从裘比轼的魔爪下解救到茶吧里，裘比轼就一直伺机反扑，见两人喝得差不多了，便马上又朝身上喷了一通绅士香水，卷土重来。结果，这股浓郁的香水味被郑能谅一句话变成了"凶手"。

本来就算裘比轼把整瓶香水浇在秦允蓓的头上，神经大条的她也未必会在意那股香味，眼下听郑能谅这一说，她立刻朝裘比轼皱了皱鼻子和眉头，责备道："没事瞎喷什么？过敏会出人命的！"

"稳重儒雅"的裘绅士顿时乱了方寸："我……"

"你就别跟来添乱了。"秦允蓓也不听他解释，下达完命令就扶着郑能谅走出大门，拦了辆出租车直奔西都大学。

5

眼看就要煮熟的鸭子竟这么飞了，裘比轼岂肯罢休，正要奋起直追，却马上被几位漂亮姑娘嘻嘻哈哈地拽回了溜冰场。这些姑娘有的是秦允蓓的朋友，有的是裘比轼带来的朋友，还有两个是他刚在溜冰场认识的。裘比轼环顾四周的千娇百媚，又远眺已经朦胧得只剩两盏尾灯的出租车，只好忍痛割爱——毕竟那只没熟的鸭子已经飞了，要是再让身边这一群熟透了的鸭子也飞走就更可惜了。

见裘比轼没有打车追上来，郑能谅的"症状"顿时减轻了许多，精神恢复如常，说话也利索起来："真不好意思，害你生日都没能好好玩。"

"什么话，"秦允蓓假装生气地瞪了他一眼，"香水过敏不早说，一惊一乍能把人吓死。"

郑能谅将车窗摇下一条缝，深吸了一口气："我也没想到他会喷那么多香水啊，前面吃饭的时候有闻到一点，可没刚才这么浓，一下没顶住。"

秦允蓓哼了一声，一脸鄙夷："他喷那么香做什么？花痴吗？还不是为了招蜂引蝶！"

郑能谅笑笑："当然是想引起你的注意咯，不是有人说，气味决定了爱情吗？一见钟情其实就是气味相投，他今天可是做足了功课的。"

"可惜我对这香水毫无感觉，还不如你好闻呢。"

"我这臭男人一身酸汗味有什么好闻的？"

"就当我有逐臭癖吧。"

"难怪鲜花都插牛粪上，原来是牛粪够臭。"

"那裘比轼可比你臭多了，插他身上的鲜花不知道有多少呢，两只手都数不过来。"

"谁说数不过来？"郑能谅摊开双掌，快速翻转起来，"10、

20、30、40……"

一路欢声笑语，不觉已到男生宿舍楼下，正赶上黄金时段的现场版言情剧大联播，一对对痴男怨女将楼前的台阶和花园分割成一片片小宇宙，演绎着一幕幕观众们耳熟能详的浪漫桥段。宿舍管理员老纪斜倚在传达室窗边，手捧茶壶，嘴叼烟斗，模糊的眼镜片后，一双久经考验的眼睛时而瞅瞅传达室里14英寸黑白电视机正在播放的《水浒传》，时而瞟瞟兵临城下的男男女女们，看似漫不经心，实则一级戒备。他知道，一旦他这道防线失守，让这些小家伙溜进楼去，那接下来他们演绎的就不是言情剧，而是少儿不宜了。

"好了，我没事了，你回去吧。"郑能谅对秦允蓓说。

"不行，你刚还过敏呢，我要送你进宿舍才放心。"

郑能谅指了指老纪，又指指她，劝道："非常时期，非常装束，你觉得有必要自投罗网吗？"

秦允蓓每次来7号宿舍楼找郑能谅都是直捣黄龙，即使在三伏天，楼道内裸男成群，她也能像长坂坡的赵子龙一样如入无人之境。由于她平时看上去就像个假小子，老纪和那些男生基本都不会注意到，但今天她换了一套行头，变成了窈窕淑女，又恰逢楼前鸳鸯成群的敏感时期，闯过封锁线的概率几乎为零。

"要是让老纪记住了你，下次再想直接上门来找我就没那么容易啦。"

秦允蓓终于被这个理由说动了，不再坚持，却仍牵挂："你真的没事了？"

郑能谅知道无论怎么回答她都不会放心，眼珠滴溜溜一转，忽地一跃而起，从悬在头顶的树枝上摘下一朵粉红的桃花，递到她手里："这还像有事的样子吗？生日快乐！"

秦允蓓先是一愣，旋即开颜，接过礼物，人面桃花相映红，叮咛道："跳得高不代表没事，今天你都晕了两次了，回去给我好好休息。"

郑能谅嘴上答应得爽快，可一回宿舍就准备暗度陈仓了。他先打开宿舍的台灯，然后走到窗边，推开窗户，探出脑袋，一眼就在成双成对的人群中找到了秦允蓓纤柔的身影。他笑着朝她挥了挥手。她也笑着用力地挥了挥手。他关起窗，坐到床上，缩进墙角，从木书架上取下一本边角已经微微皱起的书，抽出书签，接着上次的进度继续看：这时，我突然哭了起来，我忍不住。我哭得不让人听到，可真的哭了……

秦允蓓若有所思地望着三楼那片橘黄色的灯光，片刻，才朝41号宿舍楼的方向走去。估摸秦允蓓已经回到宿舍了，郑能谅才合上书本，从床上跃下，穿起大衣，裹好围巾，快步下楼，出门右拐，迎着凛冽的寒风向西而行。

西都大学西门外是繁华的古城路，马路对面巍然耸立着南郊最高的建筑——求知大厦。大厦11楼有家网吧，是年轻人消磨时光的好去处。网吧的老板杰叔是郑能谅的学长兼好友，比他大三届，毕业于西都大学经济法系。如果有人叫杰叔的全名，就是哪壶不开提哪壶。其实想想那名字也是情有可原：他父亲姓朱，他来自四川，他父母希望他出类拔萃——于是他叫朱巴杰。假如杰叔很苗条，或者世界上没有一部叫作"西游记"的小说，那么这个名字还算掷地有声。

杰叔很有商业头脑，大四那年跟人合伙在学校旁边开了家水果店，经营得有声有色，招同行嫉恨，墙上被涂了一个"拆"字，既破了相又误导顾客。那天，杰叔正准备重新粉刷，碰巧郑能谅买早点路过。郑能谅看了一眼，随手拿起小铲，将"拆"字的一点挫去，对杰叔说："前面写'学生凭证八'，当然，一折就更好了。"恶作剧瞬间变成促销广告，这件事的趣味性通过围观者的口口相传对水果店也是难得的宣传，杰叔大悦，就此和郑能谅成为朋友。

这家网吧的名字是郑能谅起的，当时杰叔想了十几个自我感觉非常好的名字：一起上网吧、行行好吧、我是你爸吧、大爷来玩吧……都被郑能谅无情地否定了："不好不好，既然大家都叫你杰叔，你开的网吧当然应该叫杰吧。"

杰叔说："我名字叫朱巴杰，里面还有个'巴'字，是不是叫巴吧更好？"

郑能谅说："你别老想着占人便宜，小心人家叫你朱吧。"

杰叔便欣然接受了"杰吧"，并在杰吧的入口处摆了座蜘蛛网形状的木雕，栩栩如生，给人的感觉就像进了盘丝洞。而在那个互联网刚刚兴起的年代，这儿对年轻人的诱惑丝毫不亚于猪八戒眼中的盘丝洞。大冷天，又是三更半夜，避开秦允蓓偷偷溜到网吧，郑能谅倒不是因为诱惑，而是为了倾诉。

一推开沉重的玻璃门，欢快的歌声裹着动感的音符扑面而来："是的我看见到处是阳光，快乐在城市上空飘扬，新世界来得像梦一样，让我暖洋洋……"

前台服务员一眼就认出了郑能谅，热情地打了招呼，并告诉他杰叔出去办事了。郑能谅说不找杰叔，就上个网。网管便给他开了一台机，杰叔早有交代，郑能谅来这儿上网永远免费。打开比学府南路还要冷清的OICQ，十来个暗灰色的头像中，有一个似烛火般热烈地跳动。点开它，弹出一堆留言，除了几句问候，大多是记录了见闻和心情的文字，最早一条可以追溯到三个多月前，郑能谅这才想起自己有好一阵子没上OICQ了。头像的主人署名

"热带鱼",她正是他今晚要找的人。

无论在现实世界还是虚拟时空,聊天都应当找一个心有灵犀又势均力敌的对手,同样是消遣,有的人只想消遣你,有的人只能被你消遣,只有与合适的人聊天时才可以体会到坐跷跷板的乐趣,互有进退又很享受。郑能谅和热带鱼就是这样合适的一对,就算只有一方在线也丝毫不影响交流,因为在彼此眼中,他们都是大海般包容的聆听者,高山般睿智的解惑人,是李白举杯所邀的明月,是陶渊明山居竹篱下的菊花,是《花样年华》里那座废墟中的墙洞。

透过屏幕上自说自话的留言,郑能谅看见了热带鱼这三个多月来的生活轨迹,时而听歌看书,时而逛街购物,时而兼职护工,时而夜店放松,亦静亦动,有滋有味。伴着键盘的敲击声,对话框里跳出了郑能谅的回复:"古人云,士别三日,当刮目相看,现在我可要对你刮'胡'相看了。"

他故意卖了个关子没有把话说完,只待下次热带鱼上线的时候好奇追问,不料她正在隐身中,一见他的回复立马跳了出来:"刮'胡'相看是什么意思?"

郑能谅嘴角轻扬,十指如飞:"这么久没见,胡子撒野疯长,不刮还能见你吗?"

热带鱼发过来一个开怀大笑的表情,接着一个反问:"难道你不见我就不刮胡子的吗?再说,我最近给你的留言是十来天前的,哪有长那么快的胡子?"

郑能谅振振有词:"白发三千丈,缘愁似个长。发愁能长白发,自然也能长胡子。所以,一天不聊愁得慌,十天就变关云长。"

热带鱼敲出个无奈的表情:"你就是变成马克思我也没辙啊,

你聊或不聊,我都在这里,你任何时候上线,都能收到我的热烈欢迎。只不过你的约会太多,档期满满,轮到我的时候你的胡子自然也变长了。"

郑能谅连连叫屈:"天地良心,今天可是我女朋友的生日,我都忙里偷闲来见你,足以证明我们的友谊源远流长。"

热带鱼并不领情:"少来,这只能证明你被女朋友轰出来了,或者你根本就忘了陪她过生日。"

郑能谅:"简直是窦娥冤,我今天陪她从早上七点逛街逛到下午五点半……"

热带鱼:"深表同情,看来你不是被轰出来的,而是自己虎口脱险逃出来的……"

郑能谅:"还真是险呢,逛到一半我直接晕倒了。"

热带鱼:"呃……你女朋友逛街这么凶残?"

郑能谅:"不,我又进了盗格空间。"

第二章　长在树上的麻花舌

1

每个人都有秘密，深藏不露的爱恋、讳莫如深的心结、不可告人的勾当、虚情假意的谎言、难以启齿的念头、追悔莫及的错误……统统埋在心底深处最神秘的墓穴之中，暗影沉沉，机关重重，若非高明的盗墓贼绝无可能一睹真容。有些墓主人耐不住独守秘密的煎熬，偶尔会悄悄分享，或写进日记，或付与清风，或向信仰之神诉告，或拨通午夜电台的热线。

郑能谅也有个秘密。这秘密清风不解，写进日记也只能当成奇幻小说看，他又没什么宗教信仰，打给午夜电台更会被人嘲笑成妄想症。好在他还有热带鱼，一个对他的话深信不疑又能守口如瓶的朋友。

热带鱼："那你又见到海棠树了？"

郑能谅："嗯，两颗金蛋。"

热带鱼："大嘴巴和麻花舌呢？"

郑能谅："还是那副神叨叨的模样，该说的不说，废话一大堆。"

热带鱼："神仙嘛，可不就神叨叨的。"

郑能谅："谁说她是神仙？哪个神仙长树上的？"

热带鱼:"有如此魔力还不是神仙啊,你不是说以前你的每一次选择都应验了吗?"

郑能谅:"那是盗格空间的力量,她顶多算个工作人员,上一个猴年马月的确都应验了,可下一个猴年马月还要等好多年,到时候会怎样还不知道呢。"

热带鱼:"该来的总会来,反正你都已经选好了,结局如何顺其自然咯。"

郑能谅:"每次选完回想起来都觉得不踏实,总担心自己的判断有纰漏,总怕她们会因为我的选择受伤害。"

热带鱼:"伤害是肯定的了,被你占了便宜还要被你窥探隐私。"

郑能谅:"什么窥探隐私?怎么就占便宜了?"

热带鱼:"未来画面里的私生活也算隐私吧?开启盗格空间时的亲密接触还不是占便宜?老实交代,这次女主角又是谁?女朋友?营业员?还是性感的服装模特?"

郑能谅:"我又不是采花贼,当然是女朋友。"

热带鱼:"那还情有可原,卿卿我我总是难免。"

郑能谅:"哪有卿卿我我?就轻轻一碰,没躲开。"

九个小时前,宝辛商城休息区,当秦允蓓突然朝郑能谅眉心戳出那一指的时候,不可思议的事情就不可避免地发生了。从秦允蓓的角度看,郑能谅晕倒在地,昏迷不醒,然后冒出个异性接触性障碍型脑神经功能紊乱综合征。而对于郑能谅来说,当时他的大脑瞬间空白,身体像一片鹅毛,在风中飘了许久,落入一个幻境般的奇异世界。

四周一片混沌,只有方圆数十米内明亮如昼,高处不见日月星辰,也没有灯火和天顶,白茫茫的雾霭中飘下一缕缕紫色的丝絮，空气中弥漫着醉人的幽香，脚下铺开一片嫩绿的草地。在郑能谅的面前，立着一株高大的海棠，满树娇绿间缀着千百点嫩红酥粉，宛如一群羞涩的少女。树根旁的地上摆着一件造型奇特的器具，笔直的黑色木柄约有两米长，顶端左右分开两道金光闪闪的横刃，看上去就像一个大大的"T"字，又像两根背靠背绑在一起的戈。晶莹剔透的树干好似翡翠，下半段干干净净，不见半点枝丫，只嵌着一面椭圆形的铜镜，光可鉴人，中间横着一条细细的缝隙，看上去就像一只闭合的巨眼，又像一个金文里的"日"字。树枝从离地两米左右的位置开始向上舒展，粗细均匀，排列整齐，犹如人工插上去一般。高处的枝条上挂着两颗金色的蛋，和铅球一般大小，蛋壳上还显现出情景各异的动态影像，宛如女巫的水晶球。

这一切对郑能谅而言就像故乡一样熟悉而亲切，连着陆时的位置都和七年前没区别，当时他11岁，第一次从现实世界来到这片幻境。那是一个暖洋洋的午后，前一秒他还走在淳源一中教学楼的楼道里，下一秒忽然一阵眩晕，睁眼时已站在另一片陌生的天地。正茫然间，一个年轻女子的甜美声音突然响起："你好，欢迎来到盗格空间。"

郑能谅吓了一跳，转身就要夺路而逃，却发现根本无路可夺。回头定睛一看，树上那铜镜中间的细线正变得越来越粗，镜面随即裂成了上下两半，露出两排整齐洁白的牙齿和一截拧成麻花状的奇怪舌头。

"我的妈呀！要吃人啊！"郑能谅慌忙操起地上的兵器，对着怪舌摆出防御姿态。

"不必惊慌，这是属于你的空间，没什么会伤害你。不要担心，你的肉身本体在现实世界完好无损，在别人看来不过是晕倒了而已,眼前的你只是个灵魂投影。也不用东张西望,这里没有出口,既来之则安之。"那张铜镜变成的大嘴一开一合,怪舌随之微微晃动,但声音似乎并非发于此处,而是来自四面八方,还在空中飘忽不定,时高时低,时远时近。郑能谅把盗格空间看了个遍,没有发现第二个人或者别的生物,不禁怀疑自己走火入魔了。

那怪舌继续滔滔不绝:"不用掐胳膊,你没有在做梦,也不要拍脑壳,拍傻了不负责……哎,住手!乱摸什么!你手洗了没?"

郑能谅缩回手,好奇道:"咦,身子呢?怎么只有两片嘴唇和一根麻花舌?舌头倒挺软,跟真的似的。"

"本来就是真的!"怪舌倏地一下伸长数米,一边用舌尖敲击地面一边用软绵绵的声音纠正道,"什么麻花舌!我叫素问镜!素问镜!"

"素问镜……"郑能谅一边咀嚼这个陌生的名称,一边上下打量道,"没张开之前倒挺像面镜子,一张开就变成个血盆大口了,不如叫'素问口'更贴切一些。素问口,漱完口,哎,别说你这模样还真像个盥洗池呢,上边加个自动感应器就更完美了……"

"严肃点!"素问镜有点生气了,"不知天高地厚的人类!我再重申一遍,我叫素问镜,不许再拿我的称谓和形象开玩笑,否则后果自负!"

话语挺强硬,声音却毫无威严,郑能谅想笑又不好意思笑,只得一本正经地应道:"好,好,那么请问素问镜大人,您究竟是何方神圣?"

素问镜哼了一声,傲娇地昂起舌尖,清了清嗓子,开始秀名号:"我,就是这座盗格空间的绝对主宰、拥有比百科全书更渊博学识的旷世哲人、自宇宙诞生以来无可匹敌的终极天才、跨越所有时空也找不出第二个的完美精神导师、智慧超越一切生命体总和的无上尊者、没有解决不了难题的超级引路人、各领域造诣都登峰造极的绝代大师、未来美丽新世界最伟大的创造者与捍卫者……你在干什么？"

"不好意思，我有点想吐，可能是妊娠反应。"郑能谅戏谑地按着额头靠在树干上做眩晕状。

素问镜一甩舌头将他拍开："去去去，要吐回你的世界吐去，我可不管接生。"

郑能谅苦着脸道："我倒是想出去啊，还不是你把我弄这儿来的？"

"错，"一提到专业性的问题，素问镜的声音立马又变得温润如玉起来，"这是你所拥有的能力，当你与异性发生身体上的接触时，就会开启盗格空间，这是一个可以替人选择未来的地方。瞧，这株道格海棠上的三颗金蛋预示了下一个猴年马月里将会发生的事，你可以选择，盗取一个你不希望发生的，或者定格一个你想要的。"

郑能谅凑上前去看那三颗苹果大小的金蛋，它们悬在不同的树梢上，表面光滑，影像清晰。从枝条的弯曲程度上看，它们并不太重。影像里的主人公有点眼熟，所展示的事件却很陌生。问题像热锅里的油星一样从他嘴里噗噗往外冒："这女的是谁？这些都是未来发生的事吗？这蛋能吃吗？什么盗取定格？怎么选……"

素问镜正色道："对不起，每次开启盗格空间，我只能回答你一个问题，请确定你最想问什么。"

郑能谅想了想："那就告诉我怎么选择吧。"

"用你手上那把黄金分戈割下你想要的金蛋，便可进行选择了。如果你选择盗取此未来，就任由金蛋落地，那么这颗金蛋上的情景将永远不会发生；如果你选择定格此未来，就吃下这颗金蛋，那么它所显示的情景就会成真，不过，吃下它的人将因此和该情景产生某种现实的直接关联。好了，请做出你的选择吧。"

"这么复杂……"郑能谅嘀咕着抬起胳膊，想先看看这黄金分戈是个什么宝贝，忽然发现黑色木柄上还刻着几行细密的金色文字：

盗格七律
1. 金蛋所示之未来都会在下一个猴年马月里发生。
2. 金蛋的数量取决于触发空间时双方的接触方式。
3. 与盗格者有血缘关系之人无法触发盗格空间。
4. 无论盗取还是定格，都可能导致正负能量流转，从而对未来产生不可预测的影响。
5. 盗格者必须严守天机，不得向任何人透露其在盗格空间里所获知的任何关于未来的信息，否则泄密者和知情人都将受到惩戒性隔离。
6. 盗格者每进入盗格空间一次，就会令自己与真爱修成正果的时间延后一年。
7. 盗格者完成选择才能离开盗格空间，若海棠叶落尽之时，盗格者仍未选择，将被永久禁锢于盗格空间，成为素问镜的宠物。

"呃，宠物？不会还要表演作揖和叼飞盘吧？"看完这《盗格七律》，郑能谅的疑惑更盛，"好多术语啊！这正负能量流转、真爱时间延后、惩戒隔离、永久禁锢，都是什么意思呢？猴年马月，到底是哪年哪月啊……"

素问镜敛齿缩舌，一声不吭。郑能谅这才想起，刚才已经把一次提问的机会用完了,却还不甘心,一边眯起眼睛朝微微张开的齿缝里窥探,一边调侃道:"真是死板,头一回来玩也不给个体验价,你这么做生意怎么有回头客啊!"

素问镜的唇角抽了抽,似乎想笑又忍住,齿缝咔的一下闭紧了。"嗯?才几点就打烊了?"郑能谅这边敲敲,那边抠抠,"喂,醒醒!我还一头雾水呢,这怎么选啊?美丽善良智慧仁慈无双的素问镜,拜托您给懵懂无知的我多一点提示好不好?"

"哎哟!"滑溜溜的麻花舌突然从齿间弹出,将郑能谅一下撩出数丈远,"你拔牙呢!疼死我了!"

郑能谅从地上爬起来,用力甩掉满眼金星,揉着屁股央求道:"大姐,我这不是初来乍到什么也不懂嘛,您就辛苦点多回答几个问题,我还赶时间,自习课迟到了要被学习委员打小报告的。"

素问镜舔了舔门牙,用一种哲学家的口吻悠然道:"赶什么时间?时间无色无形,你怎么赶?时间无始无终,哪来的迟?时间不论长短,只看快慢,正所谓天上一天地上一年,这盗格空间有昼无夜,时间流逝的速度是地球上的七倍,你在这儿住一礼拜,还能赶上明天喝午茶,急什么?"

郑能谅如坠云雾中,只听懂了最后一句:"哦,这样啊?那先来张沙发,我眯会儿。"

"也不能太慢,花叶不等人。"素问镜话音刚落,海棠树的叶子便开始变黄,枝条枯折,花朵凋零,鲜艳的果实也似雨滴般竞相坠落。

郑能谅环顾四周,这巴掌大的地方没有小伙伴,没有录像厅,没有街头霸王,没有豆浆油条,唯一能吃的果实正在衰败,唯一能说话的对象还没个人形,要是真的被禁锢成为一面镜子的宠物简直生不如死。想到这儿,他马上把视线投向那三颗金蛋,仔细观察起来。

画面里都是同一个女人，穿着不同的服装，身处不同的场景。她五十来岁，身材有些臃肿，五官越看越眼熟。郑能谅拼命搜索着记忆库，终于想起来，这不正是经常在教学楼打扫卫生的那位保洁大妈嘛，不禁大感不解：她怎么会出现在画面里的？难道我进入盗格空间是因为她？不是说要有身体接触才能触发盗格空间吗？我什么时候碰过她了？

直到几分钟后，他从盗格空间回到现实世界，听别人一说才知道，原来刚才他走在楼道里，随手朝地上丢了一块香蕉皮，被身后路过的保洁大妈发现。她看不过去，便上前拍了一下他的后脑勺，没想到这么轻轻一拍，就把这小子给拍晕了。保洁大妈吓得差点也晕过去，连忙跑去找校医和保安帮忙。等众人赶到现场，郑能谅刚好从盗格空间回到现实世界，安然无恙地从地上坐起，一脸无辜地看着他们。

保洁大妈的小心脏和人生观因此受了极大的刺激，请了好几天病假。大家都说郑能谅这小子太顽皮了，没事搞什么恶作剧吓唬人，可他们并不知道，这个顽皮小子刚刚救了保洁大妈一命。几分钟前，金蛋向郑能谅展示了三个与保洁大妈有关的未来情景：第一个画面，保洁大妈坐在太师椅上，一身唐装，眼眶泛红，脸上带着欣慰的笑容，正在接受一对新人的敬茶。礼毕，新娘扑上前与保洁大妈相拥而泣。第二个画面，一条泥泞的乡间小道，天上正下着瓢泼大雨。保洁大妈没有打伞，在风雨中艰难前行。忽然，一辆货车从后面冲出。第三个画面，机场，保洁大妈穿得很精神，面露不舍之色，踮起脚尖用力挥了挥手，转身拖起旅行箱，跟着长长的队伍朝登机口走去。

海棠树的叶子落得差不多了，素问镜也闭合沉默着。郑能谅毫不犹豫地举起黄金分戈,对着第二只金蛋的顶端轻轻一划。金蛋直直坠下,与那些树叶和花朵一道,似人参果般消失在地面上,不留一丝痕迹——他选择了"盗取",根据规则,那场发生在保洁大妈身上的车祸将不会成真。

当金蛋入地的一刹那,郑能谅也倏地回到了现实世界。从幻境中醒来,他觉得这一切离奇得就像一场梦,却又真实得像一段回忆,空中飘落的紫色丝絮、耳畔回荡的温润声音、鼻间游走的醉人幽香、握在手里沉甸甸的黄金分戈、挂在树上亮闪闪的金蛋,都真实得不容置疑。

为了弄清楚这件事的来龙去脉,在那之后的几个月内,郑能谅多次主动触碰身边的女生,重回盗格空间,抓住每次一问的机会,从素问镜的口中获得了更多的"情报":

> 盗格者泛指一切拥有盗格能力的人,这能力与生俱来,却不是一出生就可以使用,往往在盗格者的身体受到特定伤害的时候被激活。无论被动还是主动,只要盗格者与无血缘关系的异性发生身体接触,都会触发盗格空间。这些触发盗格空间的异性被称为"俟影人",金蛋上显示的便是俟影人的未来命运。
>
> 每一颗金蛋都是正负能量的集合体,盗取或定格其中任何一颗都会造成能量流转,对未来产生微妙的影响。金蛋上显示的未来,都是可能在下一个猴年马月里发生的事,至于发生在那个月里的哪一天并不确定,这一天被称为"盗格日"。根据"干支纪年法",猴年12年一轮回,马月为农历五月,所以每隔12年都会有一个"猴年马月"。对于当时的郑能谅来说,下一个猴年马月其实就在大半年之后。倘若在猴

年马月的这一个月里触发了盗格空间，所看见的便是下一次猴年马月的未来。

金蛋的数量取决于盗格者与俟影人的接触方式，比如手拉着手，可能出现五六颗金蛋；嘴唇互碰，或许有七八颗；法式深吻，少说也有十来颗；而像秦允蓓在商城里那样，用指尖轻轻一戳，只能出现两颗。在盗格者进入盗格空间直至离开的这段时间里，无论双方身体再发生怎样的接触都不会重复开启盗格空间，也不会对金蛋的数量产生影响，此时盗格者的肉身在表象上已处于昏迷状态，外面的人想要卿卿我我也只是场独角戏，不过想占便宜的倒是有机可乘。

素问镜只负责回答问题，并不保证能"解"。比如你问她"这次期末考试作文题是什么"，她会回答"不好说"；或者问"哥德巴赫猜想怎么解"，她会说"不知道"；要是问"下一期某某彩票的头奖号码是多少"，她就让你"自己猜"，为此郑能谅没少浪费提问机会。

当盗格者选择定格某个未来时，其本人就会和此未来产生某种现实的直接联系。比如定格了一场婚礼，就有可能令盗格者成为新郎或者伴郎；定格了一场火灾，盗格者就有可能是受害者或者纵火者，不过具体会产生怎样的联系谁也无法预知。

盗格者在盗格空间里所了解到的关于未来的任何信息皆属天机，一旦被泄露，盗格空间的应急保护机制就会启动，对泄密者和知情人采取惩戒性隔离措施，以确保相关信息不会扩散造成连锁反应乃至引发不可预测的灾难……

在一步步了解盗格空间的过程中，郑能谅也想起自己的盗格能力是如何被激活的。那是在他第一次进入盗格空间的前几天，他在操场上摔了一跤，瞬间失去了所有知觉，大脑里一片空白，似乎刚呱呱坠地。不知过了多久，他睁开眼，发现自己躺在医院的病床上，后脑勺、脖子、整个后背，一直到小腿都火辣辣地疼。事后同学们告诉他，当时他在打篮球，刚一跃而起准备投篮，就被一位对手横空扫了一腿，结果跳投变成了后仰跳投，一仰到底。这一仰仰出了个轻微脑震荡，使他失去了部分记忆。他并不怨恨那个故意扫了他一腿的人，因为伤愈后的他发现记忆力比以前强了许多，学习成绩随之突飞猛进。

许多年后，当郑能谅第一次把盗格空间的事告诉热带鱼时，自我分析道："根据规则，盗格者的身体受到特定伤害的时候会激活盗格能力，看来那次脑震荡一举两得，不光摔出了盗格能力，还摔出了个好脑瓜，开窍了。"

热带鱼："是开瓢了吧？摔一摔、敲一敲就能更好使？你以为你的头脑是电脑主机呢？要不再让我来踹两脚？"

郑能谅："这比喻好，跟电脑主机真挺像，很可能就是因为脑震荡把我大脑里的记忆存储空间腾了出来，所以才更容易装进去别的知识。说不定当时如果再摔重一点，还能摔出个安德烈·斯卢沙齐克或者爱因斯坦来呢。"

热带鱼："我觉得更有可能摔成霍金。"

郑能谅："那也差不多嘛，都是超级大脑。"

热带鱼："你理解错了，我是说，如果再摔厉害点，你也要瘫在轮椅上了。"

郑能谅："……算你狠。"

11岁那年，郑能谅还是个简单朴素的实用主义者，对于世界对于未来都没有太多考虑，只知道那一摔一下摔出了特异功能，算是因祸得福，如果说有什么代价的话，无非是每使用一次盗格能力，就会耽误真爱一年时间。可那时的他对真爱的理解远比不上对未知的好奇，丝毫不担心频繁进入盗格空间的副作用，还自我安慰地想：不就是推迟一年修成正果吗？说不定我本来15岁就能修成正果呢，这不过才用掉七……嗯，九次而已嘛，那24岁也不算晚呀！

尽管对盗格空间充满了好奇，渴望更多的金蛋以便看到更多更丰富的未来情景，但天性保守的他还是选择了最克制的触发方式，不是擦肩而过时摸一下发梢，就是在集体做游戏时拉一下手，最大尺度的一次尝试也就是借口有蚊子去轻轻拍了一下前排女生的脖子——那次他看见了三颗金蛋。虽然没怎么占人便宜，但他每次都毫无预兆地突然晕倒，着实吓得女生们够呛，纷纷去老师那里告状说这小子老是搞恶作剧，拍人脖子那次甚至惊动了对方的男朋友，若不是赔了五袋鱼皮花生恐难善后了。

热带鱼就笑他为什么要傻到每次触碰不同的女生，如果从始至终只碰一个女生，就不会搞得民怨沸腾，说不定还能跟那一个女生碰出火花来。郑能谅不以为然，因为在当时他的意识里，对盗格空间的探索完全是一种科学研究，那些触碰只是为了采集必要信息而进行的科学实验，只有随机选择目标才能表明目的的纯洁性，如果掺入任何感情色彩和利益企图，无疑是对科学精神的大不敬。

郑能谅没有跟那些女生和老师解释这些，因为他知道盗格空间的存在是难以理解也无法证明的，无论他的动机多么无邪，多么高尚，都会被当成一个无可救药的疯子。女生们会躲着他，男生们会嘲笑他，老师会找家长谈话，心理医生和精神病专家会从天而降……这样他就无法继续他的科学研究了。他热爱科学研究。

他想过冒着违反《盗格七律》被惩罚的风险，透露一些未来信息给大家，可那也要等到猴年马月才能验证。他也想过说出盗格能力与脑震荡的关联来增强说服力，可权衡利弊后还是作罢，因为如果大家不相信他，他依然会被当成疯子，而且是个受过脑震荡的疯子；而万一大家相信了他，也不会对他表示理解与崇敬，只会把他送去当标本，搞科学研究。他只是热爱科学研究，却不想变成科学研究的牺牲品。

于是，郑能谅把这个秘密藏了七年，直到翻越千山万水来到一座陌生的城市，在一个陌生的虚拟世界里，遇到了一个不知身处何方的陌生女孩，他才放心地把它说给她听。而且，他的倾诉并非毫无保留，为了彼此的安全，不得泄露的未来信息他只字未提；为了他人的隐私，接触过的俟影人身份他基本保密；为了自己的形象，每一次触碰的方式他也避而不谈……在提起宝辛商城这一次之前，他甚至从来没有向热带鱼透露过每次触发盗格空间时他会不省人事这个细节。热带鱼所知道的，只是他拥有一种可以在某个神秘空间里替异性选择未来的古怪能力，以及零零碎碎的几条规则。方兴未艾的互联网上新奇有趣的信息点太多，谁也不会只盯着一件事刨根问底，与盗格空间相比，热带鱼反倒对郑能谅的个人生活更感兴趣。聪明的她也很懂分寸，面对他每每在关键内容上的守口如瓶，她都心有灵犀地点到为止。

郑能谅一开始也不明白自己为什么会选择跟热带鱼分享这个连他父母都不知道的秘密，难道只是因为她愿意倾听，且能够相信，还不会介意？后来他才发现，其实最大的原因是他俩在现实中根本没有交集，连接彼此的只是两台电脑、两个键盘、几条网线和一些字符。空间的距离反而拉近了心灵的距离，这真是件和盗格空间一样不可思议的事。

2

"那这一次你看见了什么样的未来?"闪动的聊天框和耳麦里传来的提示音将郑能谅从回忆中拽回了电脑前。

郑能谅:"天机不可泄露,如果我把在盗格空间里获知的任何关于未来的信息告诉你,我俩都会受到惩罚。"

热带鱼:"谁的惩罚?"

郑能谅:"这不好说,可以是素问镜,可以是来自盗格空间的神秘力量,也可以是命运的无形之手……总之要常存敬畏之心,牢记不能泄露天机。"

热带鱼:"也对,知道太多未必是好事。我也不该多问,那些都是你和别的姑娘之间的瓜葛,本来就跟我没关系。不过,你之前告诉了我那么多关于盗格空间的事,算不算泄露天机啊?不会有什么副作用吧?话说,我最近总感觉身体不太舒服,不会是受惩罚了吧?"

郑能谅:"拜托,惩罚也不可能只罚你一个。我可是一直都严格遵守《盗格七律》的,告诉你的内容都是不违规的。它只规定不能透露在盗格空间里获知的未来信息,又没说完全不能提盗格空间的事,何况我早就告诉过你盗格空间的存在了,要有惩罚还会等到现在啊?"

热带鱼:"说不定是慢性惩罚呢?"

郑能谅:"哈,那你身体到底有什么不舒服的?"

热带鱼:"就是经常心烦、失眠,记性也变得没有以前好了,情绪还常常大起大落的……"

郑能谅:"我怎么听着像更年期综合征?"

热带鱼:"更年期?我还白垩纪呢!变恐龙咬死你!"

郑能谅:"反正不会是惩罚啦,你这些小毛病啊,谈个男朋友就都解决啦。"

热带鱼:"哟,男朋友是什么灵丹妙药啊?包治百病?"

郑能谅:"当然啦,你想,有爱情的滋润,自然就不会心烦;情感生活一丰富,失眠迎刃而解;记性不好也有男朋友帮你记;情绪不稳定,还可以找男朋友发泄……"

热带鱼:"瞎掰,依我看,两个人在一起,要操心的事情就更多,肯定更心烦;男人睡觉打呼噜,一身汗臭、烟臭、酒臭、脚臭,失眠只会变本加厉;男人粗心大意东西乱放,根本别指望能帮我记;男人喜新厌旧始乱终弃,别把人家气死就不错了……"

郑能谅:"嚯嚯,怨气冲天呀,你这打击面也太广了吧。"

热带鱼:"这不是打击,这叫置之死地而后生,当你对男人完全没有幻想,先入为主地把他们看得一无是处的时候,那么他们在实践中表现出的任何一个小优点都会成为你意想不到的惊喜。"

郑能谅:"看来,我最初在你眼里也不是什么好东西了。"

热带鱼:"瞧你这话说的,你现在在我眼里也不是什么好东西啊!"

郑能谅:"……难道你没有发现我浑身充满了正能量吗?"

热带鱼:"名字叫郑能谅就充满正能量了啊?那我还叫热带鱼呢,我浑身挂满了带鱼?"

郑能谅:"呃,我一直以为热带鱼是热带的鱼呢,原来是热的带鱼。我说带鱼小姐,你究竟有什么证据说我不是个好东西呢?"

热带鱼:"女朋友生日还溜出来上网打情骂俏、夜不归宿的能好到哪里去?"

郑能谅:"谁打情骂俏了?谁夜不归宿了……糟糕!"

热带鱼:"哈哈,外出超时要被女朋友罚跪榴莲了吧?还不赶紧主动'负榴莲请罪'去……"

郑能谅顾不上跟她解释,匆匆打个"拜拜"便下线了,一路飞奔回7号宿舍楼。危楼独立,残月高悬,冷漠无情的挂钟在楼道里打着枯燥的节拍,铁面无私的栅门伴着夜风跳起生硬的舞步。零点刚过,传达室里的电视沙沙作响,微微翻起的窗帘后,老纪正以《我爱我家》中"葛优瘫"的销魂姿势酣睡。叫醒他的可能性,与叫醒木乃伊没什么两样;而叫醒他的后果,无异于《木乃伊归来》。

郑能谅知难而退,准备返回网吧对付一宿,不料求知大厦的保安也把一楼大门锁上睡觉去了。天寒地冻,无家可归的郑能谅思来想去,只好去向秦允蓓求助女生宿舍楼"楼情"复杂,熄灯很迟,也从不锁楼门。半夜两手空空进女生宿舍容易被当成采花贼,他便先到夜市买了点见面礼,才踏上了冒险之旅。

41号宿舍楼灯火稀疏,门户洞开。看门的阿姨昨天不幸被一个从天而降的馒头砸成了脑外伤,现在正躺在传达室的床上看《还珠格格》疗伤。普通馒头的威力没有那么大,而西都大学食堂生产的馒头放置三天后,就可以进化成铅球,极具杀伤力,又便于携带,无论聚众斗殴还是暗箭伤人,都能不辱使命。

郑能谅从窗户下猫身闪过门卫,健步上楼。41号女生宿舍楼在西都大学小有名气,因为楼内的住户们大多来自外语系,平均颜值比别处高得多,所以才会出现吉他少年组团求爱的壮观场面,也才会出现三更半夜空无一人的荒凉情景。除了少数修炼成灭绝师太的独身主义者之外,但凡有点姿色的姑娘基本上都被情场浪子们收割殆尽,留守在这座活死人墓的无主之花屈指可数。尤其是在这样一个雪色浪漫的早春之夜,该干什么的和不该干什么的都干什么去了,令整幢楼空余一副灰头土脸的臭皮囊。

一切都和计划中的差不多，要不是知道门卫阿姨受伤在床，又听秦允蓓介绍过宿舍楼里人烟日渐稀少的现状，郑能谅是绝对不敢出此下策贸然闯入的。他潜行在黑暗中，步步小心，忐忑默念："老天保佑，千万别碰到出来洗漱上厕所的灭绝师太，身败名裂不要紧，见面礼被抢走就亏大了。"

秦允蓓睡眼惺忪打开门，两个人同时吓了一跳。她正在敷面膜，脸上仅露两只桃花眼，妖媚中透着三分恐怖。郑能谅抬了抬胳膊："还以为遇到画皮了，差点砸出去。"

秦允蓓又喜又惊："乖乖，你抱个榴莲干吗？"

"这……今天不是你生日嘛，榴莲，留恋，多好的寓意。何况我是第一次登门拜访，总不能空手而来。"

"无事献殷勤，非奸即盗。"

"你想多了，江湖救急，回不了窝，借个地睡一晚。"

"被关宿舍外面了？不是送你回宿舍了吗？又跑出去玩了？你过敏好了？皮又痒痒了？"

"这不是想下楼给你买点水果嘛，没想到老纪那么早就关门了……"

"鬼才信，进来吧。"

宿舍里另外几位女生都是好客之人，虽然人不在，不过郑能谅很有绅士风度，还是彬彬有礼地对着几张空荡荡的高低铺征求了三遍意见，获得了一致的"默许"。

秦允蓓看他装模作样的姿态，忍俊不禁道："玩什么呢，她们早都和男朋友住外边去了，我一个人也懒得打扫，这屋里乱得跟狗窝似的。"

望门投止的郑能谅马上堆起一脸假笑："哪里，这样才更像我的宿舍，有种宾至如归的亲切感。"

这幢宿舍楼有几十年历史,已是表里如一的老态龙钟,唯一显示生命迹象的只有那东一块西一块往下掉的墙皮,四壁看上去跟长了牛皮癣似的。

郑能谅弓起食指在墙上叩了两下,听着空洞的回声道:"我觉得你应该在这楼散架之前搬出去。"

秦允蓓一边整理着床上的布帘,一边幽怨地叹了口气,道:"没人要,只好楼在人在,楼塌人亡了。"

郑能谅马上察觉到这个话题的走向不对,便不接茬,东张西望一番,挑了一张空铺位,一屁股坐在床板上,看着墙上的挂钟道:"啊,都凌晨一点了。"

"嗯,赶紧睡觉吧。"秦允蓓说。

郑能谅就地躺倒:"晚安。"

秦允蓓一愣:"你睡那空床板干吗?"

郑能谅也一愣:"不然呢?"

秦允蓓撩起帘子:"我这不有床吗?"

郑能谅的头摇得跟拨浪鼓似的:"开什么玩笑,大姑娘的床我怎么能睡?再说,我睡你的床,你睡哪去?"

秦允蓓比画道:"放心,这床够大。"

郑能谅脸有些发烫了:"你的意思是……睡一起?"

秦允蓓撇撇嘴,道:"难不成让我坐在床边看你睡?是不是还要给你哼摇篮曲啊?"

"呃……其实我习惯一个人睡……"

"怎么着?你用一个破榴莲就想霸占我的床铺啊?"

"不是……我是怕我们睡一起,玷污你的清白……"

"怎么着?你用一个破榴莲就想霸占我的人啊?"

"……还是算了,这里这么多空铺,给我床被子就好。"

"被子是还有一床，可褥子和床垫就没多的了，那床板又冷又硬你怎么睡？冻坏了你，人家还说我不懂待客之道呢。就这么定了，你睡那头，我睡这头，一人一床被子。"

"这……这么近，我怕我会想入非非身不由己呀。"

"别婆婆妈妈了，你以为你想入非非就能得逞吗？别忘了我可是练过跆拳道的。"

郑能谅心想若再推三阻四未免太不洒脱，反倒显得心怀鬼胎了，便不再坚持，开玩笑道："那我岂不是要担心我的清白了？要是你想入非非，我可无力抵抗呢。"

秦允蓓扑哧一笑："省省吧，就冲你那什么异性接触什么紊乱综合征，谁敢碰你？轻轻一戳都会晕倒的，亲个嘴还不死在我床上了，那我可跳进黄河也洗不清了。"

郑能谅担心的也是这个，既然秦允蓓也明白这个道理就好办了，不过他还是未雨绸缪地提醒了一句："先说好，不许裸睡，不要挑战我的定力。"

"哼！"秦允蓓冷笑一声，"是不是还要搁杯水在中间？就算我裸睡，你这天生的柳下惠还能干出什么事不成？"

这话很伤自尊，幸好郑能谅自幼熟读《孙子兵法》，并没有中激将法而冲动地把"什么事"给干了出来。

"好吧，既然我们愉快地就合宿事宜达成了一致，"郑能谅指着榴莲，提议道，"吃点水果庆祝下如何？"

秦允蓓有些忌惮："这么晚了，还吃东西会发胖，榴莲糖分很高的。"

"嗨，今天是你生日嘛，何况榴莲很容易坏掉的，要趁早吃。"郑能谅当然不是真心想吃榴莲，而是盘算着用榴莲的霸道气息掩盖他即将释放出的袜子臭味。

秦允蓓被说服了，端起脸盆拿上水果刀朝洗漱间走去。郑能谅如释重负，伸了个懒腰，悠然道："洗干净点，床上等你。"

"啥?!"

哐啷!

洗漱间传来秦允蓓错愕的轻呼和脸盆落地的锐响。

隔壁的隔壁传来一位灭绝师太深沉的谴责："不要脸!"

郑能谅这才意识到刚才自己似乎说了句很重口味的话，他的原意是让秦允蓓把榴莲和水果刀洗干净点，外头太冷，他先进被窝等她。秦允蓓匆匆洗完溜回宿舍，两人哭笑不得地吃了几块榴莲，便按计划分被而睡。

"哎哟我去!多久没洗脚了?"秦允蓓在另一头瓮声瓮气地问。

"千里之刑，死于足下。"郑能谅喃喃道，故意又把脚朝她枕边靠了靠。

悠悠袅袅的《六月船歌》乘着月色从窗外潜入，如怨如慕，如诗如梦。静静的春夜，孤男寡女共处一室，同卧一榻，不发生点什么的确很难，所幸这个男的是郑能谅而女的是秦允蓓。秦允蓓真心喜欢躺在身旁的这个男生，不愿让他受到一点伤害，无论是碍于异性接触性障碍型脑神经功能紊乱综合征的不便，还是出于别的原因。郑能谅则深知两人的肌肤相亲会发生什么，自觉地做好了防护措施，秋衣秋裤、手套袜子，全副武装，要不是两人各睡一头，他肯定会借双丝袜把脑袋也蒙上。

七年前，他还对意外拥有的这股神秘力量充满了好奇，而今他的心里只有敬畏和纠结，何况俟影人是秦允蓓，他更不敢去冒一丝选错的风险。白天在宝辛商城的那一戳实属防不胜防，所幸冒出来的两个选项看上去都没有太大风险：一幕是一对男女分别戴着一只入耳式耳机一边听歌一边深情相拥的特写，女的背对镜头,脑袋斜靠在郑能谅肩膀上,他脸上漾着幸福的笑意,眼中闪着柔柔的光,头微微侧向一边,避免触碰到她,嘴唇轻轻开合,似乎在说什么悄悄话,然后用戴着白手套的手摘下自己的耳机为她戴好;另一幕是一间洒满月光的卧室,一男一女背对背睡在一张宽大双人床的左右两侧,男的正对着镜头,睁着眼睛,是裘比轼,女的穿着深紫色的睡袍,面朝墙壁,一动不动,两人之间的距离远得胜过地球与冥王星。

虽然两幕情景中的女孩均未露正脸,但根据盗格空间的开启法则,无疑都是秦允蓓。要在这两幕未来中做出选择,郑能谅几乎不需要思考,第一幕固然美得令他心动,但拥抱这种事有的是机会做,不让裘比轼得逞才是重点!他轻轻一挥手,金蛋便带着同床异梦的两个身影钻进了地面。

3

阳光漫过窗台,爬上秦允蓓的床。郑能谅被这慵懒的暖意唤醒,挺起脖子四处张望,只见秦允蓓正坐在桌前专心致志地修眉。他一把抓起被子一角抱在胸前,声音颤抖:"你,你对我做了什么!"

"今年的金马影帝非你莫属了。"秦允蓓吹了吹镊子,头也不回道。

"一日之计在于晨,早上起床开个玩笑有助于保持一天的好心情。"郑能谅边解释边穿衣服,忽然发现秦允蓓的枕头不知什么时候跑到了他的枕头边。

"真没干啥啊?"他的后背渗出细细的一层汗。

这下轮到秦允蓓开玩笑了:"好啦,我会对你负责的。"

郑能谅把手伸进秋衣里搓了搓,搓出一颗小黑丸子来朝空中一弹，道："我仨月没洗澡了，你也不嫌脏啊？"

秦允蓓没好气地说："还好意思说啊，整个一邋遢大王，睡觉袜子都不脱，我要睡你脚那头早中毒身亡了。"

"你以为睡我枕头这边就没事啦？"郑能谅淡淡一笑，反手从枕头底下摸出一双袜子来。

"你大爷的！我说怎么换了一头更臭了！"

"你个没良心的，我这不是怕熏到你，才特意把袜子藏在枕头下面压住的？谁猜得到你会自己送上门来？"

"我也没猜到世上还有把臭袜子塞枕头底下的变态！那你脚上穿的那是啥？"

"脚上的是昨晚睡前穿上的，干净的。枕头下这双是换下来的，原味的。"

"我去！敢情你干净的和原味的都一个味儿啊！"

"窖藏多年，新鲜如初。"

"行行好，我这被子枕头床单都要彻底清洗一遍了。"

"算你走运，只是清洗一下，没有生命之忧。要知道，就算没有这臭袜子，跟我睡一头也是极度危险的事。我这人有个怪癖，睡到爽的时候就容易情不自禁练起铁砂掌，手会到处乱劈，经常劈死蚊子、苍蝇什么的，你说万一练到你这俊俏的脸蛋上岂不是一件非常遗憾的事？"

"昨晚你的手是老实得很，可嘴巴叽叽歪歪愣没歇过，好几次忍不住想扑上去掐死你。"

"说梦话？不会把银行卡密码泄露了吧？"

"谁稀罕，你一直在唱歌。"

"窦娥冤！六月飞雪！我从小就养成了打死也不唱歌的好习惯，你看我至今也没有出过一张唱片，这就是强有力的铁证。污蔑我唱歌这招实在是太拙劣了。"

"还好有记录。"秦允蓓一按桌上的随身听，里边真的传出断断续续的噪音，虽然很轻，仍能依稀分辨出"哼、嘿、耶、又"等关键词。

郑能谅没想到这丫头居然闲到会把过程给录下来，轻叹一声，道："其实我轻易不在人前唱歌，常言道，知音少，弦断有谁听？只有懂得欣赏的人才值得我献出夜半歌声，你能见证这一历史时刻可谓三生有幸。"

"太有幸了，被你折腾这一晚，人都老了几岁。"秦允蓓对修剪好的眉毛很是满意，端着镜子百看不厌，却被郑能谅一把抢了过去。

"哎，你……"她跳了起来。

郑能谅举着镜子迎向她的脸，忽然称赞道："啧啧，惊为天人！"

秦允蓓喜出望外，一把抢回镜子，左看右看："效果那么好吗？真的管用？"

"如假包换，"郑能谅一脸严肃地把双手搭在她肩膀上，"惊，是惊吓的意思；而所谓天人，天蓬元帅是也。"

"想死啊你！"秦允蓓在他胳膊上狠狠拧了一下，她右手食指的指甲是胎儿时期的文物，经过十几年的精心培育，可以让所有亲身体验过它威力的人在很长一段时间里对螳螂和螃蟹都敬畏无比。

好在郑能谅个是第一次领教，当即使出一招金蝉脱壳，将刚穿一半的外套奋力甩开，才幸运地只掉了一层皮而已，叫道："你这听喜不听忧的昏君！最近也不知道着了什么魔，喜欢上了瞎打扮，又买漂亮衣服又涂脂抹粉的，以前那个自在随性的好姑娘哪儿去了?"

"什么自在随性？那叫邋遢随便。"秦允蓓撇撇嘴，"我这还不都是替你考虑嘛，难道你跟一个假小子模样的约会，就不怕别人误会你性取向有问题吗？"

郑能谅笑着吐了吐舌头："话是没错，可这些进口的名牌化妆品效果也不见得比几毛钱的蛤蜊油好到哪里去，满足你们女生的虚荣心罢了。"

秦允蓓递上一个鄙夷的眼神，道："女人爱打扮还不都是因为你们男人只关注女人外表，感性得只喜欢性感。"

所谓涵养，就是当女生表达她的观点时，如果观点正确，你应当拥护；如果观点错误，你必须苟同；如果无法判断正确与否，你只有装傻。所以秦允蓓一说完，郑能谅立刻回答："哈哈！"

这种反应给了秦允蓓不小的鼓舞，于是得寸进尺地想将他俩昨晚的事定义为鸠占鹊巢，郑能谅毅然抛弃涵养表示反对，因为她还睡在自己床上。她又说这是与狼共枕，郑能谅也强烈抗议，因为严格地说他俩分别睡在毫不相干的两个枕头之上。郑能谅认为唯一恰当的说法应该是：同床异梦。他一说出这个词就想起了昨天在盗格空间盗取的那个画面，不禁感到一丝造化弄人的荒诞。

等秦允蓓梳妆打扮完毕，也到了吃午饭的时间，两人来到西都大学校园内最热闹也最脏乱的食府路，瞧这名字起得多贴切，"食腐路"。

"为报答一夜收留之恩，这顿我请。"郑能谅在第三家小店前站住，点了个肉夹馍。

"乖乖，一只肉夹馍两人吃？上甘岭啊？"秦允蓓瞪着砧板上咧嘴等肉的馍馍，咽了咽口水，"就这报恩档次，看来我要收留你一个礼拜，才能吃饱这一顿哪。"

郑能谅扑哧一笑:"最近手头紧,就当是吃了个'忆苦思甜馍'吧,你也知道,我向来滴水之恩涌泉相报的,就这排场,已经动用老婆本了。"

"涌泉相报?"秦允蓓眼珠滴溜溜一转,"那我一直这么喜欢你,怎么说对你也有知遇之恩,这恩重如山的,你是不是该以身相许来感谢我呢?"

郑能谅淡定地答道:"大恩不言谢。"

"怎么都难不住你是吧?"秦允蓓恨得牙痒痒,故作生气状,"就你这自以为是的邋遢鬼,也就本小姐瞎了眼会看上你。"

郑能谅动作夸张地甩了一下头发:"切,虽然我不是那种在女生楼下捧一束野花,弹二手吉他,唱三流歌曲,头发长到第七颈椎以下的情场浪子,你也不能否定我对广大异性的吸引力。"

"吸引力?只对中老年妇女有效吧?"

"比如你。"郑能谅笑着伸手去点她的鼻尖。

秦允蓓没有躲,闭上眼睛仰起脸,宛如一朵寻找阳光的向日葵,温柔地迎了上去,却感到面前清风一拂,睁眼时唇边已多了个肉夹馍。

"可惜我们未必合适,"手上的手套令郑能谅想起了盗格空间,心中浮起一丝无奈,言语也酸了起来,"你有没想过,我是一双35码的鞋,而你有45码的脚……"

"呸!"秦允蓓把腿一伸,"我才37码好不好!"

"姑奶奶,我是打个比方,比方!"

"那也没关系啊,你多人鞋我多人脚!"秦允蓓顽皮地笑了。毕竟一物降一物,令裘比轼束手无策的她一遇到郑能谅,防线便不攻自破。在大多数女生眼中,郑能谅并无任何过人之处,还有不少怪癖,可她就是无法抗拒,无法抗拒他在喧嚣间静如止水的恬淡、纷乱中独善其身的坚守、遇事时不急不缓的从容、权势前不卑不亢的气度，还有那些冷不丁冒出的机智与顽皮，也只有在他身边，她才能感受到真正的快乐和自在，才能做回最纯粹的自己，无须收敛，毫不做作。

这种自在体现在食欲上尤为明显，昨晚的生日宴席上，秦允蓓始终没主动出过筷子，连裘比轼夹到她碗里的菜也几乎没碰，而现在她已大开吃戒。一个肉夹馍怎么够？食府路绝非浪得虚名，虽然脏乱了点，美食可应有尽有。一会儿工夫，她已经消灭掉30串羊肉串、5个烧饼、3根火腿肠和两对鸡翅，还喝了3罐可乐。

郑能谅用一脸的惊叹掩饰对钱包的心疼："知道吗，你让我想起狄更斯的一部小说。"

秦允蓓忙着啃鸡腿，头也不抬："什么小说？"

"《大卫·科波菲尔》。"

"什么意思？"

"大胃，可不肥耳。"他指指她平坦的小腹，"暴食如此，你居然还能保持美妙的身材，都不知道那些东西吃哪去了，能量守恒定律在你这不管用吗？看人家杰叔，喝水都胖，上哪儿说理去？"杰叔的身材在西都大学内外算是小有名气，而且大有用武之地，比如谁买了双新皮鞋，觉得太紧，硌脚，只要把它借给杰叔穿一个礼拜，拿回来保证变得宽松无比。一家减肥中心还把杰叔的半身照和施瓦辛格的半身照做到海报里，向客户们展示"某会员"接受减肥疗程前后的效果，极具蛊惑力。

"放心，我怎么吃也吃不成他那样的，我从小胃口就好，就是不长肉，可把我妈愁死了。"秦允蓓说着又舀起一勺馄饨来，朝郑能谅努努嘴，"别光看啊，你也吃。"

"我不饿，看你吃就饱了。"郑能谅苦笑道，手上已悄悄摸出学生证，等下不够付账就只有把它先押这儿了。

"对了，想起个事，"秦允蓓吃得兴起，话锋一转，"翡翠苑那边最近放出十几套单身公寓，设施齐全，环境整洁，租的人可多了。"不等郑能谅接茬，她又开始分析利害："你看啊，昨晚这种情况多尴尬、多麻烦，要是搬到翡翠苑去，有了咱自己的小窝，就不用看门卫阿姨的脸色，也不用听左邻右舍的叨叨了。那儿暖气好，床又大……"

早在大半年前，秦允蓓就提议搬出去住，说这是时代趋势，是民心所向，是男女友谊发展到高级阶段的必然选择。谁知郑能谅扭扭捏捏半天，竟抛出一个让她哭笑不得又无可奈何的理由来："不好吧……我还未成年呢。"此话不假，郑能谅六岁上小学，五年制，考入大学时才17岁，是同批新生中年龄最小的，在学生会换届选举时连投票权都没有，女同学见到他都让他叫姐，着实令他自卑了好一阵。最可气的是，一次宿舍聚餐路过一家自助式成人用品店，好奇的舍友们大摇大摆走进去，却把他一人挡在门外，指着招牌语重心长地告诫他："成人用品，小孩子不能玩"。大一下学期初，他认识了秦允蓓，一个月后，她提议搬出去住的时候，他的确还没过18岁生日。她追问他生日是几月几号。他答了个圣诞节，把她急得咬牙切齿。

眼下圣诞早过了，郑能谅已成年，秦允蓓便借着昨晚之事重提"过家家"的方案，还特意选择在吃饭的时候说，可谓用心良苦——众所周知，在饭桌上谈事情成功率会高得多。但郑能谅还有个撒手锏："你也知道，我那怪病碰不得，咱俩住一起，你很不方便的。"

"没关系，没关系，"秦允蓓听出了松口的迹象，马上趁热打铁，"我们可以分床睡呀，主要是生活上有个照应。我还上网查过,那什么脑神经紊乱综合征有不少是心理和精神原因造成的,说不定两人一起住久了更有助于你缓解紧张、恢复正常呢。"

郑能谅没想到她还做了功课,一时词穷了:"这个……住在一起,碰又不能碰,还要照应我,那你不成纯保姆了?让别的住户看见还以为我生活不能自理呢。"

"他们管得着吗!就算是情侣,住出租屋也不是光卿卿我我的,还有很多正经事可以做的呀!"

"嗯,我也这么觉得,"郑能谅缓缓地点了点头,"那些情侣每天一回出租屋,就锁上门窗,拉紧帘子,焚香沐浴,穿戴整齐,正襟危坐,然后一起探讨《第一哲学沉思录》,或者论证庞加莱猜想……"

"讨厌,"秦允蓓捶了他肩膀一下,"三句话就没正经,你看我们昨晚同床睡了一夜,不也什么事都没发生么?"

郑能谅故作后悔状,长叹一声:"甭提了,本来想隔着衣服好好蹂躏你一番的,可惜后来实在太困睡着了。"

"谅你也没那胆。"秦允蓓脸一红,"说正经的,你难道不觉得那种与世无争的二人世界才称得上生活吗?"

郑能谅耸耸肩:"租房很费钱,没钱了拿什么生活?"

秦允蓓马上拍着胸脯:"钱不是问题,我养你!"

郑能谅连连摆手:"行行好,你鱼缸的鱼换过几拨了?上次那只可爱的仓鼠没撑过两礼拜吧?连乌龟和仙人掌都能养死的人,养我?我还想多活几年呢。"

"信不信我现在就送你投胎去!"秦允蓓一边笑骂一边伸手欲掐。

郑能谅忙一缩身闪过,张开双掌成防御状:"淑女动口不动手!钱对你来说不是问题,但问题不是钱。你想,当大家都随波逐流地在外租房之后，空荡荡的宿舍不就等于我们的私人空间了，又便宜又宽敞，何必多此一举出去住？再说，外面到处都是租屋的情侣，反倒没有宿舍清静太平。"

秦允蓓嘟囔道："说不过你，你这家伙不正常。"

郑能谅把这当成一种褒奖："我要是正常人，你又怎么会看上我？"

秦允蓓忽然来了兴致："对噢，你好像从来没有问过我，究竟看上你什么。"

对于这个问题，郑能谅早就考虑过："你想，假如我问你看上我什么，然后你说出几个所谓的优点，而这些优点实际上是我心情畅快时的一种即兴表现，或者是许多人都共有的一种不足为奇的传统美德，那么万一哪天我心情不好表现不出这种品质，你是不是会觉得我变了甚至被我欺骗了？或者当你遇到另一个在这些方面表现比我更出色的人，是不是又会觉得我不过如此？更麻烦的是，万一你喜欢的其实是我的某些缺点，那我该怎么办？这些缺点到底改不改？改了，你就不喜欢了；不改，我就是知错不改。何况一个把男生缺点当优点的女生，精神和价值取向上很可能有问题，我又怎么能为了知道你为什么喜欢我而问这么愚蠢的问题，导致你暴露出自己的问题？"

这一气呵成的回答足以将秦允蓓的头脑绕晕，但她根本不去想里面的逻辑关系，只是托着腮帮看着他，痴痴道："知道吗，你瞎扯淡的时候简直酷毙了。"

郑能谅摆了个耍帅的姿势，不再搭腔，心中却忽然有些惆怅：这个世界上肯定有一个人会与秦允蓓彼此相爱，白头偕老，但恐怕不会是我。

他在感情上一向比较迟钝，却并不笨，早已明白秦允蓓的心意,在相处中也对她渐生情愫,可他背负着盗格者的使命,也藏着错综复杂的秘密。这一切,他无法明说,她无从知晓,盗格空间究竟是一种祝福,还是一种诅咒,他无法确定。他唯一确定的是,只要他还拥有盗格能力,就不可能给她真正完整的幸福。该死的不可触碰!

"该死的不可触碰!"昨夜在网吧,当郑能谅告诉热带鱼发生在宝辛商城的那一晕时,她也很气愤,"突然倒地多危险啊!万一又摔个脑震荡出来怎么办?万一正好站在悬崖边呢?这盗格空间也太不人性化了!"

跟秦允蓓相处以来,郑能谅一直都很小心,这次主要是被她令人惊艳的新造型分神了。这原因没必要告诉热带鱼,他只解释道:"嗯,是挺危险的,没想到她会突然袭击,被她的指尖戳了下眉心。"

热带鱼:"这么小的接触面也会触发盗格空间啊?我还以为起码要拉拉手、亲亲嘴什么的才会呢。"

郑能谅:"别提了,上次有个卖煎饼的大妈冲我打了个喷嚏,我都头晕了好半天呢。"

热带鱼:"哈哈,那你跟女朋友在一起,岂不是要经常触发盗格空间?"

郑能谅:"倒也没,我和她有约定,不可以接触身体,两人都很注意,我平时还戴手套穿长袖,就差没罩面纱了。"

热带鱼:"太小心了吧,我要是你可克制不住,情不自禁就扑上去了,大不了触发盗格空间,不就是选一下未来嘛。"

郑能谅:"那是你不知道一旦选错有多危险,何况一碰就晕的,扑上去又能做什么?"

热带鱼:"有多危险?你以前选错过?"

郑能谅:"谁能保证自己的每一次选择都是正确的呢?"

热带鱼:"听起来很有故事哟,快说说到底选错了什么。"

郑能谅:"你又忘了,天机不可泄露。"

热带鱼:"少来,不能泄露的是关于未来的信息,上一个猴年马月的事早都是过去时了,算什么天机?"

郑能谅:"也对,不过还是涉及别人隐私的,我还是给你假设一下好了,比如我看见一幕画面,俟影人捧着杯子在喝水,满脸幸福,我觉得这是个美好的未来,自然选择定格,但如果看得足够仔细,就会从她眼中的倒影看见一个男人的笑脸,可就算我发现了这个男人,看出了他笑容的虚伪,也未必能猜到他在她的水杯里下了迷药……你现在知道,选错有多危险了吧?"

热带鱼:"唉,看得见未来,看不透人心。"

郑能谅:"这还只是成千上万可能性中比较简单的一种,盗格能力看起来奇妙有趣,实际上危机四伏,一念之差就会好事变坏事,所以能不碰最好别碰。"

热带鱼:"跟你发生身体接触有点像赌博,命运这东西还是顺其自然的好。你女朋友应该也是看开了这一点,才会遵守约定跟你谈柏拉图式的恋爱吧。"

郑能谅:"她不知道盗格空间,多一个人知道就会多一分危险。我只是告诉她我有异性接触性障碍型脑神经功能紊乱综合征,轻则晕厥,重则毙命,她就老实了,比说盗格空间有多复杂多危险管用得多。"

热带鱼:"看来她很在乎你。"

4

一桌残羹冷炙、一名托腮少女、一位装酷少年,点缀着大快朵颐后的片刻宁静。风悄悄翻过西面的围墙，将邻座食客手里的英文报纸掀起一角，露出一则报道。古色古香的酒店前，查尔斯王子和卡米拉一同出现在记者们的镜头里。

郑能谅不关心政治，也对名人八卦没兴趣，但自从在一堂英语口语课上听外教讲了卡米拉的各种传闻之后，就记住了这个不简单的名字。因为在他的生命中，确切地说是大学之后的生命中，遇见过两个特别的女孩，身上都带着某种卡米拉般的气质：一个是炽烈如火的秦允蓓，直来直去，敢作敢当；另一位是神秘如风的阿珧，进退无常，若真若幻。

风撩动纸张的沙沙声将郑能谅的思绪从昨夜唤回当下，又飘向更悠远的过去。阿珧的出现是个意外，发生在一年前的农历四月初八。当初秦允蓓问起生日时，郑能谅谎报在圣诞节，可实际上是佛诞日。18岁生日这天，他的两个好朋友一早就在土曾月巴烤肉店订了座，天一黑，便拉上他直奔主题。三位意气风发的少年走在哪儿都是一道亮眼的风景，左边是冉冰鸾，人如其名，冰心玉壶，鸾凤之姿；右边的姓霍名九建，棱角分明，体态健美。三个人的关系就像三角形的三条边，自这个三角形形成的那一刻起，每条边的相对位置便不会再改变。在没有异性约会的前提下，他们仨始终一起看电影，一起上自习，一起欣赏亭亭玉立的女生，一起为她的蓦然回首魂飞魄散，彼此的默契程度达到连魂飞魄散的姿势都如出一辙的地步。

冉冰鸾的帅气有目共睹，据说从小学到高中，他总是在花名册的第一个，因为是按颜值排序的。郑能谅一直认为冉冰鸾的魅力是自己的18326倍，这不是谦虚，因为有理由相信几乎全校每一位女生都喜欢冉冰鸾，而欣赏他郑能谅的恐怕只有秦允蓓一个。冉冰鸾有个好脾气，就算有人故意找他茬也不可能得逞，因为让步的总是他，让得对方毫无斗志。

比如你说："昨天我看见两个太阳在天上挂着。"

他会问："太阳怎么能有两个呢？"

然后你坚持一下："真的有两个，不信打赌！"

放心，他绝不会和你赌的："那就两个吧。"

刚发现他这个性格特点的时候，郑能谅常出难题逗他："鸾少，我敢说我们系主任不是一个伪君子！绝对不是！你觉得呢？"

这时冉冰鸾就会很痛苦，思想斗争半天才小心翼翼道："兄弟，如果你冷静一点，不跟我急，我才能说实话。"

霍九建身材很棒，令女生垂涎、男生切齿。他喜欢运动，最拿手的是在鞍马上做托马斯全旋，一口气几十个，虎虎生风，强劲无比。炎炎盛夏，夕阳西下，郑能谅和冉冰鸾买好瓜子、水果、饮料，来到鞍马下，席地而坐。霍九建一开工，他们便一边享受着人工吊扇所带来的凉爽，一边嗑着瓜子吃着水果欣赏黄昏的美景，只觉得人生几近圆满，不再有更多的企求。

霍九建喜欢喝酒，"人生能得几回醉，千金散尽还复来"便是其人生信条。他的酒量深不可测，具体多深是个谜，因为据说那些曾经与他比拼过酒力的家伙不是已经自废武功戒酒归隐就是谈酒色变无颜再提"酒"字。"希望这次能醉"，这是霍九建每次喝酒的开场白。而最后总剩他一个人的豪迈声音："还有谁?!"名副其实的众人皆醉我独醒。

三人之中，郑能谅最大的优势是年轻，从小学到大学一直是班里年龄最小的。幸好校园里只有贫富、美丑之类的歧视，却没有年龄歧视，他才没有受到太多的打击。

土曾月巴烤肉店是个露天大排档，设有三座蒙古包式的包厢，外场早已座无虚席，冉冰鸾报了姓名，服务员便引着他们三人前往订好的包厢。包厢不大,摆设朴素简单,污迹斑斑的木桌上立着一台破旧的随身听,传出似雅鲁藏布江一般自由不羁的歌声:"纯净的天空中飘着一颗纯净的心,不必为明天愁也不必为今天忧,来吧来吧我们一起回拉萨,回到我们阔别已经很久的家……"

三人落座,点了各色烤串,边喝边聊。不一会儿,杰叔也来了,聚餐正式开始。热身阶段,几个人杯来盏往,对郑能谅说一些冠冕的祝词。冉冰鸾劝他早日升华与秦允蓓的亲密关系,杰叔祝他在网恋中开花结果。这两点都不太靠谱,还是霍九建比较务实:"解放思想,与时俱进,将来找个好工作,买房不按揭;找个好姑娘,50年不离婚;生个一打两打的天才精英,一半当商人,要么煤矿要么炒房产,一半去当官,为另一半兄弟保驾护航……"

郑能谅忙打断他:"这段掐掉,价值导向有问题。"

杰叔笑着拍拍郑能谅的肩膀,语重心长道:"谅仔,从今天起,你小子泡妞可都要负法律责任了。"

郑能谅顿时觉得悲壮无比,不光悲壮,还有激动,因为过了今天他就可以行使选举权了。一想到终于能在学生会会长的选举中投裘比轼一记反对票,他就情不自禁连干三大杯啤酒,尽管他也很清楚他那微不足道的一票不过是蚍蜉撼树、螳臂当车。

那一夜,除了霍九建,几个人都醉了。所谓日久见人心,酒醉见人品,酩酊之下,撒欢撒泼尽显神通,痛骂痛哭皆有故事,郑能谅酒量一般,可无论多么烂醉如泥,都不吐,可见是个勤俭节约的好孩子。

他被霍九建架回宿舍,乖乖躺在床上,既不打鼾也不说梦话。一张时而清晰时而模糊的面孔在他脑海中飘荡,忽而叠成一个,旋即又散成千万个。胃在烧,灼得心脏也发烫,熬出一些字句,争先恐后往外涌。他张了张嘴,想为它们放行,却只挤出"嘀嘀"

的呻吟。

冉冰鸢趴在被窝里，朝空气挥着手，喃喃自语，念的是《中国革命史》第四章第一节第五小段。

5

不知过了多久，郑能谅蓦然醒来，发现冉冰鸢还在呼呼大睡，霍九建却没了踪影——以他的酒量自然不会醉的，想必是夜跑去了。时针渐渐逼近晚上 11 点，郑能谅忽然想出去走走，便披上外套，裹起围巾，轻手轻脚地为冉冰鸢盖好被子，掩门而去。

老纪正低着头在刷牙，听见下楼的脚步声，锐利的目光立刻切着眼镜框的上沿扫了过来，一声意味深长的叹息紧随其后从鼻孔喷出。他知道，这个时间出门的都是打算夜不归宿了。郑能谅没有解释，也没想好要去哪里，他只是觉得今天是自己的 18 岁生日，意义非凡，如果像坨烂泥似的粘在高低铺上囫囵而过就太无趣了。

风舞长街，云撩寒月，郑能谅喝下两罐啤酒，顿时热血沸腾地开启暴走模式，一口气从南郊大学城冲到了东郊城乡接合部。站在陌生而冷清的街道上，他又开始怀念高低铺，转身往回走，却忘了来路。他就这样漫无目的地游荡在这座半睡半醒的城市里，脑海里又冒出那张面孔，往事便如春蚕吐丝般细细抽出。左拐右拐，转入一条逼仄的小巷，闪烁的灯光和醒鼻的浓香立刻将他从回忆中拽了出来。

浓香从左手边飘来，是个简易的烧烤铺，小贩正一边在铁板上煎鸡蛋饼一边在烤架上翻羊肉串，左右开弓，忙得不亦乐乎。一对穿着宽大校服的中学生站在铺子前，手拉着手，清澈的眸子闪闪发亮。灯光来自右手边，那是一幢小楼，门窗上胡乱挂几串小彩灯，地上斜插一块黑板，上面歪歪扭扭爬着几行五颜六色的大字：远古怪兽复活记、吃人魔鬼和哑巴宠物、三颗痣的传说、不能看的录像、好色大汉奸……在这些大字的缝隙里，还穿插着叫人浮想联翩的介绍词。

郑能谅对这种地方不算陌生，进入大学后的第一个光棍节，本系的学长们就邀请全体新生去西大街最豪华的录像厅看了场岩井俊二的《情书》，把一帮小姑娘感动得稀里哗啦。那家录像厅比眼前这个要大得多，也贵得多……说到贵，眼前这黑板上的标价可真叫人心动啊，15块钱包夜！

既然无处可去，不如就看通宵吧。郑能谅心里这么想着，却又有些忐忑，毕竟从来没有在录像厅过夜的经历，里面有被子盖吗？有枕头吗？有没有热水洗脚……管他呢，今天我18岁了，是个有选举权的成年人了，就应该像个成年人一样，玩耍、冒险、过夜生活。酒吧、歌舞厅、咖啡屋、夜总会……这些资产阶级腐朽堕落的娱乐方式是不适合我这种充满正能量的阳光少年的，看录像不同，属于文化生活，是积极向上的，可以开阔视野、增长知识，就算看外国片也是师夷长技以制夷……想到这儿，郑能谅将兜里的27块6毛5捏得更紧了。

接过钱的售票大妈瞄了他一眼："一个人？"

"嗯。"

"小伙子，今天搞活动，情侣座20块，饮料半价。"

"不用了，我一个人看。"

"一个人？看通宵？"大妈对单身汉的消费能力既失望又鄙视，目光幽幽飘向烧烤铺前那对小情侣，仿佛在说："连中学生都比你强……"

郑能谅刚鼓起的勇气嘶嘶往外泄，心虚地解释道："我女朋友在家……睡了。"

大妈毒辣的目光又缓缓挪向他的右手，坏坏一笑："不是在呢嘛？"

士可杀不可辱，郑能谅哼了一声扭头就走，身后传来急切的挽留："哎，别走啊，一个人看也行的，别走啊……"

拐过街角，上了人行道，马路对面有个公用电话亭，郑能谅的计划是把秦允蓓约出来一起看通宵录像，让售票大妈见识一下，他也是有女朋友的人。可刚走到马路中间，他就发现这么做实在不妥：仅仅为了挣个面子，大冷天把小姑娘从被窝里拽出来，是为不仁；约她看通宵录像，肯定会让她以为他在感情上有所企图，释放出错误信号，是为不义；身上酒气未散，今天过生日和他能喝酒的秘密都会被她识破，是为不智。如此不仁不义不智之举，发生在 18 岁第一天的最后一个小时里，岂不贻笑大方、遗臭万年？

这么一转念，他的双脚便下意识停住了，忽然耳畔传来一声急刹声。一股劲风，两束灯光，混着粗犷的嗓音："我不愿相信真的有魔鬼，也不愿与任何人作对。你别想知道我到底是谁，也别想看到我的虚伪……"

被惊出一身冷汗的郑能谅定睛一看，一辆比他的腰还低的金黄色跑车正停在他左腿外侧三厘米处，不安的马达发出呜呜的沉吟，似乎对刚才险些发生的亲密接触还心有余悸。司机比车要淡定一些，关掉音乐，轻轻摇下车窗，探出半个脑袋来，捋了捋额前的头发，礼貌地问道："不好意思，你没事吧？"

这几个字像一串铃铛落在地面上，清脆动人，更动人的是那无可挑剔的脸蛋和身材。眼前的一切都很新奇，郑能谅认不出这车的款式，也看不清那标志上到底是马还是牛，车的外形倒是似曾相识,用力一想,好像在动画片《变形金刚》里见过。这姑娘十八九岁光景,长发瘦脸,五官精致,看上去也似曾相识,用力一想,好像在挂历上见过。一缕清香顺风飘来,浓而不腻,艳而不俗,闻起来也似曾相识,用力一想,没想起来。

以他的性格和习惯,应该大度地回上一个友善的微笑,说声"没事",然后飘然而去,但今天是个不一般的日子,此情此景也很特别,于是,一个大胆的念头蹦了出来。

他露出友善的微笑,不慌不忙走到车门边,微微弯下腰:"不,我有事。"

姑娘看了看他,又朝车前方努了努嘴:"有事?那应该躺在地上嗷嗷直叫才对啊!"

郑能谅露出酒窝:"不,你技术很好,没有撞到腿。"

"那是撞到脑袋了?"她一本正经地开着玩笑。

郑能谅忍住笑,直奔主题:"撞哪都不算事,约你才是正事。"说着,他彬彬有礼地伸出一只手。

一丝意外在她眉宇之间稍纵即逝:"哦?约什么?"

"看通宵录像。"这答案就有点不着调了。姑娘怔了怔,开始认真地观察郑能谅的眼睛。这是表明诚意的好机会,他没有回避,报以专注而恳切的目光,并郑重地补了一句:"没别的意思,今天是我生日。"

这时,副驾驶座上的手机响了。姑娘拿起来,瞟了一眼来电号码,没有说话,咔一声推开车门,刚跨出一条腿,又返身到车后座去抓出来一大束玫瑰花,鲜红如血,艳光四射。她一扬手,将它们甩向路边的垃圾桶,又看了眼手机,关了机,丢回车座,锁上车门,轻抬玉臂:"走吧。"

郑能谅一伸胳膊,忙又缩了回来,脱下脏兮兮的手套一丢,然后从口袋里摸出一双干净的白手套，认真戴好。

姑娘秀眉轻舒："呵，真讲究。"

他当然不会告诉她真相，谦虚地笑笑，轻轻捏住她修长的手指："我叫郑能谅，很高兴认识你。""一听名字就是个'三好'学生，叫我阿珧就好。""阿摇？难怪步态如此摇曳多姿。""'三好'学生的嘴可没这么甜。"

令郑能谅意外的是，穿着时髦的阿珧对巷子里的脏乱毫不嫌弃，眼神中透着好奇，一开始还优雅地一步一摇，不一会儿就索性挽住了他的胳膊，俨然相识甚久。当造型和气质天壤之别的两个人有说有笑地出现在录像厅前时，售票大妈的世界观被彻底颠覆了。

"通宵，情侣座！"郑能谅掏出一把零钱往桌上一拍。

大妈不敢相信："你俩是？"

"看不出来吗？需要开证明？"郑能谅的气一下顺了。

"不用不用，挺好，挺配的。"

"再来两瓶饮料！"郑能谅一边吩咐，一边柔声问阿珧，"想喝什么？"

"你喝什么我就喝什么。"阿珧很配合地朝他肩膀上一靠，散开瀑布般的秀发，露出雪白的后颈和一个蝎子文身。

郑能谅眉头微斜，目光轻轻一点，又飘回柜台。他抽出两瓶矿泉水，付了一瓶的钱，又要了一袋瓜子和一包薯片，拉起阿珧的手，满面春风地进了录像厅。

6

掀开厚厚布帘的一瞬间，郑能谅被深深震撼了：压抑的空间、昏暗的光线、模糊的荧幕、凌乱的摆设，汗臭、脚臭、狐臭，酒味、烟味、尿骚味……各种古怪的气息扑面而来,鼾声、笑声、嘘声、聊天声、吃喝声、呻吟声……各种频率的噪音绕梁不绝。

这一切似一记当头棒喝,将郑能谅从迷失边缘唤回理智正轨。他瞬间意识到,来这种地方实在是一个糟糕的决定,而邀请一位素不相识的姑娘过通宵更是鲁莽又荒唐,不由尴尬万分:"这么脏……还是别看了。"

"不会啊,挺好的,"阿珧竟毫不介意,"票都买了,不看多可惜。"

郑能谅也很心疼票钱,可左思右想还是觉得不妥:"环境太差了,这要看一个通宵哪受得了?"

"咳,不瞒你说,这是我第一次上录像厅,也是第一次看通宵,不体验一下哪知道自己错过了什么样的乐趣,而且那些片子都很好看的样子,好期待。"阿珧紧紧握着他的手,双瞳在昏暗中闪闪发亮,无论说辞、腔调、神情还是肢体语言都充满了说服力。

郑能谅从小就是影迷,可门外黑板上写的那些片子他竟然全没看过,尤其是最后的压轴戏——《好色大汉奸》,看片名就知道是一部集战争、历史、伦理、爱情、动作等流行元素于一身的片子。他开始犹豫了。

阿珧轻轻松开他的手,半开玩笑半幽怨道:"唉,你要是真不想看我也不强留,记得把瓜子、薯片、饮料留下噢,我一个人看通宵。"

"哪里哪里,看通宵是我的提议,哪能把你一个人丢这儿?你不介意就好,既来之则安之嘛。"郑能谅忙打消了离开的念头,举目四望,在角落里找到一张空的双人沙发,拉起阿珧的手,弓身穿越重重"障碍",落座看片。

荧幕上正在放《侏罗纪公园》的高潮部分,阿珧被惊险刺激又血腥的画面深深吸引，没去计较老板对片名的偷梁换柱。静下心来的郑能谅却在反思自己刚才的一系列举动：究竟是什么原因让我像完全变了个人似的，如此主动地和异性搭讪，又坐在这张带有特殊含义的沙发上，还要通宵？要是在以前，跟陌生姑娘说一句话我都会脸红的呀！

直面内心，缘由隐现：当他第一眼看见阿珧时，脑海里浮起一个久违的熟悉名字，这名字所代表的人物和阿珧有相似之处。可究竟哪里像，他也说不出，笑容、眼睛、身材，还是香味？每一个细节单独比对都不像，可放在一起，又能马上让他的记忆穿越时空。时空深处的那些片段就像美杜莎的眼睛，让他不敢正视，又无法抗拒它们神秘的魔力，不小心看上一眼，思维便被石化，世界也凝固了。

一阵骚动打断了郑能谅的思绪，四周有人发出了嘘声，有人用方言骂着脏话，还有人朝荧幕丢了个易拉罐。他抬头一看，片子已经换成了《沉默的羔羊》。

"哈哈，吃人魔王和哑巴宠物，老板真会玩。"阿珧不怨反喜，饶有兴致地脱了高跟鞋，盘腿坐好，撕开包装袋，嗑起了瓜子。郑能谅不禁又想起了秦允蓓，要是那丫头上录像厅，应该也会这么随性。不过她说过从小就不敢看恐怖片，何况认识几个月来，他还没跟她一起看过电影，甚至连她的手也没有正儿八经地牵过，顶多偶尔拉拉胳膊、拍拍肩膀，与普通朋友无异。他能感受到她超越友谊的情意，却还没打算升华彼此的关系，所以这一夜不便与她在一起，反倒是陌生人更容易亲近。

眼前这场不期而至的邂逅令郑能谅既好奇又紧张，阿珧时而神秘，时而优雅，时而风趣，像一缕捉摸不定的清风，一泓变幻莫测的清泉，映出一个个熟悉的身影。望着这些身影，他也渐渐回归自我，重新变成那个含蓄内敛的少年。似乎为了表明自己的确只是来看录像而无非分之想，他正襟危坐，呼吸沉稳，庄严肃穆地盯着荧幕，即便四周啃爆米花、嗑瓜子、吮鸡爪、嚼口香糖的交响曲提醒他这里是录像厅而不是教堂，他也不敢朝身旁多看一眼。

当验尸官从"野牛比尔"的第一个受害者的喉咙里取出舞毒蛾茧的时候，背景中响起了诡异的呼吸声。郑能谅感到有点不自在，下意识地将目光挪向一边，却见阿珧正直勾勾地盯着屏幕，脸上浮起一丝难以捉摸的笑容。

忽然，她转过头来，与他四目相对："看什么？我脸上也有舞毒蛾茧？"

郑能谅双颊发烫，忙指着荧幕解释："没，我最怕毛茸茸的东西了。"

"多美呀！"阿珧笑嘻嘻地往嘴里塞了把薯片，嘎吱嘎吱地嚼起来，"还记得第一次看的时候，我就被海报上那只带骷髅背纹的飞蛾吸引住了，用放大镜看才发现那骷髅原来是七个裸女组成的。"

"嗯，《达利的骷髅头》，达利跟哈尔斯曼的作品。"郑能谅对她的兴趣点和观察力感到有些意外。

阿珧似懂非懂地眨了眨眼睛："不认识，反正挺美的。"说完扭过脸去继续看片，只见汉尼拔博士正用圆珠笔的金属丝打开手铐利落地杀死了看守，她又情不自禁叫了声："酷！"薯片的碎末应声喷出，似一道血雾。

直到第三部片子开映，阿珧的兴致才悄然退去，当《一生所爱》的旋律撩得一屋子人泪眼婆娑的时候，她却沉沉睡着了。郑能谅终于有机会细细打量身边这位神秘来客，她的睫毛细密、修长,像两扇漆黑的竹帘;她的鼻梁白皙、挺拔,像一座陡峭的雪山;她的呼吸轻盈、舒缓,像凌空飞舞的蒲公英;她的香味绵柔、纯净,像入口即化的棉花糖;她的嘴唇鲜红、饱满,像肥而不腻的火腿肠……

咦?画风不对,原来是肚子饿了,一看表,凌晨两点。郑能谅不忍惊醒熟睡的阿珧,只好用她吃剩的瓜子充饥。不多时,他也倚在沙发背上睡着了,之后发生的事让他整个后半夜都在梦境、现实和幻境中来回折腾,时而欢喜,时而恐悸,最终从一场噩梦中落荒而逃。惊魂未定,眼前赫然出现一张苍老冷峻的面孔,在刺眼的阳光笼罩下宛如天神降临。郑能谅被唬得睡意全无,肃然起敬,揉揉眼睛,发现还是个"女天神"。

"喂!让让!散场了!"扫地大妈挥了挥手里的鸡毛掸子,扬起漫天尘絮。

郑能谅忙闪向一边,生怕触发盗格空间,胳膊在沙发坐垫上一撑,才发现不对劲:"咦,阿珧呢……阿姨,我边上那姑娘去哪了?"

"什么姑娘?我才来了五分钟,沙发上就你一个人。"扫地大妈说着弯下腰,从一堆垃圾里扒拉出一个皱巴巴的薯片包装袋递给他,"喏,还有这个。"

郑能谅接过一看,撕开的包装袋内侧留着一串用口红写下的数字:195148。这是啥?电话号码?太短。门牌号?太长。生日?太老。数字密码?太难。他忽然灵光一闪:"不会是三围吧?"随即连连摇头:"不可能,那还是人么!"

他走出录像厅,只看见烧烤铺和几个吃早点的人,穿过小巷回到车来车往的街道上,那辆金黄色跑车已不见踪影。他忽然觉得刚刚过去的几个小时恍然若梦,这场邂逅奇妙得不够真实,阿珧又缥缈神秘得像画中人，而他的表现更是反常。这一切或许都不存在，并没有什么跑车与姑娘，也没有相遇和分离，他只不过一个人看了场通宵录像，睡了个觉，其间产生了一些幻象。

这个念头只持续了数秒，他使劲搓了搓冻得发僵的双颊和鼻梁，指间的香味还未散尽，薯片包装袋上那串数字也分明是女人的口红和字迹。更确凿的证据是，昨夜他又遇见了那棵海棠树。谁先碰了谁已不重要，重要的是他看见了未来的阿珧，并为她做了个重要的选择。

之后很长一段时间，郑能谅都没有再见过阿珧，两人初遇的地方已改头换面，老旧的录像厅人去楼空，小巷也被拆得七零八落，准备动土兴建一排商务写字楼。偶尔路过此地时，郑能谅还能瞬间回想起那个充满意外的夜晚，眼前便跃出那些牛头不对马嘴的片名，耳畔响起马达的低吼，鼻尖传来醉人的气息。

"走火入魔啦？盯着人家的报纸发什么愣？"秦允蓓伸手在郑能谅眼前连打几个响指，把他从一年前的回忆中唤入现实中来。

郑能谅眨了眨眼睛，抬手看看表："我是在想，你要是再没完没了地吃下去，口语课就迟到了。"

"见鬼！回见！"秦允蓓一把抓起单肩包飞奔而去。

郑能谅上午没课，不慌不忙吃完早点，看看秦允蓓留下的一大桌空盘，乖乖把学生证押给了老板，一个人回309宿舍。宿舍门半掩着，隐有歌声飘出，柔美的旋律略带忧伤。冉冰鸾的床在门边下铺，一道倩影侧卧其上，面朝里，手里翻着一本书。郑能谅靠着门框，静静聆听这首动人的歌曲，不忍心扰了未来嫂夫人的雅兴。

宋颖哲是冉冰鸾的女朋友，蕙质兰心，气韵不凡，是个典型的知性美女。冉冰鸾也堪称模范男朋友，蕴藏着取之不尽用之不竭的温柔与浪漫，又很专一，面对他父母对两人关系的强烈反对依然坚定不移。这种执着的叛逆，在同龄人眼里看来就是完美理想的爱情。所以朋友们都深信这一对璧人毕业后就会结婚生子，过上童话里王子与公主的那种幸福生活，白头偕老。郑能谅向来只对两种人特别尊敬：一种是长寿者，因为生存在这个浮躁且危险的世界上需要极大的智慧和勇气，所以活得时间愈久之人便愈有高明之处，值得尊敬；另一种便是对爱情持之以恒的人，这道理更简单，长久不变的爱情，往往比长生不老更难。

"大禹同志，三过家门而不入呢？"宋颖哲笑道。

郑能谅轻轻拍着手："好惊艳的曲子，听入迷了，还以为走错房间了呢。"

"柳拜乐队，"宋颖哲从身后摸出一个磁带盒，"俄罗斯的披头士。"

"刚才这首叫什么？"

"《在那浓雾后面》，我的最爱。"

"你的最爱不是鸾少嘛。"

"哼，"宋颖哲扬了扬手里的《寻秦记》，佯装怨愤道，"别提那负心汉啦，都不知道穿越到哪个时空去了，害我在这独守空房。"

"我想他肯定是穿越回上辈子找你们前世的定情信物去了吧。"

宋颖哲扑哧一笑："万一他发现我的前世比现在漂亮，舍不得回来怎么办？"

郑能谅朝空中勾了勾手指，道："那就让他的前世穿越回来陪你，总不能让前世的你一妻多夫吧？"

"想得美，他的前世要是个丑八怪，我不亏大了？"宋颖哲撇了撇嘴，突发奇想，"你说，要是真的被分隔在不同的时空里，两个相爱的人还有没有可能感应到对方呢？"

郑能谅心弦一震，将视线挪向墙上的世界地图，幽幽道："真正的爱情，应该就像爱因斯坦预言的原初引力波一样，是不会被时间和空间所抹除的。"

宋颖哲听出其中的弦外之音："勾起你的思念了？"

郑能谅嘴角微翘："思念就像腿毛，不去刮它容易引起瘙痒，刮了它却长得更凶猛。"

"唉，"宋颖哲叹了口气，"一直很好奇，到底是个怎样的奇女子，能叫你如此念念不忘？"

每个学期放假，郑能谅都要坐30多个小时的火车，越过数不清的城市和村庄，经过数不清的车站和人群，遥望天边有缘无分的日月轮替，细数窗外稍纵即逝的熟悉风景，淡看流云和繁星追逐嬉戏，静听车轮与铁轨窃窃私语，随着一去不复回的黄河长江一道向东流，恍然觉得这便是人生。渐近江南，一个令人耳目一新的绿色世界伴着晨曦跃入眼帘。他托腮倚窗，享受这片宁静，任思绪在弥漫着青草香的天地间随风飘摇。下一秒发生什么都不重要，只见往昔。

宋颖哲这句不经意的玩笑就像那突如其来的盗格空间，令郑能谅陷入了回乡之旅般漫长的沉默。

第三章　一念成痴

1

上中学的时候,郑能谅是一头骆驼。

首先发现这个秘密的人是生物老师,他长着一只比老鹰还标准的鹰钩鼻,连眼睛都像是从老鹰身上移植过来的,一眼就能看得学生们不寒而栗。他脾气很好,至少对郑能谅特别客气,因为其他学生在他的口语中都是"蠢猪""傻鸟""笨驴"之类的低级动物,远不及郑能谅的"骆驼"这么高贵大方、亲切含蓄。

郑能谅一直觉得生物老师赋予每个学生动物代号之举寓意深刻,用心良苦:一、出于对所教专业的满腔热爱,从心里到眼里都只有动物,乃至情不自禁脱口而出;二、学生太多,担心认错人,不得不借用一些浅显易懂的专业术语以便区分;三、为了帮助学生们更好地认识各种动物,用这种方式让大家身临其境地体会一番当动物的感觉。

多年后,郑能谅重回母校,希望能当面求证这些推测,可生物老师早已经从商去了,剩下他独自伫立校园一角,注视着熟悉的景物和陌生的人流,搜寻着自己当年的身影。

时钟飞速倒转,停驻于那个秋日的午后。郑能谅依然站在原地,操场上人声鼎沸。运动会总是与他无关的,因为他对大多数比赛项目都有偏见。他不喜欢跑步，绕着草坪兜几圈最后还是回到原地，吃饱撑的；不喜欢跳高，跳得越高摔得越疼，简直自虐；不喜欢游泳，天知道别的选手会不会偷偷尿在池子里，想想都脏；不喜欢篮球，冲来撞去的太危险，对抗竞争的风格也与他谦让随和的性格格格不入，后来好不容易在同学们的怂恿下玩了一次，还摔出个脑震荡——可见他的偏见不是毫无道理，也可能是冥冥中篮球运动对其偏见的报复；他对标枪没有偏见，可是观众那么多，他不知道会扔到谁的头上；他喜欢吃叫花鸡，非常喜欢，可惜它不是运动会项目。

郑能谅不上场比赛，也不加入啦啦队。班主任说这样很不好，脱离集体，缺乏参与意识。可郑能谅积极参与了，他给女运动员们倒水、递毛巾、打扇子，心情好的时候，还会写写广播稿，《啊，体育！》《啊，铅球！》之类的，每每逗得播音员们花枝乱颤。播音员都是精挑细选出来的漂亮女生，见她们笑，他也很开心。然后班主任过来严肃地批评他："我们班都输掉了，居然还这么高兴！"

郑能谅知错就改，于是用参加追悼会的表情观看比赛，庄重肃穆的形象使他被校保卫处一眼相中，破格提拔为维持秩序的纠察队员。可好差事没干多久就黄了，原因是他在工作期间走神。这一走，走了很远。

37摄氏度，无风。郑能谅站在跑道一侧的土坡上，靠着树干，透过枝叶仰望蓝天，万里无云，空气微香。他不喜欢这种大晴天，阳光灿烂得有些虚假，放荡的热浪也令人反胃。他灌下半瓶汽水，口舌生津，呼吸顺畅，气定神闲，爽得不得了。然而一分钟后，这一切将不复存在。

女子百米跨栏比赛即将开始，广播里传来声音甜美的诗朗诵，郑能谅的目光顺着跑道游向起点，五个女孩正并排做着准备活动：一号试图弯腰，却被腹部汹涌的脂肪挡住了，显然与鼓励奖很有缘分；二号是个小家碧玉型的姑娘，正在为运动服的暴露而愁闷不已，缩手缩脚打算把每一寸肌肤尽可能地裹起来不让人看到，估计在跑步过程中将因含胸低头而撞上跨栏；三号……郑能谅怎么也无法回忆起四号与五号的模样，一点印象都没有，只因为在鉴赏她们之前，他望了一眼三号。

只一眼，他便意乱情迷；只一眼，他便望尽了前生后世。很多人都期望自己拥有言情小说里描述的这类特异功能，可那些其实都是虚幻的。郑能谅的真实经历是：三号，从远处看，是个留着齐肩短发的女孩，五官端正，但还算不上天使；身材匀称，却也比不过魔鬼。

他对这个女孩并没有特别的眼缘，这也许同他的近视眼和当时的日照强度有关，总之他的视线毫无留恋地从她身上飘开了，沿着跑道游向终点，在三分之二处忽然被一团刺眼的亮光阻住了。他挪了挪脚，换个角度观察，发现那似乎是一块银灰色的瓷片。它约莫手掌大小，呈半锥形，唯一的反光面正对着他刚才的位置，难怪跑道两头的人都没有发现它的存在。目测它顶端的锋利程度足以刺穿运动员们的鞋底，郑能谅瞟了一眼右臂上的红袖章，瞬间感应到了使命的召唤，毫不犹豫地挺身而出。与此同时，发令枪猝然响起。接着，他的额头破了。

郑能谅并不是非常顺利地就把额头弄破的，中间经历了一串复杂连贯的动作：他顺着弧形土坡的表面向下做变加速运动，身体同时在做不规则自转，当滑至某一点时沿切线飞出，而后迅速成为自由落体。由于这些方程式比较烦琐，郑能谅的理科又向来很薄弱，因此无法在下坠期间做出精确的计算，以至于着地时不幸脸朝下。

　　这一切，与发令枪声的分贝、土壤的疏密度、郑能谅的身体平衡性等因素都有着错综复杂的关系。当他躺在大地的怀抱里享受着剧烈运动后的平静时，跨栏选手们的铁蹄已近在咫尺。他面无惧色，因为已经有些神志不清。只听见一阵慌张凌乱的惊叫和脚步声，恍惚间，他被好几双胳膊架了起来，送往医务室。刚走出两步，前面一人脚一崴，一个趔趄，把他又重重摔在地上。本来额头只是皮外伤，没想到真正遭殃的却是屁股——那块半锥形的瓷片在那儿恭候已久，迫不及待地一头扎了进去……

　　医务室的值班小护士给郑能谅包扎好伤口，做完皮试，打了破伤风针。望着这个趴在病床上哼哼唧唧的菜鸟纠察，跨栏裁判员严肃批评道："你说你个纠察不好好维持秩序，上蹿下跳搞什么？一下冲进跑道来，知道有多危险吗？！"

　　郑能谅很委屈："我是看跑道上有块瓷片，怕伤到人，想下去清理掉。"

　　裁判员瞅瞅他包着纱布的屁股，又好气又好笑："你就这么清理的啊？用屁股和瓷片同归于尽？"

　　"那是我能控制的吗？我当时都神志不清了，哪能想到你们几个顾头不顾腚呀？"郑能谅环顾四周道，"我说，把我屁股撂地上那兄弟，是不是瞄准了瓷片才松手的哈？"

　　裁判员哈哈一乐："什么兄弟？那是个小姑娘，能抬起你一条腿已经很不错啦！"

　　正说着，一名高个子男生推门而入，对裁判员说体育教研室主任找他。"那我先去忙了，你好好休息，已经有人去通知你班主任了，他等下就来。"裁判员说完便随那人离开了。一想到班主任那硬邦邦的表情和假惺惺的问候，再想到她肯定会拿他挂了彩的屁股开玩笑，郑能谅就趴不住了，翻身下地便要走。可小护士热情又负责，死死拽住他的裤腰带挽留道："别走！针钱还没给呢！"

郑能谅指指右臂上的红袖章："因公负伤，没跟你要抚恤金就不错了。"又指指腰间："快把手撒开，孤男寡女拉拉扯扯成何体统？"

"抚恤金找保卫处要去，我只管你要打针的钱，五块！"小护士不依不饶不松手。

郑能谅摸遍了所有口袋，只找到皱巴巴的七角五分，尴尬一笑，道："钱包在教室里，我先打个欠条可以不？"

小护士是个讲原则的人："现金。"

"唉，你这人怎么这么死板呢，我又不会赖你账，要不我把红袖章押你这。"

"谁稀罕这破玩意儿。"小护士一脸鄙夷，又紧了紧抠在他腰带里的手指。

"得！腰带押给你，可以了吧？"郑能谅说着就要去解腰带，匆忙间摸到了她的手背。幸好此时的他还只是个普通人，并没有"激活"盗格能力，可小护士却似触电般惊叫起来："啊，耍流氓啦！"喊归喊，手依然不松。

"好啦，好啦，我不动，我不动啦，别号了。"郑能谅立马缩回手，连声求饶道。为了不让耳膜被震破或者腰带被扯掉，他不敢再刺激她，两人就这么僵持着。这时，门吱呀一声被推开，清风拂面，清香扑鼻。出现在门边的是一位穿校服的短发女生，与郑能谅差不多年纪，个头比他略矮几分，一手夹着两瓶扒开了插着吸管的汽水，一手拿着随身听。隔音效果并不好的头戴式耳机漏出嗡嗡的声响，宽大的校服也遮不住她玲珑的身材和新鲜的活力，进门的瞬间，她还伴着节拍轻轻摇着小脑袋，一见眼前这一幕，才按下暂停键，纳闷道："你们在干吗？"

小护士飞快地收回手，满脸通红。郑能谅看看不速之客，又看看小护士，再看看裤腰带，磕磕绊绊地解释道："呃……打，打针嘛……她给我打针……我腰带……紧，解不开……她帮忙来着……嗯嗯！"

"哦，"短发女生若有所思地点点头，"那你们继续吧，我先出去。"说着，她转身去拉门把手。

"别！"郑能谅忙叫住她，却又不知说什么好。

女孩回过头，诧异地望着郑能谅写满求助的眼神，明白了他的意思，不禁有些不好意思："这个……我对解腰带这种事也不是很专业，实在帮不上忙。"

郑能谅正哭笑不得，却被小护士一指鼻尖："这人打针不给钱。"他觉得没面子，刚要辩解，谁知短发女生二话没说，掏出五块钱就给了小护士。

走在自由的蓝天白云下，郑能谅余愤未消："哼！谁欠她了？我是纠察！公伤！"

"不就五块钱嘛，赎个大活人出来很划算了。"短发女生笑着摆摆手，白净的腮帮上绽开两瓣浅浅的酒窝。

"五块？我好歹也值个50吧，"郑能谅看着这张春意盎然的面孔，觉得有些眼熟，"我们是不是在哪见过？"

短发女生抿了抿嘴，有些不好意思："嗯，是的，你之前突然从天而降在跑道上，我差点把你的脑袋踩成鸡蛋饼，幸好反应快刹住了，不过没想到抬你的时候脚崴了一下，结果还是害你的屁股摔成了鸡蛋饼。"说着，她将手里的汽水递给他一瓶，"喏，赔个礼。"

三号，原来是她。近距离观赏，确实有些不同，不仅与之前的感觉不同，而且与别的漂亮女生也有很大的不同。这张脸蛋算不上倾国倾城，但每一个组成部分都很有特点。她的眉毛颇具宫崎骏的画风，轻描淡写；她的双眸胜似冰川的清泉，干净通透；她的鼻梁宛如雨后的淡竹，挺拔俊逸；她的双唇蕴藏弗拉明戈的血液，倔强不羁。刚才隔了几十米竟没发现她的美，郑能谅接过汽水，自言自语道："是该配副眼镜了。"

"什么眼镜？"三号没听懂。

"啊，我是说你如果戴眼镜一定很有学问，居然能想到鸡蛋饼这么生动有趣的比喻，"郑能谅趁机转移了话题，"为什么说鸡蛋饼，而不是梅菜饼、牛肉饼、老婆饼呢？"

"因为鸡蛋饼和音乐一样，都是我的最爱嘛。"三号指了指挂在脖子上的头戴式耳机，俏皮地扬了扬眉头。那耳机造型可爱，两端接口处还分别贴着花仙子和阿拉蕾形象的贴纸，与她脖子上柔美的线条相得益彰，令郑能谅看得入迷，也让她感到一丝羞涩："你在看什么呀？"

郑能谅意识到自己的失态，忙把那耳机拉来做挡箭牌："呃，这里面放的音乐好好听啊，是什么歌？"

三号莞尔一笑："哦，我都忘关了，《It's Oh So Quiet》（《如此安静》），丽莎·爱克妲唱的，有点慵懒，又有点清新，正适合在这种阳光懒洋洋的日子听。"

对郑能谅来说，和火星文没区别的英语单词用她那醉人的声音通过她那精致的小嘴注入空气中，无异于在大旱三年的荒原上下了场桃花雨，让他除了赞美就没别的选择了："哇，我连26个字母都没记住呢，你都能听英文歌了，还是这种大师级的音乐，简直太厉害了！"

"嗨，其实就是不务正业啦，音乐又不是必修课。"三号谦虚地岔开了话题,"对了,刚才还多亏你半路杀出,要不然那瓷片正好嵌在我那条跑道上,我的脚就遭殃了。"

郑能谅憨憨一笑,低头看着袖章:"为人民服务嘛。"

初一那年,郑能谅无不良嗜好,不喝酒,不抽烟,不打架,不吃陌生人给的东西,不当着人的面说限制级的动词,不在感叹句中提及别人的六亲,这些优良传统一直保持到大学毕业;他也不旷课,不作弊,不和漂亮姑娘搭讪,不主动牵女同学的手,不跟异性打情骂俏,后来与时俱进,偶尔也入乡随俗。

在三号眼中,郑能谅有些木讷。在郑能谅眼中,三号很特别。可他说不出哪儿特别,那时的他还不懂如何欣赏和赞美异性,只凭着本能的嗅觉,发现她身上有一缕淡淡的青草香,很好闻。平生第一次和女生说话超过了三句,第一次接受女生送的礼物,第一次接触如此特别的气味,好奇、迷惑、陶醉,各种感觉涌上心头,他不知所措,只是傻傻地笑。他并没有意识到自己那双眼睛其实会说话,也不知道自己的酒窝跟她的清香其实有异曲同工之妙,对于自己身上的这些优点,他一无所知,因为他从来没有撒泡尿照过自己。

两人嘬着吸管,看着地面,漫步在校园里。郑能谅一瘸一拐,左思右想,才想出一句蹩脚的对白试图打破尴尬:"我叫郑能谅,初一(1)班的。"

"孟楚怜,3班。"她微微侧脸,把目光投向他,却发现他刚刚抬起的视线如触电般闪开,便缓缓转回来,用力吸了一下吸管,继续认真地踢着路上的小石子。

"哦,挺好。"郑能谅刚和她目光相交,瞬间心乱如麻,竟不知如何往下接,恨不得前面有条地缝让自己钻进去。地缝没有出现,却蹦出个小房子来,是家便利店。如遇救星的他马上提议进去看看，一进店，他买了包话梅请她吃，也趁机打破了无话可说的僵局："一点薄礼，不成敬意，感谢你把我从小护士的魔爪里救出来。"

似乎是在攀比，孟楚怜又变魔术似的掏出一块巧克力："那我还要感谢你帮我躲过了跑道上的'暗器'呢。"

玻璃柜台下也有巧克力，价格抵得上十包话梅。可孟楚怜拿出的这一款包装精美，只在电视广告里出现过。郑能谅怀着激动而好奇的心情接过，本想永久保存，却经不住那透纸而出的浓香的诱惑，匆匆撕开，一口吞下，给它留了个全尸。这是他有生以来首次与人礼尚往来的记载，气氛也变得轻松起来，两人又各拿了一瓶汽水，有说有笑地出了便利店，穿过柳树林，绕过教学楼，沿着斜斜的坡道走上一座被拆得七零八落的旧看台，居高临下，整个运动场一览无余。

"这里视野真好，一起看比赛吧。"孟楚怜提议道。

"好啊！"郑能谅求之不得。

"嗯，你等一下。"说着，孟楚怜一溜烟消失在教学楼的拐角。不一会儿，她又抱着一只秀气的小抱枕飞奔回来，双手递给他："垫着坐不疼。"

郑能谅心头一暖："谢谢，哪来的？"

"我午睡用的枕头，很舒服的噢。"

"这个……不太合适吧，你垫头的，给我垫……"

"咳，抱枕我多的是，这个就送你了，你不会是嫌我脑袋脏吧？"

"没有没有，我是觉得把在你头上用过的东西拿来坐在屁股下，对你不太礼貌。"

"照你这么说，我每次去理发店剪下来的头发还被不知道多少人搁脚下踩来踩去呢，不是更不礼貌？"

"呵呵，有道理噢，那我就不客气了。"郑能谅说着接过抱枕，对着屁股一比画，发现连半边都挡不住，不禁尴尬地自嘲道，"呃，怎么感觉像在磨盘上煎荷包蛋？"

"哈哈哈！"孟楚怜被逗得大笑起来，整齐洁白的牙齿仿佛飘在半空的云。

"有了！"郑能谅灵机一动，就地卧倒，双臂交错搁在这精致的抱枕上，托着下巴左看右看，"嗯，挺好。"

"这姿势不错，正好给受伤的屁股晒晒日光浴。"孟楚怜笑着取出手绢，铺在地上，坐下来和他一起看比赛。

天很蓝，风很轻，阳光也柔和了许多，成群的白鸽在空中划出各种图案，广播里放起荡气回肠的《The Promise》（《承诺》），两个人一坐一卧，喝着汽水，谈笑风生。时光缓缓淌过这个夏天，滋润了两片心田。

2

命运可以选择，却不可预料，它有时奇妙，有时又莫名其妙。

几个月后，郑能谅又摔了一跤，比运动会那次更严重，后脑着地，不但摔出了轻微脑震荡，还激活了盗格能力。他也曾怀疑这盗格能力极有可能在运动会那一摔时就已经被激活，但细细想来，当时孟楚怜和小护士都接触过他的身体，却没有触发盗格空间，可见那一摔还不够狠。

盗格空间的出现已经让郑能谅感受到了命运的奇妙，然而在初二到来前的那个夏天，他才真正见识到命运的奇妙，以及莫名其妙。之前他为了深入了解盗格空间，多次有意触发，做出了不少选择，竟然都在他人生中的第一个猴年马月里——应验：学习委员郭文婧作为全县唯一一名入选市代表队的选手参加省里举办的"未来杯"数学邀请赛，获得总分第一和两个个人单项冠军，起先名单里并没有她，后来不知为何用她替下了市二中的一名尖子生；家境贫寒的樊丽华利用暑假时间到餐馆勤工俭学，打扫厕所时在水箱上捡到一只黑色公文包，内有文件数份、现金几十万块，交还失主后，对方塞给她5000元，她坚持不收，对方便送了面锦旗到学校，得知她的家庭情况后，当即表示将为她的学业提供资助；班花周宓儿在路边吃煎饼果子的清纯模样被一位职业摄影师发现并抓拍下来，登上了某著名摄影期刊的封面，一时成为校内外的风云人物，被大家亲切地称为"煎饼妹妹"，可谁也没想到，那名职业摄影师原本是去邻县采风，打瞌睡坐过了站才来到这座藏于深山之中的小县城，而那天早上也是因为水土不服拉肚子跑到街对面的药店买止泻药时才偶然捕获那个美丽瞬间的……

这几件事早在郑能谅意料之中，和在金蛋上看见的一模一样，只不过金蛋上并未展现每个事件的全过程，只有郭文婧领奖、樊丽华接锦旗、周宓儿登上杂志封面等片段。值得庆幸的是，他与她们蜻蜓点水式的接触引出的金蛋并不多，情景也不复杂，都是些不错的未来——至少看上去如此。所以他每次要做的就是从不错之中选出最好的，加以"定格"，并根据盗格规则，吃掉被选中的金蛋。

这些金蛋托在掌心沉甸甸、凉飕飕，挺有弹性，看上去极具肉感，闻起来还有股淡淡的幽香，轻松勾起了郑能谅的食欲。它们没有壳，可以直接吃，个头却不小，只能一口一口消灭。看着浮在蛋面上的一个个熟悉面孔，郑能谅感觉怪怪的，一时难以下嘴。奈何海棠树上的花、叶、果并不因他的犹豫而减缓凋零败落的速度，为了不被困在盗格空间，他只好硬着头皮闭起眼睛啃了下去。

乖乖！那口感，简直连遍尝百草日遇七十毒的神农也无法描述；那滋味，恐怕连荒野求生什么恶心东西都敢吃的贝爷也望而却步。郑能谅咧着嘴四下找水喝，却被素问镜一句"水没有，口水要不"顶得干瞪眼。

规则所言不虚，这些被郑能谅"定格"的未来都与他产生了或多或少的联系：郭文婧获奖后，班主任就让她在课余担任郑能谅的"小辅导员"，因为他的数学成绩实在太糟糕；给樊丽华送锦旗的失主正是郑能谅的大姑父，虽然大姑父一直不把老婆家的这些亲戚放在眼里，但从此事后，长辈们没少教育郑能谅要多向同班同学樊丽华学习；至于周宓儿，能被摄影师捕捉到就更与郑能谅密不可分了，因为那个煎饼果子就是郑能谅请她吃的，他本想用这个煎饼果子拉近和班花的关系，却不料班花成了风云人物后就再也看不上他的煎饼果子了。

经过这一番验证，郑能谅终于相信了盗格空间的魔力，也对自己的选择感到无比自豪，牺牲了一些个人利益，背负了些许误解，却成就了这么多同学的美好人生，还不留姓名、不露痕迹，甚至连日记都没写进去，这应该可以和雷锋叔叔相媲美了吧。

说到雷锋，郑能谅还真当了回"雷锋"。那是在初一下学期的一天，一位60多岁姓赵的老奶奶忽然给学校送来一面锦旗，说要当面交到活雷锋的手里。带着郑能谅前往校长办公室的路上，班主任偷偷瞥了身边这小子178眼，满腹狐疑：三天两头被女生们告状的恶作剧大王，竟然会有老人来给他送锦旗？老花眼了吧？该不是他自己花钱请来的托吧？对了，八成是他的外婆，还玩"举贤不避亲"呢！

一进校长办公室，郑能谅就认出了送锦旗的赵老太，那是在三个多月前的学雷锋日,他响应学校号召,上街去做好事。可惜响应号召的不止他一个,满大街都是志同道合的好学生,老奶奶们供不应求。在闹市蹲点守了三个多小时,他愣是与三十几位老奶奶有缘无分,好不容易才在十字路口捡了个漏。这位赵老太也是个明白人,知道今天是个特别的日子,本来不打算过马路的,一看郑能谅已经冲到面前了,盛情难却,便临时决定配合他过一次马路,颤巍巍地伸出胳膊让他扶。郑能谅没被幸福感冲昏头脑,先瞄了一眼她的胳膊,长袖布衣,这才放心地扶了上去。谁知刚一碰到她的肘部,他就眼前一黑,瘫倒在地。

原来赵老太的衣服袖子下面新破了个洞,他刚摸到她的皮肤,就知道大事不妙,站在海棠树前,也是心服口服:"有你的,学个雷锋都不让我自在!"

"只能怪你自己一根筋咯,非要扶老奶奶吗?不会扶老爷爷?就算要扶老奶奶,也可以戴一双手套的嘛,笨死了。"素问镜毫不客气地嘲讽道。

郑能谅一听这话句句在理,不禁为自己的刻板和愚钝感到惭愧,一想到肉身还躺在大马路上,也顾不上搭话,迅速在两颗金蛋中做出了选择。他连提问的机会都没用,一来太耽误时间,二来没必要——因为悬在眼前的那两幕未来吉凶一目了然。左边,依山傍水的小镇,一幢破旧的居民楼轰然倒塌,废墟中露出补丁加补丁的灰布衣袖;右边,富丽堂皇的大包厢里,赵老太和一群男女老少围坐一圈,谈笑风生,其乐融融。

郑能谅用黄金分戈盗走了那场楼毁人亡的悲剧,转眼回到现实世界,耳畔便传来赵老太焦急的辩解:"哎呀,我骗你干吗,这小娃娃刚才就从对面走过来,说要学雷锋做好事,我就让他扶了我一下,结果他自个儿晕倒了。"

"哪有这么巧？昨天我还在报纸上看到说有一个老太太假装迷路却偷偷下药诱拐儿童，缺德！"搭话的是位少妇，警惕性极高，"别动他！把你的手拿开！"

赵老太也有些急了："哎，我说你这人怎么这样呢！他晕倒就是我下药啊？你怎么不说是他碰瓷讹人呢？"

少妇哼了一声："别看我见识少，头脑可不笨，讹人也要选对象吧？你这一身哪里看上去像有钱的了？"

"谁说一定是讹我的？一瞧你就是个阔太太，刚才就是你把他拖到路边来的，不正好讹你？"赵老太的智慧丝毫不受年龄的影响，对江湖上的套路心知肚明。

"呃……"少妇卡了一下，马上又机灵地转过弯来，"少忽悠我！要讹人的话还能躺地上一动不动？还不大呼小叫赖上我？"

话音刚落，一秒钟前还跟死鱼似的郑能谅立马"哎哟"一声叫了起来，双臂一张，箍住了赵老太的左腿："老奶奶，你刚给我吃的什么呀，嘴里麻麻的，脑袋晕晕的。"

这一下突如其来的变化让少妇和赵老太同时吓了一跳。"你怎么……"少妇张口结舌，指了指郑能谅，又指向赵老太，"原来你真的是……"

"什么我真的啊？我根本没给他吃……"赵老太也蒙了，一边冲少妇解释，一边对郑能谅说，"喂喂，小子，你讹我个穷老婆子没用，喏，找她去哈，刚才是她好心把你拽到路边来的，我可从头到尾都没主动碰过你哈！"

郑能谅这才松开手，冲两人嘻嘻一笑："别怕别怕，我是听你俩聊得好玩，开个玩笑凑热闹啦！"

"呼！"赵老太长吁一口气，"臭小子唬得我差点犯心脏病，真晕这儿可有你哭的！"

少妇也一抹额头的冷汗，问郑能谅："那你刚才怎么会倒在地上？"

郑能谅躺在地上听两人对话的时候就已经想好了说辞，便道："刚才我扶这老奶奶过马路的时候，手上好像被什么东西电了一下，一酸一麻就晕过去了……"

"难道是静电？"少妇马上发挥想象，展开分析，"去年我在杂志上看到过一篇文章，说静电产生的瞬间电流在某种特定情况下能达到上万伏，能把人电晕甚至引起爆炸。我有个朋友还因为静电得了心律失常呢。这两天空气这么干燥，静电也很容易产生。看来是一场误会了。"有了她的帮助，郑能谅连解释的气力都省了，东拉西扯了几句，别过两人，全身而退。

虽然扶老奶奶过马路未遂，但学雷锋做好事终究还是完成了，一想到自己用盗格能力救了赵老太一命，郑能谅就感到无比自豪。奇怪的是，这件事他从未向任何人提起，何况《盗格七律》也不允许他对任何人提起，赵老太绝不可能知道，为什么会来送锦旗？

坐下来一聊，才知道赵老太所感谢的并非那件事，而是因为他扶她过马路。郑能谅心里更纳闷了：我最后不是没扶成就走了吗？再说扶过马路至于送锦旗这么大张旗鼓吗？

此事说来也巧，原来那天半路杀出的少妇，竟是赵老太失散多年的亲生女儿，要不是郑能谅的出现，她俩至今还是路人。赵老太是个聪明人，当着校长、班主任等人的面，并没有把郑能谅晕倒以及后面的误会如实相告，而是另外编了个动人的故事："那天小郑同学看我一个人过马路很危险，过来扶我，旁边一个热心姑娘也来帮忙，到了对面的时候，小郑同学无意间说了句'阿姨，你的模样和奶奶挺像的啊'，一下点醒了我，后来看到那姑娘腰上的胎记，没想到真是……"说到这儿，赵老太不禁有些哽咽，故事掺了假，情感却是真实的。平复了情绪后，她又满脸幸福地向郑能谅道谢："好孩子，你真是我的福星，多亏你，才让我和女儿有机会重聚，她还说年底的时候要请我和婆家人一起吃个团圆饭呢！"

团圆饭？郑能谅恍然大悟，之前在盗格空间看到的另一幕未来，不正是在酒店吃团圆饭吗？看来他不光为赵老太去除了一个不好的未来，同时也让好的未来成真，真可谓一举两得！

送锦旗的事迅速在校园内外传开，周围的人纷纷对郑能谅刮目相看，长辈们逢人就提他的名字和事迹，满脸都是教育有方的得意之色；班主任把锦旗挂在教室最醒目的位置还加了一圈彩灯，恨不能把它披在自己身上招摇过市；同学们争先恐后与他交朋友，不光为了沾点"英雄"之光，更为了蹭些"福星"之气。在众星捧月般的氛围下，郑能谅感到了前所未有的荣耀。

然而，他心中的这份荣耀感没有持续多久就终结在一场悲剧的阴影下。7月底的一天，一架从南京前往厦门的航班起飞时突然失控冲出跑道，撞上护场圩堤发生爆炸。100多名遇难者中有一个对郑能谅来说既熟悉又陌生，陌生是因为他从来不知道这个人的真实姓名，熟悉是因为一年前他曾在盗格空间里救过她一命。如今看来，他终究未能救她一命。

在教学楼里打扫了20多年卫生的保洁大妈中年丧偶，最疼爱的独生女又远在厦门一家私营企业里工作。说来也是有缘，该企业老总的儿子爱上了她女儿，恋爱三年终成正果。保洁大妈在厦门参加了他们的婚礼，又被接去女婿的故乡南京游玩，正是之前郑能谅在盗格空间留下的那两颗金蛋里所显示的情景。谁知就在马月的最后一天，保洁大妈离开南京乘机返回厦门时，竟会遭此横祸。

消息传回校园，并未引起多大的波澜，老师和学生们都对保洁大妈没有太深刻的印象，只有几个平日里就喜欢嚼舌根的闲人对此津津乐道：先前她们的话题是这个毫无身份的清洁工怎样走了狗屎运，托女儿的福过上了好日子；如今她们又长吁短叹道毕竟是没有福气的可怜人，命中有时终须有，命中无时莫强求……

郑能谅是在学校组织看电影的时候从同学们的口中听到这个消息的，当场大脑嗡的一下，整个人就蒙了，心中懊恼不已：都怪我当时判断严重失误，竟然没有仔细观察每一颗金蛋！竟然没有看出第三幕画面是一场空难的前兆！竟然草率地盗取了一场车祸，还自以为是帮了保洁大妈，简直太幼稚、太粗心、太草菅人命！

他毫不犹豫地轻轻一撩前排女生的头发，闯入了盗格空间，追问素问镜这件事的真相。素问镜感受到了他的内疚和悲愤，声音也低沉了许多："这不怪你，这场空难本来就没有在金蛋上面显示出来，你又如何避免它？"

郑能谅一怔："可那个登机的画面……"

"那是她从厦门去南京时和女儿道别的一幕，她女儿因为刚刚怀孕，没有与她同行。"

听素问镜这么一解释，郑能谅的负罪感略有减轻，却仍为自己的选择感到后悔："可如果我当时盗取的是这一幕未来，她就不会前往南京，也就不会搭乘后来的返程航班，空难还是可以避免的。"

"你想多了，要想避免这场空难，你得跟机长触发盗格空间，从他的未来中盗取这一幕才行，不过那位机长是男的，所以你不可能改变这个结果。"

"那起码保洁大妈不会遇难，能救一个是一个。"

"可你也是现在才知道,当时谁也想不到返程的班机会出事,你只能根据自己看到的信息来进行判断和选择,任何一幕未来都会有后续的无限可能,你不可能看穿每一条脉络的走向。别说是你,连我都做不到。"

一想到自己平生第一次盗格选择如此失败,郑能谅就觉得无比沮丧,喃喃道:"可是,这些都是因我而起,如果我当时没有在楼道里乱扔香蕉皮,她就不会拍我的头,盗格空间就不会开启,我就不会看见那三个未来,也就不会有后来这些事……"

"错!"素问镜打断了他,"无论盗格空间是否开启,无论你是否看见,未来的这几种可能性都毋庸置疑地存在。"

"问题是,是我的选择让坏的可能性成真了,要不是我的选择,她现在应该还好好地活着!"

"傻瓜,要不是你的选择,她也可能先被车撞伤,然后再遭遇空难。别忘了这几个未来都有可能发生。"

"但也有可能不发生,有变数,就有机会。当时我就不该做任何选择,大不了被禁锢在盗格空间。"

"呵呵,你不选择,时间一到,命运就会自动选择,你要明白,未来或许会因你的选择而变得更好,却不会因为你的不作为就逢凶化吉。只要选择时心怀善意,你就没有必要为不可抗拒之力造成的后果感到自责。"素问镜顿了顿,忽然问他,"还记得上次给你送锦旗的老太太吗?"

"记得啊,怎么了?"郑能谅有种不祥的预感。

"那还记得那幢倒塌的楼房吧?"

"什么?她不会也……"他的心猛地一紧,又急忙否定了自己的猜想,"不会的!那未来被我盗走了!"

"一个多月前,那楼塌了。"

"不可能！我明明割下了那颗金蛋……"

"没错，你盗取的那一幕并没有发生。"

"什么意思？我盗取的不就是楼塌的那一幕吗？"

"你盗取的是发生在猴年马月的那一幕，而这楼是一个多月前倒塌的。而且你盗取的是有赵老太的那一幕，而实际发生的只是楼房倒塌，赵老太并不在其中，她女儿给她买了间新房，早搬出去住了。"

"啊……那楼里其他人……"

"不用担心，这是座危楼，本就只剩几户人家，倒塌的时候，楼里没人，没有伤亡。"

"呼！这也太曲折了，照这意思，同样是塌楼的画面，只要事件发生的时间、人物、过程等细节不一样，就算是不同的未来？即使我盗走其中之一，也改变不了结局？"

"要知道，世界是千变万化的，未来也充满了不确定性，你不是神，无法预知一切，更不可能左右结局，但正如我刚才所说，你能做的就是在选择时心怀善意，尽你所能，无愧于心。既然那是座危楼，你盗或不盗，它迟早都会塌，早塌比晚塌好，没人的时候塌比有人的时候塌好，而你的选择，无论初衷还是结果，都让赵老太避开了这场灾难，还有什么可纠结的呢？"

"可这只是运气好，楼里刚巧没人，万一……"

"没有万一，选择早已做出，事情也已发生，只要不违心，便无须后悔。记住，盗格空间只能选择未来，却无法改变过去，顺其自然，勇敢前行。"

素问镜的一番开导暂时平复了郑能谅的情绪，却令他在之后的很长一段时间里陷入了纠结：能为他人挑选未来，究竟是从天而降的祝福，还是画地为牢的桎梏？命运就像一尊变幻莫测的千面佛,即便将每一张脸孔都公之于众,也没有谁能看穿皮囊之下的真相。

怀着对世事无常的敬畏以及对未来选择的不安,郑能谅收起了莽撞的好奇心,下意识地与身边的异性拉开了距离,待人接物也变得更加谨慎,并且渐渐养成了穿长袖、戴手套的习惯——不明真相的人们搞不清他是洁癖发作还是突然染了皮肤病。

在经历了这一连串发生在猴年马月里的惊喜、惊讶与惊恐之后,郑能谅又收到一个命运跟他开的小玩笑——孟楚怜转学了。他可是费了好大劲才打听到她所在的班级和座位,都没来得及进一步了解,更没来得及为她选择一个美好的未来。他懊悔不已,又很矛盾:早知道那天喝汽水的时候碰她一下就好了……可是刚认识就对人家动手动脚,还要在她面前再晕倒一次,她会怎么看我呢?之前在跑道上已经够出糗了……何况保洁大妈那事……万一孟楚怜的未来也出现类似的情景,我又怎么确保不会再选错呢?

他不敢继续想下去,猛甩几下脑袋,把焦点聚向别处:对了,孟楚怜转学之前,怎么没来跟我道个别?她是不是早就忘了世上还有个叫郑能谅的傻小子了?想到这儿,他又有几分惆怅。不过时间并没有给他太多纠结和惆怅的机会,紧接着就是两年忙碌的学习,然后中考。县里只有一所省级重点高中——淳源一中,据说考进那里就等于半个身子进大学了,只是不知道是上半身还是下半身。

大学,一个遥远而尊贵的名词,家长们经常谈论的神秘又神圣的地方,是他们眼中的大雷音寺,心中的麦加。只不过,承担朝圣使命的不是他们,而是他们的孩子。

郑能谅没有想那么远,也对朝圣不感兴趣。他只对孟楚怜感兴趣,于是从她原先班级的同学口中探听到一些信息。孟楚怜家教甚严，父母为了确保她能考上淳源一中，便将她转到另一所升学率更高的学校。看来只有进入淳源一中，才能再见到孟楚怜，才能进一步了解这位带给他不一般感觉的女孩。在崇高目标的指引下，他顺利考进了淳源一中。

高一开学的第一天，郑能谅如愿以偿见到了孟楚怜。她背着双肩书包，亭亭玉立在报名处前的长队中，容颜未改，清新如故，戴了一副素雅的眼镜，双眸依旧明亮如星，头发比初中时长了一小截，整齐地散落在肩头，更添几分秀气，身材还是那么娇柔，细腻光洁的肌肤散发出成熟的味道，两个酒窝更长更深，不笑的时候也嵌在腮边，像极了《戏说乾隆》里的小鱼儿。

郑能谅身不由己，慢慢向她走去，50米，30米，10米……她近在眼前，连呼吸都听得见，那香气如影随形，那肌肤吹弹可破。他脉搏加速，体温升高，手心冒汗，感觉全身上下每一项机能都被她左右了。

孟楚怜发现出神的他，笑着打招呼："这么巧啊！"

郑能谅有许多话想说，却一句也想不起，只好接着她的话："是呀，因为县里只有一所重点高中嘛。"

这个颇具外交水平的回答不禁令孟楚怜对他刮目相看："一年不见，说话玄起来了。"

刚被夸，他就开始讲废话。"你来报到吗？""今天有点热噢。""时间过得好快啊，你的样子还跟以前一样呢。"孟楚怜"嗯嗯啊啊"地应着，完全抓不住他的重点。

"真爱的第一个征兆，在**男孩**身上是羞怯，在**女孩**身上是大胆。"100多年前，雨果写下的这句话，恰好证明了此刻这个名叫郑能谅的傻小子虽然木讷愚钝，却是动机单纯，对孟楚怜有益无害。

报到的时候,郑能谅说:"真巧,你念高一,我也高一。"

分班,郑能谅说:"真巧,你在 2 班,我也在 2 班。"

分配职务,郑能谅说:"真巧,你是团支书,我是团员。"

对于这些拙劣的搭讪,孟楚怜都报以礼貌的甜甜一笑。在那对完美酒窝的诱惑下,郑能谅决心要和她成为同桌,不择手段。不过供他"择"的手段只有一个——祈祷,因为分配座位这事根本不由他说了算,而是班长的权力。班长名叫任赣士,细皮嫩肉,文质彬彬,鼻梁上架着一副金丝眼镜,说起话来就像被人掐着脖子,脸上永远挂着一副看破红尘的神情,因为考进来的成绩是班里第二名,所以成了班长——第一名是孟楚怜,她婉拒了这个人人垂涎的头衔。

任赣士设计了许多套备选方案来安排同学们的座位,有按身高的,有按姓氏笔画的,有按眼镜度数的,甚至有按星座的……可惜任何一套方案都不可能让郑能谅美梦成真。

于是,郑能谅悄悄向任赣士建议道:"我觉得,按照酒窝的数量来排座位最科学了。"说完,猥琐一笑,露出酒窝。

任赣士推了推差点从鼻梁上掉下来的眼镜,冷冷道:"干脆按酒量来排,好不好?"

结果,孟楚怜坐在了前排最靠近讲台的位置,而郑能谅被发配到了后面最靠近垃圾桶的位置。

郑能谅一着急,差点就要扑上去直接对孟楚怜使出盗格空间这一绝招,心想:也许盗格空间里会出现改变这个座位排列的未来可能,也许一次不行,但只要我不断尝试,总是有机会和孟楚怜同桌的。

但他马上发现这个想法十分愚蠢,因为此时选择的未来要等到下一个猴年马月才会实现,那时候他和孟楚怜都 20 多岁了,怎么可能还在这个教室里?

然后他又想:不能同桌也没关系,盗格空间里不是还有更多美好的选项吗?说不定可以选择让孟楚怜成为我的女朋友,甚至结婚生子,白头偕老呢!

但这只是想想而已,此时的他情窦初开,没有任何恋爱经验,胆子更是小得可怜,别说恋爱结婚,就连孟楚怜的手都不敢碰一下,看一下她的眼睛都要脸红半天。何况身为盗格者,他一碰她就会不省人事,又哪有机会结婚生子?

"不要急,来日方长,顺其自然,下一个猴年马月还早着呢,有的是时间和机会……"郑能谅一边整理课桌,一边暗暗给自己打气。

咣一声巨响,一只硕大的军用背包从天而降,砸在旁边课桌上,震起缕缕尘烟。郑能谅侧目一看,心里登时凉了半截——自己的同桌竟然是梁晨谛,全班、全年级乃至全校最不好惹的狠角色!

熟悉梁晨谛的人都知道,他上辈子是个作家,写了一辈子的书,没有卖出去一本,家里的书堆得山一样高,最后轰的一下倒下来,把他压死了,所以这辈子他一看到书就会像见到五指山的孙悟空一样,恨之入骨,避之不及,一听到老师讲课就会像被念了紧箍咒的孙悟空一样,头痛欲裂,眼冒金星。

上辈子的事是梁晨谛自己说的,这辈子的事大家都看得见,他确实与书不共戴天,对学习毫无兴趣,迟到早退是家常便饭,请假逃课一点也不含糊,他每个月都有一位堂姐结婚,每周都有一位长辈抱恙,每天上学路上都会堵车,每个小时都要拉一次肚子。

没过几天,郑能谅就受不了了,私下里跑去找任赣士求解脱。

这次他学乖了，先递上一包跳跳糖，嬉皮笑脸道："班长，你看能不能……"

任赣士看着跳跳糖，面无表情地打断了他："没人跟你说我不爱吃甜的吗？"

郑能谅马上把手缩回口袋里，换了件新礼物："酸梅粉，怎么样？我抽屉里还有小浣熊干脆面。"

"嗯，这个好，"任赣士接过酸梅粉，撕开就吃，津津有味，"你刚说能不能什么来着？"

"我是想，能不能给梁晨谛换个座位……"

"你们俩对调？"

"呃，不是，是把他跟别人换一下，或者把我跟别人换一下。"

"怎么，他欺负你了？"

"倒没有。"

"那为什么？性格不合？属相相克？"

"不是，我是觉得他太醒目了，坐他旁边，太容易引起老师们的注意，不太方便嘛……"

"这有什么不方便的啊？我特地安排你们俩坐一起，就是为了用他的迟到早退不上课，来反衬你的勤奋努力爱学习啊！你们坐一起，怎么都是个鲜明的对比吧，老师们对你的印象得有多好？你说是不是？"

"啊，还有这说法？"

"你以为呢？我关照你一下，难道还要用小喇叭全校广播啊？这种好处，天知地知你知我知，心照不宣就行了，真是不懂我的良苦用心。"

"呃，你说的好像很有道理耶。"

"废话，当然有道理，不然我对得起班长这身份吗？对得起这红臂章吗？对得起你……这酸梅粉吗？啊？"

"可我总觉得跟他坐一起有压力。"

"有什么压力？你应该有安全感才对。"

"此话怎讲？"

"以他的成绩能考进咱这重点高中吗？还不是全靠那副令人垂涎的好身材……"

"啊，潜规则？校领导这口味也……"

"我去！想什么呢，我说的是他体格强健，足球踢得好，还在全市马拉松比赛拿过第一名，所以作为体育特长生招进来的。"

一年前，一群闪亮的新星冉冉升起，横扫斯图加特世锦赛、七运会和世界杯马拉松赛，世界纪录接连被刷新，电视上随时可见一张自信的面孔在宣告："嗦（说）破啥就破啥，嗦（说）漾（让）谁破就漾（让）谁破。"一时间，举国疯狂，田径运动在教育市场的地位如日中天，上上下下都开始挖地三尺搜罗体育人才，如饥似渴地从藏羚羊身上寻找长跑秘诀，从旗鱼身上寻找游泳秘诀，从袋鼠身上寻找拳击秘诀，从跳蚤身上寻找跳高秘诀……所以，作为长跑健将和足球名脚，梁晨谛哪怕文化课考个零分，也会成为重点高中的座上宾，不拘一格降人才嘛。只是校领导们没想到，梁晨谛最拿手的不是长跑和足球，而是武术。那几年，《黄飞鸿》《方世玉》《东方不败》红遍大江南北，校园里"尚武精神"方兴未艾，男生们经常会摆个虚步亮掌，捏根绣花针玩模仿秀，或者用山寨版无影脚、虎鹤双形、洪拳之类的互相切磋，玩得不亦乐乎。梁晨谛也喜欢玩，但不是和同学们玩，而是和校外的地痞们玩，真刀真枪，拳拳到肉。他有力量，也有速度，招式还有模有样，一个打五六个都没什么问题，成为远近闻名的街头霸王，江湖内外流传着许多他的故事，单掌开榴莲、脑门碎核桃、眼睛喝辣椒水、倒立上厕所、空手夺仙人球……充满了传奇色彩。后来《古惑仔》火起来的时候，学生家长们还常常拿他的故事来教育子女："你看，不好好念书，将来就和梁晨谛一样，只能当个古惑仔。"谁料结果适得其反，孩子们纷纷成了梁晨谛的粉丝，愈发不想念书了。

所以，当任赣士一语道破天机的时候，郑能谅果然感到了前所未有的安全感，甚至有些飘飘然："是噢，你不说我都没想到呢，我是全县武林第一高手的同桌，那些江湖上的大哥见到我，是不是也要敬我几分啊？"

任赣士却话锋一转："这倒不好说，也可能他们想找梁晨谛报仇，但是打不过他，就只好拿他同桌来开刀泄愤了。"

郑能谅："……"

不管怎么说，郑能谅这个换座位的事就此作罢了，不是不想换，而是不敢换——要是让全县武林第一高手误以为自己嫌弃与他同桌，肯定会死得很惨。

3

郑能谅向来心宽，很快就把事情往好的方面去想：在淳源一中，梁晨谛是公认的武状元，文状元则非孟楚怜莫属，现在我身边坐着武状元，心里想着文状元，简直是全校最有资本的人！

其实也就前半截有点可吹嘘的资本，"心里想着文状元"这件事就毫无亮点，又不需要经过文状元本人同意，是个人都可以想着她。果然，开学没多久，孟楚怜就和梁晨谛一样，成了异性圈里的偶像级人物。

在那个有一辆二手自行车就能载着校花去兜风的年代，情场高手们自然不会闲着。他们为情而生，以爱为业，终日游荡在漂亮女生的左右。他们有送不光的可爱礼物、说不停的甜言蜜语、用不完的求爱招数、编不尽的有色段子。他们对女孩的心理了如指掌，而且脸皮厚胆子大，追起女生来不择手段——大多数时候不需要不择手段就能让女生服帖如小鸟依人。被他们盯上的漂亮女生几乎无人幸免，只能乖乖成为爱情的俘虏，再也不能好好学习了。于是，漂亮女生能考上重点高中就变成一件比母猪会上树还要稀奇的事，愈漂亮愈稀奇。由此看来，孟楚怜能进入县重点高中和郑能谅重逢这件事可谓匪夷所思、稀奇至极。

梁晨谛怀疑孟楚怜的母亲在她的背上刻了"好好学习，精忠报国"八个大字，为了证明这一揣测，便趁夏天清凉之机，悄悄靠近孟楚怜，企图从她后颈的衣领窥视下去一探究竟，结果被她一句话吓得屁滚尿流。

孟楚怜头也不回，掷地有声："看就掐死你噢！"

旁观者们都为孟楚怜眼观六路耳听八方的超能力惊诧不已，还是班长任赣士功力深厚，愣了 30 秒后便解开谜底，原来她是在朗读英语课本上的一句对白：Can you trust Neil？（你相信尼尔吗？）

情场高手们逐渐清醒地意识到孟楚怜对学习的兴趣高于一切，于是知难而退：因为追女孩必须投其所好，他们在化妆品、明星贴纸、漂亮衣服和花言巧语等领域都游刃有余，却对如何用元素周期表和直角坐标系追求女生一窍不通。其实孟楚怜也不是那种只知道死读书的呆子，兴趣挺广泛，艺术体操、现代舞、小提琴、工笔画，都耍得有模有样，令不少人怀疑她是科学家用基因技术培育出来的德智体美劳全能型克隆人——电影里的克隆人也都像她这样酷酷的。只可惜，情场高手们在艺术体操等方面也都是外行，只好对着孟楚怜静如止水的气场和高不可攀的造诣望洋兴叹。

校园里渐渐流传开一句笑话："如果孟楚怜是夏娃，那么亚当只有出家，引诱他们的蛇将郁闷而死，而人类则不复存在。"对于这种调侃，孟楚怜付诸一笑，专心地背她的元素周期表；郑能谅嗤之以鼻，专心地看孟楚怜背元素周期表。他并不认为她是个感情冷淡、乏味无趣的书呆子，她只是有更高的追求并执着于斯。

孟楚怜算不上淳源一中最漂亮的女孩，但她的气场和境界远远超越了一般校花，于是成为学霸级女神。学霸级女神是比校花更高级的存在，有着校花们不能享受的特殊待遇。调皮的男生们常常在课间休息的时候趴在走廊的阳台上看风景，一见漂亮女生打楼下经过就吹口哨，嘘嘘声此起彼伏，往往把听众刺激得争先恐后往厕所冲。孟楚怜却是个例外，每次她经过的时候，口哨声就戛然而止，似乎她天生有种抵御骚扰的魔力。

久而久之，校花们就不乐意了，大家都长了一副好脸蛋好身材，凭什么区别对待？于是纷纷不再搭理那些口哨男，或绕道进出，或打伞而过。口哨男们很费解：这些姑娘怎么了？明明以前一个个都很享受被吹口哨的优越感，如今怎么都不配合骚扰了呢？于是纷纷改成吐口水解闷，左右开弓，乐此不疲，颇具当年晋灵公高台弹弓射行人的风范，却也容易射中火药桶，比如眼下这位用纸巾抹脑袋的歇斯底里的中年妇女。

"天啊！哪个臭小子?！"她一抬头，就看见那臭小子了。她健步上楼，将疑犯当场抓获："你，你是哪个班的?！叫什么名字?！"

疑犯被摇得像个拨浪鼓，当场交代，他是高一（2）班的，名叫郑能谅。郑能谅对吐口水、吹口哨都毫无兴趣，只不过作案者闪得快了点，他又正好趴在栏杆上望着刚从远处操场上翩翩而过的孟楚怜发愣而已。此刻，他更担心的是中年妇女的魔爪碰到自己的皮肤触发盗格空间，一边挣扎一边叫："哎，我说大妈，您把手放开好不好……"

"大什么妈？谁是你大妈？我有那么老吗？"中年妇女越发生气了。"阿姨……姐姐你放开手好吗？有话好好说。"郑能谅确实不认识这位政教处处长包步姐。可包处长根本不相信他没听过自己的大名："油腔滑调是吧？走，见你班主任去！"说着把他拽到了办公室。

班主任人不在，她便继续审问人犯："说，你为什么要朝我吐口水？""不是我。""不是你那是谁，说！""不知道。"郑能谅刚才只顾欣赏孟楚怜，根本没看到谁吐的。

"还讲江湖义气？"包处长的思维被武侠片侵蚀得太严重，觉得不用大刑是没办法破案了，于是果断出手，三根指头倏地一夹，揪起了郑能谅的耳朵。

这一招"拈花指"乃少林七十二绝技之一，内外同修，无坚不摧，虽源于"佛祖拈花，迦叶微笑"之典故，但被其"拈"住的人不会微笑，只会号叫。

郑能谅的防线瞬间被攻破，却没有像包处长所预期的那样嗷嗷直叫，而是惊呼一声后直接趴在了桌子上。

包处长一愣：什么情况？以前吃了这招的臭小子们不都是鬼哭狼嚎跪地求饶的吗？怎么他直接晕倒了？难道点到了他的昏睡穴？还是被吓晕了？莫非我的功力又精进了？出手太重掐休克了？

她试了试郑能谅的鼻息和脉搏，呼吸均匀，脉动平缓，不是休克，反倒像睡着了。好小子！竟然想用装睡来逃避我的盖世神功？想到这儿，包处长立即从丹田吐出一股真气聚向指尖，"拈花指"威势大盛，面目狰狞地朝郑能谅的耳朵发起了更猛烈的攻击。

奇怪的是，包处长手指都掐酸了，那只耳朵也几乎要给掐下来了，郑能谅却依旧瘫在桌上，甚至脸上的肉都没有抖动一下。包处长大吃一惊，这是遇上劲敌了，当下从皮带后腰唰的一下抽出一根细长的竹条来,那是她随身携带的独门法器,人称"绝情鞭",专门用来对付皮糙肉厚的捣蛋鬼的,一鞭下去,轻则红印一条,重则皮开肉绽,死人都能被抽活过来。

"老实点别装,趁早给我起来。"包处长摊开郑能谅的手掌,发出最后的警告。郑能谅无动于衷,两颊浅浅的酒窝似乎在嘲笑包处长的刑讯能力。

啪!

啪!啪!

啪!啪!啪!

望着郑能谅掌心那十几道红印,包处长的世界观彻底崩溃了,这世上真有宁死不屈的硬汉啊!但包处长这几十年教育工作不是白干的,千锤百炼出来的斗争经验终于有了用武之地,她一咬牙,脱掉外套,甩开膀子,准备使出浑身解数大干一场。这时,郑能谅的班主任陈老师进来了。

"哎呀,哎呀!包处您这是干什么呀?大白天的……"从陈老师的角度看,此刻,正值如狼似虎年纪的包处长面红耳赤满头大汗衣冠不整气喘如牛,而她的办公桌上,趴着一个似乎已经昏迷的"小鲜肉",加上最近坊间传闻说包处长的老公天天夜不归宿……陈老师没办法不产生某些不可描述的联想。

包处长眼一瞪:"你来得正好!你们班的!朝我头上吐口水!还装睡想逃避我的问话!你怎么管教学生的?!"

陈老师凑近一看,认出是郑能谅,马上解释道:"哎呀,是他啊!包处长您可能误会了,他吐没吐口水我不知道,但他这可不是什么装睡啊,我听他以前初中部的老师说,他经常会莫名其妙晕倒的。"

"还有这种事?"包处长一脸狐疑。

"是啊,听说摔过脑震荡,有点后遗症什么的。"说着,陈老师指了指自己的脑袋。包处长这才有点慌了,开始一个劲地给郑能谅掐人中、拍脸蛋、翻眼皮,都不奏效,只好用最后一招:人工呼吸。

当郑能谅从盗格空间回到现实世界时,就发现一双肥而不腻的红唇缓缓逼近,一股浓郁的大葱味扑面而来,差点吓尿,一下从座位上弹了起来:"大妈……大姐您这……"

一旁的陈老师怒容满面:"什么大妈大姐的,这是政教处包处长!"

见郑能谅醒了,包处长终于松了口气。郑能谅却嗷嗷大叫起来,盗格空间是隔绝现实感知的,一回到现实世界,耳朵和掌心火辣辣的痛感便同时爆发。

"为了把你从昏迷中拯救过来,包处长可没少费心哪。"陈老师看着包处长"费心"留在郑能谅身上的痕迹,动情地解释道。

郑能谅知道了包处长的身份,也没敢多说什么,虽然对受到的惩罚感到很冤枉,却没有对刚才的选择感到后悔,毕竟救人一命胜造七级浮屠。

几分钟前,郑能谅的面前悬着五颗金蛋,预示了包处长的五个未来:第一个画面看上去是夜晚,四周灯火闪烁,包处长和一位男子有说有笑,在人潮中缓慢前行;第二个未来发生在一间会议室里,包处长正襟危坐,时而笑着朝右侧瞄几眼,时而低下头去记笔记,时而又优雅地鼓起掌来;第三幕却见包处长灰头土脸地破门而出,身后的屋内火光冲天;第四个画面是包处长的侧影,她正独自坐在电脑前,运指如飞,表情轻松愉悦;第五个场景似乎是在浴室里,包处长穿着睡衣,一脸紧张地望着浴室门。

郑能谅从没见过如此复杂的选项,之前最多就三个,也都很容易做出判断和选择，可眼前的局面让他有点纠结：火灾和浴室这两个未来显然都不是好事，两害相权取其轻，究竟哪一个更糟糕？金蛋上的视角范围并不大，只能看到包处长的模样和部分场景，信息量非常有限。火灾那一幕，火势很猛，包处长身上也有火苗，不过似乎她已成功逃出火场；而浴室里的包处长虽然神情紧张，却不知道门外究竟是怎样的危险，或许有入室行窃的盗贼，或许有误闯民宅的动物，当然也有可能是火灾的先兆。

根据现有的信息，郑能谅实在无法做出准确的判断。正思量间，他瞥见了树干上的那面铜镜，猛然想起可以求助，连忙上前一步："嗨，素问镜，在不在呀？"

镜面缓缓打开，熟悉的声音伴着大嘴和怪舌如期而至："在。"

"太好了，快点告诉我，火灾、浴室，这两个情景到底哪个更危险啊？"

"对不起，每次只能回答一个问题。"

"我这就是一个问题啊！"

"你刚问我'在不在呀'，我已经回答了。"

"……"郑能谅真想扑上去掐死这根讨厌的舌头，可惜时间不允许，海棠花已经开始凋零，他必须马上做出选择。最终，他用黄金分戈割下了显示着火灾的那颗金蛋，因为他觉得那场火灾就算没有伤到包处长的性命，也可能危及邻居们的安全，毕竟和隔着浴室门的未知危险相比，火灾才更显而易见。

对于包处长来说，无论她在将来的某一天是坐在电脑前打字，还是行走在夜市中，都不会知道十多年前曾有一个被她揪过耳朵鞭过掌心的男孩救了她一命。眼下的她依旧是严厉的政教处处长，一个讲原则的人，一码归一码，装睡这事是场误会，但吐口水那笔账还得算，何况，惩前毖后治病救人也是政教处处长的职责所在。吐口水这件事到底是谁干的已经不重要，正所谓有病治病、没病强身，药方很简单，就是打扫厕所。

厕所里聚集了四个人，分别犯了不同的"病"，看来包处长这一剂打扫厕所的妙方包治百病。人海茫茫，能在厕所这种鸡不生蛋但鸟经常拉屎的地方邂逅实在很难得，四个人都很珍惜这段缘分。其中一个虎背熊腰的家伙显得特别兴奋，滔滔不绝，并结合肢体语言表达了这样一个意思：同是天涯沦落人，和平年代也没啥惊天动地的灾祸，我们一同被罚，就算是患难兄弟了。说着他很真诚地看着其他三人。

另一位据说考试协助他人作弊的戴黑框眼镜的同学紧张得不行，说突然多了三个兄弟一点心理准备都没有，这么大的事最好先回去跟妈妈汇报一下。

虎背熊腰说"你是不是看不起我"，然后揍了他一拳。

从黑框眼镜痛苦的呻吟中获得启发，郑能谅和另外一位瘦小伙不假思索地对兄弟之称表示苟同。然后虎背熊腰成了四人中的老大，因为他的拳头最大。

4

高一那个萧瑟的深秋，有两件事对郑能谅的生活产生了深远影响：打扫厕所与单相思。它们被相提并论似乎不太妥当，但都与同一个女孩有关。

在吭哧吭哧打扫厕所的过程中，郑能谅渐渐悟到了包处长的良苦用心：看似简单的体力劳动，却让他们几个素不相识的人结为兄弟，学会了团队协作，锻炼了体能，还熟练掌握了钻、跪、跳、爬等复杂技巧，简直是一门艺术。艺术总是导人向上的，并且非常美好。因此当郑能谅爬上厕所的窗台开始擦玻璃时，便看见了美好。

　　这个位置的视野十分开阔，对面学生宿舍的景物尽收眼底，栏杆上五颜六色迎风飘扬的内外衣裤、屋子里千姿百态琳琅满目的高低铺、桌子旁光着膀子围坐一圈打扑克的男生们、从窗户冷不丁飞出来的方便面盒，这些都算不上美好，除了从一楼大门走出来的那位窈窕淑女。

　　此时，静谧的阳光、徐徐的微风、斑驳的树影、轻舞的蜂蝶，如同一套配合默契的电影制作班底，恰到好处地营造出一个近乎完美的邂逅场景，并鲜明地烘托出女主角孟楚怜的恬静怡人。男主角在离她数十米的高空，抓着框架蹲在窗台上，找到了蜘蛛侠的感觉。他戴着耳机吃着糖，沐着阳光哼着歌，不禁又想起前阵子刚看过的台湾偶像剧，便挥了挥手中代表纯洁爱情的白围巾（其实是水泥铲），招呼道："嗨，散步吗？天气真好。"

　　郑能谅想象着孟楚怜会微微仰起无瑕的面庞报以嫣然一笑，而后娉娉袅袅碎步离去。可真实的情况是，她茫然四顾，除了依稀看见对面五楼有位张牙舞爪的洁厕工人以外，什么也没找到，于是很纳闷地走掉。

　　耳机里荡漾起《沉醉于风中》风一般的旋律，风未动，心已动，风乍起，人更醉。这一场持续数十秒的插曲，在孟楚怜的记忆中也许只是过眼云烟，不出三天就会被删除，却让郑能谅过目不忘。在此之前，对于他来说，孟楚怜是一个漂亮女生，气质特别，与众不同，但这印象比较朦胧，他描述不出她的特别，勾画不出她的不同，直到这次相遇。严格来说，这都算不上相遇，他们隔着很远，也没有交谈，但她的特质已浮出水面，那是一种纯粹的美。

　　从小到大，郑能谅见过不少纯美的代表，清晨花瓣上的露珠、上学路上的小桥流水、神保史郎笔下的花仙子、1983版《神雕侠侣》里的小龙女，将孟楚怜归为这一类，需要有一点实在的依据。这不难找，她的眼神单纯，笑的时候鼻梁微微耸动，嘴角上方还有两个迷人的酒窝，如海棠醉日、锦上添花。

倘若孟楚怜的吸引力只在五官和气质，那么几年后当郑能谅走进美女如云的大学校园时，也许很快便会将她淡忘。然而，厕所相遇后不久，她做了一件让他刻骨铭心的事。

那是一个晚自习，高一（2）班教室里和往常一样，有的在吃零食，有的在听随身听，有的在看武侠小说，有的在玩跳青蛙。一个形容猥琐的身影鬼鬼祟祟地闪进教室，和班主任的风格很像，顿时引起一阵惊慌。众人定神一看，发现是个乞丐，更加惊慌，纷纷如见鬼魅般作鸟兽散。乞丐有些不知所措，黯淡的目光从眼角垂落，洒向手里的空碗，弹起一声轻轻的叹息，在教室里荡来荡去。

"你们怎么可以这样？太没有同情心了！"伴着一声正气凛然的娇叱，一个柔美的身影挺身而出。她丝毫不惧众人异样的目光，大步走到乞丐跟前，深情凝望着他，眼神有些迷离，樱桃小嘴微微颤动，情绪相当饱满。

乞丐似乎得到某种暗示，脚往前挪了挪，使劲咽了咽口水，喉结不安地蠕动着，眼中放出炽热的光芒，期待着她的现身说法，教室里数十道目光也齐刷刷聚焦在女孩那对鲜艳的粉唇上。

"嚇……呸！"密集的唾液从唇间激射而出，喷得乞丐一头雾水。

"臭要饭的，癞蛤蟆想吃天鹅肉，滚！哈哈哈！"女孩为自己独特的幽默感亢奋不已，大笑不止，以至于脸都扭曲了，很生动地诠释了"得意忘形"这个成语。如果脸不笑到扭曲，她也算得上是个挺标致的姑娘,柳叶眉,桃花眼,樱桃嘴,难怪连阅人无数的乞丐也经不起她的挑逗。此女在年级里颇有名气,但很少有人知道她的本名邬三冠,只知道她的绰号是"三分之一",因为无论听课时间还是考试成绩,她都一直保持低调的作风,从来不会超过班级平均水平的三分之一。"三分之一"这绰号太长,大家就称她为三姑。三姑唯一比别人多的就是男朋友,自夸有一双"识男慧眼",可以一眼看穿任何男人的心思和欲念。乞丐不知道她的"超能力",也没料到她拥有如此超群的创意和趣味,一时尴尬得无以复加,羞惭得无地自容。

板凳腿摩擦地面,声音很轻,却像一个休止符,收住了七嘴八舌。孟楚怜的出场有些意外,牵动了所有人的视线,刚才的打击令乞丐本能地向后退缩。她梨涡浅笑,短发轻摇,微微踮着脚跟前行的模样宛如天使。

每个人心底都有一个天使,她不需要翅膀,就可以带你飞上洁白的云端;她不需要光环,就可以释放出太阳般的温暖。她能唤起被遗忘的良知,也会指引梦的方向,当她出现时,你无法呼吸。郑能谅这样想象着、形容着,根本没有意识到问题的严重性,其实昆德拉早就警告过:"比喻是危险的,一个比喻就能播下爱的种子。"

在交织如网的目光中,孟楚怜将一张十元纸币放进那只破瓷碗。纸币轻轻滑入碗中,乞丐的手分明沉了一沉。

郑能谅不是一个容易被感动的人,孟楚怜所做的也不是一件特别令人感动的事,然而在今后漫长的岁月里,郑能谅将这个简单的记忆片段反复回味了不下1000遍,并且在第1001遍时依然能感觉到心底的震颤。

受到孟楚怜的感召,良心未泯的同学们纷纷慷慨解囊,有捐一块两块的，有捐五块十块的，有捐铅笔、橡皮、文具盒、连环画的，还有的捐出了山楂片、大大卷、爆米花……这就是美女效应，让郑能谅想起教科书上一幅描写法国大革命的名画：《自由引导人民前进》。画上一位美丽的姑娘高举旗帜冲在队伍的前头，后边的男同志们紧跟着她，个个视死如归。

郑能谅自然也不例外，在被孟楚怜的善举感动后爱心勃发，视死如归地冲上去，把口袋里全部的 25 块钱都捐给了那个素不相识的乞丐。孟楚怜毫不吝啬地赐予他一个迷人的微笑。他顿时觉得把一年的零花钱全捐出去也值得。

三姑却不以为然，说孟楚怜是作秀，是哗众取宠，是黄鼠狼给鸡拜年，是丑人多作怪——在她眼中，只有自己算得上美女。郑能谅发现，"美"原来是个多重的概念，是皮囊也是心灵，是表象也是内在，是形态也是思想。之前他对孟楚怜的了解只在前一层，而经过乞丐事件，加上三姑的绝佳反衬，孟楚怜在他心里深深扎下了根。从此，他对她的一切产生了空前的兴趣，积极打探并研究她的信息，却发现情况不容乐观：

除了五官齐全，他和她基本没有共同特征；

除了爱吃话梅、鸡蛋饼，他和她基本没有共同爱好；

除了生活在社会主义国家，他和她基本没有共同背景；

除了汉语，他和她基本没有共同语言……

而最根本的问题在于，此时的他根本不知道自己究竟想要做什么，又究竟能够做什么。

5

造物主是顽皮的，给人欲念，却不给人满足欲念的能力。郑能谅被善良而纯真的孟楚怜深深吸引，却根本不懂博取异性欢心之道，无从下手。造物主又是公平的，关上一道门，就会打开一扇窗。透过这扇窗，郑能谅就发现造物主给他安排了一位深谙博取异性欢心之道的同桌。

梁晨谛难得来上课，也难得会看书。此刻他就坐在郑能谅旁边，捧着一本书看得津津有味。郑能谅觉得不能错过这个不耻下问的好机会，便压低声音求教道："谛哥，问你个问题，你是怎么追到你女朋友的？"

"你说的是哪一个？"梁晨谛头也不抬。

"呃，就是现在这个。"郑能谅也不知道"现在这个"是哪个。

梁晨谛合上《鹿鼎记》，用食指卡住阅读进度，转过头，认真地看着这个土鳖同桌，一字一顿："拜托，现在有三个，你到底想问哪个？"

郑能谅瞬间感受到人与人之间的差距，不禁自惭形秽，支吾道："嗯……就是……皮肤最白的那个。"

梁晨谛想了想："三个都很白啊！"

"哦，那是长得最高的那个。"郑能谅不停变换着标准，有如盲人摸象。

"她呀，"梁晨谛终于搭上了郑能谅的调，轻描淡写地答道，"很简单的啦，游戏厅门口看见的，身材不错，就过去夸她两句，搂过来脸上亲一口，就搞定咯。"

郑能谅张着嘴巴僵了十多秒才合拢，感慨道："你这不光简单，还很粗暴啊！"这种简单粗暴的方式他可学不来，就算学得来，如果用在孟楚怜身上，孟楚怜什么反应且不说，郑能谅肯定会先晕倒在地神游盗格空间了，事后再落个开除学籍都是轻的。

全校上下都知道，孟楚怜的父亲是县里的领导，所以暗中对她有想法的人不在少数，而她所受到的防护也是密不透风。郑能谅在电视上见过孟楚怜的父亲，觉得他是个和蔼可亲的人，女儿善良美丽，父亲自然也不错，正所谓有其女必有其父嘛。所以郑能谅一点都不担心她父亲会成为拦路虎，他更担心的是教导主任。

一提"教导主任"这四个字，郑能谅立刻回想起那副戒备森严的棕色眼镜，以及深藏其后的那双疾恶如仇的眼睛。从小到大，他看过的电影里好人都有好报，公主常常爱上穷人家的孩子，弱者在危急关头必定会得到从天而降的帮助，用心许下的愿望最终都可以实现，结果这些都在现实中被证明是虚构，是扯淡。而电影里的教导主任总是严厉冷酷、辣手无情，现实中就真的如此。

郝主任喜欢训人，其严厉做派在教学楼方圆 50 米以内无人不知，因为在这个范围里的任何一个角落都能听到他在办公室里训斥、体罚学生的声音。他的办公室就在数学教研室的隔壁，各种刑具唾手可得，让学生们深受启发，意识到原来直尺、圆规、三角尺还有比画图更有趣的用处，以至于后来校内外每有打架斗殴，教学用具们都能不辱使命，屡建奇功。

梁晨谛作为资深刺儿头，免不了隔三岔五要被郝主任打手心，结果被打成了铁砂掌——这里没有使用夸张的修辞手法，他的手心确实磨出一层厚厚的老茧，用美工刀拉一道口子也不见红。许多年后，梁晨谛成为一名屠宰工，无论多生猛的牲畜都能一掌击晕，让它们走得无比安详，不但营造出和谐的氛围，充满了人道主义情怀，更避免了因紧张、害怕和挣扎而导致的肉色暗沉、肉质酸硬等问题，符合动物心理学和现代营养学的客观规律。每次出掌击晕牲畜的时候，梁晨谛都会大吼一声："好！"旁观者以为他这是在运气发功，那就大错特错了，其实他喊的是"郝"，因为他所拥有的这一切都得益于郝主任当年的无数次体罚——做人就应当常怀感恩之心。

尽管自己还是个单身汉，郝主任却自认为对少男少女的感情问题明察秋毫，总是用一副久经沙场的腔调教育学生们该如何树立正确的爱情观和价值观。

他说："你们年纪还小，不应该想入非非。"有的学生就满怀期待地以为再长大一点就可以想入非非了，还有的学生就很好奇这个"陆菲菲"究竟是何方神女。

他又说："你们唯一的任务就是学习，学习，再学习！"然后他指着自己那刚打完牌一地鸡毛的办公室，点上几个学生的名字："现在交给你们一个任务……"

他还说："没事别爱来爱去的，要爱就该爱你们的学校，因为学校是你们的家。"却又常常训斥迟到的学生："想什么时候来就什么时候来，你当学校是你家呢?！"

最可爱的是，他说过一句："男生女生之间拉拉手，做做普通朋友是很好的，不过，不要干一些出格的事。"大部分男生女生本来也只是拉拉手，做做普通朋友，懵懂单纯得根本不知道还有其他什么事可做，但经郝主任这么一暗示，便纷纷开始探索所谓的"出格的事"，让人想起一个成语：此地无银三百两。

鉴于孟楚怜的特殊身份，郝主任自然把她列入了重点保护名单，叮嘱每一位任课老师严密防范悉心照看，并经常亲自出马嘘寒问暖，但凡发现哪怕小半个偏离主旋律乐谱的不和谐音符，都会斩钉截铁地扼杀在萌芽状态。在这种环境下，且不说梁晨谛那种简单粗暴的表白方式无异于自寻死路，就连和孟楚怜多说两句话都可能招来老师们异样的目光，再厉害的情圣也只能远离这片神秘的禁区。

白色恐怖般的全方位监控让理想中的爱情故事成为遥不可及

的乌托邦，却无法斩断郑能谅的情丝，也无法阻止他以自己特有的方式继续对孟楚怜的关注。每堂课上，他用一只眼睛探测老师的动向，另一只眼睛瞄向她动人的侧影，看上去就像一个交替性外斜视眼患者；每次放学，他亦步亦趋地跟在她身后，偷偷欣赏她窈窕的身形与轻盈的步态，看上去就像一个愚笨蹩脚的菜鸟私家侦探；每天清晨，他早早来到上学必经的小桥头，假装不经意间邂逅，只为红着脸与她打一声招呼，看上去就像一个想求领导解决困难却不知如何开口的小老百姓。

这种感情像杂草一般肆意生长，却只蔓延在思想的旷野上。就算没有盗格空间的不便，郑能谅也很难迈出那关键的一步，因为他的脑海里总是浮现出一些关于未来的画面，那是他和孟楚怜发展进一步关系可能出现的各种结果，唯独少了皆大欢喜那一幕。与在盗格空间看见的未来不同，出现在他脑海里的这些未来不知真假，也不能选择，只是让天性谨慎的他看到了太多不确定因素，从而选择了沉默。暂时的隐忍，是为了避免因他的不成熟而可能造成的伤害，也为了让这份感情热得更慢一些，走得更远一些。向外无处排解，只能对内倾诉，郑能谅有一本带锁的日记，歪歪扭扭的字迹记录了纯真懵懂的情愫，还有一些只有同龄人能懂的青涩俏皮的打油诗：

爱

无奈

口难开

情深似海

长相思成灾

爱如潮水澎湃

万千俗念心底埋

才貌两残无颜表白

天生劣质自弃亦难怪

情窦初开缺乏经验太菜

嘴不甜皮不厚人还有点呆

要什么没什么免不了被淘汰

癞蛤蟆想吃天鹅肉注定要失败

会相思者害相思不应该时自活该

甜言蜜语不懂风花雪月绝缘谁人睬

男人不坏女人不爱千古真理鲜有例外

然而我不帅不才不拽不坏却也不赖

天涯何处无芳草此心只容一人塞

一颗红心两手准备爱你百分百

开口容易牵手难只能暗表态

言出肺腑不信去问我奶奶

真情保鲜一万年亦不衰

梦里寻伊千百度何在

青丝愁断思念难耐

流水落花归去来

追忆如诗情怀

风雨数十载

痴心不改

鬓发白

等待

爱

郑能谅趴在日记本上写情诗的时候，梁晨谛正趴在桌上做美梦，半空中忽然劈来郝主任的雷霆一问："梁晨谛！爱因斯坦对人类最大的贡献是什么？"

梁晨谛虎躯一震，茫然而起，揉了揉惺忪的睡眼，正好瞥见旁边郑能谅写下的最后一个字，也顾不上多想，脱口而出："爱！"

当时整个教室都笑翻了，不过事后大家一琢磨，爱因斯坦确实对爱有极为独到的见解，看来梁晨谛这不学无术的家伙也挺有思想，纷纷对他刮目相看。梁晨谛也对郑能谅刮目相看，这位和他兴趣爱好从无交集的同桌竟会写情诗，这可是连他这情场老手都不具备的特殊技能，值得一交。从那以后，两人逐步建立起一种互帮互助互惠互利的战略合作伙伴关系：梁晨谛为郑能谅提供经济援助和军事保障，比如把抢来的零食、玩具、小人书等物品与他分享、时不时请他看场电影、为他抵挡其他不良少年的骚扰，以及帮他解决各种可以用武力和金钱摆平的麻烦；而郑能谅则为梁晨谛提供文化帮扶和科技支持，比如把作业本和考试卷借他抄、代笔写情书、为他讲解武侠小说里的历史典故、替他预警老师的突袭，以及帮他解决各种用武力和金钱摆不平的麻烦。

作为战略合作伙伴，梁晨谛偶尔还会邀请郑能谅开展一些联合行动，比如恶作剧。一天快放学的时候，梁晨谛悄悄从后门溜进来，一脸神秘地道："等下一打铃，咱俩跑快点，到半路去给孟学霸一个惊喜，嘿嘿！"说着他摊开手掌，把郑能谅吓了一跳，是条四脚蛇。

梁晨谛从抽屉里取出一只空易拉罐，把四脚蛇丢进去。望着那身披墨绿色薄鳞的不速之客，想象着孟楚怜花容失色的神情，郑能谅恨不得立马从梁晨谛手里夺过罐子扔掉，但他知道凭自己的功夫绝非对手，传说中梁晨谛那"空手夺仙人球"的神威光是想想都能叫人起一身鸡皮疙瘩。于是他大脑飞快地运转起来,绝不能让梁晨谛伤害孟楚怜,同时要保护自身安全,还不能让他看出自己对孟楚怜的心思——他虽没有三头六臂之法,三寸不烂之舌还是很好用的。

"品位太差了吧?"郑能谅递过去一个轻蔑的眼神,"这样的女生你也感兴趣?"

梁晨谛脖子一挺:"谁对她感兴趣了?我堂堂梁晨谛什么样的姑娘没见过?会对这么一个不解风情的女学霸感兴趣?不过就是吓吓她图个乐子罢了。"

"那你这不就是自讨没趣嘛!"郑能谅见他入套,便头头是道地分析起来,"你不知道吗?像她这种读书用功的人眼里只有学习,久而久之会得一种叫'书虫综合征'的心理病。主要症状就是吃饭走路的时候满脑子都是英语单词、几何图形、物理学定律、化学反应方程式,对和学习无关的刺激源都会反应迟钝。到时候你拿这四脚蛇去吓人家,人家不光不害怕,反倒一本正经地研究起它的生理结构来,你说你是不是很尴尬?"

梁晨谛一愣,将信将疑道:"不会吧?我还没见过不怕四脚蛇的女生呢。"

郑能谅淡淡一笑:"呵呵,孟楚怜是普通女生吗?你不知道她初中时就当过生物课代表吗?什么动物没见过?什么标本不会做?待会儿人没吓到,还白搭一条可爱的四脚蛇。回头事情再传出去,人家还会笑话我俩是去班门弄斧给人送标本的呢。我被人笑话倒无所谓,可你堂堂梁晨谛,一代武林宗师、少年英雄、体育健儿、旷世奇才、淳源大侠,要是落下个笑柄,将来还怎么行走江湖?"

"这……"梁晨谛最在乎自己的江湖威望,却不免疑惑,"你不让我去吓孟楚怜,该不是有别的目的吧?"

郑能谅心中一虚,脸上却一派正气:"我的目的还不是为了保护你啊!你也不看看人家孟楚怜什么背景,就算她真被你用什么办法吓到了,回头让郝主任或者哪个领导知道了,能有你好果子吃?"

梁晨谛只图玩得痛快,却把这一层利害关系给忘了,毫无疑问,任何对孟楚怜的骚扰都会遭遇秋风扫落叶般的无情打击,他虽在江湖上是大侠一枚,但在"官府"眼里不过小草一根,纵有一副好身板,在郝主任的直尺、圆规、三角尺面前终究不堪一击。想到这儿,他不禁对身边这位高瞻远瞩的"战略合作伙伴"投去钦佩又感激的目光。郑能谅也松了口气,总算断了梁晨谛骚扰孟楚怜的念想了。

梁晨谛看着静卧在易拉罐底的四脚蛇,有些惋惜:"可它怎么办?拿去吓唬谁好呢?"似乎不被拿去吓唬某个小姑娘,它的生命就失去了存在的意义。

郑能谅心想好事做到底,索性连这四脚蛇也一并救了,便劝道:"放生咯,也算益虫。"

梁晨谛眼一瞪:"啥?我堂堂梁晨谛行走江湖从不放空炮,被我抓回来的俘虏,不论益虫害虫,我都有100种方法让它活不下去,你居然叫我放生?"

郑能谅没有直接与他争辩,而是讲起了故事:"从前有个人,从渔民手里救下一条金色鲤鱼,后来这个人被强盗杀死抛尸江中,是这条鲤鱼用定颜珠护住了他的魂魄,多年后凶手伏法,此人也得以还魂复生。"

"切!我堂堂梁晨谛怎么可能被强盗杀死?"梁晨谛没看过《西游记》,也对这种虚无缥缈的"好处"不感冒,摇了摇易拉罐,"还用它来帮我还魂?不如我先帮它超度了吧。"

郑能谅继续点化："从前有个牧童，从一位捕蛇老汉手里救下一条小白蛇，千年之后，小白蛇修炼成人形，下山报恩，嫁给了小牧童的转世之人，两人过上了幸福生活。"

梁晨谛终于产生了共鸣："哈哈，原来你也看《新白娘子传奇》呀！"

郑能谅循循善诱道："众生平等，万物有情，你说你今天放生这条四脚蛇，保不齐千年之后，它也变个大美女来报恩呢？"

梁晨谛认真地盯着易拉罐里那条四脚蛇，想象着它变成大美女的样子，不无遗憾道："唉，为啥都是转世之后、千年之后才来报呢？就没有个现世报的故事来激励人吗？"

郑能谅哑然失笑："拜托，现世报说的是恶有恶报。"

"哼，反正我现在是看不到放生它的任何好处。"梁晨谛撇撇嘴，但还是马上把四脚蛇给放生了，因为楼道里传来了郝主任的咳嗽声，在郑能谅的记忆中，这算是郝主任做过的为数不多的好事之一。

第四章　日记本里的秘密

1

　　五六十平方米的教室，3200多步的上学路，两个年轻稚嫩的身影，似地球和月亮一般若即若离。一眼偷瞄，一阵窃喜；一番愁绪，一页日记；一寸相思，一声叹息。

　　日子就在这平淡无奇的暗恋中一天天过去，转眼到了高二，会考之后，开始分班，文科两个班，理科四个班。郑能谅的物理、化学即使在作弊非常成功的情况下也未必能及格，根据排除法，他只能选文科班。

　　好消息和坏消息接踵而来：孟楚怜也选了文科班，并且和郑能谅一同进了文科（1）班，郑能谅把这看成是上天的厚赐和命运的暗示，隐隐有预感接下来的这一年很可能会发生些什么浪漫的事；梁晨谛去了理科（4）班，虽然对他来说文科理科并没有什么分别，但他非常讨厌背书和写作文，就这样郑能谅失去了一位给力的战略合作伙伴；三姑也在理科（4）班，原因和梁晨谛一样，这跟郑能谅关系不大，但至少让孟楚怜身边少了一个嚼舌根的，郑能谅也很欣慰；班长任赣士文理都强，但他的理想是从政为官，所以进了文科（1）班，继续当郑能谅的班长，这可是个坏消息，因为这意味着新班级的座次又是他说了算。

果然，郑能谅又没能如愿以偿坐到孟楚怜的附近，依旧被"发配"到最遥远的"边疆"，继续镇守教室的北大门。

开学第一天，郑能谅迎来一位不请自来的新同桌，这姑娘一进教室就直奔最后一排的角落，将书包撂在他面前的桌上，然后不知道用什么方法让任赣士在排位表上承认了这一既定事实。

郑能谅性格内向，不善取悦女生，虽然有时嘴里也会冒出些顽皮的话语，内心却始终比较保守，所以基本可以排除她是被他的魅力所吸引的可能性。她叫项菁菁，郑能谅的记忆库里查无此人，两人素不相识，她个子不高，也没必要往后坐，那究竟为何要来到他身边呢？

当郑能谅向她提出这个疑惑的时候，项菁菁的回答是："想静静。"

"这你就选对了，我别的什么不会，安静可是最拿手的，静如止水，静如处子，要多静有多静。"郑能谅没有自夸，一说完这句话，他就彻底安静了，因为项菁菁对他的回答报以礼貌一笑，然后转过身去，从书包里抽出一本《帕斯卡尔思想录》，自顾自看起来。

郑能谅连帕斯卡尔是谁都不知道，想不安静也不行。后来，他从楼下理科班的同学那里打听到，帕斯卡尔是17世纪法国的一位数学家、物理学家，就很纳闷："这项菁菁成天看这些理科的书，为什么要跑来文科班？还跟我坐一起，莫非是对我有意思？"

再后来，他发现是自作多情了，帕斯卡尔不仅是数学家、物理学家，还是哲学家、散文家，人家16岁时就发现了著名的帕斯卡六边形定理，而他也已经16岁了，连帕斯卡尔是干什么的还不知道，有什么资格被项菁菁看上？看来这项菁菁又是个和孟楚怜一样的学霸，郑能谅猛然想起，过去的几年里，他曾不止一次向老天爷默默祈祷，让自己能和学霸级女神孟楚怜做同桌。如今真的从天而降一位学霸，难道是老天爷显灵的结果？他不由悲从心起，仰天长叹：老天！我要的是学霸级女神，你只兑现前半截算怎么个意思？这也带分期付款的吗？

但他很快发现，这位同桌虽然是学霸，却并不沉闷，虽然不漂亮，却很可爱。项菁菁不多愁善感，也不爱哭，但每次一听到《同桌的你》的旋律时，郑能谅就会想起她。项菁菁是班上的学习委员，比他矮一个头，圆圆的脸蛋，圆圆的身子，连手指都鼓鼓囊囊的，从远处看就像一朵幼儿园时常画的向日葵——全是圈圈。

郑能谅给她起了个外号——小企鹅，叫到后来几乎忘了她的真名。他不知道她是否满意，只知道他第一次这样叫她的时候，她就挥舞起旺仔小馒头一样粉嫩的拳头去揍他——实际上跟按摩差不多。郑能谅忙改口叫"大企鹅"，她却拍得更紧，他只好又改回来。

小企鹅有一手绝活：画手表。看着一个女学霸抱着手腕涂鸦的画面，郑能谅觉得很怪异，虽然达·芬奇可能也干过类似的事，可那是男学霸，精神不正常是十分正常的。

小企鹅注意到郑能谅的眼神，笑了笑："给你也来个？"说着，她就去抓他的手，一点也没有女学霸的架子，也全无男女授受不亲的顾忌。

郑能谅却十分敏感地缩起胳膊，一脸戒备。小企鹅不知道这是因为盗格空间，一边灵活地转着圆珠笔，一边开玩笑道："怕什么？我又不是霹雳贝贝。"

郑能谅不想驳了她的好意，也对她的才艺充满好奇，便从口袋里摸出一副白手套，递给她，腼腆道："你穿上这个，再画。"

小企鹅眼睛一亮："哟，有洁癖？"

郑能谅不知该如何解释，只得将错就错地点点头。小企鹅爽快地戴好手套，开始在他手腕上作画，边画边称赞道："不愧是有洁癖的人，皮肤都这么白。"

郑能谅第一次被人当画板，有点紧张："你说，这画被老师看到不会骂吧？"

小企鹅专心创作，头也不抬："骂什么？又不是文身。"

郑能谅感受到透过手套传来的体温，还有呼在他手背上的气流，有种说不清的感觉："痒。"

"忍着点，就当为艺术献身了啊！"

"圆珠笔水有毒吗？不会有副作用、后遗症什么的吧？"

"有也没关系啊，反正这又不是我的手。"

"呃……"

"哈哈，骗你的啦，我经常给自己画的，画完就用水洗掉好了，没有危害的。"

"哦，你这表怎么只有一根指针啊？"

"刚好是 12 点嘛。"

"那怎么没有表带？"

"高科技手表嘛。"

"可这标志好像是国产的。"

"别崇洋媚外。"

总算大功告成，小企鹅志得意满地拍拍手，期待郑能谅的惊叹，却等来一句质问："这表框不怎么圆啊？"

"难道要用圆规？"小企鹅脸色一沉，打开了文具盒。

郑能谅一看闪着寒光的针尖连忙改口："不用改不用改！残缺美才有艺术感！"

小企鹅仔细打量了一番自己的杰作，自言自语道："确实不够圆。"说完，她低下头，噘起小嘴，"呸呸"几下，在那只"手表"上吐了一层唾沫，抬起手准备擦掉重新加工。

令她没有想到的是，当她的唾沫星子落在"手表"上时，郑能谅竟然扑通一声，趴在桌上，晕了过去。

她的第一反应是：这个有洁癖的家伙一定是嫌我的口水太脏，吓晕过去了。

"喂，喂！醒醒嘞！至于恶心成这样吗？我每天早上都刷牙的！"小企鹅又好气又好笑。

可任她如何摇晃如何解释，郑能谅都感受不到也听不到了，他此刻正站在海棠树前，对着素问镜大声抗议："我晕！搞什么东西！不是说身体接触吗，怎么口水也能触发盗格空间啊？！"

"当然可以，唾液也是身体的一部分。"素问镜调皮地晃着舌头，仿佛在做鬼脸。

思维敏捷的郑能谅马上连珠炮似的反驳道："扯淡！照你这么说，和女的聊天，她的唾沫星子溅两滴到我脸上，也要触发盗格空间？跟女的吃饭，对方筷子上沾了唾液，混到菜里，我再吃了那菜，也要触发盗格空间？可这么些年，我怎么从来没碰到过这种情况？要真是这样的话，还让不让人正常生活了？"

"好啦好啦，少见多怪，看在咱俩老相识的面子上，这么多问题算你一个好了，我一并答了，"素问镜不慌不忙道，"量变引起质变，一两点唾沫星子可以忽略，但数量多了也能触发的，懂了吧。"

"我去！敢情这规则都由你说了算！简直没地方讲理！"郑能谅没工夫再费口舌，他要赶紧离开这里，否则还不知道外面那小企鹅会趁机在他身上再乱涂乱画些什么呢。

还好，选项不多，两颗金蛋，大小和鸭蛋差不多。在这两个未来里，小企鹅已出落成一位亭亭玉立的大姑娘，身材苗条了许多，五官也更清秀了。选择也很容易，因为其中一个显然不是什么好事：视角自下而上，可以看出她正独自站在一座高楼的天台边，披头散发，神情落寞，风从四面八方而来，撕扯她的衣裳，撞得她摇摆不定。而另一幕未来要好得多：她坐在一张方桌后面，手握钢笔，满面红光，周围人山人海，桌上摆了一摞书，身后挂着一幅巨大的海报，被工作人员挡住了大半，隐约露出"签售会"三个字。

成为作家是小企鹅的梦想，郑能谅也很期待与她分享这荣耀的未来，只要定格就能实现，但天台边那一幕的危险显而易见，既然看见就不能不管，他果断选择了盗取。

金蛋消失在地面上，带走了天台、狂风和神情落寞的小企鹅，能量的流转或许会让签售会一事发生，也可能变成黄粱一梦，但活着比成功更重要。救了小企鹅一命，郑能谅一身轻松回到现实世界，心里猜测着等下会看到她怎样惊慌失措的糗态，谁知一睁开眼，就看见小企鹅正把头埋在他的手背上专心创作，口中念念有词："让你装，让你装，画个小乌龟，看你醒不醒。"

"再画就只能截肢了。"郑能谅眼皮低垂，语气苍凉。

"哈！"小企鹅侧过头来，"你不是冬眠了吗？看看我画的乌龟，像不像冬眠的你？"

"这不还是块手表嘛，头、尾巴和四肢呢？敢情你只会画手表啊？"

"冬眠缩进去了啊，难道你睡觉张牙舞爪的啊？"

两人正聊着，上课铃响起，郝主任英姿飒爽推门而入。他眼下不光是教导主任，还是高三年级组长，兼任文科（1）班班主任，同时负责给两个文科班上语文课，这不光是为了多拿几份工资,更是由于本届高三毕业班会聚了十几位县领导的子女,上头十分重视。头顶名牌大学中文系硕士、市作协会员、县文联理事、县文艺创作研究室特别顾问等璀璨光环,身负数十次在省、市、县大小征文比赛中获奖的辉煌战绩,少年得志的郝主任早已功成身退,淡泊名利,如今只有诺贝尔文学奖和县里的领导才能引他重出江湖,这可是郑能谅和本届高三全体学生的莫大荣幸。

望着台下东张西望交头接耳不懂感恩的不良少年们,郝主任脸色沉了下来,扬起教鞭狠狠地抽了无辜的讲台几鞭,教室里顿时鸦雀无声。"高三了,心里都有数一点。"郝主任没有多说,重重地哼了一声,转身在黑板上写下两行大字:我的梦想,我的老师。

郝主任转回身,清了清嗓子,说:"今天本来准备跟大家分享一下郭沫若老先生晚年创作的一些经典诗歌,但是看你们都没有进入状态,就直接布置作业了。写篇作文,题目就从这两个里面任选,可以说说自己的梦想,远大的、平凡的、阳春白雪的、吃喝玩乐的,都可以;也可以谈谈对老师的看法,可以写我,也可以写别的老师,大家放开手脚,畅所欲言,尽可能地把心里想的都写出来。"

郑能谅看着"我的梦想"这四个字,脑海里瞬间蹦出一长串画面:他和孟楚怜手牵着手走过绿树成荫的操场,走过撒满鲜花的红毯,走过荆棘丛生的山川,走过细水长流的时光……这就是他的梦想,但只能在梦里想想,如果让郝主任知道就会被定性为非分之想。

他把目光转向另一个选题:我的老师。和"我的梦想"恰好相反,这是个充满现实主义气息的命题,自从进入高三以来,每天和老师们待在一起的时间,比和父母在一起的时间还要长。对于老师的看法，真要像郝主任说的那样畅所欲言，写上三天三夜也写不完，但他是个谨慎的人，一眼就看出这是个陷阱，正如古代皇帝们搞的开门纳谏，说得合主子意，或许会赏根骨头吃，批逆龙鳞就小命不保了。

思来想去，郑能谅还是规规矩矩、一笔一画地写道：从小，我的梦想就是当一名科学家，造福人类……

第二天，郝主任把郑能谅叫到办公室，狠狠表扬了一番，夸他有文学天赋，问他有没有兴趣加入由郝主任亲自负责的校文学兴趣小组，每学期只需交 100 元会费。

同时受到表扬的还有班长任赣士，他创造性地把两个作文命题合二为一，写了篇《我的梦想就是成为我的老师郝主任那样伟大的人》，情真意切，荡气回肠。

起初动笔写的时候，郑能谅只为完成任务，并没什么感觉，可眼下翻开自己的作文簿，看着上面那些违心的文字，不禁感到无地自容，再一看任赣士这篇神作，顿时更加无地自容——连违心都违不过人家。

任赣士毫不犹豫接受了郝主任的邀请，成为文学兴趣小组的副组长。郑能谅则展开了激烈的心理斗争，一方面是因为他实在不想再看到这样的作文，另一方面实在心疼那 100 元会费。

"不急，回去慢慢考虑。"郝主任说着转过身去和任赣士开始商量文学兴趣小组的下一次集体活动。

郑能谅长吁一口气，溜向门边，忽然在桌角一沓作文本里发现了孟楚怜的名字，心跳瞬间加速。他平复了一下情绪，瞟了一眼郝主任和任赣士，见他俩正聊得热火朝天根本没注意到他，这才小心地掀开孟楚怜的作文本。

字如其人，清新秀丽，言出肺腑，鲜活生动，将孟楚怜那一个个美丽的小梦想徐徐铺开呈现在郑能谅的眼前，并深深烙进他的心底：游九江八河，掬一捧最纯最清的水；览三山五岳，看一眼更高更远的风景；拥抱金色的沙滩，聆听海风温柔的倾诉；策马广袤的草原，感受天地震颤的脉搏；漫步寂寥的戈壁，翻阅历史厚重的画卷；骑行苍茫的藏疆，呼吸信仰蒸腾的气息；考上父亲曾就读过的那所大学，读从小就向往的新闻系；当一名云游四海的旅行作家，记录美好生活的点点滴滴；觅一座云淡风轻的小城，谈一场地久天长的恋爱……

郑能谅从未如此近距离地观察过孟楚怜的内心世界，以前她在他心中只是个不近烟火的天使、遥不可及的女神，但这一刻，她变成了一个鲜活的人，朴素平凡，细腻纯真。他没想到，她的文笔和她的人一样美，更没想到，她所憧憬的种种梦想几乎都与他不谋而合，令他的心情久久不能平静，也令他更加坚信，他对孟楚怜的喜欢并非一时冲动，也不是出于寂寞或虚荣，而是心灵的交会与共鸣。要不是郝主任的视线飘了过来，他真想一把将孟楚怜的作文本揣入怀中据为己有。

回到教室的时候，郑能谅忍不住多瞧了孟楚怜几眼，她正戴着耳机练习听力，没有注意到五米开外异样的眼神。不过有人注意到了，他的屁股刚沾上板凳，旁边就传来一阵清脆的笑声："嘻嘻，你抽屉那本日记里有多少首写给孟楚怜的情诗呀？"

郑能谅一惊，他一直以为自己深藏不露的情愫能够瞒天过海，没想到这么快就被人发现，连情诗也暴露了，急得脱口而出："你怎么知道的?!"

小企鹅一针见血："你刚才看她那眼神，就跟卡西莫多看爱丝梅拉达的一模一样。"

"谁？"

"《巴黎圣母院》,钟楼怪人。"

"骂我丑啊?"

"是说眼神一样。"

"那就是眼睛丑呗。"

"别岔开话题,你每天晚自习都在偷偷写日记,还捂着不让我看,肯定是写情诗什么的嘛,而且每次有她在的场合,你都会显得很呆,这就是心虚的表现。我敢打赌,你肯定不敢让她给你画手表。"

这个赌实在够狠,郑能谅的解释毫无底气:"因为她没你画得好呀。"

小企鹅扑哧一笑:"瞧把你紧张的,她又漂亮又聪明,喜欢很正常啦,班上喜欢她的又不止你一个。"

有情敌?郑能谅瞬间警觉起来:"谁?"

小企鹅说:"打开花名册,除去所有女生就是了。"

"哪有那么多?"

"对她有好感的恐怕是有那么多的,只是看她的眼神和你一样的不多,看得出你比他们认真,也更深情噢。"

"这也看得出?"

"那是,我还看得出你正直善良,勤劳勇敢,爱祖国爱人民,有理想、有担当,做朋友绝对一流。"

郑能谅正为秘密的泄露心烦意乱,谁知小企鹅一本正经地开起了玩笑,便配合道:"呃……你知道得太多了,看来我只有将你灭口。"

"大侠饶命,我口风很紧的。"小企鹅笑着哀求。

郑能谅摇摇头:"你跟她是好朋友,让她知道也不行。"

还没等郑能谅想出"灭口"的方案,小企鹅又安慰道:"放心啦,我才没那么八卦呢,何况你又没有给我什么好处,我凭什么帮你牵线搭桥?就算我说了,她也未必会信呀。再说,对她有好感的男生那么多,她就算信了也不会放在心上的嘛。"

这一番有理有据的分析让郑能谅心里的石头落了地,可是最后一句话又让他有些惆怅:是啊,那么多人喜欢她,她怎么可能注意到我呢?

小企鹅嘿嘿一笑,补了一句:"自己的事自己摆平,我就当一个安静的旁观者,等将来有一天你自己跟她表白。"

郑能谅心中暗自苦笑:我自己都未必等得到那一天。

2

事后郑能谅觉得还是不太保险,毕竟小企鹅和孟楚怜私交不错,更要命的是她俩一个是学习委员,一个是团支书,经常共同出现在一些高级别的场合,万一在开班委会的时候小企鹅心血来潮对孟楚怜说起他暗恋她的事,再让与会的郝主任和其他班干部听见,那事情的性质可就不是"人民内部暗恋"这么简单了。

可是他也不敢再跟小企鹅提起这件事,免得她从他过于在意的情绪里嗅出更多秘密,最好的办法还是淡化主题,用其他事物转移她的注意力。天公作美,眼下正有一个更庄重更严酷的考验在不远的将来等着他们:高考。事关前途和梦想,小企鹅对此很重视,每一堂课都专心听讲,只有在课余时间才会和郑能谅聊聊天、玩玩画手表,早就把暗恋之事抛在脑后了。

相比之下,郑能谅就显得有些松松垮垮,因为他天生是个慢性子,做什么事都不慌不忙,老虎追在屁股后面还要回头看下是公是母。在他看来,高考还有好几百天,好几千个小时,没必要那么急着去用功,凡事要讲究循序渐进,要慢慢进入状态,太早就全力以赴的话，到时候反而容易产生心理疲劳，现在正是休养生息的好时候，等到还剩一个月的时候再发力也不迟。在这个战略方针的指引下，郑能谅自然全无斗志，上课时不是看小说就是睡大觉。他和小企鹅的状态反差，几乎成了当年梁晨谛和他的翻版。

教室就那么点大，人就那么些，本来上课睡大觉或者埋头看小说都是极易被讲台上的老师一眼发现的，但到了高三就不用担心这个问题。这要感谢学校，感谢郝主任，感谢老师们，是他们让学生们订购的那些高考资料帮了大忙。《模拟题集》《高考捷径》《状元攻略》《单词速记》……应有尽有，它们虽然大多数翻都没被翻过就在高考后以原价的十分之一被卖给了废纸收购站，但在当时还是充分发挥了使用价值。学生们将这一摞摞复习资料横七竖八地堆在课桌上，高耸入云，气势恢宏，完全阻隔了老师们的视线。

不堪重负的莘莘学子起初还对铺天盖地的复习资料颇有怨言，但随后发生的两件事马上证明了他们的浅薄。学校门口地摊星罗棋布，煎饼果子、烤羊肉串、盗版磁带、女生饰品、各种玩具，生意兴隆，也危机四伏。一天夜里，卖小玩具的摊主在放孔明灯招揽生意，突然，一盏孔明灯断线坠落，砸向一名路过的学生，幸亏硕大的书包把他压得腰都弯了，那孔明灯才没有掉在他头顶，而是掉在了书包上，火苗也只烧破了几本书，没有伤人分毫。另一件事更不可思议，一名学生上学路上遭到一条疯狗的追咬，失足摔倒，疯狗被沉重的书包压住，当场毙命。

通过这两件事，学生们不得不承认，知识不但能充实自我，还真的能改变命运。有了如此给力的防弹衣和千斤坠，校园安全指数大大上升。许多年后，县教委推出了"书包限重令"，说要让书包瘦身，让学生减负，这简直是置学生们的生命安全于不顾，也难怪校方一直阳奉阴违，千方百计地抵制这项政令，那都是在坚定不移地捍卫"以人为本，安全第一"的底线。

然而就算有高高的书堆做屏障，郑能谅还是被郝主任盯上了，问题在于小企鹅。郑能谅的课桌紧靠后门，既能将整个教室一览无遗，又可有效避开老师从正门搞突然袭击时的视线。但对于身为学习委员的小企鹅来说，这个位置除了离洗手间比较近以外，毫无价值。更重要的是，班上都是同性别的坐一桌，只有郑能谅这一桌与众不同，其中必有蹊跷。郝主任便将他俩列为重点怀疑对象，经过一段时间的观察，果然发现了问题：他俩总是有说有笑，讨论的还不是学习上的问题；他俩常常会交换书籍，不是教科书，而是小说、哲学书之流；他俩会分享彼此的便当和零食，却从来没有想到给我这班主任送一份；他俩还经常不顾体统地嬉笑，更不知羞耻地拉着手摸来摸去——从远处看不出是在画手表。

这些非正常接触就像一颗颗痔疮，搅得郝主任坐立不安。要抓典型！而且要抓现行！从此，每次郝主任一进门就直扑郑能谅这一桌，可等他冲到，两人却在埋头苦读，仰起脸，天真无邪。

道高一尺魔高一丈，郝主任迅速改变战术，迂回包抄，从后门突袭，但后门总是从里面反锁着，幸好还有个门洞，刚够他偷窥。这也不用郑能谅担心，因为有人比他更担心。自从进入高三，每间教室就自动分成了两片区域：前半区是江山，座中皆为立志出人头地、出将入相的江山栋梁；后半区是江湖，个个都是立志大碗喝酒、大块吃肉的江湖好汉。文科（1）班也不例外，最后一排坐着许多从踏进高中的那一刻起就下定决心投身艺术和体育事业的少年，他们的抽屉里除了画板和球鞋，就是小说和香烟，并且当郝主任突击检查时，只能发现画板和球鞋。郝主任这招暗度陈仓的最大受害者，便是他们。

在经历了数十本小说和数十包香烟惨遭终身监禁的悲剧之后，受害者们奋起反击，变被动为主动，在郝主任到达预定地点之前设下圈套，比如把一些漂亮女明星的写真贴纸粘在门洞的这一边，看得郝主任心旷神怡、依依不舍。贴纸用完了，有人就刮来一堆粉笔灰，搁在门洞里。

那一口，吹得郝主任半个月都眯着左眼，也吹得郑能谅和小企鹅各分东西。因为瓜田李下，他俩嫌疑最大。郝主任果断把小企鹅调到本来一个人坐的孟楚怜身边，让郑能谅独自深刻反省。他以为惩罚了主要嫌疑人就可安全地偷窥了，结果再次中招，右眼也眯了半个月。

刚被强行拆散的那段时间，郑能谅茶不思零食也不想，看小说都没心情，但他不敢去找小企鹅，因为她身边坐的那个人会让他心慌意乱。好在小企鹅很念旧，经常一有空就回来和郑能谅聊天，换书看，给他画手表。郝主任据此断定两人的关系已经不是私交甚密那么简单，必须上升到道德品质和作风问题的高度。于是，小企鹅和郑能谅开始接受"思想审查"，被郝主任叫去他的办公室，用郝主任的话说是"谈心而已"，实际上却是"谈得心力交瘁，死而后已"。

郝主任先对两人进行教育，郑能谅怀疑郝主任以前是个传教士，实在太健谈了，絮絮叨叨，简直要谈出一本《十日谈》来。郝主任先帮两人温习了一遍古今中外的名人名言，从孔子到朱子，从释迦牟尼到穆罕默德，从柏拉图到康德。小企鹅好几次想纠正他的引用错误，都被他的滔滔不绝所打断。接着郝主任又列举了一大堆早恋的危害，真的有一大堆，假如一条危害只有一立方厘米大，他所列举的危害就可以装满一个集装箱。

然后，郝主任对两人实施"各个击破"的战术，让郑能谅先回教室等通知，然后用电影里警察惯用的手段和腔调暗示小企鹅说，你们这算早恋未遂，只要认罪服法，还是可以宽大处理的。

小企鹅一听，很不服气："我们是清白的！您怎么不去抓那些真正早恋的人？"

郝主任的脸上立刻堆起笑容："呵呵，谁啊？你知道有谁早恋了么？告诉我。呵呵。"

小企鹅想了想："没有。不知道。"

郝主任又立即提审郑能谅，为防止串供，他还颇有心计地把小企鹅暂时"关"到隔壁的数学教研室。郑能谅一来，他就皮笑肉不笑道："呵呵，项菁菁很懂事，很配合，刚刚交代了几个班里早恋的同学，将功补过。现在也给你个机会，说说看，只要说对一半，就证明你没有撒谎，我就会考虑不处罚你俩的问题。"

郑能谅不禁又怀疑郝主任在不当传教士之后还去横店影视城当过群众演员，那眼神、那语气，虚假浮夸得无以复加，根本没有走心。但谈话的氛围已被郝主任的腔调引向了戏剧化，郑能谅决定当一回硬汉，拒不交代。

郝主任继续诱供："一个，只要说出一个，你就可以和项菁菁重新坐同桌。"

这个条件很优厚，但小说里常说，男主角宁死不屈，结果都能获得敌人的敬佩或者高手的援救，逢凶化吉，然后某某前辈欣赏其人品，赏一本武林秘笈或传授一套独门绝学，从此横扫武林、所向无敌。想到这儿，郑能谅觉得还是坚持立场比较好。

郝主任继续加码："这样吧，随便透露一点点线索，就给你记一功，要什么奖励随你挑。"

郑能谅又想起看过的革命影片，那些叛徒在交代了所知道的一切之后，运气差的就被一枪毙了，或者被当作废品一样扔在一边，奖励根本不会兑现，运气好的也会在解放后被"代表政府代表人民"一枪毙了。横竖都是一死，不如留个好名声，坚决不说。

郝主任一咬牙："让你做副班长！"

郑能谅一哆嗦，惊讶地望着郝主任的双眼，他是认真的。这诱饵太有杀伤力了，张爱玲说过，出名要趁早，对于一个怀才不遇的少年来说，16岁就获得如此重用，还没有靠山没有送礼，那是一件多么励志、多么催人奋进的事啊！

郑能谅心中开始翻江倒海：投降是不对的，可年少时谁不会犯错呢？其实嘛，做不做副班长并不重要，重要的是这副班长什么时候可以变成正的，再等等，等郝主任说"副班长干满三个月就升班长"的时候，再交代不迟——他暗暗给自己划了道底线。

郝主任见他还不松口，失望地摇摇头，发出一声叹息。郑能谅马上意识到副班长是郝主任开价的上限，于是决定见好就收，当即把三姑这位"早恋的同学"供了出来。虽然他没有亲眼见过，但她有好几个男朋友的事路人皆知。

郝主任面无表情："还有吗？"

郑能谅仔细想了想："没有了。"

郝主任挠了挠头皮："真的没了？"

郑能谅奋力想了想："真的没了。"

然后郑能谅被暂时释放，成天等着自己被任命为副班长的喜讯，结果等来的是单独的思想教育和组团的心理辅导。郝主任为了净化他的危险思想，消除早恋的肮脏念头，亲自上阵每天和他闭门谈心，谈得他都快得自闭症了。这还不够，郝主任又请来一位青少年问题专家，在大礼堂给全校学生上了一堂惊心动魄的辅导课。之所以惊心动魄，是因为这位专家的年龄比郑能谅和小企鹅两人的年龄相加还大两倍,他见证了抗日战争、解放战争和抗美援朝,见识过裹脚布、童养媳和贞节牌坊,从业以来除了青少年什么也不研究,从头到脚除了嘴皮子哪儿都不利索,长长的头衔听上去威风八面实则徒有虚名,瘦瘦的躯壳看起来仙风道骨却是弱不禁风。

老专家有头有脸,也有手有脚,但头脸是用来招摇的,手脚是用来摆谱的,真正的使用功能已经退化,所以走路要人搀扶,倒水要人帮忙,讲话要人鼓掌……这个人就是郑能谅,他被安排在第一排,以便接受最振聋发聩、最醍醐灌顶的当头棒喝,顺便扶老专家上下台,给他端茶倒水,在他停顿的时候带头鼓掌。

"真是委屈你了。"坐在旁边的小企鹅一脸的幸灾乐祸。

郑能谅提心吊胆:"哎,我说,万一他讲到一半突然一口气接不上来就驾鹤西去了,我俩是不是罪加一等?"

郑能谅本来还指望自己举报三姑能将功抵过,却发现三姑根本没来大礼堂接受教育。原来三姑的父亲是县木材加工厂厂长,每年赞助学校好多钱,这大礼堂都是她爹出资整修的,深明大义的郝主任当然知道滴水之恩当涌泉相报的道理,别说不会处罚她谈恋爱,怕是给她介绍对象都来不及。郑能谅也由此领悟了一个道理:做叛徒一定要出卖没有靠山的人,否则还是当英烈比较划算。

几番教育之后,小企鹅已不胜其烦,加上高考一天天逼近,虽然她私下里和郑能谅还是好朋友,却不再常常跑到后排来找他玩了。为了抗议处罚的不公正,郑能谅打算写一部长篇小说来批判郝主任,可写了两个自然段就编不下去了。他也想过打个横幅闹个静坐什么的,可未免有些惊世骇俗,还会拖累小企鹅的名声。但积郁难排,最后他选择了一种比较猥琐的方式来发泄。

在一个美丽浪漫的黄昏,郑能谅躲在教学楼三楼卫生间的窗户后面,冲一对在林荫道上依偎前行的情侣暴喝一声:"喂!学校里不准勾肩搭背!几班的?"

这需要极大的勇气,因为那是校长夫妇。

3

这是一座有着 1000 多年历史、20 多万人口的小县城,深藏于三省交界的绵绵群山之中,层峦耸翠,碧波含烟,阡陌纵横,屋舍疏落。她有一个好听的名字——淳源,只是好听,却不好找,在 1∶100000 的中国地图上也没有她的立足之地。捉襟见肘的空间缠住了开发的脚步,也为小城保留了一丝冰清玉洁的尊严;腹背受困的交通阻隔了外界的诱惑,也为小城蒙上了一层与世无争的气质。

关于淳源县名的来历有两种说法,一说是"民风清淳、世外桃源"之意,另一说是淳江之源头。清可见底的淳江从县城东边蜿蜒而过,郑能谅就住在江的西岸。往西不远处横着全县最高峰——九龙山,淳源一中就位于九龙山的南麓。从江的西岸到山的南麓铺着五里多长的青石板,是郑能谅每天的必经之路。这条路只有一个弯,弯口处有一座石桥,是郑能谅每天清晨守候孟楚怜的地方。

这是座普通的梁桥,十来米长,七八米宽,没有典故,没有传说,连名字都没有,只有一条浅浅的河从底下静静流过。但看过《魂断蓝桥》和《廊桥遗梦》的郑能谅一直憧憬着能在这座貌不惊人的石桥上也演绎一段惊天动地的爱情,也许很多年以后,它也能像滑铁卢桥和麦迪逊桥一样声名鹊起,造福父老乡亲。

这一天晚自习放学,他又和往常一样,背着书包跟在孟楚怜身后，踏着青石板一路向东，月色澄明，风声婉约，不计其数的柳絮在天地间翩翩起舞，但郑能谅只看见孟楚怜随风轻扬的秀发；烤肉香和烟火味从四面八方涌上来，但郑能谅只闻到孟楚怜身上淡淡的清香；叫卖声、嬉笑声、汽车喇叭声占领了整条街道，但郑能谅只听见孟楚怜轻如呼吸的脚步声。

两个人一前一后穿行在朦胧的夜色中，转眼就来到小石桥前。这一段路没什么人，桥头的路灯也不知被谁打碎了，光线明显暗了下来。孟楚怜紧了紧衣领，加快了脚步。郑能谅也觉得这里似乎不太安全，紧跟上去。突然，黑暗中传来一串尖锐的猫叫声，把郑能谅和孟楚怜都吓了一跳。

这附近常有猫狗出没，嬉闹追逐，为宁静安逸的小城平添不少生机。每次路过此地，郑能谅都害怕听到猫的叫唤，因为那慵懒暧昧的声音就像一双藏在暗处充满嘲弄的勾魂之眼，让他觉得悄悄尾随孟楚怜的行为有些不堪，同时撩起了他内心深处一些不礼貌的欲念。但此时这猫叫声和平日里完全不同，带着挣扎和乞求的哀鸣，充满了痛苦和绝望，似乎受了很重的伤。

声音是从对岸西侧的弄堂里传出来的，孟楚怜只一怔，便立即循声冲了进去，郑能谅也紧随其后。弄堂里污水横流，臭气熏天，离出口百步远的地方有一根绑着路灯的电线杆，昏黄的灯光像一只倒扣的漏斗，罩着横在地上的破垃圾桶和围在四周的几个人影。郑能谅跟着孟楚怜冲到路灯旁，看见了惊人的一幕。

这是一场酷刑，受刑者是一只瘦骨嶙峋的白色小猫，行刑者是五个造型另类的少年，两男三女，两个男的一左一右分别抓住小猫的四条腿，将它死死固定在电线杆上，另外三名少女站在两三米开外，用不同的工具施刑，一人用弹弓，一人用飞镖，中间个头最高的那名手握射钉枪，不时摆出各种姿势，发出自鸣得意的怪笑。就算没有看见脸，只听这笑声也知道是三姑。他们玩得正嗨，没人注意到正从弄堂口闯进来的孟楚怜和郑能谅。

"哎哟我去！你们能不能射准一点啊，刚才差点射到我的手！"一名额前垂着一缕黄头发的男生抱怨道。

"黄毛，你话可要说清楚，"三姑扬了扬手里的射钉枪，"差点射到你的是萱萱，我的枪法可是百发百中的。"

站在她左边那名顶着豪猪状盘发、抹了过量蓝色眼影的少女马上叫起来："这能怪我？你俩把好用的武器都挑走了，给我个没准头的弹弓，这玩意儿我拉得动吗，能打到东西就不错啦！"

"飞镖也没准头啊，我一样用得溜，看来还是你技术不行，不对，关键是你那一对斗鸡眼不行，哈哈哈！"另一位衣着暴露、挂一对骷髅耳钉的少女毫不客气地嘲笑道。

萱萱确实有点斗鸡眼，一听这话气不打一处来，骂道："波妹你有种再说遍试试，信不信我一弓弹爆你咪咪！别的目标不容易瞄准，你那对鸡胸还是和你的猪脑一样又大又蠢的！闭着眼睛都能打到。"

波妹龇牙咧嘴又欲反击，被一名脖子上文着海贼王的男生劝住了："好啦好啦，这有什么好吵的，各有所长啦。"把斗鸡眼和鸡胸称作"长"处，此人的劝架水平可见一斑，不过那两名当事人的智商水平也不怎么样，没听出有何不妥，只听他说两人各有所"长"，便消了几分气。

三姑领导范十足地摆了摆手，总结道："不吵了，射得不准可以再练嘛，我这枪法也是练了十几只野猫才练出来的。大家比着玩玩而已，友谊第一，比赛第二。来，继续。"说着，她又举起射钉枪瞄准了电线杆上遍体鳞伤的小猫。

"你们在干什么?!"孟楚怜柔弱的身影从黑暗中斜刺出来，挡在射钉枪和小猫之间，大声呵斥道。

三姑吃了一惊，马上又露出得意的坏笑，一手叉腰道："哈，干什么？练枪啊！看不出来？"

话音刚落，郑能谅也冲出来，将孟楚怜护在身后，轻轻吐出两个字："小心。"

"哟，这不是咱校大名鼎鼎的手套侠嘛。"三姑把射钉枪扛在肩头，轻蔑地笑道。她对自己临时起的这个外号颇为自得，朝左右的同伙们看看，发现无人喝彩，便解释道："你们看，这家伙一天到晚戴着副手套，装赌神呢，傻不傻？逗不逗？手套侠，哈哈哈！"

在她的启发下，同伙们礼节性地笑了起来。她满足了，睥睨着郑能谅，阴阳怪气道："好感人！一会儿美女救野猫，一会儿狗熊救美女的，拍连续剧呢？是不是还有谁来救狗熊啊？"说着，她探起头朝弄堂口望去，没见一个人影，心里便踏实了。

孟楚怜没理她，转身去解救电线杆上的小猫。黄毛见状马上松开抓着猫腿的手，另一名男生却坚守岗位，用力甩开孟楚怜的胳膊，逼得她一个趔趄。

黄毛慌道："黑皮！别乱来，她爸是县里领导。"

黑皮的手指在 0.0001 秒内就从猫腿和电线杆上弹开了，仿佛触电了似的。

三姑气得牙痒痒："脓包！我爸还认识市领导呢！瞧你这点出息！"

小猫四肢都自由了，以自由落体的速度坠下，在离地一尺左右处被孟楚怜接住，却已奄奄一息，眼见是活不了了。它的身躯和一本教科书差不多大小，却嵌着一颗石子、三支飞镖和五枚钢钉，爆出来的污血和内脏溅满全身。三姑的枪法确实如她自夸的一样准,每一颗钢钉都打在四肢关节上,尽可能造成最大的痛苦又不会马上毙命。

"喂,"三姑撩了撩垂到眼前的长发,露出精致的面庞,对蹲在地上的孟楚怜道,"我说这位孟菩萨,麻烦你识相点把这畜生交给我,好让我早点超度它。"

"你才是畜生!"孟楚怜猛地抬起头怒斥道。

郑能谅从来没有见过孟楚怜如此生气过,也从没听过她说粗话,但这粗话从她嘴里说出来,是如此文明,如此得体,如此精确。只是她红红的眼圈和有些沙哑的嗓音令他十分心疼,他能体会她此刻的悲伤与愤怒,恨不得立刻扑上去揍三姑一顿,但对方还有四个人,而且有武器在手,保护孟楚怜才是第一要务。

三姑向来看孟楚怜不顺眼,被她一激瞬间炸锅:"骂谁畜生呢?!贱人!今天不给你点颜色看看还不知道自己什么货色了!"说罢,她张牙舞爪朝孟楚怜扑过去。

郑能谅一个箭步冲上前,架住她的两只胳膊,向外用力一推。三姑就像一团烂泥一样飞了出去,瘫倒在地,又惊又怒:"好小子!玩狠的是吧?"她朝另外几个同伙一瞪眼,叫道:"还傻看着干吗?一起上啊!"

黄毛和黑皮忌惮孟楚怜的背景,本有退意,但被三姑一骂又觉得面子上有些过不去,正犹豫不决。萱萱、波妹倒是和三姑一样天不怕地不怕,一听召唤马上挥起手里的工具蠢蠢欲动。郑能谅一看形势不妙,忙大吼一声:"别动!放下武器!你们这些虐猫的变态,不想坐牢就老实点!"

这一吼还真管用,四个小混混都怔了一怔,他们没学过法律,一时没听出这句话里的玄机,究竟是虐猫要坐牢,还是用武器会坐牢,或者是因为变态就会坐牢。其实郑能谅也不知道法律是怎么规定的，只知道他们的行为实在变态，而且手里的武器很危险，便脱口而出了。

三姑对同伙们的战斗意志感到非常失望，决定身先士卒用行动感召他们，当下一跃而起，也顾不得整饬装束，披头散发挥舞着射钉枪朝郑能谅冲杀过来。郑能谅顺手甩下书包当作盾牌迎了上去，两个人扭作一团。这次三姑有备而来又拼尽全力，郑能谅几番推搡都没能把她推开。

乓！猝然一声闷响，令所有人的心脏都猛地一震。

4

四个小混混惊恐地望着三姑，三姑惊恐地望着手里的射钉枪，抱着小猫尸身的孟楚怜惊恐地望着郑能谅，郑能谅惊恐地低头望向胸前。

时间静止了三秒，然后，黄毛和黑皮对视一眼，同时撒腿狂奔，转眼就消失在弄堂深处。短发少女和耳钉少女不约而同地丢掉了手里的武器，愣在当场。三姑也把射钉枪甩进了垃圾桶，想了想，又匆忙捞出来裹进外套里。孟楚怜放下小猫，冲到郑能谅身边，紧张得不知说什么好。郑能谅也吓坏了，丢开书包，上上下下检查伤口。

"哪里痛？哪里痛啊？！"孟楚怜焦急地提示道。

郑能谅停下来感受了一下，茫然道："哪都不痛。"

孟楚怜从地上捡起书包，打开一翻，终于找到了那颗罪恶的钢钉，它正卡在《成才之路》和《名师导航》两本书之间，已成强弩之末。这两本参考书都是郝主任要求学生们购买的，足见其深谋远虑、关爱学生，也再次证明那些厚如钢板的复习资料真的不是一无是处。

正要逃跑的三姑也松了口气，不过恩怨并未就此了结。她不共戴天的死敌孟楚怜正背对着她，郑能谅也在为劫后余生唏嘘感慨，无暇他顾。天赐良机不可错过，三姑立刻重整旗鼓，飞身而上想去抓孟楚怜的头发。郑能谅眼疾手快，抓住孟楚怜的双臂，身形一错，两人瞬间交换位置。三姑的魔爪正中郑能谅的后脑勺，顺势一用力。

"哎哟！"郑能谅痛呼一声，整个人朝着三姑用力的方向径直倒了下去。三姑猝不及防，被他压倒在地，她原本想的是扯下一把孟楚怜的头发来当战利品，没想到命中的是郑能谅，还把他整个人都扯翻了。她不知道就在她的手碰上郑能谅的头发的时候，已经触发了盗格空间，还以为自己突然领悟了威力巨大的九阴白骨爪，一招制敌了。

三姑摊开手掌一看，只有几根被扯下来的头发，并不算严重，可郑能谅正四仰八叉地躺在她的小腿上，双目紧闭，一动不动。孟楚怜冲过来，托起郑能谅的脑袋用手一摸，没发现伤口，探了探鼻息，也很正常，又叫了几声他的名字，却没任何反应。她不明白他究竟哪里受了伤，下意识高声求救起来："快来人啊！杀人啦！救命！快来啊！"

"别叫！别叫！你给我闭嘴！"三姑又急又怕，扑上去捂孟楚怜的嘴。

孟楚怜闪开她的手，怒目而视："你个凶手，杀了猫又杀人！等着被抓吧！"说着，她又扭头朝弄堂口的方向大叫："来人啊……"

三姑顺手捡起一截木棍，朝她脑后挥了过去。一声闷响，孟楚怜便沉默了。

"谁呀？大半夜的吵什么！"弄堂口一间屋子的二楼窗户应声

打开，周围几户人家也纷纷拉亮了灯。事情一发不可收拾，三姑心知闯了大祸，也顾不上那么多，抱起裹着射钉枪的外套飞快地逃离了现场。

老态龙钟的弄堂里，老眼昏花的路灯下，躺着两个年轻的身影。男孩面朝夜空，微合的眼皮轻轻跳动，脸颊的酒窝若隐若现。女孩侧身伏在男孩身上，微乱的秀发遮住了半边脸，眼角的泪花还未风干，绽放出点点光芒。天空飘起了细雨，朦胧如梦的雨丝舔过两人的面庞，一如四年前那个夏日午后的阳光，渗入肌肤，直抵心田。

此情此景是郑能谅梦寐以求的，可惜他看不见。他看见的，是一棵总在关键时刻半路杀出的海棠树。

这也许是自认识盗格空间以来，郑能谅最不情愿的一次选择，因为对象是三姑。这个虐杀小猫的变态凶手、欺负孟楚怜的不良少女、嘲弄弱者的富家小姐，粗暴地将郑能谅送进了盗格空间，也把自己的未来送进了他的手中。

八年后的三姑看上去比现在更高挑，也丰满了些，五官没怎么变，皮肤白了许多，举手投足间少了几分戾气，多了几分女人味，似乎不再那么惹人讨厌。但一想到此时此刻她的所作所为，郑能谅心里就只有一个念头：尽快选完走人，孟楚怜还身处危险之中呢！

眼前的五颗金蛋似乎也感应到了他对三姑的厌恶，展示出清一色的坏兆头：一座豪华别墅前，三姑衣着光鲜，戴着墨镜，微笑着和二楼窗户里的一个模糊的身影扔了个飞吻，转身朝大门走去，此时，别墅一楼右侧的窗户里冒出几缕火光和黑烟；暴雨滂沱的大海上，三姑浑身湿透，抱着一块碎木板，在波涛中起起伏伏，像一只无助的小蚂蚁；在一个貌似废弃仓库的地方，四周无人，三姑被绑在一张椅子上，眼上蒙着布条，嘴里塞着袜子，如困兽般呜咽挣扎；病床上，三姑戴着呼吸机，双目紧闭，面色苍白，和刚才那只小猫一样奄奄一息；崎岖的山路旁，一辆商务轿车四轮朝天翻倒在草丛里，油箱已经起火，满脸是血的三姑被卡在半开的车门里，正用双手拼命撕扯着安全带，但怎么也解不开。

郑能谅飞快地分析了一下，除了第一幕的火灾烧的是别人之外，另外几幕未来都是三姑本人的遭遇，凶多吉少。如果选择定格其中之一，虽然可以让三姑遭殃，但他也要吃下这拳头大小的金蛋，还会与此情景产生某种直接关联。他可不想在未来和三姑再有任何瓜葛，更不想再体验金蛋那令人发指的味道，倒不如选择盗取第一幕未来，还能顺便救了别墅里那个人。至于另外几幕遭遇，只能看正负能量流转的情况听天由命了，就算成真，也不失为对她刚才那残忍行径的一种报应。

想到这儿，郑能谅弯腰拾起黄金分戈，准备给三姑一个迟到的惩罚。当刃口靠近果蒂的时候，他的心又软了一下，忍不住问了素问镜一个问题："是不是就算我盗走这一幕，她还是会死？"

素问镜随叫随开，牙齿洁白如故，舌头依旧顽皮，回答一如既往地简练："当然，每个人最后都会死的。"

郑能谅对素问镜的不靠谱已经习以为常，递给它一个白眼，没好气道："废话，你知道我不是这个意思，我是问如果我盗取这一颗金蛋，那么在下一个猴年马月里，另外那四种未来是不是还会要了她的命？"

素问镜伸出舌头，舔了舔上排的牙齿，高冷地静默着，对他的问话不理不睬。郑能谅恼极，噌地一下横过黄金分戈，在那张大嘴前面比画道："都火烧眉毛了还跟我装！刚才我问的是同一个问题好不好，瞎耽误工夫信不信我把这根舌头一半白切一半爆炒！"

"算你狠，"素问镜哧溜一下缩起舌头，声音也温婉了许多，"是这样的，这几幕都有可能致命，但结果在情景之外，并不由你我左右，也无法预估。要知道，盗格空间展示的只是片段与可能，又不是全部和必然，俟影人要面对的未来远比这几颗金蛋要广阔复杂得多，就算你盗取了其中某个时段的某种可能，也不可能决定她今后的每一步人生。没了这个未来可能性，她肯定还会面对别的未来，或许是另外四幕之一，也可能出现别的变数。所以，我不能信口开河随便提示，你也只能根据金蛋提供的信息进行判断。"

这一番解释对郑能谅启发不小，不过他还是更关心眼下的选择："那我就想知道金蛋上这几幕的结果到底如何。"

素问镜伸长舌头轻轻舔了一下刚才郑能谅打算割下的那颗金蛋："结果？怎么算结果？一生二，二生三，三生无穷，因果相续，环环相扣，真正的结果恐怕要等到千万年后才看得到吧？"

"少扯这些玄的，我就想知道直接结果。"

"选择的是过程，结果天知道。"

郑能谅有点理解了："你的意思是说，我看见的都是过程而不是结果，除非她直挺挺躺在棺材里，否则都不算没命？所以，我认为最危险的一幕未必最致命，绑架可以有惊无险，海难也许死里逃生，别墅里的火灾也可能会伤到几十米外的她，对吗？"

"好了，我答得已经够多了，有问题下次问吧。"说完，素问镜就飞快地合上了，生怕这小子再以暴力相威胁。

郑能谅也没空纠缠了，海棠花已开始凋零，外面的孟楚怜还等着他去解救呢！三姑固然可恶，但最后一刻，善良的本性还是占了上风，郑能谅决定为她去掉一个他认为最危险的未来。他割下一颗金蛋,任由它坠落,消失在地上。是吉是凶,是生是死,八年后才能见分晓了。

当郑能谅睁开眼的时候,几根雨丝刚好落在睫毛上。朦胧的视野中,一张俊俏的脸蛋正对着他。他揉了揉眼睛,天哪!这是真的吗?我不是做梦吧?不会还在盗格空间里吧?孟楚怜怎么可能趴在我的身上?

不,这是真的,她温热又轻柔的身体像一层鹅毛毯,隔绝了雨夜的寒冷;她绵软又芬芳的呼吸像一缕迷迭香,驱散了垃圾桶的异味;她舒缓又执着的心跳像一曲萨克斯风,屏蔽了天地间一切声响;她微凹的酒窝像两盏希望之灯,照亮了他的梦想旅途;她微闭的双眼像两扇神秘之窗,装点了他的精神家园……

这简直是上天的恩赐!郑能谅情不自禁脱去脏兮兮的手套,将右手在身上来回擦了好几下,缓缓伸向她乌黑秀丽的齐肩短发。奈何胳膊却像跳探戈似的忽进忽退,冥冥中有个声音告诉他这么做是乘人之危,而且一旦因此进入了盗格空间,他也没想好该如何为她选择未来。

正纠结时,一张照片吸引了他的注意力。在他右手边的地上,静静躺着孟楚怜的书包,散了一地的书本和文具中,有一张彩色照片。他捡起来一看,照片上是孟楚怜,穿着碎花裙斜倚着一棵柳树,小嘴轻抿,笑容浅浅,仿佛一朵娇柔的海棠花。他翻转照片,背面竟然还有一个鲜红如血的唇印,一看唇形便知是孟楚怜的。

一个念头一闪而过,郑能谅飞快地将照片揣入口袋,东张西望,心脏狂跳,油然而生一种初次做贼的恐慌和心虚,只好暂时套用孔乙己先生的名言来自我安慰:"窃照片不能算偷……窃照片!……痴心人的事,能算偷吗?"

不知是感应到郑能谅之前那一串肉麻而天真的比喻，还是受不了他现在这一番歪理，孟楚怜忽然醒了过来，一边揉着后颈，一边关切地望着他："怎么样，你没事吧？"

郑能谅搓搓手，又羞愧又幸福，满脸通红地答道："没，没事。"

孟楚怜起身四顾："哼，让那坏蛋跑了。"

郑能谅也从地上爬起来，安慰道："你没事就好，她迟早会有报应的。"他心里清楚，虽然他在盗格空间里替三姑去掉了一个不好的未来，但另外四个之中任何一个成真，都够她受的了。

"可是小猫……"孟楚怜说着朝电线杆下望去，难过得说不出话来。

"你已经尽力了，受了那么重的伤，本来也救不活的。"看着孟楚怜泫然欲泣的模样，郑能谅恨不得能拥有起死回生的超能力，以至于冒出个奇怪的念头：如果这只猫是母的，我碰它一下不知会不会触发盗格空间？

不过他马上意识到这是异想天开，因为如果动物也可以的话，那他每天不知道要被自家楼下那条母狐狸狗送进盗格空间几次了，何况就算能触发，他也只能帮这只小猫选择八年后的未来，对它眼下的遭遇毫无帮助。而它，已经没有未来了。

5

第二天上午，三姑没有来上课，下午打听到郑能谅和孟楚怜都还健在，才鼓起勇气回到学校，避重就轻地向郝主任交代了事情经过。但事关孟楚怜，郝主任还是很严厉地批评了三姑，责令她向孟楚怜当面道歉，并罚她抄了五遍老舍先生的《猫》，直到三姑的父亲亲自深夜登门拜访，郝主任才打消了让三姑当众念检讨书的念头。

受三姑父亲的委托，郝主任约上三姑和两位受害人在学校旁边的小酒楼吃了顿饭，三姑送上了慰问品和口头道歉。郑能谅和孟楚怜便以德报怨地原谅了三姑，三姑则以怨报德地偷偷递给两人一个恶狠狠的眼神。

郑能谅对这个眼神感到一丝不安，还有些愤愤不平，但他的态度已无关紧要。这件事就此翻篇，大家继续愉快地复习迎考。

从某种意义上说，郑能谅和孟楚怜算是生死之交了，但他仍没有勇气更进一步，因为他觉得那一晚自己的表现乏善可陈，根本不算英雄救美，细究起来似乎还是他害得孟楚怜挨了一闷棍，最后还说不好是谁救了谁呢。最可恨的是他最后一刻的懦弱，连碰一碰她头发的勇气都没有，说不定迈出这一步，他就能为孟楚怜选择一个美好的未来呢？而对于孟楚怜来说，这个时而羞涩时而勇敢的少年给她留下了深刻的印象，就像他的名字一样充满了阳光，但她没有时间深入了解，因为高考近在眼前。

中学时代剩下的日子越来越少，郑能谅逐渐意识到，要想继续拉近和孟楚怜的距离，就必须考进那个叫作大学的地方。然后他就考上了。

说是"爱的力量"也好，"瞎猫碰到死耗子"也罢，郑能谅毕竟刻苦了至少一个多月，为了提高成绩，还多次向班长任赣士求教。任赣士天生自带一股领导的气质，与任何人都保持安全的距离，打招呼只用下巴，听到再有趣的笑话也是皮笑肉不笑。他对一切言情小说都嗤之以鼻甚至以唾沫，对多漂亮的女生都不会多看一眼，对所有早恋的同学都报以佛祖般慈悲怜悯的叹息，清静淡泊得让所有人都以为他将来肯定会像林和靖那样梅妻鹤子。在同学们面前，任赣士经常冒出一些听起来很有哲理的话。看见一群小女生在聊明星，他会自言自语："无知人的闲暇是人的一种死亡的形式，是活的坟墓。"或者在谁受到表扬而表现得比较谦虚时，他又会不以为然道："当谦虚成为公认的好德性时，无疑世上的笨人就占了很大的便宜。"高考不要求背名人名言，所以同学们都觉得这位班长超凡脱俗又高深莫测，纷纷对他敬若神明。

本来郑能谅这种小人物来求教，任赣士是不屑一顾的，但他从不久前的流浪猫事件嗅出了郑能谅对孟楚怜的好感。身为一名站在云端俯视凡尘的世外高人，任赣士觉得有责任拉这位无知少年一把。于是，许多次郑能谅向他请教数学题时，他都不正面回答，而是顾左右而言他，说什么天涯何处无芳草，大丈夫何患无妻，红颜祸水多薄命，桃花是劫不是运，儿女情长英雄气短……

郑能谅就很苦恼："班长，我问的是数学，不是哲学。"

任赣士笑他看不穿："我说的就是数学。"

郑能谅就若有所思，以为这些词句是某个二次方程的解法口诀，绞尽脑汁不得要领，直到任赣士采用了更通俗的表述："我说郑能谅啊，孟楚怜只不过是个普通的女孩，你要是把对她的心思放到学习上来，考个北大根本不成问题。"

郑能谅直言相告："班长，我只想考个二本。"

任赣士一脸的恨铁不成钢："照你这样，成天胡思乱想，别说二本，蓝翔技校都不会要你。"

"不过……"

"不过什么？高考这座独木桥你都'不过'了，还想做什么白日梦？要知道，像孟楚怜这样的女生，在大学里简直多如牛毛，谈个恋爱也比高中里自由多了。"

"可是……"

"别可是了，可是人家孟楚怜这样的姑娘，喜欢的可不是个不学无术就知道想入非非的凡夫俗子，做男人要多提高内心的修养，丰富思想的底蕴，喏，像我这样，做个云淡风轻的人，爱情的阳光自然会主动投射过来。"

最后这句颇具启发性和诱惑力，令人神往，于是，郑能谅开始遵循班长任赣士的教导，朝着"清心淡泊，志存高远"的目标潜心修炼起来。他认真研究了佛教、道教、儒教、基督教的每一部经典著作，又从地摊上买来一大堆诸如《瓦尔登湖》《飞鸟集》《传习录》之类的盗版书，还搜罗了一抽屉旋律优美、陶冶情操的轻音乐卡带，日复一日地净化自己庸俗肮脏的灵魂。

两个月后的一个夜晚，月白风清，刚看完第七遍《道德经》的郑能谅摘下正放着《云水禅心》古筝曲的耳机，感觉整个人身轻如燕、飘然若仙，似乎已达三花聚顶、五气朝元之境界，顿时喜出望外，决定趁热打铁到学校后山去走上一圈，以便吸天地之灵气，集日月之精华，让自己的修为更上一层楼。

他健步如飞穿入那片藏着无数秘密的小竹林，走近那座看惯了春花秋月的小凉亭，忽然看见一对熟悉的身影，脑海里登时嗡的一声，响起了马克西姆的《野蜂狂舞》……

任赣士和孟楚怜正并肩坐在石椅上，她抬头望着星空，他侧着脸对她说着什么，不知是在讲解物种的起源还是在计算不规则多边形的面积。她似乎没怎么听明白，于是他决定用肢体语言帮助表达，首先将手绕过她的后腰，然后用嘴唇慢慢靠近她的脸颊，眼看共识就要达成，不料某个不知趣的不速之客突然咳嗽了一声。

孟楚怜吃了一惊，连忙站起身逃离任赣士的胳膊，低着头好半天也没敢朝后看。任赣士也吃了一惊，猛一回头，像只猫头鹰似的死死盯着十米开外的郑能谅。

1910 年，英国探险家斯科特率领的探险队历尽艰辛，排除万难抵达南极点，却发现，挪威探险家阿蒙森已经捷足先登，南极点上插着挪威的国旗。更不幸的是，斯科特一行在满怀失落返回故乡的途中，全体遇难。

望着凉亭里那一对猫头鹰的眼睛，郑能谅不禁遥想起斯科特，惺惺相惜之情油然而生。

令他更郁闷的是，任赣士似乎并非和阿蒙森一样，是凭借实力和努力而成功的。

郑能谅不想落得比斯科特还悲惨的结局，在返回教室的途中气得吐血而亡，于是迅速整理情绪，微笑着冲任赣士竖起了一根手指。从那天之后，任赣士不再向他传教了。

这是郑能谅记忆中，高中时代经历过最诡异也最有趣的一件事。

6

尽管孟楚怜和任赣士扯上了不清不楚的关系，她在郑能谅心目中的形象也丝毫没有打折扣。郑能谅坚信一切不过是任赣士的善于伪装和孟楚怜的过于单纯所造成的暂时错位，就算他俩真的成了情侣也没关系，日久见人心，孟楚怜迟早会明白的。在郑能谅心中，孟楚怜永远是纯真善良的天使，天使最容易上魔鬼的当了。

后来，小企鹅向他透露了一条关键性情报：原来是孟楚怜的英语成绩不够拔尖，在郝主任的安排下，由班长任赣士单独辅导，日久生情。

郑能谅愤愤不平："这郝主任原来有双重身份啊，一会儿是法海，一会儿又当上了月老。"

"唉，造化弄人，"小企鹅感慨道，"为什么小孟的历史成绩不差一点呢。那样你就有机会了。"

郑能谅一脸沮丧："别想了，就算那样，郝主任也不会安排我去给她辅导的，这机会他自己不会用啊？"这倒是句实话，郝主任之所以安排任赣士去辅导孟楚怜的英语，根本原因在于他自己对英语一窍不通，但凡懂一点，也没任赣士什么事了。所以如果孟楚怜的历史成绩不好，郝主任根本不会考虑任何一名历史尖子生或者历史老师，而会亲自掌勺给孟楚怜开小灶，以便将来在她爹面前谦卑地汇报："呵呵，其实我也没帮上什么忙，全都是因为小孟基因优秀、天资聪颖……"

小企鹅又开导他："唉，他俩走到一起也算合情合理，他是班长，她是团支书，班长跟团支书总会互相吸引，门当户对，就跟王子与公主一样，言情小说上都这么写。"

"班长有什么了不起？"郑能谅很不服气，"将来等我跟孟楚怜考进同一所大学同一个班，也去当个班长，然后天天给她辅导我的强项，地理、历史、文学、音乐……"

"省省吧，你这是哪所大学？哪个专业会同时有地理、历史、文学和音乐？还班长？还同一个班？你的志向不是二本吗？人家小孟可是要上北大的。"

"北大怎么了？北大附近就没职高技校什么的吗？只要能经常见到她，也是很美好的。"

"你当她是《新闻联播》主持人呢，准点开机就能见？再说了，任赣士要是和她一起进了北大，还能有你什么事？你一没经验、二没心计、三没厚脸皮，怎么跟他竞争？"

郑能谅不再争辩，心里却一如既往地坚信，自己和孟楚怜是天生一对，缘分的安排自有深意，否则五年前的那场运动会他不可能无缘无故摔倒在她脚下，两年前的那个午后他也不会在厕所窗户上望见她令人窒息的美丽，一年前那乞丐也绝非偶然出现，而不久前那只流浪猫也不应该白白牺牲。既然命运步步为营地设计好了每一出相遇，那么总有一天也会深明大义地圆满他与孟楚怜的结局，如果眼前的现实并不圆满，那只说明，故事还未到最后的结局。

灰色的夏天如期而至，毕业班的结局近在眼前。之前持续了一个多月的高温天气烤得人精神恍惚，家长们早准备好了一切避暑措施，却没想到开考前两天突然天降大雨。天降大雨于斯人也，必先苦其心志，劳其筋骨，于是忽冷忽热中，考生们成群病倒，医院生意兴隆。打吊瓶的人把门诊走廊挤得水泄不通，许多人一手扎着针一手托着课本，嘴里叼着烧饼，鼻子里还哼哼唧唧背单词，空气中弥漫着一股庞令明抬棺战关羽的悲凉。不光悲凉相似，连遭遇也如出一辙，当年樊城一战，大雨十日，汉水暴溢，庞德就是在洪水中翻船才被关羽擒获的。眼下这场雨也毫不逊色，淳江上游年久失修的水坝似烂醉的酒鬼般狂吐不止，一泻千里的洪水将小城灌成了东方威尼斯。面对百年一遇的洪水，下水道系统展现出无与伦比的忍耐力，仿佛得了便秘的肠道，竟是滴水不漏，结果憋得大街小巷污水横流，鸡飞狗跳。

考生们浩浩荡荡，或挽起裤腿或荡起双桨，从四面八方劈波斩浪奔赴考场。淳源一中在九龙山脚，地势较高，仅一楼的教室被淹，加上坑坑洼洼的地面和千疮百孔的墙壁分别发挥了蓄水和排涝的功能，最终水位只漫过小腿，并未影响考程安排，反倒带来不少惊喜。一屋子的积水静穆深沉，看上去像一池浓茶，闻起来又似一缸中药，泡在其中，有几分清凉，有几分刺激，还有几分保健效果，考生们紧张、烦躁的情绪顿时烟消云散。水中游来游去的小鱼和泥鳅更添几分情趣，诠释了人与自然和谐共处的美好意境，考生们一边欣赏水景一边泡脚一边答题，还能享受免费的小鱼足疗，灵感迸发，才思泉涌，有人解开了流体力学的难题，有人写出了满分作文——《水中窥鱼》。

郑能谅喜欢足浴，也喜欢小鱼，所以发挥得非常稳定，几乎没什么压力。但考完压力就来了，因为要估分填志愿。郑能谅估算了一下自己大概考了 520 多分，二本不成问题。填志愿前，他先找小企鹅了解孟楚怜的情况，得知她估分有 615 分，一本第一志愿理所当然填了北大新闻系，二本第一志愿填的却是西都大学。郑能谅有些好奇，这分数肯定能上一本了，还填二本有什么意义？小企鹅告诉他，孟楚怜非常喜欢西都，从小就想去那里看看。

郑能谅眼前一亮：我跟着孟楚怜去北大是不可能了，但可以去她所向往的城市啊！将来就能给她写信发照片，给她讲述那座城市里的故事，说不定还有机会请她去那儿游玩，这也算一种曲线救国吧！

想到这儿，他毫不犹豫地在二本第一志愿栏里填上了西都大学，还在一本志愿里写了北大——他也知道根本没戏，但这充满了仪式感，很有意义。

交了志愿表，众人一身轻松，一哄而散。男生们朝着球场、游戏厅飞奔而去，女生们三五成群去逛街、看电影，空荡荡的教室里只剩郑能谅一个人。远处响起课间操的铃声，低年级的学弟学妹们像一群群蜜蜂，从一间间蜂巢中涌出，向操场飞去。教学楼清静如梦，郑能谅从书包里取出那本带锁的日记，轻轻打开，翻过一页页青春的记忆，眼前浮现出一幕幕熟悉温暖的画面：洒满阳光的跑道、吃着话梅喝着汽水的少年、埋头书海静如止水的少女、厕所窗前的惊鸿一瞥、写满美丽梦想的作文本、青石板上轻轻踮起的脚尖、乞丐碗里的五元纸币、躺在路灯下的两个身影、画在手腕上的国产手表……

　　似乎有什么乱入了，不过也不算乱入，毕竟作为校园里与郑能谅走得最近的异性，小企鹅理应在他的日记本里占有一席之地。在那次由唾液触发的盗格空间里，郑能谅为她排除了一个不好的未来，并且预知她有可能在下一个猴年马月里成为作家之类的人物。一想到自己和一位未来的女作家同桌，他就感到莫名的兴奋，却又受《盗格七律》所限不能对任何人提起，只好写在日记里。

　　"咦？这是你写的小说吗？"小企鹅的声音从后面轻轻飘来，却似一个炸雷，轰得他心跳都顿了一顿。他急忙啪地一下锁上日记本，可惜为时已晚，小企鹅早就躲在一旁偷看了半天。

　　"你可真是深藏不露哟！"小企鹅的脸上写满了好奇与惊喜，问题喷涌而出，"盗格空间是什么东西？猴年马月什么意思？我怎么就变成作家了？为什么又会去跳楼……"

　　郑能谅一头冷汗，心乱如麻，还没想好怎么自圆其说，另一个声音又从门外传来："好哇！抓现行了！孤男寡女在这搞什么鬼？什么作家、跳楼、马猴乱七八糟的？"

　　"梁晨谛……"郑能谅望着门边闪出的笑脸，却怎么也笑不出来了，因为他分明看见在梁晨谛背后的空气中，赫然裂出一道闪着白光、迅速张开的"天缝"。

　　"小心后……"郑能谅刚喊出声，便觉全身气力尽失，整个人仿佛踩在云中身不由己。梁晨谛和小企鹅同时回头，却见那道白色缝隙瞬间变成一张血盆大口，倏的一下，将三人一并吞了进去。

7

　　"不要伤害他们！都是我的错！是我糊涂……手贱，把未来写进了日记本，他们不小心……不是有意知道的！是我泄露了天机，要惩罚就罚我……"站在海棠树前,郑能谅语无伦次地对着铜镜解释道。

铜镜没有打开,冷冷的声音却从头顶沉沉落下:"《盗格七律》,你是清楚的。"

郑能谅抬起头,只见白茫茫的雾霭中浮着一张大嘴,正是素问镜,连忙答道:"是啊是啊,我一直都严格遵守的!我没有想告诉任何人的意思,我就是写在日记本里自己看的!日记本我都有上锁的……"

"哎哟我去!这么大的嘴,我们是被吃掉了吗?"梁晨谛揉着太阳穴从地上爬起来,仰着脖子打量着素问镜,"哟,还是个女人的声音,这舌头怎么跟麻花似的,都打结了还能说话?这嘴唇……啧啧,口红抹太多了吧!"

小企鹅也使劲摇了摇晕乎乎的小脑袋,上下左右扫视一圈,只给了素问镜一句"嗯嗯……好恶心"的评价,就把注意力投向了别的景物,仿佛发现了新大陆:"哇,这天上飘的啥?柳絮吗,还是彩霞?紫色的,好漂亮,好滑……这是海棠树吗?咦,还有个铜镜,是入口吗?嗯,打不开?我们这是在哪?做梦吗?不会跟爱丽丝梦游仙境一样吧?嘻嘻,真巧,我的英文名也叫爱丽丝……"

"我的天,你话怎么比我还多?"素问镜头都大了,冲郑能谅抱怨道,"你小子把天机泄露给谁不好,泄给这么个好奇宝宝!"

小企鹅马上纠正道:"喂喂,不要冤枉好人,他可没泄露噢,是我自己偷看的。"

"没错,我也是偷听到的,跟小谅没有关系。"梁晨谛也拍着胸脯对素问镜说,"听刚才小谅说的意思,泄露天机要受到惩罚是吗?那就惩罚我好了,一人做事一人当,是我故意偷听天机,那些日记其实也是我逼他写的……"

郑能谅连忙捂住他的嘴："瞎说什么呢！你以为这惩罚是郝主任打手心那么简单呢，别瞎逞强！"

"人家本来就强呀！"小企鹅抢过话头，拍拍梁晨谛的肩膀，"你不是会很多绝活吗，单掌开榴莲，空手夺仙人球，拿出来给它长长眼，看它还敢惩罚我们不！"

"哼，老子这就叫它见识见识！"梁晨谛豪气勃发，仰天大喝，"哒！快把你们的榴莲和仙人球拿出来！"

小企鹅指指旁边的海棠树，提醒道："这不有海棠树和海棠果吗，你单掌劈海棠树，空手夺海棠果就可以了。"

梁晨谛正色道："不行，必须是榴莲和仙人球，别的太没挑战性，让人笑话我胜之不武。"

"拿去。"空中落下一声淡淡的回应，以及一大一小两团物事。

"哎哟！"梁晨谛还没看清，就被砸中了肩膀和脑门，疼得直咧嘴。

"还真有啊，"小企鹅望着地上的榴莲和梁晨谛脑门上的仙人球，诧异道，"这也没夺住仙人球啊！"

"废话！"梁晨谛一挥胳膊将仙人球扫飞，骂道，"它这是偷袭！卑鄙！"

小企鹅看看他，又看看仙人球，自言自语道："脑门碎核桃？这仙人球也没碎啊！"

梁晨谛一瞪眼："你来碎碎看！"

"呵呵，我就随便说说。"小企鹅尴尬地笑笑，继续给他打气，"碎不了就不碎了，反正你绝活多的是，不是还会眼睛喝辣椒水吗，秀一个，管保它心服口服！"

梁晨谛的脸色有些难看，很不情愿地说了实话："那是被人用辣椒水喷到眼睛了,算个屁绝活!"

"这……那倒立上厕所呢?"小企鹅刨根问底。

"你!"梁晨谛眉头紧皱脸通红,狠狠一甩手,"这还用说吗!要不是眼睛中了辣椒水,没办法还手,栽到便池里的就是那三个臭小子了!"

"啊?噗……"小企鹅强忍住笑,吐吐舌头,"还以为那些传奇故事是赞美你的呢,那我们今天死定了。"

梁晨谛虽被揭了老底,可豪气丝毫不减:"怕什么?!老子怎么说还是淳源武林第一高手,信不信老子一个倒挂金钩踢掉它的门牙?!"说着,他一抬右脚就要朝空中踢去。

郑能谅一边使劲拽住他,一边冲素问镜赔笑道:"嘿嘿,他这人平时就很幽默,喜欢开玩笑,您大人大量,千万别跟他计较。"

素问镜嘴角一翘:"呵,初生牛犊,勇气可嘉,我又怎会跟凡夫俗子计较?不过公事公办,惩罚人人有份。"

小企鹅反问道:"凭什么要惩罚呢?难道人家写个日记、说几句悄悄话也犯法吗?"

素问镜说:"没犯法,但犯了忌,你可知道这里是什么地方吗?"

"应该就是日记本里提到的那个盗格空间吧。"

素问镜不动声色:"那他日记本里还提到什么了?"

"还说是因为之前一次脑震荡摔出的这种超能力,说是可以选择未来,说我将来会当作家,还要跳楼什么的,看来全都是你搞的鬼!"小企鹅心直口快,郑能谅想拦也拦不住,不过拦也没有用,刚才已经泄露了天机,眼下三人被吞进盗格空间便是惩罚,只不过不知道这是惩罚的结果,还是仅仅是个开始。

"小鬼,没大没小,我才没兴趣搞这种鬼,我只管维护盗格空间的秩序，盗格空间只管显示你的未来，而为你选择未来是他们这些盗格者干的好事，郑能谅为你盗走了他认为不好的未来，也是想干一件好事吧。"

"谢谢！你真好！"小企鹅冲郑能谅嫣然一笑，紧接着又是一大串问题，"可你是怎么选择的啊？除了当作家和跳楼，我未来还做了啥？有没有变得更瘦更漂亮？有没有到爱琴海去旅游？有没有拿到安在旭的签名照……"

"我的天哪！"郑能谅忙打断她，"都什么时候了，你还有心情关心这些？难道一下从现实世界被抓进盗格空间，你就一点都不害怕吗？一点都不担心吗？你俩怎么都跟出来春游似的？到底哪里出问题了？"说到这儿，他忽然想起什么，心中一紧，望向素问镜，颤声问道："你……是不是给他俩下了什么魔咒？"

素问镜嘿嘿一笑："你还挺细心，不过跟魔咒没关系，这只是盗格空间的胀缩效应。"

"胀缩效应？"三个人同时一怔。

素问镜清了清嗓子，娓娓道来："要知道，盗格空间是一片至纯之地，所以，每一个来这里的人都会出现一种被称为'品性热胀冷缩'的反应。简单地说，就是性格中最突出的特点会膨胀放大，甚至可能表现到极致，与此同时，其他相对不那么明显的特点会收缩变小，几乎可以忽略不计。所以在这里，这位肌肉男的勇敢、耿直和侠义就无限膨胀，而这位胖姑娘也变得特别好奇、啰唆和顽皮了。"

"谁胖了？！你这挂着两根肥香肠还没有脸蛋的家伙还好意思说人胖？"小企鹅毫不示弱地还嘴。

梁晨谛恍然大悟："哦，难怪我刚才心里其实不想解释那些尴尬的'传奇'故事，可不知怎么就说出真相了。"

小企鹅也明白了："我刚才也没想打听得那么详细的，都怪这胀缩效应！"

"这么神奇！"郑能谅追问道，"那我呢，是什么品性膨胀了？"

素问镜说："当然是善良、宽容和谨慎，对于一名盗格者来说，这些都是非常可贵的品质。"

梁晨谛对素问镜的褒扬毫不感冒："切，话说得好听，什么勇敢侠义，什么善良宽容，什么非常可贵，到头来还不是要被你惩罚？"

素问镜叹了口气："一码归一码，规则之下没有例外，犯忌就该接受惩戒隔离，否则天机泄露出去，就有可能给更多人带来更大的灾难。"

"哎呀，您大可放心！"郑能谅拍着胸脯保证，"绝对不会泄露出去的，我们几个的嘴都严实得很！上次郝主任把我和小企鹅叫去办公室问话，威逼利诱，我俩死活没招。至于梁晨谛就更不用说了，他完全是在郝主任的严刑拷打下成长起来的，久经考验，千锤百炼。这些天机，我们保证一辈子都不会再对任何人提起！现在隔离已经隔离过了，惩戒就免了吧！您高抬贵手网开一面好不好？"

"问题不在这里，即使不对任何人提起，也无法确保消息不会被扩散，只允许盗格者知道的秘密藏在他俩心里，终究是个隐患，他们可以写日记，可以打暗语，尤其是这位姑娘，心中已知自己未来的走向，必然会对今后的思想和言行有所影响，所做的人生选择也会大不一样。而任何一个细微的变化，都会带来一系列连锁反应，这后果，就不是你们所能想象和控制的了。"

小企鹅不以为然："没那么严重吧！"

"嗯……"素问镜沉吟了一下，似乎在思索着什么，片刻，才缓缓道，"1340多年前，有位著名的天文学家用盗格能力窥见一幕未来的天机，告诉了当时的皇帝，险些酿成大祸，影响千万人的命运，我记得那一年好像刚好还是猴年……"

"1340多年？天文学家？"郑能谅马上反应过来，惊奇道，"你说的不会是李淳风吧？他也是盗格者？！"

梁晨谛和小企鹅同时一愣："李淳风是谁？"梁晨谛一向重武轻文，小企鹅虽是学霸，却不太涉猎教科书以外的历史知识，李逍遥和李四光才是他俩的菜。

"唐朝天文学家、数学家，精通历算阴阳。《推背图》知道吧？他和袁天罡合写的。"郑能谅简单地介绍了一下，继续追问素问镜，"你说那一年是猴年，那应该是公元648年，他看到了什么天机？又闯什么大祸？哪有记载？"

"这事哪能任人记载？就算有，也会换一种说法的。"素问镜舔舔嘴角，"当时他的素问镜就是因为一念之仁，没有立即采取有效的隔离措施，险些造成天下大乱。所幸李淳风机灵，泄露天机后及时补救，让知晓天机的皇帝暂时改变了念头，但心结终究留下了，才会连累一位名将无端冤死。"

郑能谅顺藤摸瓜一闪念："你说的是李君羡？"

梁晨谛和小企鹅又一头雾水："李君羡又是谁？"

这次郑能谅没空去普及历史知识了，因为素问镜这番话给出的信息太多，他要好好梳理一下："李君羡表面上是被御史弹劾与妖人勾结图谋不轨，最后被李世民以欺君压民之罪处决的，可实际上是因为他的小名'五娘子'引来的猜忌，这事和武则天有关。而公元648年猴年，看到的未来应该是12年后，公元660年，唐高宗身染重病，开始将最高权力交到了武则天的手里……"

"不赖，"素问镜轻描淡写地夸奖了一句，补充道，"李淳风获悉的天机就是 12 年后武氏欲谋权篡位之事，但他在盗格空间里看到的只是一个女人朦胧的背影和一面绣着'武'字的龙旗，此时的武则天仅为五品才人，并不显眼。李世民从李淳风口中获悉天机后，本想将'疑似者尽杀之'，幸好李淳风一番巧言劝住了他，虽然避免了一场腥风血雨，却间接害死了李君羡。"

郑能谅没有想到大名鼎鼎的李淳风也是位盗格者，更没想到李君羡冤案竟是因天机泄露所致，这才意识到自己在日记中不经意的一笔真的有可能带来难以预测的危险后果，不禁陷入了沉默。

小企鹅却还没意识到问题的严重性，兴致勃勃地开起了脑洞："哇，好好玩啊！我知道了，泄露天机的危害就跟蝴蝶效应一样，哪怕只是我主观世界里的一个念头因为知道了天机而产生变化，都会反映在一言一行中，从而对客观世界产生微妙的影响。不过，假如我现在在这儿摔上一跤，跟郑能谅一样摔个脑震荡呢？摔成失忆把知道的这些天机都忘了，不就没什么影响了？说不定还能和他一样摔出什么超能力来呢！哈哈哈！"说罢，她做出个要摔倒的姿势。

郑能谅哭笑不得地拉住她："拜托，现实中你本来没有脑震荡的，因为这件事让你突然摔出个脑震荡，这本身就是蝴蝶效应的一个源头好不好，怎么没影响了？"

"不对！"小企鹅眼珠一转，对素问镜说，"既然李淳风把天机泄露给李世民，为什么他俩没受惩罚？你说是李淳风的素问镜一念之仁放过了他俩，那就是说你也拥有赦免权，你看我这未来跟武则天篡权相比危害明显小得多吧，不如你也网开一面试试嘛。"

"呵呵，你可真敢想，"素问镜笑着反问道，"人家李世民、李淳风是什么身份?你又是什么身份?"

"我是学习委员!"小企鹅理直气壮道。

"……好吧,"素问镜耷拉下舌头,"他俩只是没有被立即采取隔离措施,但谁告诉你就没惩罚?"

郑能谅和小企鹅异口同声:"什么意思?"

"你不是历史学得好吗?"素问镜将舌尖指向郑能谅,"应该知道李世民是哪年去世的吧。"

"贞观二十三年,也就是公元649年……"郑能谅刚答完,就感到一股凉意蹿上后背,"第二年!"

素问镜轻轻地补充道:"李君羡冤案后不久。"

梁晨谛心中一凛:"你的意思是说,知道了天机的李世民因为杀错了人,所以被……"

"我什么也没说。"素问镜打断他,又对郑能谅说,"我只知道,素问镜可以徇私不处置,却无法保证之后不出事,一旦出事,就不是我们素问镜这个层面能处置的了。"

小企鹅忙问:"那归谁处置?"

素问镜舌尖微微一翘:"我们的上级。"

小企鹅望着素问镜,一脸错愕:"一张嘴巴还有上级?鼻子,眼睛,还是眉毛啊?"

"没大没小,"素问镜批评道,"举头三尺有神明,天子尚且不能幸免,你怎敢如此无礼?"

小企鹅吐了吐舌头:"这不是不知道该怎么称呼嘛。"

素问镜哼了一声,开始普及知识:"称呼只是符号,也是相对的。相对于现实世界,盗格空间是个物理上平行、因果中交错的存在,对它的理解因人而异,有的称之为神界,有的说是超自然,还有的觉着像梦一场。其实我们与人类的差别主要在生命形态,别的大同小异，这儿的一切就跟人类社会一样，也有生老病死，也有悲欢离合，也有等级关系，我们的上级就是高级素问镜，简称高素。"

"高数？"梁晨谛立马皱眉，"想想都头晕。"

"那再往上呢？"小企鹅又问。

"超级素问镜，超素。"

"嗯，比酒驾好听，"小企鹅一边调侃一边继续说，"那最高领导叫什么？至尊素问镜，还是总统素问镜？"

"素问镜只分三级，"素问镜耐心地解释道，"在盗格空间之外，还有一个庞大复杂的世界，我们称之为弦域，你们眼前看见的这片天地对于弦域来说，就好比你们地球上的一间茅草屋。弦域里的生命体也有成千上万种身份，我们素问镜只是其中之一，负责与盗格者沟通，这道格海棠、黄金分戈、脚下的草地、空中的丝絮，都是弦域的一部分。你要问我们的最高领导，那就是弦域的终极统治者，"说到这儿，素问镜深吸一口气，满怀敬仰道，"其拥有神一般的能力，却又谦虚得像个凡人，所以叫'凡神'。"

"弦域凡神……"小企鹅细细咀嚼这个拗口的称谓，"咸鱼翻身……"

"俗人！"素问镜无奈地摇摇舌头，"反正来龙去脉和利害关系我都讲清楚了，你们是愿意现在接受我的惩罚呢，还是等将来出了事再由我的上级来处置呢？"

小企鹅将信将疑地问郑能谅："喂，你觉得它说的这些话靠谱吗？不会是瞎扯吧？还是有什么陷阱？"

"这……"郑能谅有些纠结，刚才一番对话包含的信息太多，蝴蝶效应、李世民、李淳风、武则天、高级素问镜、弦域凡神等，一时难以消化。他将目光投向空中那张看不出表情的大嘴，凝望数秒，终于有了判断："它虽然经常跟我斗嘴，也干过一些不靠谱的事，可从来没有害过我，所以，涉及惩罚和生死的问题，它应该不会撒谎。"

素问镜满意地点了点舌头："算你有良心。"

小企鹅撅起了嘴："那就是难逃一罚咯。"

梁晨谛脖子一挺，对素问镜叫道："怎么罚？要杀要剐，给个痛快的！"

"让我考虑一下。"半空中那对红唇微微闭合着，沉默了一会儿，又轻轻张开，一字一顿地宣告判决，"依律，你们两位窥悉天机者应当被灭口，但念在初犯，又非故意，所以从轻发落，可以在下列三种惩罚中任选一项。一是抹除关于盗格空间的记忆，重归现实世界；二是可以保留全部记忆，但永远不得离开盗格空间；三是既能保留全部记忆，还能重归现实世界，但智商变为负数，终日痴言妄语，无人相……"

"我去！我智商还没变负数呢，这还用选吗？当然是第一个啦！"梁晨谛不等它说完就做出了选择。

小企鹅也一边环顾四周一边说："变傻子就算了，至于终身监禁……如果这儿也和地球上一样，爱琴海、安在旭、梅干菜烧饼、汽糕、番薯干什么的应有尽有的话，留下来也无妨。可惜就这么点空间，虽然美不胜收，却不够丰富多彩，留不住我这样的人才，算啦，我也选第一个吧。"

"好。"素问镜只说了一个字，便朝两人张开了烈焰般的双唇，用力一吹。

"等一下，那郑……"小企鹅话音未落，就和梁晨谛一道被吹得无影无踪了。

一旁的郑能谅下意识地一闭眼，等了几秒，却没感到一丝风，睁眼四下一看，自己还在原地，不禁既困惑又忐忑："什么情况？是我太胖了，吹不动吗？"

"你和他们不一样，你是主犯。"素问镜幽幽道。

"呃……怎么……还有特别关照吗？"起初被抓进来的时候，郑能谅以为在劫难逃，一心想着尽可能保护两位好朋友，后来一番折腾发现惩罚不过是抹除记忆，心中便重新燃起了希望，眼下似乎又出现了变数，他的心情犹如坐上了过山车，连说话都不利索了。

素问镜不慌不忙地营造着紧张气氛："当然要区别对待，把他俩先送走，就是不想让他们被接下来的画面刺激到。"

"啊，五马分尸，大卸八块，还是生吞活剥？"郑能谅说得自己都冷汗直冒，猛然间急中生智，大叫道，"等一下！你可不能伤害我！要是我有个三长两短，现实世界中的他们肯定会起疑，会追根问底，会留下心理阴影，这就会打乱原本正常的命运轨迹，造成无法控制的蝴蝶效应！你只有把我原封不动送回现实世界，才能把这件事情彻底抹平，就跟从来没有发生过一样！"

"哟，不错嘛，变机灵了，"素问镜顿了顿，话锋一转，"不过，你有没有想过，你有个三长两短这件事，或许本来就是正常命运轨迹中的一环呢？只有你出事了，那个胖姑娘才会因此成为作家呢？"

此话一出，郑能谅顿时不寒而栗，因为他完全无法反驳其合理性，甚至意识到自己很可能陷入了一个环环相扣的命运怪圈。然而他转眼便释然了，长吁一口气："呼，既然躲不过，那就顺其自然吧，反正刚才被抓进来就没想能全身而退，这事本就因我而起，接受惩罚也是应该的，如果还能顺便让小企鹅成就人生，也算功德一件咯。"

素问镜深深地抿了一下唇，赞许道："悟性不错，品性可嘉，你是个十分出色的盗格者，这次泄露天机就当是个教训吧，回去之后切记，千万不要再犯类似的错误，否则后果会很严重。你所知的未来，烂在肚子里就好。"

郑能谅一听，这是要无罪释放的节奏呀，忙连声应道："当然，当然，不可能再犯了！回去我就把那些日记烧掉，永远不会再向任何人泄露未来之事！来吧，我准备好了，把我送回去跟他们团聚吧。"

"急什么，你还没接受惩罚呢。"

"啊，还要惩罚？"

"当然，死罪可免，活罪难逃。"

"好吧，怎么罚？"

"来，陪我看两集《白蛇后传之人间有爱》。"

"……还是给我死罪吧。"

"死罪是看 20 集。"

"……那还是活罪吧，你这有电视？"

"我这还有爆米花呢。"

说话间，海棠树上那面铜镜竟缓缓打开，露出一块黑白电视屏幕来，满树的叶子和海棠果也纷纷幻化成一粒粒金黄饱满的爆米花。素问镜轻轻一吸气，所有爆米花便一股脑儿涌上半空，聚成一团，悬在双唇的下方。

郑能谅看得呆了："没想到你还能当吸尘器用！"

"来点？"素问镜朝面前的爆米花军团努了努嘴。

"谢了，我想吃话梅和巧克力，有鸡蛋饼就更好了。"

"我还想吃你呢！"

"我说你这电视就不能变个彩色的吗！"

"你懂个屁，黑白的怀旧。"

在不停的吐槽和斗嘴中，郑能谅总算熬过了痛不欲生的惩罚，却忽然想到一个要紧的问题："糟糕！你刚才就把小企鹅和梁晨谛先送回去了，他们要是看到桌上只有一本日记肯定会起疑心，万一好奇心占了上风把日记本又打开，不就又泄露天机了?!"

"你想多了，我只是把他俩先送走，可还没送到。他俩应该正在混沌虚空里游荡呢，你现在去，刚好一同归位。"说完，素问镜对着郑能谅轻轻一吹。郑能谅只觉得身子一软，转眼就坐在了教室的座位上，小企鹅和梁晨谛也同时从虚空中飞出，毫发无损地回归之前所在的位置。课间操的音乐刚刚收尾，远处传来学生们叽叽喳喳的说笑声。

"咦，在写日记吗？"小企鹅望着桌上的日记本问郑能谅，已经全然忘了刚才发生过什么。

郑能谅压住脸上还未退尽的惊讶表情，轻轻把日记本锁好扣紧，放进书包，若无其事地答道："没，落在抽屉里了，回来取一下。"

梁晨谛的身影紧跟着从门外闪入："这么巧，都在呢，总算考完了，也不出去放松一下？"

郑能谅马上接过这茬，顺利地将此事翻篇："好啊！一起去看电影吧，我请客。"

看完电影，一回到家，郑能谅就冲进自己的卧室，锁紧房门，仔细检查了日记本，把有可能泄露天机的内容都撕下来烧成了灰。他是个完美主义者，不愿让这本载满初恋情怀的日记本有所残缺，但他更不愿再让任何人因为不小心看到日记上的秘密而受到伤害。

一个月后，高考成绩公布，孟楚怜不出意料问鼎全县文科状元，可惜分数比北大新闻系的分数线低了一点，结果入了一本第二志愿，也是一所名牌大学，位于美丽的西湖边。郑能谅刚过二本线，被西都大学应用外语系录取，没有惊喜，也算如愿。小企鹅以585的高分考上重庆一所重点大学，喜欢吃辣又喜欢山水的她可谓如鱼得水。梁晨谛离最低分数线还差好几里路，也够不上体育特长招生的标准，彻底告别了学生生涯。三姑学习成绩不怎么样，但高考那几天运气不错，考场里坐她周围的都是尖子生。她花了不少钱，在他们半推半就的配合下，考上了西都的一所专科学校。任赣士的表现一波三折，先是作文大获全胜，这要感谢郝主任押宝成功，任赣士早把他给的所有范文背得滚瓜烂熟，见到作文题差点笑出声来，奋笔疾书，一气呵成，要不是因为字写得有些丑，差点拿了满分。在接下来的数学和英语两场考试中，兴奋过度的他还在回味语文考试时监考老师见他文思泉涌笔走龙蛇的惊讶眼神，同时幻想起作文被打了满分后自己登上报纸电视的飒爽英姿，又差点笑出声来。结果，他的数学、英语两场全部发挥失常，总分反而比郑能谅还低了十几分，他气得差点精神也失常。

　　似乎是和孟楚怜有约定，任赣士的二本第一志愿也报了西都大学，结果和郑能谅殊途同归。捧着录取通知书，两个可怜的男生平生第一次在思想上产生了共鸣：都巴不得对方能和孟楚怜换一所大学。

　　任赣士、郑能谅和孟楚怜都不是很开心，但学校很开心，因为90%的考生都过了三本分数线，取得了史无前例的大丰收。各路贺电和各种荣誉纷至沓来，校长被电台和报社的记者们团团围住，激动得眉毛像两朵蒲公英，风一吹就会飞走。他一边总结成绩包揽大部分功劳，一边立下豪言壮语气吞山河："只要考上我们淳源一中，就能考上大学！我很有信心，明年，三本上线率不到百分之百,我誓不为人!"

这个毒誓似乎发得有点重,他一转念,不动声色地在后面轻轻加了个尾巴:"师!"

没听全的记者们顿时热血沸腾,照这进度再发展几年,就要一半进北大一半进清华了。同时热血沸腾的还有毕业班的老师们,纷纷露出十几年未见的纯真而憨厚的笑容,因为发奖金了。

毕业联欢会那天,郝主任亲临现场,代表校方致辞并慰问。他以空前绝后的慈爱语调向每一个考上大学的人祝福,同时挨个鼓励到场的落榜者,若是只差了十几、几十分的,就送一句"明年再来过,要有在一棵树上吊死的执着精神";至于差了好几百分的,又会告诉他们"行行出状元,未必要在一棵树上吊死"。结果那些差了刚好100分左右的学生就犯迷糊了,不知道是该在一棵树上吊死还是换棵树去吊死,其实在哪棵树上不重要,反正都是吊死。

为了证明高等教育的大门是永远敞开的,郝主任举了个很励志的例子:"我以前有个学生,连考三年都落榜,他不气馁,一边娶妻生子,一边刻苦复习,每年都参加高考,在第九个年头,也就是去年,终于如愿考上了大学。"

听完这个恐怖故事,不知谁在黑暗中怪声怪气地喊了一句:"郝主任,那是不是一所老年大学啊?"

四周笑声一片,郝主任心情很好,也跟着笑。联欢会开始,郝主任带头扭动饱满的身躯载歌载舞,憨态可掬得像只吉祥物。众人嗨了起来,伴着动感的音乐和迷离的灯光,打打闹闹,唱唱跳跳。谁也没有意识到这场分别代表着什么,都乐观地以为将来有的是见面的机会,一心只对新环境和新生活充满期待,于是憧憬远大于感伤。狂欢之后,大家又纷纷取出毕业留言册,留下联系方式和临别寄语。郑能谅站在人群中，抱着留言册，却找不到最想寄语的那个人。不知什么原因，孟楚怜没有出现在联欢会现场，要不是任赣士一直在现场，郑能谅肯定会跑到后山凉亭去一探究竟。

"偶像，签个名呗！"一本留言册赫然横在眼前。

郑能谅转过身，看见小企鹅圆圆的笑脸，眉头便舒展开来，接过留言册："不会是卖身契吧？"

"恰好相反，这是赎身的，签了它，你就可以自由地飞向外面的世界啦！"小企鹅说着做了个飞翔的动作。

郑能谅耸耸肩："有啥自由的？不过是跳出了一座五行山，又跳入九九八十一难罢了。"

"哟，不愧是大学生了，思想境界突飞猛进呢！"

"哪里哪里，主要是你教育得好。"

"这马屁拍的，快赶上任赣士的段位了。"

"真心话，就是跟你同桌那会儿，在你的人文气息下耳濡目染的。"

"孺子可教，"小企鹅莞尔一笑，"那就给你曾经的同桌兼灵魂导师写两句寄语呗。"

郑能谅翻开留言册，提起笔，嘴唇一抿，苦恼道："唉，就两句啊？"

"少贫！整本都是你的，随便写。"小企鹅也取过他的留言册，一笔一画地写下了她最喜欢的一句话：给时光以生命，而不是给生命以时光。

郑能谅没去看小企鹅写了什么，却心有灵犀地写了异曲同工的一段话：天各一方别东西，月共一轮连天地。岁月匆匆，带不走青春的记忆；风尘碌碌，抹不去纯真的友情。

小企鹅告诉他，前不久，孟楚怜的父亲被调到几百里外的某个市当副市长，她也跟着搬家过去了，所以没能来参加联欢会。郑能谅说，哦，这样啊！

互还了留言册，小企鹅冲他伸出圆圆的小手，笑吟吟地道别："后会有期，保重。"

郑能谅轻轻一抬胳膊，发现没戴手套，是刚才写寄语时脱掉了，临握手再去戴又容易让她误会他嫌脏。他心念一转，笑道："这场告别用简单的握手可不足以寄情噢。"说着，他张开双臂，给了她一个蜻蜓点水的拥抱："你也保重。"

联欢会的尾声是一团混乱，屋子里散落一地果壳、彩带和玻璃碴，啤酒汽水四处流淌，密密麻麻的泡沫如同逝去的岁月和幻想，争相破碎。残局留给下一届的高三学子们来收拾，当他们面对这遍地残念的时候，是否会想起，曾经有一群风华正茂的少年在这儿度过了一生中最美好又最难忘的时光，付出了真情和汗水，留下了欢笑与愁绪，最后散落天南海北，继续在命运的纺织机上编织爱与梦想，在人生的舞台上演绎各自的故事？这些故事将是他们多年后沐着夕阳躺在摇椅上幽幽回忆的碎片，也会以各种形式在一拨又一拨的少年身上重演，不断变换时空和主配角，永不停歇。唯一不变的，是少年不识愁滋味的情怀。

第五章　这块牛肉不一般

1

郑能谅本想多悼念一下无疾而终的中学时代，却很快被扭扭捏捏的绿皮火车和飘飘荡荡的《五百英里》一同带往遥远的大西北。

在招生简章上见过西都大学照片的人，不说垂涎三尺，至少也会一见倾心，这也是郑能谅当初没有狠下心撕掉录取通知书复读一年争取继续追随孟楚怜的原因之一——毕竟同样美好的事物，是让人难以取舍的。

而当郑能谅站在西都大学的门前瞻仰它的仪容时，第一个念头就是把招生简章的策划者拖去浸猪笼、上老虎凳、灌辣椒水、炮烙车裂、千刀万剐。这种心情，不身临其境很难体会。前来报到的学生中有一位比较冲动，只看了一眼门面就订了第二天回老家的火车票。不过大部分人还是非常乐观的，希望这样的外观其实暗示着本校的历史悠久、底蕴深厚，结果该想法在校园的每一寸土地上得到了证实。

放眼望去，西都大学的建筑似乎大多是在苏联援华年代完成的，是两个社会主义大国友好的见证，历史非常悠久，换句话说，就是比较适合摆进革命历史博物馆，而不是让人居住。大门两侧的报名处飘着五颜六色的横幅和旗帜，每个系都派出了对漂亮异性特别热情的接风大军，热火朝天的场面丝毫不逊色于万人相亲大会。有远见的学长们都不会错过这个好差事，四处搜寻目标，先下手为强；有心机的新生们也牢牢把握这个好机遇，纷纷闪亮登场，一战定乾坤。

由于性别和颜值的原因，郑能谅与应用外语系来接新生的几位男学长失之交臂，一个人蹲在报名点的角落里喝着纯净水、吃着零食。不一会儿，一位艺术学院设计系的学姐就认出了他，因为那纯净水产自淳江，零食也尽是些淳源的土特产，更巧的是，这位学姐还是淳源一中毕业的，且对郑能谅颇有印象："你不就是那个成天戴手套的怪咖吗，那次还把包处长折腾得够呛，哈哈哈！"

郑能谅忙解释："八卦不可信。"

"什么八卦啊，那天我就在办公室帮老师改卷子呢。"

于是，这位名叫金一鸣的学姐自告奋勇当起了向导，西都大学的"美丽画卷"在她婉转细致的解说下缓缓铺开，令郑能谅唏嘘不已。

金一鸣仰头一指："这就是学校的南大门，气势恢宏雄伟壮观，据说……"郑能谅心惊肉跳："还是走过去再说吧，它看上去随时会塌下来压扁我们。"

"喏，左右两边是花园，这个季节很多花都已经……""你要不说，我还以为是两块抛荒的农田。"

"前面有一条绿化带，郁郁葱葱的都是……""难道我色盲了？这分明是纯正的黄化带，哦，沟里的水倒是绿的。"

"绿化带的尽头就是古朴庄严的行政大楼……""学姐，你有没有玩过《恶灵古堡》这个游戏？"

"行政楼两旁种满了漂亮的……""这些莫非就是传说中气质高贵善解人意的狗尾巴花?"

"行政楼的后面是大礼堂……""别逗了,我敢用双倍的学费打赌,这是一座山神庙。"

"大礼堂的右边是教学楼……""天哪!这楼至少经历过五次火灾吧?"

"大礼堂的左边是 400 米跑道的足球场……""什么足球,不是月球吗?这坑坑洼洼的,足球砸的?"

"再让你见识一下我们学校最有名的图书馆,门前这尊雕塑很有寓意,下边是本翻开的书,上边是个地球仪,这象征着……""原来这就是闻名遐迩的'读书顶个球'啊!"

金一鸣忍俊不禁:"知足吧,为了迎接你们新生,学校已经不惜血本地将里外翻修一新了。"

郑能谅若有所思地打开西都大学的招生简章,指着介绍词中"依山傍水"四个字,严肃地说:"的确是依山傍水,垃圾堆成山,污水聚成河。"

如果没有金一鸣领路,要找到应用外语系所在的 7 号宿舍楼是根本不可能完成的任务,因为发现它的时候,郑能谅根本不相信这是学生宿舍:"我的天哪!你确定这不是华夏先人有巢氏的洞穴群落或玛雅文明遗址?"

"这里发生过枪战吗?"郑能谅摸着满目疮痍的墙壁一边问,一边忍不住用手指抠起来,想挖几个弹头当证据。

"别乱抠!"金一鸣连忙制止了他,"万一把房子抠塌了你们住哪去?!"

郑能谅深情地望了望那些洞,意味深长道:"嗯,这地方实在太惊险、太刺激了,等下一定要去买十份意外伤害保险,绝对有利可图。"

7号宿舍楼紧靠一堵围墙,围墙外面是一片荒地,四周疯长的杂草令郑能谅想起了故乡奶奶家的芦苇荡,在昏沉暮色的笼罩下,整个画面颇有《倩女幽魂》中兰若寺的意境。管理员老纪是个看上去比宿舍年轻百倍的老者,总是戴着一副没有镜片的镜框,叼着一杆没有装烟草的烟枪。老纪领两人来到309宿舍,用十分钟时间才把锈死的房门打开。迎面扑来一股厚重的霉气,熏得三人晕头转向。

"这里多久没住人了?"郑能谅扇着手问道。

"'文革'以后一直空着,我刚调来不久。"老纪把锈迹斑斑的钥匙塞到他手里,"这里一共三张高低铺六个床位,你自己挑吧。有什么麻烦就来找我,不过按理说都解决不了的。"说完他径直下楼去了。

奄奄一息的阳光透过支离破碎的窗户,照得屋内四处漂浮的灰尘颗粒如银河系繁星一般若隐若现。这是个沙尘暴非常严重的城市,一年到头天空都是阴沉沉的,难见雨滴,偶尔落一场,便是泥沙俱下。

郑能谅从行李箱里取出一只文具盒,用纸片把床板上厚厚的尘土慢慢扫进去,小心盖上,藏好。

金一鸣看不懂:"你还有收集灰尘的癖好?"

郑能谅说:"将来结婚盖房子,兴许用得上。"

2

选好铺位,放下行李,远处传来食堂的开饭铃声,近处响起金一鸣的手机铃声。金一鸣接完电话,说晚上有约要先走,并给郑能谅介绍了附近几处就餐点,便匆匆告辞。

郑能谅还不饿，便开始收拾屋子。正忙着，两拨人马一前一后进了309宿舍，走在前头的是冉冰鸾和父母，霍九建和几位同乡学长紧随其后。不多时，其余三名舍友也陆续抵达，一番寒暄，一顿忙活。

西都大学是一所颇具规模的大学，确切地说是一个大学群落，郑能谅就读的旅游英语专业隶属于应用外语系，应用外语系是外语学院里一个不起眼的小系，外语学院又是西都大学里人数最少的分院，除了它，西都大学还有人文学院、法学院、金融学院、艺术学院、教育学院、传媒学院等，人丁兴旺。以前西都大学并没这么大，20世纪90年代中后期，一口气吞并了附近五六所高等学府，才像条贪吃蛇一样迅速膨胀起来。不过，膨胀的只是面积和人口，学术环境和就业形势并不会因此改善，硬件设备和师资水平也完全跟不上。为了证明不是完全跟不上，西都大学推出了独树一帜的人才建设体系——"终南山学者"奖励扶持计划和"华清池名师"等级评定制度，极大地激发了广大教师在溜须拍马、搜章摘句、投桃报李等方面的积极性。

尽管整体环境不尽如人意，甚至尽不如人意，新生们还是为平生第一次脱离家庭的约束而兴奋不已，加上又刚刚翻过高考这座大山，只觉得眼前一马平川，对大学生活充满了幻想与憧憬。他们中的大多数都是独生子，从小就集万千宠爱于一身，如今突然离开家的庇护，难免会令父母们忧心忡忡。冉冰鸾的父母便是如此，千里迢迢亲自护送到校，又亲手帮他收拾行李、布置床铺，反复叮咛要安全用电、小心地滑、早睡早起、天黑不要出门、过马路左右看仔细、维生素片按时吃、有空多打电话……临走三步一回头五步一招手，目光中满含不安与不舍，此等心情怕是要到孩子们也为人父母时才能体会。不过，天之骄子们的学习能力和自理水平不可小觑,在到高年级学长的寝室串了几次门之后,新生们耳濡目染,取其糟粕,弃其精华,很快就掌握了如何打理宿舍的技巧——这就是为什么时至今日,大学寝室依旧脏、乱、差得如出一辙的直接原因。

第二天,冉冰鸾和霍九建便拉上郑能谅去逛校园,熟悉环境。转悠了一大圈,郑能谅最大的感受便是气氛不同,学习的气氛淡了,恋爱的气氛浓了。如果说中学里谈恋爱的属于"个别先富",那么一进大学就算奔走在"共同富裕"的康庄大道上了,正如当年任赣士给他洗脑时所言,大学里谈恋爱的确更自由、更容易。想到这儿,郑能谅忽一愣,任赣士不也考上了西都大学吗,怎么没见到他?莫非他放弃入学回去复读准备考孟楚怜的学校了?

任赣士是情圣,可不是情痴,才不会为了一棵树放弃一片森林,他只不过比郑能谅迟来了一天。临近中午的时候,郑能谅就在教育学院的新生接待区看见了那个熟悉的高贵身影。他没去打招呼,毕竟没什么话可聊,何况还是情敌,倒不如和两位新朋友好好领略一番象牙塔里的风情。闲逛的几个时辰里,一行三人就见证了好几对情侣的诞生。

霍九建深感惊诧:"啥情况?咋都这么饥渴?"

郑能谅一语道破天机:"你想,如果你在干燥炎热的荒漠上走了很久,滴水未进,奄奄一息,前面突然出现一片绿洲,你会怎么样?"

"这比喻好!"霍九建打了个响指,"不过,绿洲还是小了点,应该说是海洋。"

郑能谅摇摇头:"不,正因为是绿洲,所以只能提供短暂的滋养,毕业后又是另一片荒漠,别奢望遇到海洋,海市蜃楼还差不多。"

"你小子可以啊，一套一套的。"霍九建对他刮目相看，又推推淡定的冉冰鸾，"喂，你咋不发表意见呢？敢情你上过大学，见惯了这场面？"

冉冰鸾也是初入大学，只不过他属于"个别先富"者。在郑能谅和霍九建的逼问下，他老实交代了"前科"并交出了女朋友宋颖哲的照片，引发了热烈的讨论。

"好清秀，还以为是李嘉欣呢。"郑能谅称赞道。

霍九建不同意："我看像黎姿。"

"眼睛像周慧敏。"郑能谅说。

"鼻子像关之琳。"霍九建说。

"整体感觉还是像李小璐。"郑能谅说。

"哪有？"霍九建又反驳，"明显像鲁迅！"

冉冰鸾吐血："啥？"

霍九建连忙纠正："说错了，周迅，周迅！"

笑声洒满一路，认识还不到一天，三人已融入了彼此的气场。每个人一生会和无数的人擦肩而过，其中百分之九十九只是过眼云烟，因为咫尺天涯；只有那百分之一能结伴而行，因为一见如故。爱情的实现需要天时地利人和，而友谊无论何时到来，都不容易被错过。

309 宿舍共六人，霍九建、冉冰鸾、郑能谅占据三个下铺，另外三位住上铺，各有各的绝活，各有各的传说。睡在门左侧上铺的山东小伙名叫华泰崂，虽然霸气的姓名浓缩了华山、泰山、崂山二座名山之精华，可又瘦又小的身材没有受到丝毫激励。唱歌是他的爱好和撒手锏——只要他一扯开嗓门，别人就会什么都依他，人送外号"歌后"，因为每次歌唱比赛他都是最后一名，获鼓励奖、风尚奖无数。华泰崂精通各种旁门左道，会看手相，还自称曾随一位崂山道士学过催眠术，此人可以一边念"你是一块钢板，你是一块钢板"，一边让催眠对象的身子变得硬邦邦，华泰崂学会后，见到漂亮姑娘就念，"你是我的女朋友，你是我的女朋友"，奈何功力太浅，被扇耳光无数。

右边上铺是膀阔腰圆的谷二臻，来自江苏，和华泰崂正好一对门神，一胖一瘦。睡在他下铺的霍九建却毫无安全感，不知哪天床板会突然塌下来。谷二臻能发育成这规模，源自传说中一个无解的死循环——每次称体重就会心情不好，而心情不好就想吃东西；还得益于他的独门秘技"朝三暮四养生法"——早上比别人多睡三个小时，晚上比别人早睡四个小时，人称"睡神"。这也是有苦衷的，因为体积大，上下床很不方便，危险系数高，而且外出运动消耗能量也比常人多出好几倍，容易疲劳，他索性深居简出，高卧"笼中"。

冉冰鸾在"歌后"的下铺，霍九建在"睡神"的下铺，皆深受荼毒，但和郑能谅一比，根本没有发言权，因为他的上铺睡着309宿舍乃至全校最闷骚的人——阚戚智。此人对自己几乎没有不满意的地方，觉得自己的名字是最富有诗意的，五官是最无懈可击的，品位是最高不可攀的，才华是最惊天动地的，泡妞是最战无不胜的。所以他特别注意形象，每天早起都最忙碌，洗脸刷牙刮胡子，修眉描眼剪鼻毛，梳头抹唇喷香水……热爱文艺的他尤喜作诗，大一下学期，受华泰崂之邀，全宿舍的人去青岛玩，面对从未见过的大海，阚戚智诗兴大发："啊，大海……"后面全是省略号，不知是因为海风模糊了听觉还是他故意留个悬念。后来回学校，六个人一起去看电影，荧幕上出现海的画面，他又不禁陶醉："啊，大海……"还是没下文，因为被周围观众的目光给瞪回肚子里了。第三次是全班集体旅游，登华山至半山腰，正当众人口干舌燥、头晕目眩之际,猛听得他蹦出一句"啊,大海……"人人都纳闷,这里是华山,哪来的海?却见他不紧不慢地从背包里翻出一瓶"胖大海"凉茶,依然没有给那句诗一个全尸。后来迫于舆论的压力,阚戚智好久没有再提起过这首有头无尾的招牌抒情诗,直到一次系里组织去内蒙古草原踏青。望着碧绿无垠的草原和湛蓝无边的天空,他终于没有忍住,张口就来:"啊,大海……"顿时上百双眼睛齐刷刷锁定他,看他如何收场。孰料阚大诗人急中生智,竟接了个毫无破绽的尾巴:"……呀,你在何方?"

入学第三天,辅导员穆阳泉组织应用外语系旅游英语专业的全体新生聚餐。穆阳泉是西都大学法律系的毕业生,毕业后留校一边任教一边考研,考了七年也没考上,因为他每次失败后都会换个自我感觉更容易考的专业方向,一路下来把法理、刑法、国际法、经济法、诉讼法、民商法、法律史"哼哼哈嘿"耍了个遍,结果只换来一次次"哎哟我去"。最后,他发现经过在应用外语系七年的磨砺,自己的外语水平早已超出了法律水平,于是将下一次的目标锁定在了西班牙语语言文学的研究生上,志在必得。

考研之路万分坎坷的穆阳泉连组织个聚餐活动也诸般不顺,附近的大街小巷跑了好几趟,一个像样的餐馆都订不到。这也难怪,南郊附近学府林立,正值新生入学之际,各校各系都没闲着,大大小小的餐馆里扎满了一堆堆年轻的面孔,觥筹交错,推杯换盏,学长夸学妹,学姐逗学弟,新人敬旧人,同乡灌同乡,不愧是礼仪之邦,人情味比夜色还浓,比沙尘暴更猛。

最后,聚餐地点定在西都大学北门外的一间大排档,拼起两张大桌,凑合着挤下了 30 来号人。新生们一碰头才发现同志如此少,而且阴盛阳衰,男生 6 名,女生 24 名,和多年后红遍大江南北的某婚恋交友类节目不谋而合。原来应用外语系新成立不久，号称是为了培养一专多能的高级应用型人才，因为高级，所以稀有，每届只招百来人，每个专业只设一两个班。场面有些冷清，新生们心里犯起了嘀咕，直到穆阳泉做了一番介绍，情绪才又峰回路转。

穆阳泉说："咱们应用外语系是一个史无前例的新兴学科，既学技能，又学外语，目前全国只有几所高校开设了这一学科，所有学生加起来不过几百个。"新生们一听，这就是奇货可居了，全国才几百名同行，这哪是万里挑一，分明是千万里挑一！将来毕业找工作岂不是要被用人单位疯抢?!到时候月薪究竟报两万元好呢，还是五万元好呢？真纠结！

穆阳泉说："咱们系去年刚刚成立，你们也才第二届，一切都刚刚起步，充满了挑战，也充满了机遇。"新生们一听，这就是开天辟地了，等此学科风靡全国之时，咱们不都成元老级人物了？将来史书上会不会有咱们的大名？做不了第一个吃螃蟹的，好歹也是第二批吃螃蟹的，这简直就是持有了原始股的感觉啊！

穆阳泉说："咱们系的教学内容既丰富又灵活，比专业的外语系多出许多实用性技能，又比技能型的学科多出外语这一项强有力的工具，就是要始终坚持'外语和技能并重'，确保大家学有所长，学有所用。"新生们一听，这就是人中龙凤了，考级考研有外语，就业创业有技能，如此时髦的混搭风无疑是如虎添翼啊，简直和"美貌与智慧并重"的姑娘一样，不倾国也能倾城。

油然而生的优越感在每个人心中蔓延，一直持续到两个月后才彻底消退。因为几天后到来的军训持续了一个月，直到正式开始大学生活，他们才渐渐发现，事情根本不是穆阳泉说的那样。所谓"新兴学科"，其实就是试验品，成败皆是未知数，人才市场也根本没拿他们当宝;所谓"多头并重",其实就是博而不专,外语比不过外语系、技能比不过专业系;所谓"凤毛麟角",其实就是无人问津,谁也不敢贸然报考这个听都没听过的学科,所以只能招到这么点人。由此可见,穆阳泉忽悠的水平远在法学和外语之上,他当初要是考宣传学或传播学的研究生,恐怕早就一击而中了。

脏脏拥挤的大排档里,一群来自天南海北的少年意气风发,踌躇满志,幻想着坦荡无垠的锦绣前程。100多年前的某天,一群来自太平洋西岸的华人劳工,漂流在浩瀚的大海上,想象着美利坚的金山,口水顺着腮帮子往下淌,神情与刚进象牙塔的这群少年一模一样。

夜色很美,气氛很好,更重要的是自由生活从此拉开序幕,大学的真相留到日后慢慢体会,尽情庆祝这一历史性的转折才是正事。众人七手八脚搬来20箱啤酒,砰砰起开,奔腾的泡沫晃得郑能谅有点头晕:"乖乖,200多瓶,还不把人喝死了。"

霍九建淡淡一笑:"平均一人才一箱不到,顶多喝成胃下垂,想死哪么容易。"

眼前晃着一个个年轻面孔,耳边传来一阵阵欢声笑语,郑能谅却神游九霄,将每一个面孔、每一个声音都幻化成一个主角。远在千里之外的她,是否也坐在这样一张桌子旁,面对着一群素昧平生的人,介绍着自己,憧憬着未来?她是否也会想起身处遥远异乡的他,一个从未对她袒露过心迹的少年?如果想起,又会是怎样的心情?

细如丝乱如麻的愁绪,加上远离故乡的陌生感以及对大学校园第一印象的落差感,在郑能谅的脑海中横冲直撞。一直滴酒不沾的他终于抛开一切约束,一醉方休。然而故事里都是骗人的,谁说一醉解千愁？肢体虽已不受控，心中那容颜却更清晰，他昏昏欲睡地趴在酒杯前，透过浑浊的黄色液体，望着渐入佳境的霍九建，还有他头顶上空那缀满苍穹、忽明忽暗的繁星。

接下来的几天，郑能谅思乡之情爆棚。淳源县，那座隐居在青山绿水间的小城素有"九山半水半分田"的美称，气候冬暖夏凉，风景美不胜收，澄澈潋滟的河流令每一寸被她亲吻过的土地都生意盎然，清淡温润的空气让人吸进去就舍不得吐出来，一碧如洗的苍穹宛如倒悬云霄的爱琴海，万紫千红的山林仿佛坠入凡间的银河系，身处其间时并不觉得特别，离开了才知珍贵。更令他怀念的是故乡的美食，西都的饮食虽然也自成一派别有风味，但除了大盘鸡和肉夹馍外，他都还不太吃得习惯。

开学第五天，他就打电话回家，让爸妈江湖救急，尽快寄些故乡美食过来。青蛳、兔头、清水鱼之类的熟食没办法"南菜北调"，野生板栗、手工豆腐干、农家番薯干等土特产还是可以的。长长的一串清单中，最让他惦记的是汽糕———种用"汽"蒸出来的小吃。将粗糙的早稻米浸泡研磨加水做成米浆，舀入特制的容器内摊平，再依个人口味撒上虾仁、瘦肉、笋干、香干丝等各种馅料，加热十分钟左右，盖子一揭，云遮雾绕，香气扑鼻；咬上一口，细糯可口，回味无穷。刚出锅的汽糕呈正圆形，背面洁白无瑕，宛如一块玉石；正面色彩斑斓，好似一幅油画，所以郑能谅每次向别人介绍的时候都自豪地称它为"东方的比萨"。和遍布世界各地的比萨不同，汽糕在别的地方几乎见不到，因为它的制作步骤简单却要求甚高，原料普通却滋味绝美，对水质、天气、工具、手法等每个因素都极为讲究，选米、磨浆、发酵、蒸煮等每个环节都十分精细，据说千百年来，曾有无数人尝试将其推广出去，但在淳源之外的任何一个地方都没能还原汽糕本来的风采。

所以，几乎每一个生活在异乡的淳源人最怀念的就是汽糕的味道。

千里莼羹，未下盐豉可敌酪，但考虑到快递的速度和西都的气候，估计汽糕寄到的时候已经变成发霉的铁饼了，所以郑能谅只能一边吃着别的故乡特产，一边想象着汽糕的味道，望梅止渴。

3

一周的适应期一晃即过，军训便如期而至。刚考入淳源一中高中部的时候，郑能谅曾面临过一次军训，不过当时校方主攻升学率，又担心出训练事故，几番讨论后还是作罢。郑能谅原以为躲过了一劫，没想到军训还在大学里等着，套用道上的话说就是：出来念书，迟早要军训的。

西都大学附近有一所西都电子通信高等专科学校，简称"西电军校"，听上去颇有世界名校的调调。它凭借得天独厚的地理和价格优势，接下了此次军训的教学任务。

每名参训的学生交费800元，却换来惨不忍睹的被装：上衣和裤子仿佛被乱点了鸳鸯谱的情侣，貌合神离，互相嫌弃；水壶挎包似乎是从革命历史博物馆里偷来的，破的破，霉的霉；胶鞋和皮鞋好像都被人试穿过，散发着浓郁的辛辣味；被褥里的黑棉絮都渴望呼吸自由的空气，争相从缝隙间探出头来；凉席上的竹篾丝都不甘心平平静静过一生，纷纷挺起桀骜不驯的脊梁；最糟糕的是很多上衣和裤子都不合身，经过反复调剂也只解决了一部分，剩下的人将就着穿，因为动员大会要开始了。

教官们严肃强调了会场纪律，并教了全体新生席地而坐的标准动作，然后开始预演。口令一下，6000多条绿色的身影似麦浪一般望风而靡，又纷纷跳将起来，尖叫声此起彼伏，数百条"紧身裤"的集体爆裂让整个操场乱成一团。

幸好只是预演，也幸好每个人都不止一套军服，教官们让全体新生统一换上相对宽松、更有弹性的迷彩服，暂时化解了尴尬。鸡飞狗跳一番折腾，动员大会终于开始，一溜领导模样的人有说有笑地走上主席台，走在头里的那位挺着怀胎十月般的肚子，沐着众星捧月的目光，一步一个脚印地把自己抬到了台中央。他是西都大学分管行政和体育工作的副校长乔竺罡，也是军训办的主任。主席台上拼着一溜长桌，上面铺着红布，众人客气一番，依次落座，乔副校长坐正中间，他右手边那位穿迷彩服的黑脸壮汉便是本次军训的"总教头"、大队长莫淼权。

坐在长桌最左侧的一位年轻人缓缓起身，轻描淡写地为"紧身裤集体爆裂事件"画上了休止符："同学们，为什么要组织这次军训？大道理不必多说，刚才的小插曲就是最好的注解，同样一款军裤，穿在教官们的身上就挺拔帅气，而穿在大家身上却会四分五裂？可见问题不在裤子，而在人，长期缺乏锻炼已经让大家的腰围超出了裤子的承受极限，单冲这一点，你们就应该好好练一练！"

这是裘比轼第一次出现在郑能谅的视野里，说不清为什么，只一眼，郑能谅就意识到此人绝非善类，也许是他的身材看上去太腐败，或者是他的笑容看上去太虚伪。他的直觉向来很灵敏，但只是直觉，他绝对无法想到，后来两人之间会有怎样复杂而危险的纠葛。

作为学生会的负责人，裘比轼是军训办的成员之一，兼任动员大会的主持人。新生中听过他名号的纷纷投以羡慕的目光，没有听过他名号的见他能和校领导同台讲话也纷纷报以钦佩的掌声。裘比轼一击而退，立马引出主角："下面，让我们以热烈的掌声请乔副校长做动员讲话！"

乔副校长翻开讲稿，慢条斯理地开始动员："尊敬的……亲爱的……由衷的……传承……重视……培养……重大使命……重要形式……重点任务……贯彻……坚持……根据……三项内容……四点希望……五个要求……我相信……圆满成功！谢谢！"

接下来是大队长莫淼权的一番铿锵有力的训话，最后由学员代表任赣士上台表决心。为了这一刻，他换了套崭新的中山装，还给头发焗了油。万众瞩目下，他一路微微侧着头，握着演讲稿的拳头贴在胸前，神色肃穆，步伐坚定，仿佛要慷慨就义。他走到长桌左前方几米处的演讲台，在话筒前站定，做了两个深呼吸，推了推眼镜，微微扬起下巴，目光越过人群，投向正东偏南 37 度的远方。虽然那个方向只有一个臭气熏天的垃圾场，但台上的气氛瞬间诗情画意起来。

"金秋时节，丹桂飘香，怀揣梦想，济济一堂……"早就领教过任赣士口才的郑能谅完全没兴趣听他的长篇大论，只记得他结尾的口号极为煽情："同学们，让我们万众一心，迎难而上，晒足整整 30 天，晒出美味晒出鲜！"

动员会在慷慨激昂的进行曲中结束，为了帮助学员们找到当兵的感觉，莫大队长下达的第一条命令就是去理发，还特别指定一位号称"西都第一名剪"的大师级理发师。这位理发师是不是大师不知道，是不是西都第一也不好说，但他也姓莫。

莫大队长给那些不太情愿剪头发的人做思想工作："这位大师轻易不给人剪头发，手艺绝对一级棒。瞧，我的头发就是他给剪的。"最后这句真是画蛇添足，众人本来还对大师的手艺存有一丝侥幸，一看莫大队长的发型，顿时万念俱灰。结果每个学员的头发都变得跟莫大队长一样惨不忍睹，"西都第一名剪"也揣着厚厚的腰包衣锦还乡去了。莫大队长从队伍前走过，一边欣赏亲戚的杰作,一边挨个挑毛病。

"指甲怎么这么长?""报告!掏耳朵用的。""给你两个选择,要么把耳朵割掉,要么把指甲剪掉。"

"谁的手机在响?!""报告!我的。""立刻把这个低俗的铃声换掉!任何一首军旅歌曲都比它好听!"

"你的胡子该刮了。""报告!我是女生。""那更要刮!"

……

"你!戴眼镜的,刚才是不是你在笑?"

"报告!不是。"

"我问你刚才是不是笑了!"

"不是!"

"我再问一遍,刚才你笑过没有?"

"没有!"

"还说没有?!"

"没有!"

然后莫大队长面向众人高声宣布:"很好!军人,就应该这样,立场坚定,宁死不屈!"

一板一眼的军训就此拉开序幕,各项管理也名正言顺地规范起来,吃饭、睡觉、训练以及洗澡都以班为单位进行集体作业,只有上厕所是例外,本来莫大队长想把这一项也列入规范,让每个班的学员统一上厕所,奈何每个人膀胱的容量和肌肉的松紧度实在参差不齐,这个方案只试行了半天就流产了。

流产当天,午餐后不到两分钟,莫大队长突然吹响了紧急集合哨。只见无数神色狼狈的学员从厕所里冲出,边跑边擦屁股的,边跳边穿裤子的,自己滑倒的,被人撞翻的,面红耳赤的,灰头土脸的,那场面真是"厕纸与腰带齐飞,脸颊共屎尿一色"。

当学员们屁滚尿流地赶到操场上集合列队之后，却发现莫大队长不见了。此时他正在某个卫生间里上吐下泻，原来刚才所有的卫生间都被拉肚子的学员们占着，莫大队长不得不动用职权，用紧急集合哨调虎离山。

后来真相查明，是食堂的给养员中饱私囊，低价买了一批变质牛肉，才引发集体食物中毒。幸好负责打菜的师傅和往常一样蜻蜓点水，给学员们打的每一份牛肉都少得可怜，而且此肉也和往常一样，做得难吃无比，若不是实在没菜可吃，谁也不会对它动筷子，结果最后落到每个学员肚子里去的分量也十分有限，因此造成的后果并不算太严重。

有的人盘子里根本没看到牛肉，有的人尝了一口就吐掉了，有的人只吃了一两块，还有的人消化能力强，身体素质过硬，他们都没有产生不良反应。教官们嫌牛肉烧得不好吃也没怎么下嘴，倒霉的莫大队长这天正好脾虚口淡，尝不出什么味，还暗自窃喜这些下属真懂事，把好吃的留给他，于是多吃了几块，结果中毒最深。

郑能谅也中了毒，可症状与众不同，别人是上吐下泻，他却当场晕倒在食堂的地板上，所以被当成重度患者，火速送往最近的医院。手忙脚乱的教官们望着这个睡美人般安静的病号，一脸的莫名其妙。与此同时，郑能谅站在一棵海棠树前，也是一脸的莫名其妙。

"搞什么鬼？吃块牛肉也进盗格空间？这牛是母的吗？母牛也算？"郑能谅用力拍打树干上的铜镜。

"哎哟，轻点，轻点，"素问镜刚张开嘴，就被他打到了舌头，连连躲闪，"一次一问，你到底要问哪个问题？"

郑能谅收回手，气呼呼道："你说，这次是什么让我进来的？

别告诉我是那难吃的牛肉。"

素问镜咂了一下嘴:"谁跟你说那是牛的肉了?"

郑能谅一愣,马上反应过来:"难怪那么难吃,原来是猪肉冒充的!"

"不,是人肉。"

4

这两个字就像国足运动员的脚一样,顿时令郑能谅一阵恶心,连忙扶住树干哇哇狂吐,吐了一会儿感觉不对,一看地上什么也没有,又将手指伸进嘴里去抠,却什么也抠不出。素问镜淡定的声音从旁边飘来:"别费劲了,这是盗格空间,不是现实世界,你在这儿只是个灵魂投影,所以只会有心理感觉,而不会有生理反应。也就是说,你会想吐,可不会有呕吐物;你可以哭,但不会有眼泪流出。"

郑能谅直起身子,一竖大拇指:"算你狠!"

"这也是为你好,"素问镜说,"你想,在盗格空间里你能看见各种出人意料的未来画面,有些可能超出你的心理承受能力,有了这一层保护,即使你怒火攻心,也不会心脏病发作;就算你极度恐惧,也不至于尿裤子。"

"那是不是还要给你送面锦旗?!"郑能谅狠狠抛过去一个白眼,"麻烦你先把我吃人肉这件事讲清楚。"

素问镜用舌头舔了舔嘴角,缓缓道出真相:"其实也没你想得那么可怕,就是负责切肉的厨子不小心切到手了,米粒大小一块肉,混在牛肉里,刚好被你吃到了而已。"

虽然听上去还是挺恶心,但领教过西都大学食堂餐饮卫生水平的郑能谅早已见怪不怪,对此事的排斥度也大大降低了,不禁调侃起来："咳，古有佛祖舍身喂虎、割肉喂鹰，今有厨子剁指加菜、改善伙食，真是感天动地啊！"

"哈哈哈！"素问镜大笑起来，唾沫飞溅，"那现在轮到你来报答她了，她的未来掌握在你手中。"

郑能谅仰起头，望着正上方并排悬着的两颗乒乓球大小的金蛋，内容不多，一目了然。左边一幕似乎是一场交易，发生在一片抛荒的农田旁，一辆破旧的大卡车占去了大半个画面，驾驶座一侧的车门打开，跳下一位头戴草帽的老汉，看不清脸。他绕到车厢后面，将一串钥匙丢给一位衣着邋遢满脸油污的少妇，对方递给他一个鼓鼓囊囊的大信封。老汉接过信封，撑开口子，手往里一伸，画面到此为止。右边那一幕的背景是座酒楼，门口警灯闪烁，停着三辆警车，还有无数围观群众。两名女警押着一个戴着头罩的人从酒楼中走出，上了中间那辆警车，一关车门，绝尘而去。

虽然对食堂里几十名工作人员的相貌并不是了如指掌，但郑能谅猜得出，用信封换钥匙的少妇和戴着头罩的被捕者就是这次将他引入盗格空间的那名女厨，而他所要做的，就是在一场交易和一场抓捕中做出选择。直觉告诉他，这两件事之间有所关联，而且那场交易看上去鬼鬼祟祟的，八成不是正经事。摆在他面前的选择无非四种：定格交易、定格抓捕、盗取交易、盗取抓捕。

然而，经历过无数次选择的郑能谅深知，哪怕面对最简单的未来，选择也不是一件简单的事。他只能在有限的时间内，凭借自己的理解和推测，权衡各种选择的利弊：首先排除定格交易——一件看起来就不怎么光明正大的事，何来定格的必要？盗取抓捕也不合适，因为这很可能让违法者逃脱制裁。至于定格抓捕，虽然可以让她服法，却无法避免不法交易所带来的危害。倒是盗取交易，可以从源头上消除不好的可能，甚至让因此而起的抓捕一并消失也未可知。

第一次在盗格空间见到警察的身影，郑能谅感到肩头的责任前所未有地沉重，不敢有丝毫大意，于是将这些考量一一说给素问镜听，期待能获得一些实质性的建议。

"嗯，你能想到这一层，有进步。"素问镜不痛不痒地鼓励了一句，就没了下文。

"喂，装傻啊！是想听听你的参考意见！"郑能谅特意避开了疑问句，以免它用"一次一问"来搪塞。

素问镜嘿嘿一笑："我的参考意见已经说了啊，就是说你的这些想法都有道理。"

"那不是跟没说一样！"郑能谅提醒道，"看见没，有警察，这很可能跟犯罪有关，不要开玩笑！"

"我没开玩笑，关于这几幕未来，我知道的并不比你多，总不能乱给意见。"素问镜的语气变得严肃起来，"你可不要错误地以为，出现了警察就代表这未来更危险，有时候风平浪静的画面之下反而藏着更可怕的未来。"

郑能谅顺藤摸瓜："你话里有话噢。"

素问镜顿了几秒，话匣子缓缓打开："以前跟你说过，盗格空间之外有个庞大复杂的世界，盗格空间本身也是如此，并不只有你、我和这方天地。复杂，所以多变；庞大，方显渺小。所以我必须郑重地提醒你，身为盗格者，有能力，也有责任；有乐趣，更有风险。"

"别故弄玄虚，风险我知道啊，泄露天机会被罚嘛！"

素问镜摇摇舌头："这只是其中之一，要知道，古今中外盗格者有很多，并非个个品性都如你一样，盗格能力可以行善，也能作恶，也许你现在看不到，也感受不到，但必须明白，更大的危险，其实来自你的同行。"

"更大的危险？同行……"郑能谅对这危险毫无概念，心中埋藏已久的一个怀疑却抢先脱口而出，"对了，你总说盗格者很多，很多，可从来没讲出过一个具体的实例……哦，李淳风，你就提过他，可那是历史人物，我也不可能去找他对证嘛。"

"既然我们是搭档，首先就要互相信任。盗格者确实有很多，不可能每一个都善良如你，就跟你们人类中也有许多天才和疯子一样。我不告诉你其他盗格者的名字和身份，一方面是我确实不认识每一个盗格者，另一方面也是因为规矩的约束。我们的弦域和你们的世界一样，有条条框框，我们素问镜当然也不能想做什么就做什么，想说什么就说什么。根据规定，前后 100 年内的盗格者的身份都属于机密，不能对同时代的其他盗格者透露，这也是一种保护，毕竟你们拥有能看见未来或者过去的能力，一旦互相认识，产生恩怨，就可能利用能力互相伤害，殃及无辜……"

"等等，过去？什么意思？盗格者不是看未来的吗？"

"根据物种多样性，既然盗格者有很多，技能自然不会单一。根据相对论，正反相辅相成，有正盗格，自然也会有逆盗格。"

"逆盗格？什么玩意儿？"

"盗格者能看未来。逆盗格自然是看过去。"

"这么神奇！"郑能谅惊叹之余突发奇想，"我这人比较怀旧，更喜欢看过去，你能不能跟你的上级反映一下，给我的能力换一换？"

"我还想跟我的上级换一换当领导去呢，要不你先帮我去说说？"

"嘿嘿，开个玩笑嘛，那你至少可以跟上级请示一下，介绍几个盗格同行给我认识认识呗,既然你都说我这人善良了,那我肯定不会伤害同行的嘛。一个人当盗格者实在太孤单,其实你也不用直接告诉我他们的名字,只要给我牵个线,制造一些不经意的邂逅,后面的让我自己来就可以了。"

"哈,邂逅了你又能怎么样?盗格者又不会把身份刻在脑门上,你们的能力只有自己知道,看到的未来也不能对别人透露,表面上都是普普通通的人,哪怕你们成了朋友,也未必知道对方是盗格者呀。"

"怎么会呢?盗格者的行为习惯跟常人有明显差异的,不轻易同异性接触,这不是很好识别的一个特征吗?"

"呵呵,你以为每个盗格者都像你一样善良单纯,总会替别人考虑吗?你以为每个盗格者都会戴手套穿长袖,减少与异性的接触吗?"

"呃,什么意思?"

"盗格能力对你来说意味着责任,可在某些盗格者的眼里却是游戏,是工具和筹码。他们有的生性风流,有的自命不凡,有的心术不正,非但不小心避免触碰,反而主动去接近异性,利用盗格能力玩弄感情,满足一己私欲,或者操纵未来,从中获得控制他人命运的快感。"

"怎么左右未来……"郑能谅话刚问出口,心里便飞快地将《盗格七律》过了一遍,才发现问得多余,"怎么可以这样,太过分了吧!"

素问镜轻叹一声:"有能力的时候难免有想法,有人的地方也必有善恶,盗格者自不例外。你天性淳朴,从没将这能力的运用往坏处想过,不代表别人不会这么想、这么干。有一些盗格者做出的选择,左右的不光是某个人的命运,还可能影响到整个人类的历史。也正因为你天性淳朴，遇到这类盗格者时才更危险。"

"唉，他们人在哪都不知道，说危险有啥用？"

"没办法，我和你一样，也不知道这些危险会不会出现，怎样出现，只能提醒你多加小心。"

"哼，出现又怎样！都是盗格者谁怕谁！"郑能谅厌恶之情溢于言表，又有些懊恼，"本来以为这能力可以做点好事，被这些害群之马一搅和，真扫兴！"

"害群之马越多，不更需要好马吗？"素问镜用舌尖轻轻拍了拍他的肩膀，语重心长道，"记住，你无法选择拥有什么样的能力，却可以选择成为一个什么样的人。"

郑能谅认真地点点头，忽又好奇道："你刚才说前后100年内的同时代盗格者身份保密，那100年外的不算违规了吧？给我讲点盗格者的历史呗。"

素问镜的舌头马上耷拉下来："一次一问，下次再说。"

"少来！"郑能谅抗议道，"刚才你说教半天，我提的问题十个都不止了！"

素问镜愣了几秒，又理直气壮地解释道："你也说了，这是说教，当然属于教学的范畴，不属于咨询。咨询我，一次只能一问，懂不？"

郑能谅也理直气壮："那这也是教学啊，学习盗格空间的历史，学习前辈盗格者们的光辉事迹，可以让我更好地胜任本职工作嘛！"

"你……"素问镜卡壳了。

郑能谅乘胜追击："嘿嘿，莫非你跟我一样，也是个初来乍到的新手？或者说你不学无术，对盗格空间的历史根本一无所知，所以才支支吾吾答不上来？不过我的历史成绩可是很好的哟，看来你还不如我这……"

素问镜被激将法打败，张嘴就来："你觉得，褒姒真的是被烽火戏诸侯逗笑的吗？吴起杀妻难道只是为了求将？而那《山海经》里记载的山川鸟兽真的存在？是古人们的想象，还是他们在另一个世界的见闻？你可知道，明朝天启六年（1626 年）的王恭厂大爆炸是天灾还是人祸？北朝中后期短短百年间为什么有十多位皇后陆续落发为尼？而夺走数千万人生命的中世纪黑死病说不定只是由于一个人的一个错误选择……"

郑能谅听得一愣一愣的："不是吧，信息量也太大了！这些事都跟盗格者有关？都啥情况啊？"

"嚯，差点上你小子的当，"素问镜马上反应过来，"不过我啥也没说，就是些反问句，你爱怎么想就怎么想。其实我也只是道听途说，这种八卦十天十夜也说不完。对于你来说，没必要在意这些故事本身，只需记住三点奥义：一、盗格者选的是一个人的未来，却可能影响许多人的命运；二、当邪恶力量拥有了盗格能力就会带来灾难，邪恶力量可以是其他盗格者，也可以是你内心的阴暗面；三、重情重义和善良都是好品质，不过有时也会带来意想不到的伤害。"

郑能谅正琢磨这三点奥义的内涵，却听素问镜喃喃道："佛魔一念间，爱恨两难决。悠悠三生梦，了了四大空。"

"嗯，你说什么？"郑能谅不明所以。

"没什么，想起了一个老朋友的酒后胡言，"素问镜轻轻扬了扬舌尖，"你该选择了。"

郑能谅这才发现树叶和花朵已开始飘落，忙抬头去看那两幕未来，根据刚才分析过的利害关系，飞快地盘算起来：也许就算我盗取了"农田交易"，她依然可以换个时间、地点和方式实施类似的行为，最终还是难免会走向"酒楼抓捕"的命运，但这些不确定的可能性远在我的控制范围之外，我只能在眼前所见的未来之间进行选择。

于是，他当机立断，挥起一戈，取下左边的金蛋，盗走了那场鬼鬼祟祟的交易。

一睁开眼，郑能谅就感到一阵烧心般的难受，低头一看，手上正插着输液管，地上的盂盆里盛满了呕吐物。一个穿白大褂的年轻医生如释重负地对身后两位小护士说："看到没，我就说嘛，一洗胃准能醒。"

之后三天暂停训练，食物中毒的学员们或在医院，或在宿舍，高枕安卧，胜似颐养天年。校领导们一个个都慈眉善目得堪比释迦牟尼，表现出前所未有的温柔体贴，令学员们感到无所适从。食堂也破天荒地改善了伙食，还配了餐后水果，让每个学员都油然而生一种恍如隔世的感动。

校方不仅承担所有的医药费，还给每一名受害者发了 100 元慰问金，这可是一笔不小的财富，不少学员甚至对那个买了变质牛肉的给养员感恩戴德，恨不得一生都以食物中毒为业。

遗憾的是，仍有个别不通人情的学员置校领导的好意于不顾，把事情捅给了媒体，当然，也有可能是那些没有中毒却嫉妒慰问金的人举报的。总之，江湖真险恶。

第六章　信

1

因为没有死人，所以当地几家大报纸都没什么兴趣，只引来一些没见过世面的小报记者。养兵千日，用兵一时，裘比轼在关键时刻挺身而出，以军训办公室副主任、校方联络人、学生会会长和学生利益捍卫者的多重身份闪亮登场，牢牢把握住这些记者吃软不吃硬的特性，轻而易举地将他们牵到了酒桌上。于是，谈笑间，笔杆灰飞烟灭。

酒足饭饱之后，该事件的经过就变成了这样：最近季节更替，卫生隐患增多，年轻人又不太注意饮食卫生，加上各地新生初来乍到本来就有些水土不服，部分军训学员就餐后出现轻微腹泻的现象，西都大学校方对此高度重视，迅速组织救治，在精神和物质上对腹泻学员给予莫大的关怀，嘘寒问暖，得到了学员们的理解和好评，目前学员们的情绪都很稳定，同时，校方迅速采取一二三四五六七条措施改善就餐环境，提高卫生意识，改进服务水平，效果立竿见影。而知情者都清楚，那桌酒席的效果才是立竿见影。

三天后，没有中毒的人继续军训，病号们也陆续出院，在宿舍调养三天，又让没有中毒的狠狠羡慕了一把。食物中毒风波平息,一切迅速恢复原貌,仿佛一块石头投向湖面,波纹散去之后,谁也不记得这里曾落下过一块石头。冷漠的照常冷漠,难吃的还是难吃,贪婪的依旧贪婪,短斤缺两的继续短斤缺两,连桌上的餐后水果也知趣地消失了。

当霍九建、冉冰鸾在操场上"一二一"的时候,正在调养期的郑能谅则趴在宿舍的长条桌上一笔一画地写着书信,床头的收音机里悠悠传出和窗外阳光一般柔暖缱绻的歌声:那天,黄昏,开始飘起了白雪,忧伤,开满山岗,等青春散场,午夜的电影,写满古老的恋情……

信是写给孟楚怜的,开学头几天都在适应新环境,军训以来又都不得闲,只有吃了不该吃的肉才因祸得福,有机会坐下来安安静静地写上一封信。对于内向羞怯的单相思者而言,写信是相当受欢迎的一种表白形式,可以避免面对面说情话的紧张,有充足的时间组织语句,更清晰更得体地表达意图,还能减少被拒绝后的尴尬。

郑能谅也想过用这封信一诉衷肠,但反复思量后还是放弃了这个主题,因为他知道孟楚怜正在和任赣士谈恋爱,如果他一上来就表白,会让她很难做。从她的角度考虑,如果答应,会显得喜新厌旧;如果不答应,又显得不近人情。更重要的是,她刚恋爱没多久,他这时候出手无疑是以卵击石,几乎不可能成功。何况,刚从高中校园分开,一进大学第一封信就直接表白,会给她留下心意不诚、动机不纯的负面印象——早干吗去了?上大学空虚寂寞了才想起来表白?

于是,郑能谅重新定位自己的角色,决定以一个普通朋友兼高中校友的身份给孟楚怜写这封信,主题内容自然是谈校园、谈人生、谈理想。他把对西都大学的第一印象一五一十地写进了信里,基本都是调侃和不满,写的时候自鸣得意,写完一想又觉得这样不好,这会给她留下一种消极悲观、充满负能量的坏形象,而且会和任赣士给她写的信形成鲜明的对比,那家伙肯定满纸都是名人名言、心灵鸡汤、青春阳光、你侬我侬,实话实说无疑会被无情碾压的。

唰唰唰,五大张信纸瞬间被揉成一团,飞进了垃圾桶。他重新构思、选词、造句、排版,工工整整地写下了一段中规中矩的描述,基本和西都大学的招生简介差不多。勉强有一页,但他再也编不下去了,于是又开始谈理想。这一点是他的强项,不是说他多么擅长空谈,而是他曾经在郝主任的办公室看过孟楚怜的作文,在字里行间倾听过她的理想。任赣士八成不知道这些,这下可有优势了。

郑能谅想到这儿,嘴角上方的酒窝就更深了,当下奋笔疾书,将孟楚怜那一个个小梦想改头换面、添砖加瓦,一一重现在信纸之上。他并没有投机取巧,也不是借花献佛,在看到孟楚怜的作文本之前,他早就有了同样的梦想,他们只是不谋而合。

转眼间,一封情书不像情书、作文不像作文的书信便初见雏形了。这是写给孟楚怜的第一封信,岂可等闲视之?郑能谅拿出了比写高考作文还认真的态度,从头到尾来回检查了五六遍,找出了19处错别字和11处语法、标点错误,并且发现最大的问题是字太难看了。

信的开篇就说"见字如面",这些歪瓜裂枣似的字怎么代表我这玉树临风的"面"呢?对了,九哥不是说他练过书法吗,要不让他帮忙抄一封?可这封信让他看不太方便,我和他毕竟才相识十多天,这么快就暴露最隐私的秘密可不好,而且他白天训练那么辛苦,晚上还要麻烦他也不好意思,更重要的是,他能帮一时又帮不了一世，将来有一天孟楚怜发现我的字其实没那么好看，岂不会觉得我虚荣？算了，还是老老实实凭真本事写，只要工整清爽也挺好看的。

经过一番思想斗争，郑能谅又跑去书店买了一沓彩色信纸，水果香味的，指望它能弥补一下字迹上的不足。然后，他开始一笔一画地重抄那封被他反复修改过的书信。每写一个字，他都像在米粒上雕刻十八罗汉，精细、专注，天地间只剩一人、一纸、一笔，目不转睛，心无杂念。每写完一页，他都会一边轻轻地把墨迹吹干，一边逐字校对。第十行字看上去不太整齐，重抄；感叹号的那个点太浓太大，重抄；一滴汗珠不小心落在信纸上，重抄……就这样过了七个多小时，这封信才算真正完成。

信封、邮票、封口的胶水，都是郑能谅精心挑选过的。捧着这封堪称人类历史上最能体现强迫症的书信，他发现自己忽略了一个最重要的问题：孟楚怜的通信地址是什么？

这个问题的答案任赣士肯定知道，但有哪一只想吃天鹅肉的癞蛤蟆会去向公天鹅询问母天鹅的联系方式呢，要问也是去问母天鹅的闺蜜嘛。于是，郑能谅拨通了小企鹅家的电话。这是小企鹅在毕业留言册上留下的一条线索，他从她姐姐口中问到了她的宿舍电话和通信地址。

拨通号码，一听见对面拿起了话筒，郑能谅便忙不迭打起了招呼："喂，猜猜我是谁。"

"哇！"小企鹅的惊叫声破空而来，震得郑能谅连忙把听筒挪开几寸。

等了两三秒，他才又凑近话筒，调侃道："拜托，矜持一点好不好，接到偶像的来电也不用这么激动嘛。"

小企鹅的情绪还在沸腾中，音调只降了一个分贝："裴勇俊真的好帅啊!"然后她才想起手里还拿着电话,"郑能谅啊,啥事?我们正在看《初恋》呢。"

女生们此起彼伏的赞叹声、议论声、嬉笑声充斥着两人对话的背景,把郑能谅的玩笑话撂在半空无处着落,幸好电话只能听,他尴尬的表情才得以全身而退。

"呵呵,我以为你在看《惊声尖叫》呢。"郑能谅迅速找了个台阶下。

小企鹅的眼睛盯着电视机,忙里偷闲地应付道:"没有没有啦,你怎么找到我电话的啊?哦,你电话多少?回头看完这集给你打过去。"

郑能谅察觉到机会稍纵即逝,直接切入主题:"呃,你那里有没有孟楚怜的通信地址?先告诉我一下,有急用。"

小企鹅手忙脚乱地翻出孟楚怜的通信地址,告诉了郑能谅,并抄下了他报来的宿舍电话和通信地址,匆匆结束了对话,重新投入裴勇俊的怀抱。

万事俱备,郑能谅揣上神圣的书信,迎着和煦的阳光,迈开坚定的步伐,走向幸福的邮筒。站在黑幽幽的投信口前,他又将所有的步骤重温了一遍,确认没有一丝瑕疵,才小心地把信一寸一寸塞了进去。

接下来的日子里,训练任务更加繁重,因为要赶进度,将之前因食物中毒事件落下的任务悉数补上。恢复训练的第一天,教官们就推出了备受期待的军体拳,令学员们的积极性空前高涨,因为男生们大多有侠客梦,觉得学了之后可以用它来英雄救美;而女生们大多有女王梦,觉得学了之后可以用它来降伏老公。

不过这套军体拳被发明出来既不是为了英雄救美,也不是为了降伏老公,而是为了表演。为了展现拳法的威力,莫大队长从

"西电军校"拉来一个示范班打配套,一边饰演武林高手,一边饰演挨打的。一打起来,果然效果非凡,挨打的那一边在空中飞来飞去,又是翻筋斗又是背摔,还配上了声嘶力竭的惨叫声。

华泰崂被这神奇的武功深深迷住了:"哇,比北斗七星拳还厉害呢,都能把人打飞!"

"这你就不懂了,"霍九建不以为然道,"拳法的威力取决于对手的配合程度,真正的高手其实是挨打的那个人。"

到教学阶段时,学员们便真切地体会到了这一点,出拳者的功力深浅不重要,只要被打的那个人轻功足够好,打出武侠大片的效果也不是什么难事。虽然和北斗七星拳还有一定的差距,但大家还是一致认为这套军体拳招招都很实用,尤其是针对雄性敌人设计的那几招,杀伤力惊人,可以直接影响到人类的繁衍。

实用是实用,可没有实力也是没用的。天之骄子们从小到大苦练的都是背书答题这一套本领,一直以来的假想敌就是高考独木桥上那千军万马,所以在身体素质上并无任何提高,反倒是落下近视眼、颈椎病、脱发、驼背等一堆后遗症,要在短时间内练成军体拳谈何容易!

教官说,一套拳打下来,敌人基本上就丧失战斗力了。

而事实是,打完一遍军体拳后,学员们个个累得气喘如牛、东倒西歪,基本丧失了战斗力。

教官又说,这套拳法的精髓就是 12 个字——站如松,坐如钟,卧如弓,行如风。

遗憾的是,由于大多数学员的武学天分并不高,结果用实际行动将上述武学境界做了另一种诠释:站如松(松鼠),坐如钟(钟摆),卧如弓(老太公),行如风(羊癫风)。

半天训下来,谷二臻就崩溃了,一进宿舍,直接往霍九建的床上一倒，叫苦不迭："哎哟，我的亲娘哎！腰肌劳损嘞！被整残嘞！"立刻引来一顿质疑。

"你哪来的腰肌？"华泰崂问。

"你哪来的腰？"郑能谅补刀。

"你本来就残的好不好？"霍九建戳戳他的大脑袋。

原本积极性高涨的学员们转眼变得自信心低迷，觉得自己在武林和军界都注定碌碌无为，纷纷打起了退堂鼓，化身成完颜宗弼渡淮河时的南宋百官，不是装病请假就是装疯卖傻。这让班长们很上火，因为在这次军训中担任教官就是他们的毕业实践任务，所带班级的日常表现和考核成绩将直接影响他们个人的毕业评分。上火就要去火，药方就是打骂和体罚，两种传统疗法轮番上阵，玩得不亦乐乎。

当着学员们的面，莫大队长不止一次道貌岸然地告诫过班长们："要注重方法，管理教育的手段不能简单粗暴。"

班长们并没有违背这个要求，因为他们的管教手段都是相当复杂的，一点也不简单：俯卧撑、深蹲起立、扎马步、蛙跳上楼、站军姿、走鸭子步、劈叉压腿、反手摸肚脐、反手拉拉链、将舌头蜷成 U 字形、左右手从身后交叉分别为右左脚剪脚趾甲……

据不完全统计，在整个军训期间，平均每名学员被太阳直接照射 238 个小时，绕着操场跑了 199 圈，被喊过 57.5 次"蠢货""笨蛋"及其他含义相近的称呼，从米饭、菜、汤里吃出过 5 次以上形态各异的节肢动物、软体动物、线虫动物以及各种非生命体，洗过 3.6 次澡……

关于洗澡的情况是这样的，为了配合军训，东校区的澡堂给学员们专用，每晚开放两小时。男女澡堂各有 20 来个单间，供 6000 多人分享，其中三分之一喷头已经锈死，剩下的正在做垂死挣扎，无疑僧多粥少。男学员们尚可在宿舍公用水房里解决，女学员们却不太方便，只好每天匆匆吃罢晚饭就在澡堂前排起长队，往往排到澡堂关门还没轮上，或者遇到刚抹完沐浴露却突然没热水的尴尬情形。这种条件下，一个月能洗 3.6 次澡已经是天大的福分了。军训一结束，郑能谅第一件事就是跑到学校附近的庆春大浴场狠狠泡了一次澡，搓完背，一称体重，轻了七斤半。

2

郑能谅他们的班长祝沽笙个头不高，皮肤白皙，声音尖细，虽少了些阳刚气，军人作风却相当过硬，接到上级电话时都不忘先对着话筒敬个礼。此人酷爱文学，常常一边蹲坑一边抱着《知音》《女友》《故事会》如饥似渴地啃，不时发出阵阵怪笑，寒气逼人，闹得学员们半夜都不敢单独上厕所。他不光自己用功，更关心本班学员的精神追求和身心健康。郑能谅首当其冲，午休时看小说被"关心"了一把。

表情比修女还严肃的祝班长一把夺过小说，扫了几眼，顿时面色绯红，眉头紧锁，一看封面，厌恶地批判起来："《情人》？写的什么？下流！龌龊！不要脸！成天看这种书的人满脑子都在想些什么东西?！现在的大学生真是……"省略号的作用是概括了一切贬义形容词，话没说完，他就把书丢回床上，生怕玷污了清白的手。书本亲吻床单的瞬间，一张巴掌大的照片飞了出来。

"什么东西？"祝班长弯腰伸手。

郑能谅抓起来护在身后："照片，私人物品。"

自从一年前在那条小巷里意外收获孟楚怜的玉照后，郑能谅就一直将它藏在身边，一路带进了大学校园。本来一直贴身存放，可军训时每天汗流浃背容易造成污损，他便将它夹在小说里。起初只是个念想,可他每晚临睡前都会偷偷拿出照片傻傻地看傻傻地笑,很快被霍九建和冉冰鸾发现。还没等他开口解释这照片的来历,两位好友便已先入为主地谴责道:"好啊,你小子有女朋友也不告诉哥们!"于是郑能谅觉得没有解释的必要了,并且觉得霍九建和冉冰鸾真是全世界最有眼光的人,因为他俩第一次从旁观者的角度证明了他跟孟楚怜是天生一对——至少应该是天生一对。然后,他就开始大谈特谈孟楚怜的优秀之处,美丽、聪明、善良,令两位好友艳羡不已、崇拜万分,而他也愈说愈觉得孟楚怜真成了自己的女朋友。一听说孟楚怜现在遥居千里之外,两位好友也对郑能谅每天对着照片犯花痴的行为表示了充分的理解与同情。

祝班长不知道孟楚怜的好,也不知道这张照片的重要性,只知道藏在"下流"书籍里的八成是污秽之物,立刻露出一脸毛利小五郎的无所不知:"什么私人物品?这是在军训!按规定,艳照是要没收……"

"不是艳照!"郑能谅又急又气,"女朋友!"

"哦?空口无凭,我看看。"祝班长将信将疑上前一步,不料郑能谅又往后躲,"怎么,见不得人?那还是有问题!"

郑能谅这才很不情愿地把手从背后拿出来,捏着照片往前伸了伸。祝班长凑近一看:"嗯,长得不错,真是你的女朋友吗?"说着他抬手要去拿照片。

"别乱动,当然是!"郑能谅警惕地缩了回去。

"嚯,还怕我揩你女朋友油不成?"祝班长不以为意,洞悉一切,"别以为我不懂,现在有很多艳照看上去没问题,用打火机一烫,衣服就没了,我是想检查一下照片背面有没有烫过的痕……"

"才不是!我拿着,你看。"郑能谅翻转照片递过去。

祝班长眼睛一亮:"哟,唇印?你的?还是她的?"

"关你什么事！"郑能谅麻利地将照片夹回书中，一同抱在怀里，"反正不是艳照。"

"呵，女朋友，《情人》，搁一起还挺般配。"祝班长的目光从《情人》飘向琳琅满目的书架，警告道，"这种书你赶紧都处理掉，不然哪天检查内务的看到，又是个反面典型！"

郑能谅没机会也没兴趣做任何辩解，默默收起书，第二天就在书架上换了一批原版的外文名著。从此，他也不用躲在被窝里偷偷看了，因为当他津津有味地欣赏《洛丽塔》或《尤利西斯》时，祝班长只得对着通篇的蝌蚪文干瞪眼，但这不代表他束手无策。晚饭后，309宿舍六个人在各自的领地内或看书或听音乐或写信，屋内一派安宁祥和的气氛。祝班长突然出现在门口，面有愠色："一个个都很闲嘛，马上给我到楼下集合！"然后100个俯卧撑、绕操场跑10圈。

事后他们才知道，祝班长罚他们出小操并不是因为英文书的事，而是因为刚被青梅竹马的女朋友甩了。祝班长的女朋友在一所著名的商学院读书，见多了有头有脸有财有势的人物，难免有些心猿意马，打算另攀高枝。可那些人物又不是土包子，见多了没皮没脸没心没肺的勾搭者，她根本排不上号。碰了几次钉子后，她想想还是退而求其次，毕竟祝沽笙还是对自己很不错的，生日这天还给自己买了个LV的包。没想到商学院里到处都是识货的姑娘，她刚秀出去就被人一眼看出是件仿品。男人冲冠一怒为红颜，红颜冲冠一怒为包包，祝班长就失恋了。

这个悲伤的爱情故事感动了309宿舍的全体学员，大家都不再记恨祝班长罚他们出小操，并且从他的遭遇中吸取了两条经验教训：一是将来给女朋友买山寨名牌一定要买仿真度最高的，二是千万不要找读过商学院的女朋友。

后来，祝班长也意识到拿学员泄愤的行为不合适，私下里向他们道了歉，说不应该在心情不好的时候拿他们来撒气，无端端整他们，以后一定改。

再后来，祝班长就经常在心情好的时候也整他们，果然大有改变。

漫长的一个月总算熬过去一大半，一封远方来的书信才飘到郑能谅手中，这也是郑能谅入学后收到的第一封信。在那个大多数学生都没有手机，网络也才刚刚兴起的年代，书信无疑是相当重要的精神寄托。

信封上不是他最期待的地址和名字，但也不差。信纸似乎还沾了几分重庆的湿气，软软黏黏的。字也轻淡飘逸，一看就亲切无比。信里，小企鹅先问了郑能谅一大堆问题：西都风光如何？气候怎么样？饮食习惯吗？学校大不大？宿舍好不好？学业重不重……郑能谅都能想象到她当面问出这些问题时好奇的眼神和飞快的嘴皮，这下回信可有得写了。他跳过这一大段，准备看她自述近况，孰料她不按套路出牌，笔锋硬生生一转，却说起她那所大学里美女如云，至今已经见过两个长得神似孟楚怜的女孩，接着就把话题转到了孟楚怜的身上。整封信的后半段就围绕一个问题展开：你当初怎么不向孟楚怜表白？

怎么全是问题？这是记者招待会吗？郑能谅庆幸这只是一封信而不是面对面对话，不然真要被问得尴尬。其实这些问题他也无数次问过自己，爱情开始容易，完成却很难，身边到处都是不完美的故事，五彩缤纷的开幕，千篇一律的结局。谋杀爱情的因素无所不在，每段感情都如同天上飘浮的云朵，谁也无法左右它的形状与去向，难免沦为命运之风的奴隶。何况他的身份和个性还如此与众不同，身为盗格者，他明白自己无法带给孟楚怜幸福，一厢情愿的表白只会成为她的负累。身为暗恋者，他又心知自己从未走进过她的内心世界，与任何一个跟她擦肩而过的陌生人没什么区别。所以将爱藏在心底比说出口更妥当，更能保持它的纯粹和完美，这或许无法从根本上解决问题，却至少是权宜之计。

小企鹅的来信为沉闷乏味的日子注入了一丝亮色，却治标不治本。与郑能谅的精神慰藉法不同，其他学员更喜欢身心合一的解闷之道，毕竟刚刚跳出中学老师和父母长辈的重重管束，又正值情窦初开的年纪，对爱的渴求如日中天，哪怕在军训的环境下谈恋爱会遇到很多障碍，但罗曼·罗兰说过"障碍创造天才"——还没见过哪个主人能管得住一只发情的泰迪。

西都大学向来对校园恋爱宽容度不高，军训办又以准军事化管理为由禁止学员恋爱，还成立了纠察队，层层设防。纠察队由校保卫处、体育部、学生会和学员代表共同组成，将学员也纳入其中是裘比轼的主意，说是为了"让学员参与管理，锻炼能力，提高透明度"，听起来充满"夷人治夷"的信任，实则暗藏"以毒攻毒"的心机。

学员们也非等闲之辈，兵来将挡，各显神通，或浑水摸鱼，利用集中训练和集体活动的机会与心上人眉目传情；或以逸待劳，摸清纠察队的行动规律，避敌锋芒伺机而动；或借刀杀人，向纠察队举报情敌，然后乘虚而入；或反客为主，直接加入纠察队，以获取"免死金牌"；或瞒天过海，化整为零转入地下，待到夜深人静时，幽会于灯火阑珊处——纵不能似唐玄宗与杨贵妃一般高调秀恩爱，也可以学司马相如卓文君那样暗许绿绮声。

秋天正是猫咪的爱情季，一入夜，宿舍楼四周就会响起千奇百怪的声音，其中只有一种属于猫，剩下的便是地下恋爱者们的暗号。对于郑能谅这种光棍而言，无论是猫叫还是暗号，都是令人烦恼的煎熬。实在熬不住了,他只好溜出去散步。躺在夜空下的草地上,享受片刻的宁静,回忆中学时代的美好,别有一番情趣,美中不足的是容易忘了时间,错过熄灯检查,于是被纠察队逮个正着。

第二天,烈日当空,操场的角落里站了一排垂头丧气的少年,那是纠察队头一晚的累累硕果。看着方阵中跟着教官口令重复无聊动作的同学们,郑能谅发现其实罚站也不是那么糟糕。不过一动不动傻站着也挺无聊,他忽然很想聊天。朝左右看看,都是被纠察队抓来的,算患难之交,应该有不少共同语言。他亲切地跟左边一位瘦弱的男生打招呼,可这戴罪之人精神高度紧张,生怕回应搭讪会加重刑罚,便使劲摇摇头,全神贯注地注视着地面,一声不吭。他只好转向右边的目标,是个短发姑娘,长相一般,气质很高冷。

郑能谅觉得应该改进一下搭讪方式,便温柔地看着她,借诗抒情:"草在结它的种子,风在摇它的叶子。我们站着,不说话,就十分美好。"

"神经病,"短发姑娘白了他一眼,"美好你个头。"

起码她说话了,郑能谅觉得这是个很好的开始,便摸着自己的脑袋赞不绝口起来:"姑娘好眼力,我这个头啊,天庭饱满,地阁方圆,三庭平等,五岳朝归,确实又美又好。"

坚持走高冷路线的她早已斩断了幽默的神经,嫌弃地哼了一声:"你被太阳烤傻了吧?"

郑能谅其实是被军训憋坏了,眼下只要能聊,随便什么风格都可以接受,马上对她报以憨憨一笑:"罚我们的人才傻呢,不知道这么站着可比傻呵呵地训练要轻松多了,这哪是惩罚,简直是奖励呀!"

短发姑娘忽然把手举过头顶，大叫起来："队长！他说你们傻！他说……"

"哎，你怎……"郑能谅慌了，忙冲过去捂她的嘴，刚把手贴上去，心里就咯噔一下，"完蛋！"

3

自从初中那次给赵老太选了未来之后，郑能谅就已养成了出门戴手套、穿长袖的习惯。但军训有规定，操课时间着装要统一，别人没戴手套，他的手套也不得不脱掉。幸好男女学员一直是分开训练，平时也没多少接触机会，对他而言还算安全。没想到一次罚站加上一点意外，最终还是令他防不胜防。

素问镜还未完全现身，声音已经飘了出来："胆子越来越大了呢，光天化日当着这么多教官的面袭击女学员。"

郑能谅也很无奈："唉，我就是想找个人聊聊天，结果自作多情了。"

"想聊天可以来找我呀。"

"这不就来了吗？"

"那可不一样，你要是三更半夜悄悄来，咱俩可以放心大胆聊，可现在你惹这一出，还不得尽快出去解释清楚。"

"算了，反正也解释不清楚了，早出去还早挨骂受罚，不如先在这里避避风头。"

"也好，那我让海棠树叶迟点再掉。"

"什么?! 原来这个是可以控制的啊！以前你……"

"哎，我就那么一说，你别当真，其实……"

"少来！我说呢，怎么有时候还没看仔细叶子就开始掉了，有时候闲聊半天叶子也没掉，还有的时候选完了也不马上把我送回去,敢情都是你在捣鬼!"

"这怎么是捣鬼呢,这都是为你好呀。你想,要不是有我在这里把着关,叶子说掉就掉,你能保证每次都有充足的时间吗?万一遇到复杂的选项,你没来得及下决定呢?不就被永远关在盗格空间了?我倒是不介意,你愿意吗?"

"强词夺理,你就是拿我寻开心。"郑能谅有些生气了。

素问镜的语气也软了下来:"好吧,我承认,在这树上待久了确实有点无聊,难得有个活人进来陪我聊天,肯定是开心的,自然想留你多聊会儿。可我也没那么自私,在控制落叶的时候,既会给你思考和选择留足时间,也会兼顾当时现实世界里的情况,不会给你造成麻烦的。"

郑能谅虽然气还没消,却忽然联想到自己这军训半个多月来无处诉衷肠的苦闷心情,不禁对素问镜的做法产生了理解与同情:"承认就好,大家都不容易,我也不怪你,以后注意点就是了。"

素问镜又高兴了:"哈哈,就知道你度量大。"

"既往不咎,不过我有三个要求。"

"呃……我又不是阿拉丁神灯。"

"第一,以后每次我提问,你必须正面回答,必须给出解答,不许拐弯抹角,不许含糊其词,不许答非所问!"

素问镜很爽快:"做不到。"

"为什么做不到?"

"之前已经解释过,有些问题我本来就不知道,有些问题我知道了也不能说……"

"为什么不能说?"

"你只是个盗格者,我也只是素问镜,都不是全知全能的神,关于未来关于过去,必有盲点。我只能保证你问的事我都会在职责范围内尽可能给出解答，对于不该说的内容我也没办法，正如你可以看到一些未来却不能随便告诉别人，我所知道的事也不可能全告诉你。"

"我明白了，我所了解的只是你想让我了解的，至于如何理解，如何选择，才是我自己能决定的。"

"聪明，其实就算是你最亲的人，你也不会毫无保留地倾吐所有秘密，对吧？"

郑能谅的脑海中闪过一些人和事，心服口服："嗯，这话在理，不勉强你。"

"那第二个条件是什么？"

"这么多年下来，咱俩也够熟了，还老是素问镜素问镜地叫你，既拗口又见外。素问镜只是你的身份和属性，就好比我的属性是人类，身份是学生，你跟我打招呼也不可能说'喂！这个人类！这个学生！你好你好！'吧？"

"有道理，那你要怎样？"

"我给你起个昵称吧？"

"哦，那你想叫什么？亲爱的？"

"我名草有主了，换个不那么肉麻的称呼吧，看你的舌头长得跟麻花一模一样，不如就叫小麻花怎样？"

"你嘲笑我生理缺陷！"

"误会误会！这怎么是缺陷呢？我觉得很美啊，我特别喜欢吃麻花的。"

"小麻花太难听了。"

"很可爱啊，难道叫老麻花？"

"你找抽啊！"

"所以嘛，还是小麻花好听咯，朋友之间就不要拘泥于细节了，称呼只是代号，听着可爱，叫着亲切就行。"

"好，好，就小麻花吧，反正嘴巴长你身上，你怎么叫我也管不了。那第三个条件是什么？"

"金蛋实在太难吃了，每次选择定格，都吃得我想吐，能不能把口味优化一下？"

"你喜欢什么样的？荷包蛋，蛋饼，还是蛋羹？要不要加点鸡汁？"

"最好用小火慢炒，加点料酒和清水，多放些辣椒，啧啧，想想都流口水……"

"去去去，你当这儿是饭馆呢。"

"说真的，这儿开饭馆再合适不过了。一片春光，满树海棠，一望无垠的蓝天，无边无际的绿地，美丽安静得跟世外桃源似的。"

"那好呀，等哪天你在现实世界待腻味了，就来这儿开饭馆吧。"

"一个人来太孤单了。"

"这不还有我陪你吗？"

"拜托，小麻花，你能跟我谈恋爱，给我生娃，跟我白头到老吗？"

"别忘了你是盗格者，一碰女人就晕的，还想生娃？跟谁生？怎么生？"

"你糊涂了，我们刚才说的前提是来这儿生活，在现实世界里我是一碰女人就晕，然后来到盗格空间。可如果我已经在盗格空间里了，再碰女人还怎么晕？晕了不还是在盗格空间？这不是悖论吗？"

"呵呵，还挺有道理，不过从没人试过，也就你脑洞能开这么大。"

"这不是脑洞,是梦想。"

"哦,那你想跟谁在这里白头到老呢?哦,知道了,是那个孟楚怜。"

"唉,也就想想,她现在是别人的女朋友。"

"那怎么了?想她就去见她呀!喜欢她就告诉她呀!"

"说得轻巧,你刚才不还笑话我是个盗格者,根本没法过上普通人的婚姻生活。"

"告诉她你喜欢她,又不代表你要跟她结婚。喜欢一个人一定要结婚生子、白头到老吗?"

"不能给她幸福,为什么要去打扰她呢?没有承诺的喜欢,爽快的是自己,烦恼的是对方。而无法兑现的承诺,不说出来是个心结,说出来又变成了羁绊。"

"你考虑得太多了,跟你的年纪完全不匹配。"

"这跟年纪无关,跟喜欢的程度有关。有一种喜欢是欣赏,是占有,就算脱口而出也无后顾之忧;也有一种喜欢是爱,是放手,哪怕相思成灾也要隐忍不发。"

"喜欢和爱,有必要分得那么清楚吗?"

"当然有,喜欢可以半途而废,爱应该有始有终。"

"怎么一套一套的,你们人类的感情真是复杂。"

"嗯,你言下之意是你们的感情不复杂?你难道也有感情吗?"

"瞧你这话说的,好像我是根木头似的。"

"有什么区别吗?你不就是木头上的一面镜子?"

"太没礼貌了!刚才卿卿我我的时候还叫人家小麻花,现在就改口叫镜子了?搞清楚!我是素问镜,不是镜子!这也不是木头,是神树道格海棠!作为盗格空间的管理员和你的联络人,我也是有感情的!"

"好吧好吧,别激动,激动也是感情的一种表达,你已经证明了你是有感情的。"

"就是嘛,别总说得好像就你懂爱似的。"

"咦,莫非你也跟我一样,有中意的对象了?"

"呃……没……不是啦……"

"别支支吾吾了,比我还不会装,快说来听听,它是谁啊?是不是也是面镜……素问镜?"

"不,它是一只松鼠。"

"啊?镜子和……呃,素问镜和松鼠也能产生感情?"

"物种有关系吗?"

"也对,那它是公的还……哦,性别应该也没关系。"

"想什么呢!当然是公……男的!它长得可爱极了,长长的尾巴,圆圆的耳朵,大大的眼睛,小小的嘴巴,说起话来有种春天万物复苏的感觉。"

"不会吧?松鼠会说话?"

"我还会说话呢!"

"好吧,那它在哪呢?不会一直藏在这海棠树上偷听我们说话吧?"

"没,它本来不属于这个盗格空间,毫无预兆地从天而降来到我身边,当时我正在回答一位盗格者的提问,它就落在我俩之间,瞪着一对大眼睛,一下蹿到我的舌尖,又飞快地蹿上树去,在枝叶间跳来跳去,很开心的样子。我记得那天阳光很好,天很蓝,空气很香。"小麻花的声音中洋溢着幸福的味道,轻轻摇动郑能谅思绪的秋千,在中学时代的一个个美好片段间飘来荡去。

"后来呢?"

"它去了另一个世界。"

"啊,怎么死的?"

"不是死,是去了另一个世界。"

"这不是一个意思吗?"

"那是你们人类发明的复杂意思,我说的另一个世界,指的就是另一个,世界。"

"你的意思是平行世界,还是盗格空间外的现实世界?还是穿越到古代或未来去了?"

"我只知道它不在我这个世界了,那自然就是去了另一个世界,至于是哪里,我也不清楚。"

"那它离开的时候你没看到吗?盗格空间就这么点地方。"

"我又不是一天到晚守在这的,盗格者一离开,我就会回到道格海棠的根须尽头修行。"

"修行?你信什么教的啊?"

"不是那种修行,我以前不是说过,我们盗格空间的生命体与人类的差别主要在于表现形态,别的其实大同小异,所以我们也需要通过修行提高自己,一般的生命体可没资格当素问镜,我也是凑足了 3000 年的修为才换来这一份工作。工作之余还要争分夺秒地修行,日益精进,才能更好地胜任本职,否则随时会被新的素问镜淘汰。"

"淘汰?就是换个素问镜?那被淘汰了会去哪?"

"嗯,去哪不重要,一旦被替换离开这里,就可能再也见不到它了。所以我要想经常见到它,就必须努力修行,而努力修行又不得不牺牲很多与它相处的时间,结果连它走的时候都没能在场。"

"唉,真是一个悖论。那你可以想见它的时候就出来见一下,见完了再回去继续修行啊！"

"想得美，你以为这面铜镜说打开就能打开的啊！一旦盗格者离开了盗格空间，铜镜就会关闭。我一缩回去，它也会关闭。而下一次打开，就必须等到盗格者再次开启盗格空间。所以我和它什么时候见面，完全取决于你们盗格者，有时几天一次，有时几个月也见不上。"

"原来我们还有这个用途呢！对了，你刚说松鼠出现的时候，你正在回答一个盗格者的提问，那个盗格者是谁？我的前任？他是好人还是坏人？是你提到过的逆盗格吗？他现在人在哪？"

"不瞒你说，你是我负责的第三位盗格者，前面两位离你都有几百年了，说了你也不认识，你也没有必要知道。"

"又故弄玄虚……哈！"郑能谅忽然得意地笑了，"刚才这一通聊，几十问都有了吧，还什么一次一问，原来你这儿的规矩都是想破就破的呀！"

"呃……"小麻花登时语塞，又马上辩解道，"钻什么空子！上次不跟你解释过了，教学和咨询是两码事，一次一问指的是针对金蛋、未来、选择等方面的业务性问题，是谈工作时才遵守的规矩！我们刚才这是在拉家常！拉家常跟谈工作也是两码事！"

"嘿嘿，那我下次就多跟你拉拉家常。"

"讨厌，好好的怀旧氛围一下子被你打岔破坏掉了。"

"没破坏没破坏，咱接着聊你的初恋小松鼠，它走之前没给你留下什么联系方式吗？或者行踪线索什么的？"

"没有，就那么走了，杳无音讯。"

"那你比我惨，我虽然也会有很长时间见不到小孟，却还可以写信联系，你就没办法了，连它在哪都不知道。"

"也没那么惨，我冥冥中能感应到它的思念，也知道它总有一天会回来，就像当初突然出现一样，而且，我有大把的时间可以等。"

"可是，它未必有这么多时间，松鼠会生老病死。"

"不，你有所不知，它跟我讲过很多我也没听过的故事，讲过它所出生的地方。那是个充满神奇力量的世界，那儿的万物在本质上都是永生的，生死不过是存在形态的变换。比如一个人，肉体消亡后可能会变成一头猪踏上下一段生命之旅，这头猪死了之后又可能变成一匹马继续存在。所以，它不会消失，只是再回到我身边的时候，也许已经变成了飞鸟，或者，一面镜子。"

"啊，这也可以？简直比盗格空间还荒诞离奇！"

"角度不同而已，也许在它看来，它那个世界正常无比，而你所在的那个地球才荒诞离奇。"

"对噢！它既然消失了，也可能是去了我们地球噢，说不定我将来还有机会跟它遇上呢！"

"呵呵，理论上是有这可能的。"

"我们学校就有不少松树，回头我去找找，找到了就抓来见你。"

"它想见我自然会来的，何况你也抓不住它，我都抓不住。"小麻花的唇角微微翘起，似乎又忆起了往昔的甜蜜。

"遇上了再说。"郑能谅估摸自己进来有十多分钟了，按照七分之一的比例，现实世界应该也过去两分钟了，再不回去恐怕要说不清楚了，便操起黄金分戈，拨开树叶一看，不禁抱怨道："就捂了个嘴而已啊，居然给我来三颗蛋！这海棠树都快成母鸡中的战斗机了！"

小麻花扑哧一笑："你也知道，金蛋的数量是由盗格者与俟影人的接触方式决定的，越亲密，金蛋就越多，而亲密程度则取决于俟影人的主观意识。"

"什么意思？"

"人是世间最复杂的动物，因为思维千变万化，习性天差地别，有人觉得摸摸脸蛋比刮一下鼻尖更亲密，也有人会认为拉拉手比搂搂腰更亲密，1000个人可能有1000种标准，而在你遇到的这位俟影人眼中，捂嘴的尺度已经很大了。"

"好吧，算我倒霉。"郑能谅也知道斗不过规则，只好乖乖去看金蛋上的画面，"哟，她还挺有福气的呢。"

"怎么说？"

"你看这三个未来，一个是崭新宽敞的办公室，茶几上摆着'总经理'的桌签，她一个人坐在真皮沙发上，吃着水果、玩着手机，安逸得不得了。一个是在装潢这么精美的一家理发店里做头发，还有个如此帅气的美发师为她服务，两人聊得多投机，这生活，多潇洒。最后这个……这不是自动取款机嘛，她取钱还是存钱……晕，这余额……个十百千万十万百万千万，三千万！土豪啊！难怪她笑成一朵花了，我刚才那么逗她都没笑呢，瞧人家这命，还用我选吗？随便定格哪个，她都是人生赢家啊！"

"你就没有想过盗取一个？"

"为什么要盗取？"

"她刚才对你那么冷漠，还打你小报告。"

"我是那种小心眼的人吗？何况是我搭讪在先，不怪她会对我有戒心。"

"也不想问点什么？你还有一次提问机会没用。"

"我们刚才聊那么半天，我问了好多呀。"

"那是拉家常嘛，与这三颗金蛋无关，不算正式的提问，其实我还挺期待你问点什么的。"

"可这三个未来都好得不能再好了，有什么可问的呢？你这么暗示我，莫非其中有什么蹊跷？她躺在沙发上吃水果会被噎着，还是美发师的剪刀会不小心划破她的脸？"

"我只能说到这里，问不问由你，问就想清楚。"

"看来我不问一下你会难受死，那就问……自动取款机里那张银行卡是她自己的吧？"

"是的。"

"OK！我问完了，可以选了吗？"

"你想定格哪一个呢？"

"嗯……就这个吧。"郑能谅说完，取下了映着她最灿烂笑容的那颗金蛋。他刚跟小麻花确认过了，这是俟影人自己银行卡上一笔如假包换的巨款，毫无疑问是好事。他把金蛋刚送到嘴边，小麻花又提醒道："你可想清楚了，定格这个未来，你就会与之产生某种联系。"

"当然想清楚了，不然你以为我干吗选这个？不就为了贪图那奖金嘛，说不定我会因为这个选择而变成她未来的男朋友呢，一起发财嘛，哈哈！"玩笑归玩笑，吃起来就不好笑了，郑能谅早就领教过金蛋有多难吃，当下皱着眉头张嘴一啃，差点吐了出来，"我去！怎么更难吃了？还有榴莲和苦瓜的味道！"

"呵呵，新品上市，你不是建议优化一下口味吗，我马上就落实了。"

"天哪！拜托还是别创新了，跟这个一比，以前那口味简直是人间美味！"

"你瞧，创新还是很有意义的，瞬间提高了用户对以前产品的满意度，正所谓没有比较就没有珍惜。"

"行了，我选完啦，赶紧放我出去好好吐一场吧。"

"哎，跟你聊天很愉快，都舍不得你走了。"

"别……我答应你，很快会再回来看你的。"

"这才乖嘛，拜拜，记得常来玩哦！"

"怎么听着跟青楼送客似的？"

"滚！"

郑能谅感觉屁股上被人重重踢了一脚，正纳闷小麻花哪来的脚，一睁眼才发现原来是身边那个短发姑娘踢的，她还很理直气壮："看！我就说他是装的吧，一踢就醒了！"

紧接着，一声当头棒喝从天而降："郑能谅！你这没出息的东西！"一听到祝班长的声音，郑能谅就知道讲道理是没用了，只有靠演技，当即眉头一紧，喉头一酸，飞快地一个侧身扑在地上呕吐起来——刚才那颗金蛋可不是白吃的。奇怪的是，他发现吐出来的不是蛋渣，而是早上在学校餐厅吃的食渣，看来产生于盗格空间的物质不能被转移到其他空间，他带出来的只有想吐的感觉。

不过这也足够吓唬人了，祝班长的怒气马上变成紧张："嗯，你怎么了？"

郑能谅缓了缓劲，有气无力地答道："胸闷，头昏脑涨，没站稳就晕倒了，屁股上又突然被什么撞了一下，肚子一阵难受，就吐了。"

"放屁！想讹我啊！"短发姑娘叫道。

"好了好了，"旁边一位女教官朝她摆摆手，转头对祝班长说，"应该是中暑了，天气这么热，不安全，我看都先别罚站了，赶紧送他去医务室吧。"

短发姑娘不依不饶："什么中暑？他就是装的！刚才摸我嘴巴的时候可清醒了！罚站的时候还说你们傻……"

"够了！"女教官呵斥道，"中没中暑看不出来吗？没见人家吐了吗？你来装一个看看！都是战友，有必要那么斤斤计较吗?!"

短发姑娘狠狠瞪了郑能谅一眼，把没说完的话憋回了肚里。祝班长和一名身材高大的男学员把郑能谅扶起，准备朝医务室出发，郑能谅忽然回头问短发姑娘："我叫郑能谅，你怎么称呼？"

"干吗？"短发姑娘没好气地顶了回去。

"干妈？好霸气的名字。"

这次短发姑娘没忍住，扑哧一下，又立即恢复高冷："油腔滑调！我姓吴，吴伏襄。"

"小吴同学，生活还是很美好的，不要总板着个脸，你笑起来其实更好看。"

望着三条渐渐消失在林荫道上的背影，咀嚼着郑能谅这句古怪的对白，吴伏襄一脸困惑，下意识地从口袋里掏出一面小镜子，对着脸照来照去，嘴角生硬地抽动起来，仿佛得了面肌痉挛。

4

既然"中暑"了，戏就要演全套。剩下的半天里，郑能谅都蔫不拉几的，顺便让霍九建和冉冰鸾沾了光，留在宿舍"照看"他，也趁机蹭了不少公费购买的饮料和水果。其间祝班长和莫大队长一同前来探望，他也演技爆棚，将尚未痊愈的虚弱、错过训练的遗憾、拖班级后腿的愧疚以及对组织关怀的感激表现得<u>丝丝入扣</u>，令人动容。

直到夜深人静，舍友们正在开着卧谈会，他才突然恢复活力，手舞足蹈起来："有蚊子！"

顿时咒骂声、拍打声响成一片，站在纱窗边的阚戚智顺手从桌上抓起一本皱巴巴的《飞越布谷鸟巢》，朝眼前飞过的几只蚊子甩了过去。嘶啦一声，早已是风烛残年的纱窗应声而破，《飞越布谷鸟巢》就这样从"鸟巢"里飞了出去。

"我去!"郑能谅惊呼一声,飞身扑向窗户。

阚戚智见他神色紧张,安慰道:"放心,大半夜的,砸不到人。"

郑能谅大半个身子趴出了窗沿,四下张望:"照片!书里有照片!"

"什么照片?"霍九建也把脑袋探出窗外。

"当然是小孟的!"郑能谅懊恼不已,那天祝班长突击审查后,他就把这张珍贵照片的藏身之所从《情人》转移到了《飞越布谷鸟巢》中。

"啊?"阚戚智尴尬了,"对不起,我不知道……"

楼下空无一人,书静静地躺在草丛中,被不识字的清风轻佻地翻阅着。照片不在书里,四周也没见,还是霍九建眼尖:"那边!是不是那个?"

顺着他的手指,郑能谅终于在小路对面的一棵桃树下看到了自己的精神支柱,一时气血攻心:附庸风雅的清风翻翻书也就罢了,竟还在不怀好意地撩拨他的最爱,企图拐起她远走高飞。他二话没说,双手一撑窗沿,就翻了出去。

"喂,你干吗?!"霍九建一把拽住郑能谅的胳膊。

"要被刮跑了!"郑能谅的视线始终锁定在照片上。

"我晕,一张照片而已,犯得着这么拼吗?!"

其他舍友也围了过来,都对他的举动感到不可理喻,纷纷抓住他的胳膊,七嘴八舌劝起来。

"搞什么?越狱啊?"

"他女朋友的照片掉下去了。"

"啥?又不是女朋友掉下去了,明天早上再捡咯。"

"他怕被风刮跑了。"

"刮跑再叫女朋友寄一张过来不就好了,用得着玩这么大吗?得亏这是楼,要是一片海,你还跳海去找啊?"

郑能谅没时间向他们解释这照片的唯一性,只知道多耽误一秒,他就离她更远一步。可他的手和胳膊被好几个人按着动弹不得,他只好说:"哎呀,你们懂什么,这照片是我和她的定情信物,意义重大,哪能说丢就丢?再说这里才三楼不算高,窗台和墙壁上都可以搁脚的,一点都不危险,倒是你们这样拉拉扯扯的才危险呢。"

几个人探出头朝下面看了看,觉得他说的有几分道理,但手上还是不松。霍九建自告奋勇道:"那好,我帮你下去拿,你给我进来,你身手没我好。"

阚戚智也要将功补过:"是我丢的,我去!"

郑能谅正色道:"什么话?这是我的女人,当然应该我去救。"

这话说得理直气壮又天衣无缝,众人一时想不出什么理由来反驳。郑能谅便催道:"别磨叽啦,赶紧松开,等下把班长们吵醒,有好看的了。"

大家这才松了手,几颗脑袋高高低低叠在窗户上,目送着郑能谅一步一步往下爬。墙上的青苔有些滑,窗台的水泥有些松,排水管的异味有些重,妄想横刀夺爱的夜风也从四面八方袭来,但这一切都无法阻止郑能谅"英雄救美人照"的脚步,连从小一直困扰他的恐高症,此刻都不再是阻碍。看来军训还是有点用的,胆子比以前大了,腿脚也利索不少,他时而回头看看照片的方位,时而看看脚下的着力点,手脚并用地下到二楼窗台,稳住身子,轻轻一跃,落入草丛。

在舍友们异口同声的喝彩声中,郑能谅猫着身子蹿向对面的桃树，迫不及待地捡起孟楚怜的照片，兴奋地朝三楼窗户挥舞起来。华泰崂和谷二臻击掌庆祝，霍九建吹了两声口哨，冉冰鸾朝他竖了竖大拇指。

阚戚智却将手电筒高高举起，朝郑能谅的身后照去，脸上露出惊疑之色，轻呼一声："有贼！"

第七章　不可能出现的俟影人

1

夜幕深沉，西风萧瑟，一道淡黄色的灯柱掠过树梢，将 7 号宿舍楼和庄璧楼连了起来。

庄璧楼是西都大学的地标式建筑，占地两万多平方米，其建筑质量和配套设施水平在整座西都大学名列第三，仅次于办公楼和体育馆。在郑能谅入学的前几年，也就是建校 60 周年时，三位从西都大学毕业的成功人士合资为母校献上了这份厚礼，将其作为研究生们的住所，并命名为"庄璧楼"——庄者，严谨持重；璧者，君子如玉。寓意深刻，领导和住户们都很喜欢。

设计师是从澳大利亚最有名的设计公司请来的，建筑材料是从方圆百里内最好的建材市场运来的，施工队是从校长最亲的直系亲属里找来的，强强联手，才打造出这座无与伦比的豪华公寓楼。从高空往下看，庄璧楼就像一个巨大的字母"Ω"，它的拱面正对着郑能谅所在的 7 号宿舍楼，宛如一块朝他们傲然撅起的巨臀。

庄璧楼高七层，正门用大理石砌成，彰显"庄"的精神；外墙铺满白色瓷砖，与"璧"字遥相呼应，楼内每间房子只住两人，装修摆设不亚于三星级宾馆的标间。这令广大本科生们羡慕不已，因为他们只能住在猪圈般的集体宿舍里，睡在囚笼似的高低铺上，闻着汗臭、脚气、馊饭菜以及其他非人类所能承受的异味杂糅而成的重口味气息，听着呼噜、梦话、磨牙声以及其他非少儿所宜聆听的异响交织出的多声部旋律，日复一日，年复一年，等熬到毕业时不光心力交瘁，而且节操尽碎。

"将来我一定会考上研究生，住到那个地方去！"霍九建第一次透过宿舍的窗户望见威风八面的庄璧楼的"巨臀"的时候，曾吐出这番豪言壮语，一如当年面对秦始皇车驾说出"彼可取而代也"的项羽。

眼下，望着清冷高贵的庄璧楼，霍九建的心情又一次激动起来："老子平时连看一眼都觉得是亵渎的圣地，竟然被你这小毛贼给玷污了！"借着手电筒的微光，只见那名窃贼体形瘦小，一身黑色装束，连帽运动上衣罩住了脑袋，看不清五官。阚戚智将手电筒扫过去时，他正从"巨臀"的五楼往四楼爬，应该完成了盗窃正准备逃离现场，但此人动作既生硬又笨拙，似乎是个新手。他也发现了照在自己身上的灯光，没敢回头，手脚马上加快了节奏，却更忙乱。

霍九建看着着急，一弓身翻出窗外，迅速向下爬去。要是能亲手抓住这窃贼，就算不上《西都日报》，也能得个全校通报表彰，万一再从窃贼身上追回些贵重财物或者重要资料什么的，名利双收更是不在话下。但郑能谅本来就离庄璧楼更近，一听到阚戚智喊"有贼"时，便毫不犹豫地冲向了目标。他本没有霍九建那么出众的身手，也不为名利，之所以冲上去，完全是因为手里的那张照片。那不只是一张照片，更是一个偶像、一种信仰，面对偶像的注视和信仰的鼓舞，郑能谅瞬间爆发出全部的正能量，别说见义勇为抓窃贼，就是舍生取义炸碉堡，也绝不含糊。

手电筒的光柱如影随形地打在窃贼身上,他已经爬到了三楼的阳台上,正努力地伸出一条腿去够三楼和二楼之间的空调外机机箱顶。郑能谅低头看了一眼手里的照片,孟楚怜纯纯的笑容与柔柔的月光相得益彰,宁静中透出一股澎湃的力量,在她面前绝不能当懦夫!他当即将照片揣进贴身衣兜,定了定神,双手一搓,迎着目标开始攀爬。光柱的另一头传来舍友们的叽叽喳喳,但距离太远听不真切,倒是霍九建的提醒破空入耳:"小心点!让我来!"

霍九建的呼喝声没能拉住郑能谅,却把窃贼吓了一跳。窃贼脚尖一滑,手一抖,身子一歪,径直摔下楼来。正下方不远处,郑能谅正低头寻找下一个落脚点,猛听得上面传来一声清脆的惊呼,刚仰起脸,就被一团黑乎乎的影子砸了个正着,还没来得及做出任何反应,已和那窃贼一下一上双双落入大地的怀抱。

幸好庄璧楼绿化带的档次比较高,地上铺着一层厚厚的草甸,起了缓冲作用;幸好刚才他只向上爬了不到一米,坠下来也并无大碍;幸好这窃贼体形娇小,压在身上还有些软绵绵热乎乎的感觉;幸好他是一名盗格者,从多年来无数次猝然晕厥中积累了丰富的经验,各种倒地姿势都轻车熟路,所以这突然一击没什么大不了;幸好……

不等郑能谅庆幸完毕,窃贼已回过神来,飞快地撑起身子,拔腿欲逃。

"站住!"郑能谅甩出右臂,死死扣住对方的手,用力过猛以致指甲都嵌入了肉里,痛得那人"哎哟"一声。

这手怎么……这声音……疑惑未及成型,郑能谅便觉得一阵天旋地转,整个人登时瘫软下去。

竟然是个女贼!

郑能谅站在久违的盗格空间里，既意外又后悔：难怪她的身形那么瘦小，身手那么业余，身体那么温软，我早该想到的，抱住她的腿就行了，怎么会去抓她的手呢！出来得匆忙，手套也忘了戴，唉！擒贼立功的好事眼看将成，这一晕就全泡汤了，但愿正赶来的霍九建能追上那女贼。不过就算霍九建没抓住她，郑能谅也不担心，因为眼前这棵海棠树上正挂着能看清这位俟影人容貌的金蛋。

"哼，让我看看，你到底是何方神圣，敢来庄璧楼里偷东西，还敢自由落体袭击我！"郑能谅自言自语着，走到海棠树下，一抬头，不禁倒吸了一口凉气："怎么可能？！"

2

六颗保龄球大小的金蛋上浮现出的都是同一张面孔，亮亮的大眼睛，浅浅的小酒窝，有如催眠大师发出的一个个暗示信号，瞬间将郑能谅带入深层睡眠状态。纵然时空早已变得面目全非，但那一幕幕不曾消化掉的往事在这一刻竟似醉汉腹中的食物残渣一般，争相翻涌了出来，跑道、阳光、巧克力、乞丐、小桥、流浪猫……

忽然，潜意识中冒出一个念头，掐断了回忆，给了郑能谅一记当头棒喝：这个面孔此时应该在千里之外的另一所大学里，绝对不可能出现在庄璧楼！

他瞬间惊醒过来，从怀里掏出那张照片，开始重新审视那一颗颗金蛋上的画面，认真比对二者的区别。画面中那姑娘二十来岁的模样，头发比孟楚怜要长一些，也不如照片上的孟楚怜那么年轻，但气质同样明媚；穿着颇为讲究，但身材曲线无异；看得出施了一层淡妆，但五官如出一辙……各项特征都指向同一个结论：这就是生活在下一个猴年马月里的孟楚怜。

但她怎么可能翻越千山万水来到西都大学？又为什么要在半夜偷闯庄璧楼？以她的身份和性格，又怎么可能干出这种事？这一切实在太不合逻辑与情理了……然而这些金蛋上的面孔又该如何解释呢？

解铃还须系铃人，有疑问就找小麻花。郑能谅当然不会浪费这一次提问的机会，何况这个问题如鲠在喉，不吐不快："这女的到底是不是孟楚怜?!"

小麻花慢悠悠地咧开大嘴，亮出巨舌，回了一个充满哲学意味的答案："可是，可不是。"

"我……"郑能谅刚要开骂，转念一想，事关孟楚怜，还是客气点比较好，"拜托，什么叫可是可不是？"

小麻花慢条斯理："就是可以是，也可以不是。"

郑能谅憋不住了："屁话！字面意思用你说？我是问她到底是不是孟楚怜，要么是，要么不是，哪有两种可能并存的道理？"

小麻花舌尖贴着双唇舔了一个圈，用一种神秘的腔调回复他："你，听说过薛定谔的猫吗？"

"少给我来这套！"早在中学时代，郑能谅就已经领教过小麻花的故弄玄虚，也听学霸同桌小企鹅讲过海森堡测不准原理和量子自杀实验，当即振振有词地反驳道，"薛定谔的猫那是'既是，又不是'，你说的是'可是，可不是'，完全两码事，少忽悠我！"

小麻花没想到难不住他，愣了一下，吐了吐舌头，改口道："差不多，差不多啦，其实这些画面都是发生在下一个猴年马月里的，等到那个时候自然就知道真相了。"

郑能谅急得直跺脚："那我还用问你?! 就不能给个痛快话吗?!"

"好吧,"小麻花的声音终于变得正经起来,"这么说吧,这事全在于你自己,只要你觉得她是,她就是;你觉得不是,就不是。你想要她是,她就可以是;你不想她是,她就可以不是……"

"我想要你去死!"郑能谅飞起一脚踹了过去。前一秒还在摇头晃脑的舌头倏地一下缩了回去,比刚才打开时快了一万倍也不止。脚尖撞上坚硬的镜面,郑能谅痛得嗷嗷直叫。

镜面并未合死,小麻花又探出舌头来:"哈哈!君子动口不动脚!"

"不帮忙就闭嘴!"郑能谅又气又急,却也没时间跟小麻花纠缠,只能靠自己了。他的大脑飞速地运转起来,梳理所获得的一切信息,庄璧楼、声音、金蛋、面孔、薛定谔、猫、小企鹅……对了,小企鹅的来信!

小企鹅在信中提到过,她在那所大学里见到好几个长得像孟楚怜的女生!这条极其重要的信息让郑能谅猛然意识到,金蛋上所出现的情况还有一种合理的解释:这姑娘只是长得像孟楚怜!天下之大,撞脸的情况屡见不鲜,既然小企鹅都能见到好几个长得像孟楚怜的,他偶尔遇见一个又有什么奇怪呢?福尔摩斯说过,排除所有的不可能,剩下的即使再不可能,那也是真相。没错,这应该只是一个貌似孟楚怜的陌生姑娘而已。

郑能谅总算从心理纠结中暂时解脱出来,才意识到自己还身处盗格空间,海棠花已开始凋零。他的目光再次扫过那六颗金蛋,似乎都是不错的未来:清澈如洗的星空格外迷人,寂静空旷的田野洒满月光,她亭亭玉立在一根倾斜的电线杆下,手里捧着一大束鲜艳的玫瑰花,时不时朝右手边张望,似乎在等什么人,脸上洋溢着幸福的笑容,远处出现一个男人的轮廓,不等他的脸展露在月色下,她便笑着飞奔过去;广袤的草原上,天空湛蓝,阳光很好,她骑在一匹枣红色骏马的背上,娇躯振振,秀发飘飘,纵情呼喊,好不快活;清雅的灯光下,她盘腿坐在一张单人床的床头,身后垫着一只和她一样高的布娃娃,腿上摆着一个笔记本电脑,她盯着屏幕,似乎在看喜剧片,时而抿嘴、时而捧腹、时而翻滚;嶙峋的怪石间,她一身运动服,背着双肩包,摆出各种姿势,一群头戴蛋黄色遮阳帽的游客背对画面向更高处走去,山路一边峭壁高耸,另一侧云海翻腾;碧波荡漾的海边,她穿着迷人的泳装,披着纱巾,戴着太阳镜,赤脚走过黄灿灿的沙滩;一条乡间小路蜿蜒前行,指向远处星星点点的灯火,皎洁的月光洒向大地,照着一个疾奔的娇弱身影,忽然,她一个趔趄,闪进了路旁的黑暗之中。

郑能谅无比纠结,从道义层面,他认为一个窃贼不应该有如此完美的未来,毕竟偷东西是不对的;从情理层面,他又希望这个长得极像孟楚怜的姑娘能有个好的归宿,似乎她幸福了孟楚怜就会幸福;从逻辑层面,他意识到,这姑娘在下一个猴年马月里将会经历一场感情上的转变。

仔细观察这些画面,夜色中捧着玫瑰花的她,自然是在等心上人,也就是远处出现的那个男人;草原上,她独自骑着马,视线也尽在蓝天绿草之间流转,似乎没有同行旅伴;灯光下,那是一张单人床,三更半夜一个人看喜剧片,八成还是个单身宅女。而另外三个画面则截然不同,山上的她摆出的那些姿势明显是在让人拍照,一颦一笑都在与人互动;海边的她视线一直望着前方,透过太阳镜的镜片,依稀可见一个男人正拿着相机在拍她;最后一幕是个远景,视角又高又偏,周围没有其他人,只见那女子在奔跑,虽然看不见神情,但步态有些慌张,四周环境与第一幕很相似,预示的应该是同一件事,或许是前后场,也可能是正反面。

郑能谅对盗格空间的法则早已烂熟于心，这六个画面看上去没有特别不好的，他没觉得有盗取的必要，何况内心深处那一点私心与好奇也让他非常想近距离地了解一下这位长得酷似孟楚怜的姑娘——只要定格了第一幕，根据关联性原则，她所约会的那个男人就有可能是他！

想到这儿，他的心跳骤然加速，目光投向金蛋上那个男人的轮廓，越看越觉得像自己。他不再深究这一选择可能出现的变数，时间也不容他深究——树上只剩几朵海棠花了。他轻轻一挥黄金分戈，稳稳地接住金蛋。金蛋那古怪糟糕的味道他一辈子也忘不了，可这次吃起来竟特别香甜——只不过吃得有些慢，因为这次的金蛋有保龄球那么大，吃完他就打了个饱嗝。

"哟，爱情果然是迷魂药啊，这么难吃的都咽下去了。"小麻花幽幽道。

郑能谅没好气道："哼！关键时候不帮忙，这回要是我选错了，就全怪你！"

"喂喂，话说清楚，我最多只是个顾问，凭什么要对你的选择负责？我又不是全知全能的神，我跟你看到的是同样的画面，对画面的理解也全凭主观推测，说不定你本来选对的，听了我的反而选错了呢？而且，任何未来在发生之前都存在一切可能性，谁也无法现在下定论，我只能给出我认为对你会有帮助的建议，其它的只能交给时间去证明。"

郑能谅心里知道小麻花不会故意不帮自己，刚才也只是气话，便摆摆手："好了知道了，我也会用行动去证明的。"

小麻花一愣："你别不知轻重，引火烧身，我知道这个女的对你意义不一般，可你也不能泄露天机。"

"你误会了，我说的不是那个意思，我也不会再犯同样的错误，没看我日记现在都只写风花雪月了，就算要做一些关于盗格的备忘，也都加上了只有我自己看得懂的密码，保证不会泄密。"

"知道就好，再泄密的惩罚只会更严厉。"

"那到底都有些什么惩罚？《盗格七律》上就写了个'惩戒性隔离'，操作细则没有吗？"

"我修为浅，工作经验少，算上你，我也才负责过三位盗格者，没亲眼见过真正的事例，所以我跟你一样，对它只能从字面上去理解。惩戒性隔离，顾名思义就是阻断你与现实世界之间的沟通和交流，比如我上次惩罚你两个朋友时用过的那种方法，抓进盗格空间、删除部分记忆，都算是很轻微、很人性化的。"

"那更严厉的难道是把人变成痴呆傻瓜？还是打入十八层地狱？"

"不排除这些可能，以我的理解，至少有三种方式可以达到既惩戒又隔离的效果，剥夺记忆、自由，或者生命。"

"太狠了吧？泄个密就要人命？"

"忘了李淳风的教训了？有些秘密泄露出去，真的很要命的，而且会要很多人的命。当然，也只有在个别特殊的情况下才会出现这种极端惩罚，我所了解的盗格历史中也没几例，倒是流放最常见。"

"流放？"

"就是把泄密者和知情人转移到另一个世界。"

"时空旅行？"郑能谅张大了嘴。

"不，时空旅行是指回到过去或通往未来，而盗格空间的流放，前后是两个并无关联的世界。因为如果有关联，就不可能达到真正'隔离'的效果。"

"这么厉害，那是一个什么样的世界？"

"不是'一个',是'一些'。"

"什么意思?"

"流放的目的地是从无数个平行世界中随机选择的,这些未知的天地,统称为异界。"

"异界?那我会遇到另一个地球的另一个我吗?"

"都说了是两个无关联的世界,就相当于从一个星球到另一个星球,生存环境、文明程度、物种分类或许都不是你熟悉的模样,甚至可能都没有人类的存在。"

"啊?"

"不光如此,你也会拥有新的身份,也许是一名人见人爱的少年英雄,也可能变成一个人人喊打的街头混混,再或者,沦落为无家可归的流浪儿。"

"我去……"

"所以,你老实守规矩就没错,千万别再泄密,否则到时候大难临头,我也帮不了你。"

郑能谅又惊奇又惶恐,小心应道:"嗯,记住了。"

忧心忡忡地睁开眼睛,郑能谅就看见霍九建的眼神在一秒内从焦急切换至惊喜:"哎呀!可算醒了!把老子吓死了!"不等他回答,又追问道:"怎么样?摔哪里了?痛不痛?"

郑能谅的心头涌起一丝温暖,这哥们没有只顾追女贼立功,而是关心昏迷的兄弟,便冲他笑了笑:"没事,就头有点晕。"说完他低头看了看肚子,并没有凸起来,也没有饱胀的感觉,不禁松了口气,拉住霍九建递过来的手,一使劲,从地上爬了起来。

霍九建也松了口气,批评道:"咳,让你等我来再动手,就知道这贼会狗急跳墙,你不逼他那么急,他就不会直接往下跳了。"

"都怪我平时没跟你一样好好锻炼,反应慢,体质弱,被人一撞就晕了。"郑能谅面露愧色，巧妙地把刚才进入盗格空间时的昏迷状态顺带圆了过去。

"他还挺机灵，咻溜一下就没影了，"霍九建朝远处望了望，又转过来问郑能谅，"你有没有看清他长什么模样？"

霍九建是见过孟楚怜的照片的，郑能谅可不想他误会，摇了摇头："天太黑，没看清。"

霍九建一脸懊恼："哼，真是便宜他了！"

"算了，赶紧回吧，三更半夜站别人楼下，等下把我俩当成贼了呢。"郑能谅拉了拉他的袖子，两人便乘着夜色返回了宿舍。

事后，309宿舍达成了一致意见：对外保密。这主要是郑能谅的三寸不烂之舌起了作用，他给舍友们分析得头头是道："一、我和九哥两个人去抓一个贼，没抓住，还被砸晕了一个，传出去只会遭人耻笑；二、一旦传出去，就会让人们知道我俩到过现场，而我俩又都说不出贼的模样和来历，这种情况下如何排除我俩的作案嫌疑？三、军训期间半夜溜出宿舍楼，我俩违反规定是小事，害得大家一起连坐受罚可不好。"

大伙一听，连连点头："还是小谅想得周到。"

其实，郑能谅心里还是担心那女贼就是孟楚怜，毕竟两个人长得如此相似只是一种可能性，就算她不是孟楚怜，也有可能和孟楚怜存在千丝万缕的联系。这其中或许有巧合，或许是宿命，谜团环环相扣，绝非一时能解，在一切水落石出之前都不便妄下断论。而水落石出，至少要等到下一个猴年马月，反正那个未来已经被定格，他一定会再次与她相遇的。在此之前，他能做的就是不要暴露她的信息，如果研究生公寓楼里失窃了什么，自然有警察会去侦破，也可能那儿什么也没丢呢？这盘根错节的关系在他的脑海里反复搅拌了无数次，终于他做出了怂恿舍友们一起保密的决定。

舍友们一入睡,郑能谅就轻手轻脚地打开抽屉,取出一本装订精美的《追忆似水年华》和一支笔,缩进被窝,翻到第 50 页,就着小手电微弱的光,在字里行间记录起来。自从上次泄露天机被惩罚后,他已不再用日记本记录关于未来的秘密,然而随着盗格空间开启的次数不断增加,信息量也越来越大,光靠脑袋根本不够用,若不存档,等到猴年马月时就乱成一团麻了。为了避免泄密,他想出这个办法:在一本很少有人看得懂的书里,用只有自己看得懂的暗语,将每一次在盗格空间看到的未来记录下来。比如这一次在庄璧楼看见疑似孟楚怜的未来并为她定格了约会这件事,他就浓缩为四个字:庄,孟,定,约。

如此一来,即使有人拿到了这本《追忆似水年华》,看到这几个字,也会以为是批注;即使觉得不像批注,也不会联想到女人和未来,只会顾名思义地以为这几个字的意思是说"庄子和孟子签订了一个什么合约"。

3

种种迹象表明,包括 309 宿舍六个人在内的学员们已经出现了不同程度的错乱症状和暴力倾向,精神濒临崩溃的边缘。解药也不是没有,偶尔改善的伙食、偶尔发善心的教官、偶尔打断训练的坏天气,都可以缓解病痛。不过在郑能谅看来,这些治标不治本的偏方加起来都不如一味药管用,这味药此刻就攥在他手中。他等了它好久。

整洁的信封,清爽的信纸,娟秀的字迹,雅澹的笔触,将一个如菊似莲的孟楚怜从千里之外唤至他眼前,又载着他沿着时间长河逆流而上,回到了郝主任办公室的门边,望着桌上那本薄薄的作文簿，思绪万千。

信的开头，孟楚怜和小企鹅一样问了一大串程式化的问题，语句都几乎雷同，但在郑能谅看来，感觉和意义明显大不相同。

她问起了西都！看来西都真的是她魂牵梦绕的城市，她很在意这个地方，沾了西都的光，我也会得到她的特别关注！我将成为她了解西都的眼睛，而西都也将成为她与我加深沟通的纽带，哈哈！这可真是近水楼台先得月啊！

她问起了西都大学的气候和饮食！这与西都本身并没有什么关系，可她为什么会问起来呢？难道说，她其实一直在暗暗关注我，进而对我的生活环境产生了兴趣？哈哈！这可真是忽如一夜春风来啊！

她问起了我的专业学科和学习情况！这显然不是简单的客套话，而分明是一种超越同窗情谊的期许与关心！关心我的学科，便是关心我的就业前景；关心我的学习，便是关心我的成长进步！她这是在含蓄地表达对我的未来的希望，她希望我能学有所成，希望我能出人头地，希望我能与她同步辉煌！我一直误以为我在她眼中无足轻重，一直不敢奢求她会注意我，没想到她还是发现了我的与众不同并对我寄予了厚望！哈哈！这可真是踏破铁鞋无觅处啊！

最惊喜的是，她竟然没有问起任赣士的情况！这无疑是一个相当微妙而强烈的信号！莫非任赣士已经喜新厌旧了？莫非她已经发现了他的表里不一？莫非他们已经分手了？哈哈哈！这可真是柳暗花明又一村啊！呃，不对，这是写给我的信，她当然不会提到任赣士，这有什么可得意的？嗨！不管了，反正在这封信里，我就是主角，她只关心我的情况，哈哈哈！任赣士，你也有今天！

自嗨了好一阵子，郑能谅才意犹未尽地把目光挪向下面的正文。孟楚怜在信中谈到了她那所大学的环境,虽然也有些许调侃,但更多的是对未来的期望,因为她发现与旧照片上的校园相比,眼前的一切已经大有改变,并且相信今后会越来越好。她读的新闻系也有许多不尽如人意的地方,但她都只点到为止,且丝毫没有抱怨,反倒为这些缺憾找到了各种不怎么有说服力的解释,像极了一名为偶像极力辩护的铁杆粉丝。郑能谅如获至宝:以前只觉得她善良、美丽、独立,没想到还有这乐观、可爱的一面,孟楚怜这小天使真是让人惊喜不断啊!

更大的惊喜还在后面,孟楚怜竟然夸奖起他来。她对他的理想抱负大加赞赏,并显露出惺惺相惜之感,就像行走在孤寂荒原的旅人忽然发现前方还有同路人一般,既意外又振奋。这都是因为在写给她的第一封信中,他借花献佛地阐述了一番对未来的展望,每一点都与她的梦想不谋而合。他心知这有点投机取巧,但对心上人投其所好应该不算不礼貌,何况他对她的每一个梦想本来就深有同感,写出的每句话都是肺腑之言,赢得这番称赞也算当之无愧。

受到孟楚怜表扬的郑能谅不禁有些飘飘然,甚至打算把她的这段话裱在床头作为至高无上的荣誉,幸好想起"秀恩爱,死得快"的训诫,才悻悻作罢。

好戏总压轴,在信的末尾,孟楚怜送给郑能谅一个大大的彩蛋,八个字,"共筑梦想,西都再聚"。看到这儿,郑能谅已经按捺不住激动的心情,一蹦而起,脑壳重重地撞在床板上,把正在上铺流着口水欣赏篠山纪信的写真集的阚戚智吓了一大跳:"搞什么?自杀式袭击?!"

"练功!"郑能谅揉了揉脑袋,全然不顾疼痛,迅速扑下身子,一个字一个字地琢磨起这段结束语来:共筑?为什么要用"共"

这个字？她想和我一同实现梦想？"共筑"不都是用来搭配"爱巢"的吗？难道说……她在暗示什么？不可能……是我想多了？再聚？又是什么意思？她要到西都来吗？什么时候呢？邮戳上显示信寄出的时间是一个礼拜前，那她现在是不是已经来了？难道前天晚上在庄璧楼撞见的那个姑娘真的是她？如果是的话，那盗格空间里的那些梦想实现的情景就是她的未来了？那我那天定格的……电线杆……玫瑰花……都将与我产生直接联系，也就是说我会和她……哎呀，好乱好乱！为什么她在信里要用这么简短的话语来表达嘛，又不是发电报，就不能说得详细点明白点嘛，真是急死人了！

任他如何着急如何绞尽脑汁也没有用，那八个字就静静地躺在那里，无声无息，不置可否。要弄清楚真相只有问当事人，郑能谅马上取出纸笔写回信。有了前一次的经验，加上求解心切，他很快完成了这封信。他先笼统地回答了孟楚怜提出的一大串问题，内容言简意赅，措辞无懈可击，观点积极向上，把西都和西都大学都夸了一番，一方面是为了迎合她的开朗性格，更重要的是要激起她对西都的兴趣，就算她这次没来，以后也肯定更想来。接着，他向她的乐观精神表达了敬意和鼓励，对她的专业和理想都满怀信心，同时不忘针对她的夸奖自谦一番，说那些理想不过是他读小学时做的白日梦，不足称道，从而含蓄地佐证了它们并非抄袭，与她的理想一致实属造化之合、天定之缘。

最后才是重点，他认真地询问了她的近况以及在即将到来的国庆长假里的出行安排，让她如若打算来西都旅游务必提前告知以便他尽地主之谊，并画龙点睛地加了一句，"前天夜里在楼下遇见一个和你长得很像的女孩，以为是我日有所思、夜有所梦造成的幻觉，故未敢搭讪，今天收到你的来信，方才明白，是你想来西都的意图所产生的念力,令我提前两日便感应到了你的存在"。全文收放自如,天衣无缝,就看她如何应答了。

寄出这封信,郑能谅又伏案疾书,将看完孟楚怜来信的百般感触统统写入日记。不觉已至最后一页,他深吸一口气,翻开过往的篇章,看着那一个个未及雕琢的文字,回味着曾经的心情,时而痴笑,时而叹息。微微发皱的纸张间还夹着一些没有寄出的情书,含蓄的、煽情的、诙谐的,每次尝试过后他都觉得孟楚怜不会喜欢,便悄悄压在日记里,日积月累已有十来封。

光写日记和情书根本不过瘾,郑能谅还常常天马行空地编织和孟楚怜有关的白日梦:典雅的西餐厅,他俩共进晚餐,小提琴师在一旁演奏着舒伯特的《小夜曲》,快乐的烛焰似小心脏般动如脱兔;明媚的三月天,他俩站在开满映山红的山坡上,阳光洒向他们,成群的蜂蝶上下翻飞;安静的图书馆,她做着笔记,他翻着小说,一人一只耳塞合听一盘磁带,窗外细雨如丝;敞亮的新房,他俩相互依偎躺在沙发上,抱着装潢杂志商量着布置家居,她看中的他都喜欢……虽然他的能力是盗格而不是造梦,但这些梦足以让现实中所有的不快乐都烟消云散,令他直面惨淡的军训,正视淋漓的汗水。无论何时无论何地,他都能一秒入梦,睡觉时做,吃饭时做,晨跑时做,打扫卫生时做,站军姿时也做,连吊在单双杠上都能做,比蝙蝠还神奇。

在所有的白日梦中,郑能谅最爱这一个:

在未来的某个时候,外敌入侵,他和同学们自发组成了抵抗军,军中个个都是武林高手,当然他的功夫最厉害。抵抗军每个周末都会去打击敌人,周一到周五又回到学校上课——无论做什么事都不能忘了学习,战争结束还要靠知识的力量重建家园呢。抵抗军英勇善战,歼敌无数而己方从来无人牺牲,最多也就断个指甲掉几根头发受点皮外伤。孟楚怜是抵抗军中最漂亮的女卫生员，不用说，每次都是她遇到危险，更不用说，每次都是他帮她披荆斩棘化险为夷，渐渐孕育出伟大的革命爱情。整个故事情节曲折、对白很少、打斗精彩、人物众多（郑能谅认识的人都有不少的戏份儿），拍成电视剧至少有500集。

也许是因为军训的缘故，难免想些打打杀杀，这个集战争、武侠、爱情、搞笑等元素为一体的幻想狗血剧在艺术上毫无价值，但对郑能谅而言很有意义。他反反复复、断断续续想了很多回，尤其喜欢结局：

他被叛徒出卖落入敌人手中，牺牲的时候敌人问他还有什么话要说，他视死如归："让我面向东方而死，因为我的心上人在那儿上大学。"然后他找一棵开满鲜花的海棠树，留下一句"此处甚好"，席地而坐，从容就义。

潜藏的英雄主义情结令郑能谅每次都会被这生死两茫茫的悲剧感动得热血沸腾，虽然他也很愿意来个皆大欢喜的结局，比如抵抗军获得了最后的胜利，他和孟楚怜终于修成正果，在普天同庆的烟花中携手走过红毯，从此过上幸福的生活，可这种可疑的完美反而提醒了他梦境的虚幻。他追求完美，却又抗拒完美，或许是受了索福克勒斯的影响，两个完全矛盾的念头在他的精神世界里一直针锋相对地僵持着，将他的意念一分为二：一方坚信他俩是天造地设的一双，另一方却暗示彼此今生很可能有缘无分。

4

秋分后的第一场雨落了下来，气温渐凉，白昼渐短，西都大学广播站的稿件也丰富多彩了起来，这一切都暗示着，军训已时日无多。

为了给军训画个圆满的句号，裘比轼授意学生会主办的校园杂志《西都风》出一期特刊，展现学员风采，展示训练成果。往年军训结尾都是一场联欢会草草了事，这个出特刊的创意让领导们眼前一亮，充满了期待，这就意味着不能草草了事，奈何《西都风》的编辑们草草惯了，只把任务分摊下去了事。摊到郑能谅头上的是本期特刊的重头戏——小小说一篇。祝班长的理由很充分："床头书就你最多，日记本就你最厚，文艺气息就你最浓，这任务非你不可！"前两条尚可商榷，但文艺气息这东西就像络腮胡，浓淡一目了然，想藏也藏不住，剃得精光还会留下青印。尽管闷骚诗人阚戚智内心有千万个不服，但这种附带苦差事的虚名不争也罢，他擅长的是诗歌，对小说一窍不通。郑能谅也懒得推辞，随手编了2000多字交了差，讲的是一名刚从某军校毕业的少年奉命打入贩毒集团内部，为获取贩毒集团头目的信任染上了毒瘾，后来将贩毒集团一网打尽的故事。

稿子在几位舍友手里转了一圈，又转到班长那里，然后呈交小队长，所有看过的人都觉得它充满了正能量，没想到在莫大队长那里卡住了。他把郑能谅叫到办公室，将稿纸甩得哗啦哗啦响，高声质问："写的什么玩意儿！是不是以为军训要结束了，我们管不到你了，就可以借机报复了？！"

罪名太大，令郑能谅诚惶诚恐："我，我没这么以为啊，哪有报……"

"那你说！"莫大队长戳着稿纸，"我们军校毕业的同志怎么会吸毒上瘾？你这不是含沙射影地诋毁和丑化我们的形象吗？！"

郑能谅登时傻眼："大队长，这……是小说啊，里面的地点和人物都是虚构的，没说是'西电军校'……而且这故事也不是这意思啊，他吸毒也是为了获取犯罪分子的信任啊！"

莫大队长一听小说原来是虚构的,情绪稍有缓和,再一看郑能谅的神情,不像是说谎,怒气才消了大半,沉默了片刻,威严地提醒道:"没有映射就好,可是你这样写还是不妥当的,要知道,染上毒瘾就代表意志不坚定,这也是个负面的形象,你可以写他顽强抗争、不屈不挠,最终战胜了毒瘾,不是挺好吗?"

郑能谅的心脏猛地一震,缓缓抬起头,眼中闪起泪光:"大队长,那就写成戒毒日记了。"

莫大队长一想,觉得也有道理,就算戒毒成功了也不是多么光辉的形象,便又灵机一动,出了个新点子:"你们这些搞文艺创作的人思路不是很开阔的吗,完全可以从其他正面角度来写啊,比如,你可以写这名同志在军校中培养出一身浩然正气,在卧底过程中掩饰不住内心对毒贩的厌恶和憎恨之情,结果不幸被犯罪分子识破,英勇牺牲。"

郑能谅感到自己正在被这场对话带向荒诞无尽的深渊,痛苦地挣扎道:"可这么写,不是显得他能力不足,当卧底很不专业吗?"

一句话点醒梦中人,军校毕业生怎么能不专业呢?莫大队长马上又换了个建议:"那你就写他一直隐藏得很好,眼看就要完成任务,不料遭到叛徒出卖才牺牲的。"

郑能谅捂住了有些绞痛的心口,紧皱眉头:"那,那不是影射革命队伍内部有叛徒吗?"

莫大队长一拍大腿,虎目圆睁:"笨!叛徒一定是队伍内部的吗?不可以是他的亲戚或朋友吗?!"

郑能谅已经站不稳了,紧紧抓住桌沿:"可是大队长,那不是又暗示他家庭不和睦或者交友不慎吗?"

维护完美形象真是门复杂高深的艺术,莫大队长也有些为难了:"这……这,总之你自己好好构思一下,反正绝对不允许破坏我们军校毕业生的正面形象!"

郑能谅拿着稿子回去苦思冥想了三天三夜,扯断头发无数,终于改出一个符合莫大队长要求的版本:

男主角成功打入贩毒集团内部,获得了大毒枭的信任,受邀赴宴。酒桌上,男主角与大毒枭的亲信们推杯换盏,不胜酒力。此时,大毒枭出场,见男主角的醉态,问了句"小伙子还行不"。男主角恍惚间意识到来了大人物,便条件反射般从座位上弹起,立正,敬礼,冲着大毒枭高喝一声:"报告首长!没问题!"结果暴露身份,英勇牺牲。

虽然酒量差也是对正面形象的极大污蔑,但莫大队长觉得还算可以接受,毕竟这名卧底同志直到最后一刻也没有忘记军人的礼节礼貌,不负教诲。

这篇最后定名为《报告首长》的小小说在《西都风》军训特刊上一登出,好评如潮,编辑们一致认为作品讴歌了卧底精英不忘初心的高尚情操,揭露了犯罪分子纸醉金迷的腐朽生活,弘扬了主旋律,激发了正能量;教官们一致认为作品展示了一名受过良好教育和训练的军校毕业生应当具有的基本素养,反映出作者对《内务条令》的准确把握和熟练运用,强化了纪律意识,巩固了训练成果;而学员们普遍认为,这篇小小说太搞笑了,非常契合喜迎军训结束的心情。

按照裘比轼的计划,如此内容精彩、制作精良、内涵精妙的《西都风》军训特刊定价至少十元,首印至少一万册,全体参训学员每人至少购买一本,费用自付。

许多学员对此颇有微词,班长们就开导说:"人这一辈子能有几次军训?能有几次18岁?最好的青春用在了最有意义的事上,难道不值得留下点回忆吗？这么珍贵的纪念版特刊，只卖十块钱，简直是业界良心哪！难道这一个月的汗水、泪水和战友情，还抵不过这区区十块钱吗？"

学员们一听，谁也不敢当无情无义、没心没肺的道德囚徒，便乖乖掏了腰包。等拿到杂志一看，意外发现了《报告首长》这般有趣的文字，顿时觉得物有所值。众人口口相传，《西都风》的销量自然水涨船高，连高年级的学生们也慕名来买，把裘比轼乐得合不拢嘴。

《报告首长》犹如一颗深水炸弹，将学员们的快乐细胞和浪漫精神炸了出来，文艺男青年们纷纷模仿这种笔调写诗、写歌写情书，文艺女青年们想方设法打听到作者的信息，对郑能谅青眼有加，也令许多光棍对他白眼相向，他甚至受到了莫大队长的亲切接见。

前来传达指令的祝班长就很亲切，令郑能谅很不安。他怀着忐忑的心情推开半掩的门，只见穿戴整齐的莫大队长正坐在饭桌旁直勾勾地盯着他。两人的眼神撞了个满怀，同时闪开。郑能谅连忙喊了声"报告"，莫大队长没用正式口令，而是亲切地说："进来，进来吧，不用喊报告。"这口吻和态度在平时是不可想象的，郑能谅越发觉得眼前是一座危机四伏的贾府，不禁步步小心。

不等郑能谅坐稳，莫大队长便起身给他倒了一杯茶，把他吓得一哆嗦，仿佛被开水烫了。莫大队长挤出一坨笑容："别紧张，没什么事，随便聊聊。"结果两人大眼瞪小眼，谁也没话聊，气氛尴尬得就像宅男和宅女相亲一样。莫大队长一脸踌躇不定、羞于启齿的模样，酝酿了半天，总算憋出了主题："小郑啊，你文笔好，能不能帮我写篇论文？"

郑能谅一听不是让他介绍对象，大松了一口气，原来西电军校也有职称评定和绩效考核，莫大队长想继续往上爬就必须弄个专科以上的文凭出来。一年多前，他报名参加了西都大学法学院环保法专业的函授本科，眼看要毕业了，论文还没着落。

郑能谅很想告诉他，文笔的好坏跟写论文的水平是两码事，写论文并不需要华丽的辞藻，更多是依赖于专业知识的积累、文献材料的收集以及客观辩证的论述，但考虑到以莫大队长的领悟力和脾性，肯定无法理解并接受如此深奥的常识，于是作罢。这任务是推不掉的，他只好答应下来。为了确保最后能顺利过关，郑能谅大概地了解了一下莫大队长对环保法专业的掌握情况，绝望地发现他对于环保的认知还停留在"不能随地吐痰，不得随地大小便"的层次上，忍不住提醒道："就算我替你写好论文，可你的答辩怎么办？"

莫大队长挠挠头，一脸懵懂："有什么怎么办的，跟我的大便有毛关系？"

郑能谅耐心解释道："答辩我没办法代劳，到时候考官一看就穿帮了呀！"

莫大队长把一双虎眼瞪得老大："废话啊！我的大便当然我自己拉，谁要你代劳了？考官没事看我大便做什么？他疯了啊，又不是体检！"

人贵有自知之明，莫大队长敢于一语道破自己去参加论文答辩其实跟上厕所没什么区别这一天机的勇气，让郑能谅钦佩了好一阵子。钦佩过后，郑能谅从旁边拿过纸笔，用看图说话的方式给莫大队长介绍了什么是答辩，并询问这个函授本科班的相关要求。莫大队长听完马上钻进床底，抠了半天抠出一本皱巴巴的函授简章，翻来覆去也没有找到关于答辩的说明事项，而且对论文的要求也只有"3000字以上，主题鲜明，格式规范，语句通顺，条理清晰"寥寥数条。

"这文凭也忒好拿了！没想到咱们法学院还有这么公益性的服务！"郑能谅看得心里直痒痒，毕业找工作的时候多一本证书就多一分胜算。

"什么公益性的？要钱的！"莫大队长纠正道。

"多少？"

"喏。"莫大队长手腕轻轻一抖，翻过简章的背面，亮出五颜六色横七竖八的推销词：

> 速成教育闪亮登场，价廉物美值得珍藏！21世纪十大最热门专业向你招手！63年传奇名校最经典学科为你加油！
>
> 一纸文凭走天下，两脚书橱靠边站！环保学位证一出，竞争对手谁不哭？
>
> 感恩季真情回馈！让利大促销！吐血大甩卖！不要三四万，不要一两万，只要9998！你没有看错！真的只要9998！9998你买不了吃亏也买不了上当，买不了一辆车也买不了新马泰一趟，要买就买个货真价实的好文凭！要买就买个一劳永逸的好未来！让我们对文盲身份说再见！让我们对高价学历说再见！名额有限，惊喜无限！路过不要错过，心动不如行动……

郑能谅愣了半晌，吐了吐舌头："呃，我还是给你写论文去吧。"

在图书馆耗了整整一天，郑能谅才找到一篇环保方面的论文，年代有些久远，是从外国期刊上翻译过来的，在那个网络尚未普及的年代基本不可能被别人认出来。他打印出来一看，觉得不太合适,这篇论文内容翔实、观点新颖、语句优美,如果原封不动地交上去,傻子都看得出不是莫大队长自己写的。于是他大笔一挥,把其中阐述个人独到见解的几个段落、超过 15 个字的复杂句以及涉及高深术语的内容统统划掉,再见缝插针地设计了一些错别字进去,总算把这篇论文整出了点符合莫大队长个人风格的真实感。

郑能谅把加工后的论文送到文印店重新打印成稿,交了差。莫大队长从极为专业的角度给出了极高的评价:"嗯,不错,纸张手感很好,排版很整齐,字体也很漂亮,不错。"然后交给了导师。

几天后,郑能谅吃饭时猛然惊觉:糟糕!那篇抄来的论文忘记把原作者名字改过来了!

他丢下碗筷,飞奔去找莫大队长,祈求上天保佑能在导师审阅它之前加以弥补。刚撞开门,莫大队长就激动地迎了上来:"哈!你来得正好,快看,我的毕业论文得了满分呢!你小子可真牛!"

而郑能谅的第一反应是:那导师才真牛!

5

受到特刊热销的鼓舞,裘比轼又策划了一场板报大赛,内容丰富,奖励丰厚。郑能谅又成了本班板报的负责人,不过这次不用他费心,因为阚戚智已自告奋勇承包了全部文字内容——不能再错过展示才华的机会了。阚戚智奋笔疾书,一个小时就完成了十几篇诗作,每一篇都诗意盎然、寓意满满,其中有歌颂军训伟大意义的《军训好》:

军训真好啊

真的，很好很好

非常好

特别好

极其好

贼好贼好

简直好死了

啊——

有讲述凄美爱情故事的《分手》：

几分钟前

我收到了娜塔丽·波特曼打来的电话

她约我今晚去土曾月巴烤肉店撸串

我说不行，我在军训

她说没关系，她可以等

还在西都大学旁买下了一座宅子

为我做饭烧菜洗衣服

看我训练为我加油

我说对不起

我们分手吧

根据规定

我不能和驻地的女青年谈恋爱

也有抒发对自由生活的向往的《自由日》：

大大后天就自由了
　　大后天就自由了
　　后天就自由了
　　明天就自由了
　　哈哈哈哈哈哈
　　军训终于结束了！

还有见证教官与学员深厚情谊的《梦见》：

　　昨天
　　我做了一个梦
　　梦见我遇到了班长
　　班长说
　　今天天气真好啊
　　我说
　　好个屁啊
　　下雨才好

　　翻阅着这些稿件，霍九建的手微微颤抖，声音也有些颤抖："小智啊，你是不是遇到什么过不去的坎了，要用这么残忍的方式报复社会？"

　　"我哪报复社会了？哪里残忍了？"阚戚智一脸无辜地捋了捋头发。

　　"我这个人算是比较没有节操的了，可我才读了四首就差点犯心脏病，你让别的读者怎么活？"

　　"一看你就不懂文艺，这可是鼎鼎大名的'戚辽体'！"

"什么鬼？"

"居然连《西都风》执行主编、校园民谣协会秘书长、西都大学头牌先锋诗人何戚辽都不认识？'戚辽体'就是他独创的诗歌形式，别说西都大学，整个西都都有数不清的粉丝。我只不过模仿了部分经典而已，远未能得其精髓。"

"你逗我吗？这还先锋诗？一句话分两三段说，内容全是废话，应该叫'结巴家常口水诗'才对吧！"

"不许侮辱我的偶像兼本家！"

"你姓阚，人家姓何，哪门子本家？"

"我俩的名字里都有个'戚'字，这个字就是连接我和'戚辽体'的精神纽带，是冥冥中注定的缘分，是诗人之间心有灵犀的默契！"

"可别侮辱诗人了，要是这也算诗，我都能写诗了。"

"你写的那不算，你浑身上下全是肌肉，哪有半点诗人的样？首先要有诗人的气质，关键看气质，懂不懂！"

"气质个头啊，这种废话诗我家村口大树下唠嗑的老太婆都可以张口就来。"

"你！"阚戚智有些急了，可又打不过霍九建，惹不起只能躲，"我跟你这文盲没有共同语言，秀才遇到兵，有理说不清！你不会欣赏，自然有会欣赏的人！"

"你确定那些人是来欣赏而不是来嘲笑的吗？再说，别人欣赏有什么用，最后用不用还是主编小谅说了算。"霍九建说着指了指在一旁静静欣赏诗作的郑能谅。

听他俩唇枪舌剑斗了半天，郑能谅没发表意见，虽然看诗的过程中也笑了几次，却对"戚辽体"展现出特别的宽容："我觉得吧，这种形式有没有意义、算不算好诗另说，但起码很有趣，我们的军训板报不是文学圣殿，本来就是个大杂烩，让忙碌了一个月的同学们看着一乐放松心情的，这些诗不正好可以达到这个效果吗？"

他这一番话既没有否定"戚辽体"的价值，也没有否定霍九建的批评，让争斗双方听着都有几分舒服，也都不好意思反驳，纷纷对他竖起了大拇指："领导就是有水平。"

正说着，莫大队长走了过来，一看阚戚智的诗作，赞不绝口："通俗易懂，朗朗上口，你们班真是人才辈出啊！"

霍九建哭笑不得，又灵机一动："大队长，既然您这么喜欢，不如就由您来给这期板报写题头吧。"

"呃……"莫大队长有点受宠若惊，"我一个大老粗，哪会题什么字呀？"

"优良传统嘛，领导都要留墨宝的。"霍九建毕恭毕敬。

莫大队长呵呵一笑："那好吧，题头写什么？"

华泰崂说："我们还没起呢，正好您来定。"

莫大队长一愣："这，我都没准备呢。"

"信手拈来嘛，领导都是即兴题的。"霍九建鼓励道。

"随便写，随便写。"众人跟着起哄，心想，你就是准备了也没什么差别。

"那就献丑了，"莫大队长搓了搓手，一拍掌，"我看题头就叫'军训的回忆'好不好？"

"很好啊！很好啊！"众人又异口同声，心想，你还真是够随便的。

郑能谅趁热打铁递上粉笔："大队长，题上去吧。"

莫大队长先打预防针："没怎么练过，字写得难看，怕是会毁了整块板报呢。"

"不会的，不会的。"众人继续忽悠，心想，难看的字才跟这难听的题头门当户对呀。

"那我就恭敬不如从命了。"莫大队长缓缓折起袖口，把手指关节按得咔咔作响，然后踩着板凳站上课桌，朝四周洒下一片君临天下的神之微笑，这才转过身，在板报上题下了歪歪扭扭的五个大字——军驯的回意。

他将粉笔潇洒一扔，拍了拍手，满意地看着自己的作品，微微叹息："状态不佳，没写好。"

在众人仰慕的目光中，莫大队长背着手满足地离去，霍九建默默地爬上去，把那两个错别字擦掉，模仿莫大队长的笔迹重写了一遍。

第二天，评比结果公布，《军训的回忆》以满分的成绩毫无争议地获得了板报大赛的冠军，因为由学生会干部和军训教官组成的评委团既认识西都大学著名的"戚辽体"，又熟悉莫大队长清奇的字体。

军训的尾声是一场联欢会，每个班都要出节目，每个学员也必须到场观看，于是有自知之明的表演者也不得不昧着良心，走上舞台蹂躏观众；而无辜的观众们也不得不耐着性子，坐在台下接受折磨。

谷二臻和霍九建被祝班长派去蹂躏观众，作为文艺骨干的郑能谅也未能幸免，三个人都很苦恼，不知该演什么样的节目才能将观众和自己的心理痛苦减到最低程度。谷二臻建议搞一个小合唱，《社会主义好》，一分钟左右就能结束，也不容易走调。郑能谅则主张扬长避短，应该表演那种上台后不需要说话也不需要表情只做肢体动作的节目。

霍九建马上提醒："哑剧很考验演技的。"

"不是哑剧,"郑能谅解释道,"就表演我们平时训练的内容。"

谷二臻举双手赞成:"我没意见,只要别表演单双杠和长跑就成。"

"那就来《单个军人徒手队列动作》。"霍九建说。

郑能谅凭代写论文的面子邀请到莫大队长友情客串教官一角,负责下口令,因为他们仨脸皮都太薄,不好意思在如此敷衍了事的节目里发号施令。由于没有剧本和台词,也不需要布景和演技,三人很轻松地完成了任务,并且在目瞪口呆的观众们反应过来之前及时谢幕,全身而退。

联欢会节目评审团一致认为《单个军人徒手队列动作》创意独特,主题鲜明,思想积极,内容朴实,既展示了训练成果又充满了生活气息,是一部不可多得的艺术精品,尤其是饰演教官的莫大队长,形象高大又亲切,表演自然又有质感,凭借深厚的修养和出众的气质,将一名平凡的教官对事业的热爱之心、对学员的期望之情以及对人性、对社会、对历史、对宇宙的深刻思考与不懈探索的精神刻画得淋漓尽致,直指人心,触动灵魂,堪称天才的实力派。

沾了"天才"的光,郑能谅等三名配角也得以上台领奖,这是郑能谅第一次在大型文艺演出中获奖,还是一等奖,激动之情可以想见。作为节目的创意总监,他当居首功,便在霍九建和谷二臻的鼓动下迅速编写了一大段获奖感言:最想说的就是感谢,感谢国家,感谢学校,感谢军训办,是他们为我提供了这么好的舞台和条件,让我可以展现自己。还要感谢莫大队长,是他慧眼识珠把我从一个无名小卒提拔成一名文艺新星;感谢我的班长,他用一个多月的时间教会了我这些精美的动作;感谢没能参加表演的兄弟们,是他们把这个耀眼的机会让给了我们;感谢客观公正的评委们,是他们把这个大奖给了初次登上舞台的我们;感谢在座的每一位观众朋友,是你们的宽容和忍耐让我们能够厚着脸皮将这个节目演完。今后我会再接再厉,进军娱乐圈,他日成为影帝,作为处女秀的《单个军人徒手队列动作》和作为伯乐的你们都功不可没。谢谢,谢谢大家!我爱你们!"

郑能谅在后台对着镜子反复排练了好几遍,确保台词背得滚瓜烂熟,动作表情精益求精。颁奖仪式开始,几个人一同上台领奖,先由莫大队长发表了一番获奖感言,然后主持人接过话筒:"谢谢,下面有请二等奖获得者上台领奖。"

第八章　神秘花园遭遇战

1

校方本想借着军训给学生们一个下马威，收一收玩心，刹一刹散漫风气。然而事实又一次证明，堵不如疏，任何一厢情愿的压制性手段最终都会成为过眼云烟，甚至催化剂。军训考核刚结束，在半休眠状态下铆足了劲的情侣们就像迎来了王师的游击队，纷纷破土而出，扬眉吐气。横行一时的纠察队也自知大势已去，有如收了钱的黑哨，睁一只眼闭一只眼，逢场作戏起来。憋了近一个月，少男少女们对爱与自由的渴求仿佛被压到极致的弹簧，反弹之势不可挡，一对对比从前更如胶似漆、如饥似渴、如狼似虎，直接导致校外出租屋的入住率一周内暴增了几十个百分点。总的来看，这次军训除了肥了少数人的腰包，伤了许多人的腰肌，缩了无数人的腰带之外，并无更值得称道的建树。

没有爱情滋润的深秋过得特别慢，似乎连时间自己都觉得时间宝贵、生命苦短似的，蜗行牛步，不慌不忙。西都的生活节奏向来闲缓，即便不是春困秋乏时节，大街上来来往往的红男绿女也无一例外地像照在这片土地上的阳光一样慵懒而拖沓，连邮局也深受影响。大二圣诞节，远在重庆的小企鹅收到一张郑能谅从这邮局寄出的贺卡，贺词是"情人节快乐"。她便感慨："天哪，这张贺卡在路上跑了大半年！"然后看了一眼卡片上的日期，她马上纠正道："晕，去年的！"

幸好孟楚怜的回信没有拖那么久，在国庆第三天的傍晚躺在了郑能谅的床上。他迫不及待地拆开，却没有得到想要的回答，孟楚怜对他提到的那个"长得很像她的女生"报以"哈哈"一笑，并解释为"看来我长了张大众脸嘛"。不过从邮戳上的日期，他发现这封信是在"庄璧楼事件"后第四天从她学校寄出的，可见她本人眼下应该不在西都，除非她那一夜在庄璧楼"行窃"后马上赶回遥远的南方，写了封回信给他，然后又星夜兼程跑到西都来……对于一名18岁的在校女生来说，这个假设实在有些耸人听闻了。就算她偷偷来西都，应该也是先去找男朋友任赣士才对，庄璧楼有什么值得她光顾的呢？想到这儿，他便不再纠结那个窃贼的身份，反倒有些惆怅：唉，有任赣士在，就算她来西都游玩，又有我什么事呢？国庆都过去三天了，他俩说不定正在哪个世外桃源过着二人世界呢……不，不该吃醋，虽然任赣士配不上她，可只要她愿意并且开心，就是好事……咳，我有什么资格评判好坏呢？很多任赣士能给的东西我都给不了，我是个盗格者，碰一下手都要三思，跟禁欲主义没什么区别，跟我谈恋爱等于守活寡，就别坑人家了……有了自知之明的郑能谅便乖乖停止了幻想，和其他光棍一道缩在宿舍里，准备冬眠。

"丁零零……"

"电话。"霍九建全神贯注盯着光盘上的梦中情人。

"丁零零……"

"电话。"阚戚智全神贯注盯着海报上的菱见百合子。

"丁零零……"

"话痨，快去接电话，美女找你呢。"华泰崂拾起一颗棋子，甩到谷二臻的床上。谷二臻舒展双臂，咕哝了一句，翻个身继续做白日梦。

"丁零零……"电话机不依不饶地呼唤着。

霍九建撩开帘子："小谅，说不定是你的女朋友。"

"她回老家去了，现在正在表姐婚礼上呢。"郑能谅面不改色地忽悠道，为了延续那个美丽的误解，早在军训结束之前，他就假装不经意地向舍友们透露过他"女朋友"孟楚怜在国庆期间的行程。

"那就是小智的笔友。"华泰崂分析道。

"不可能，她在新西兰，"阚戚智伸长脖子看了一眼来电显示，又钻回被窝，"这号码是本地的。"

"说不定她偷偷来西都了，想给你惊喜。"

阚戚智马上扑向听筒，柔声道："您好，请问找……"忽然原形毕露，"晕，是你们啊！都在呢，什么事说！"然后他对着话筒"嗯嗯哦哦"了一通后连说几个"没问题"就挂了机。

"什么没问题？"霍九建问。

"咱班女生约我们明晚聚会。"阚戚智说。

华泰崂严正申明："三陪可不是我的强项。"

"我也不是随便的人噢。"谷二臻冷不丁的阴阳怪气差点让众人把晚饭都吐出来。

阚戚智说："不去可别后悔。"

"理由充分吗？"华泰崂问。

"女生们说不用 AA 制，吃的喝的全她们请。"

"其实我早就觉得有聚聚的必要了。"谷二臻一跃下床，竟已穿戴整齐。

"明晚，明晚，矜持点。"阚戚智提醒道。

"所谓吃喝,不会是请我们吃闭门羹、喝西北风吧?"见惯了现实落差的郑能谅总是事先做最坏的设想,这样就不容易有太大的失望。其他人没他那么悲观,情绪空前高涨,磨刀霍霍,将空虚和无聊暂时丢到一边,早早进入了吃喝的主题和饥渴的状态。

309宿舍倾巢出动,除了陪宋颖哲去看电影的冉冰鸾。五名男生趟过深沉如水的暮光,远远望见餐厅前东倒西歪地站了一群人,再近些便听见稀里哗啦的谈笑声,一想到马上能大饱口福了,笑容就横七竖八地爬满他们的脸颊。天色渐暗,距离还剩十余步,女生们无法看见他们嘴角的贪婪,他们也无法看清她们的容貌。这对双方来说都是好事,不过视力2.0的霍九建就比较尴尬,一脸的心神不宁。华泰崂拍拍他的肩膀鼓励道:"真的勇士,敢于直面惨淡的女生。"

霍九建犹自感慨:"唉,咱班真是,九女一男女似男!"

郑能谅也提醒道:"友谊第一,不要太实用主义。"

霍九建强颜欢笑,又扫了一眼众女生,低声说:"我们和她们的友谊,绝对地久天长。"

两个团伙终于会师,一大帮只有友谊可谈的男女涌进了向日葵学生活动中心。学生活动中心位于法学院教工食堂地底十米处,曾经是座地窖,也当过防空洞,与地面唯一的通道是一条黑色铸铁的螺旋楼梯,深藏不露,冬暖夏凉,是个清幽僻静的好去处。整个学生活动中心占地近2000平方米,楼梯旁是一个可以容纳上百人的圆形大厅,大厅南面有五道拱门,好似一只被拦腰斩断的巨大手套,直指幽暗的深处。穿过拱门,别有洞天,小径纵横交错,孔穴星罗棋布,虽无始皇陵地宫之风水,却有地道战遗址之风采。

就在郑能谅入学的前一年,哲学系的几名毕业生求职失败,便合伙从校方手里租了这块风水宝地来经营。从入学的那天起，他们就自信是哲学大师的料，没想到连工作都找不着，纷纷感叹生不逢时。生不逢时的天才大抵有三种选择，一是生无可恋一死了之，二是穷困潦倒郁郁而终，三是另起炉灶快乐生活。这几位没有自我了断的勇气，也不想过苦日子，于是找到了裘比轼。裘比轼动了动嘴皮子和关系网，就为他们弄来了租约和投资，还没拿一分钱好处费，只"恭敬不如从命"地领了20%的股份。有了根基和靠山，"哲学大师"们玩得风生水起，先里里外外粉刷一新，然后招募了一批清纯可人的女同学当兼职服务员，再用隔音板和小门把一个个孔穴改造成温馨的小包厢，每间配上一两张沙发、一台大电视和一部影碟机。在那个电脑尚未普及、娱乐场所屈指可数的年代，这里无疑成了学生们最青睐的休闲场所，一时门庭若市。为避免商业气息太明显引人非议，他们保留了"学生活动中心"的旗号，并加了个阳光美好的前缀——向日葵。如此充满正能量的招牌加上充满新鲜感的装潢顿时吸引了校内外无数社团前来组织集体活动，天天爆满。社团人数众多，一般在大厅活动，最迟也都会在午夜前散场。午夜之后，一座座小包厢又会迎来另一波消费高潮，由两大群体主导：一部分是来观看少儿不宜影片的，另一部分是来实践少儿不宜之事的。

向日葵活动中心地面入口东侧有一片园林，藤蔓缠绕，荒草丛生，美其名曰"神秘花园"，是情侣们的约会胜地，也引来不少有偷窥或暴露癖好的怪人。校园之大无奇不有，学生们也见怪不怪，一般情况下，彼此各取所需，相安无事，偶尔吵吵骂骂也闹不大。

坐在光影摇曳、声色迷离的包厢里，想起发生在向日葵活动中心的荒诞事，郑能谅感到有点不自在。同伴们却迅速进入角色，拿出了各自的看家本领：华泰崂找了个看上去相对比较可爱的姑娘，施展看手相大法；谷二臻对人对物都不挑食，跟两个女生开心地玩着骰子；霍九建被一群女生围着，大谈健美心得；阚戚智搭上一位名叫薄黎歆的文艺女青年，开起了唐诗宋词研讨会。

听得津津有味的薄黎歆用牙签戳起一片西瓜递到阚戚智嘴边，他吧唧一口吞进，可源源不绝的长篇大论和唾沫星子在惯性的作用下继续喷涌而出，带着西瓜汁溅了她一手。

"手纸手纸。"薄黎歆连声惊呼，她对阚戚智的景仰还没到把这口水与西瓜汁的混合物当成幸福圣水的地步，倒像是沾了什么污秽之物。

郑能谅正出神，猛听有人喊"手指"，条件反射一下将右手食指甩到她面前。众人一愣，哄堂大笑。女生们惊喜地发现原来角落里还有条漏网之鱼，他虽貌不惊人，却也浓眉大眼不算难看；他虽沉闷木讷，却一出手就令人捧腹；他虽衣着普通，却与众不同地戴着一双白手套，充满了神秘感。一道道目光万箭齐发射向郑能谅，犹如动物学家发现一只野生朱鹮，令他越发不自在了。他向来害怕被关注，犹如狼孩害怕文明世界。

"你是……"薄黎歆一手指着郑能谅，一手挠头，使劲搜索着记忆库。

"我叫郑能谅。"

薄黎歆笑着一拍他肩膀："对对对！就是你，军训联欢会上，一等奖那个！拿队列动作当节目，真逗，哈哈哈！"

她这么说，众女生如梦初醒，纷纷弓起嘴唇，"噢噢"声此起彼伏，仿佛一群打鸣的公鸡。倒不是她们太健忘，而是因为那节目的主角是莫大队长，作为在队列里做机械运动的三只木偶之一，连发表获奖感言的资格都没有的郑能谅自然很难被观众记住。

既然认了出来，话题便接踵而来，一个女生兴奋地说："莫大队长编的那个节目太神了……"

"什么啊！那节目是小谅的创意，我们仨才是主演，莫大队长就是个友情客串。"霍九建连忙为兄弟们正名，惹得众女生不约而同地将惊讶而崇敬的目光投向郑能谅。

"你太有才了！怎么想到这么搞笑的点子的？莫大队长在台上一本正经地喊口令，你们几个面无表情地做动作，那效果别提多搞笑了！"

"就是就是，你知道吗，我还以为是莫大队长自黑呢，一个劲地夸他肯为艺术牺牲形象。"

"你看别的节目，不是看腻了的才艺表演，就是恶心人的歌功颂德，就你们这个啊，最接地气、最有趣！"

"哈哈，我们几个在下面都快笑抽了。"

见自己的好哥们如此受欢迎，霍九建也觉得很荣耀，在一旁趁热打铁道："这算啥，小谅不光点子多，文笔还不是一般的好呢，《西都风》军训特刊上那篇《报告首长》，你们都看过吧？"

女生们的嘴巴张得更大了："啊，也是他写的？"

"可不是嘛！"谷二臻帮腔道。

话音刚落，又一波更猛烈的赞誉劈头盖脸砸向郑能谅，弄得他既没机会插话，也没地方搁脸。一侧目，又撞上阚戚智嫉妒的目光，他不由得尴尬万分。待她们的恭维之势稍歇，他才苦笑着耸了耸肩："唉，你们是我请来的托吗？此情此景，不禁让我想起了一句名言。"

"什么名言？"

"星宿老仙，法驾中原，神通广大，法力无边……"

众人一愣，旋即笑作一团。薄黎歆越发对郑能谅刮目相看：

"你可真是不鸣则已，一鸣惊人哪！"

"来来来，再给我们讲个笑话呗。"一个女生鼓励道。其他女生也跟着起哄："好啊，来一个！"

郑能谅不擅长命题作文，便说："笑太多会起皱纹的，不如我给你们出道智力题玩玩。说有一个村子里有 50 对夫妇，每个女人在别人的丈夫对妻子不忠时会立即知道，但从来不知道自己的丈夫如何，她们也从不向那些丈夫不忠的妇女通风报信。该村有个规定，如果一个女人能够证明她的丈夫不忠，她必须在当天杀死他。假定女人们都是赞同并遵守这一规定的，而且都一样聪明，也知道别的妇女都跟自己一样聪明。一天来了位智者，告诉所有女人说村子里至少有一个风流的丈夫。结果在第 50 天晚上，枪声大作。请问这个村子有几个不忠于妻子的丈夫？"

一屋子大眼瞪小眼，显然，这道题无法测出每个人智力的高低，只能测出眼眶和眼球的大小。几个颇有自知之明的女生借尿遁之术溜走，还有两三个女生从玻璃桌下取出几本免费赠阅的《西都风》漫不经心地翻阅起来，其余的女生开始交头接耳，讨论的重点是：天哪，这是哪个村子，女人这么有地位，居然拥有主宰丈夫生死的权力！

"好吧，这是一道有关博弈的推理题，比较怪异，答不出也是正常的，"又过了一会儿，等不到回答的郑能谅只好放弃这个问题，"还是换个简单点的吧。"

"那答案是什么呀？"薄黎歆刨根问底。

"光知道答案又有什么用呢？"郑能谅有些无奈，"答案是 50 个。"

女生们瞬间沸腾起来：50 个男人居然全部都有外遇，这是多么令人失望和愤慨的现实啊！难道世界上的好男人都死光了？难道女人们一生就注定要忍受被背叛被抛弃的痛苦？难道一日夫妻百日恩都挽救不了一个从一而终的小小梦想？难道海誓山盟天荒地老都是男人不负责任的谎言？难道七年之痒就真的无药可解？难道女人年老色衰就注定要被抛弃？难道那么多难道都是真的？这一系列让人头晕眼花的问题像多米诺骨牌一样一个接一个砸在她们细胞丰富的大脑皮层，折射成没完没了的悲鸣与控诉。

望着七嘴八舌的女生们，郑能谅意识到自己犯下了不可饶恕之罪——刚才真应该把答案篡改成只有一个男人不忠，就不会让她们如此不安和愤慨了。他咳了两声，轻声提醒道："呃，这只是个推理题，不是道德题。"

一片叽叽喳喳，谁也没听见。华泰崂和霍九建都迫于性别的压力溜到屋外抽烟去了，谷二臻加入了女生们的讨论，一个劲地强调"我可是很专一的"，阚戚智则似道学家般高冷地坐在一旁，一脸的举世皆浊我独清。此地不宜久留，郑能谅也准备去厕所，刚要起身，坐在一旁翻阅《西都风》的女生中忽然蹦起一个来，像发现了新大陆一样叫道："嘿，可别都一棍子拍死了！这个男的就很专一啊！"说着，她把杂志摊开拍在桌上，露出一篇题为《不可触碰》的中篇小说，作者署名"绝缘体"。

"这笔名有意思。"薄黎歆接过杂志一翻，"这么长。"

那女生便概括道："嗯，大概意思是说一个傻小子喜欢上一个学霸校花，又清纯又聪明又漂亮的那种，后来一天晚自习，有个乞丐跑到班里来要饭，这个女生给了乞丐五块钱，这傻小子就彻底爱上了她。爱就爱吧，他还不敢说，结果那女生就被别的男生泡走了。他还不甘心，成天惦记着她，写日记自己看，写情书也不敢寄，闷骚之极。更搞笑的是，从头到尾，他跟那女生连手都没有牵过，说过的话更是没超过十句，胆子这么小，真不如去做女人算了,哈哈哈。"

她的笑声有如一块倒下的多米诺骨牌,瞬间激活了绵延不绝的哄堂大笑,女生们花枝乱颤,阚戚智的脸上也浮起轻蔑的笑容,谷二臻嘴里一口饮料都喷了出来。

"这不就是癞蛤蟆想吃天鹅肉吗?"

"比我幼儿园的妹妹还天真!"

"简直是自闭症加禁欲狂,难怪跟女人'绝缘'了!"

众人笑着说,说着笑,仿佛吸了一氧化二氮,根本停不下来。郑能谅笑不出来,在军训期间,为了排解思念,也为了某种纪念,他写写停停,完成了这篇"不可触碰",前些天才用一个无人知晓的新笔名投稿给《西都风》,没想到此刻被人翻出来。在看到眼前这些反应之前,他一直都没意识到,自己的初恋故事在别人眼中原来只是个不切实际的笑话。

快乐的男男女女们根本没有注意到身旁这个表情与众不同的家伙,自顾自尽情欢笑着。哈哈哈……哈哈哈……笑声在室闷的包厢里翻涌激荡,裹着郑能谅飞速旋转,进而灌入他的身体,从右耳穿到左耳,从脚尖直冲发梢,令每一根神经每一个细胞都不寒而栗。恍惚间,郑能谅觉得这笑声似瘟疫般迅速扩散开来,蔓延到整个活动中心、整片校园、整座城市,乃至全世界,万物都身不由己狂笑起来,山川大地、花草树木、飞禽走兽、鱼虾蟹蚌,每一张脸都笑到扭曲、变形,荒诞而可怖。

他终于感到了尿意。

2

最近的洗手间位于通道尽头,已经被醉饱的饕餮客和饥渴的野鸳鸯们占领,郑能谅便朝旋梯走去,"神秘花园"西面入口附近有座公厕。他出了活动中心，进公厕解手完毕，原路返回，刚走出小路，斜刺里忽然横出一堵墙来。定睛一看，是个大胖子，怀里还裹着个女孩。女孩身材瘦小，似在挣扎，嘴里说着"不要不要"。

绑架？非礼？打劫？郑能谅浑身一激灵，马上撸起袖子要英雄救美，不料大胖子来了句："咦，郑能谅？"

一听声音郑能谅就认出此人是裘比轼，那颗涂满发胶的大脑壳上反射出的月光也证明了他的身份。郑能谅对裘比轼叫得出他名字感到有些意外，不过他没有像绝大多数被官老爷叫出名字就感激涕零点头哈腰的小卒子那样受宠若惊，心里仍记着英雄救美的使命，何况袖子都已经撸起来了，不能半途而废。他"嗯"了一声，正要出手救人，却发现两个问题：首先，他无论从体积还是吨位上来讲跟裘比轼都不在同一数量级上，即使撸起袖子也挡不住对方一招，斗争必须讲策略；更关键的是，女孩抬起了脸，面色如花，目光如水，一点也不像需要被拯救的样子，似乎还嫌他有点碍事。

郑能谅再一瞧这女孩的容貌，立马对裘比轼刮目相看。学生会会长果然不简单，因为这女孩实在不简单——不是说她的容貌不简单，而是指她的身份不简单。

在西都大学，你可能不认识某所分院的院长，可能不认识某个名头极为响亮的博士生导师，可能不认识来自某省某市的高考状元，但你绝对不可能不知道裘比轼怀里的这个女孩——胡娇粉。有事实为证：你现在已经知道这个女孩叫胡娇粉了，却根本不知道西都大学任何一个分院院长、博士生导师或者高考状元的名字。

胡娇粉成为万人迷的奥秘在于：西都大学法学院院长与学生们的关系是管理与被管理，而与胡娇粉的关系却是抚养与被抚养。

要不怎么说上帝是公平的，在剥夺了胡娇粉身上的所有优点之后，就给了她一个能决定学生个人档案和就业机会的院长父亲。

正因如此，郑能谅才越发好奇，裘比轼究竟是如何把眼高于顶的胡娇粉揽入怀中的？揽着她的时候又是如何做到面不改色的？谁都知道裘比轼找女朋友的标准很高，绝不会真心喜欢胡娇粉这种才貌双缺的女孩，而他竟能在与她卿卿我我的时候表现得那么投入，没有显出一丝不适或混乱，这莫非就是另一种形式的坐怀不乱？

"这谁啊？"胡娇粉对这个上下打量自己的陌生男孩并无好感，以为又是一个出身低贱的追求者。

裘比轼介绍道："郑大才子，新生中的佼佼者，军训期间在校报和《西都风》上发表过不少文章，文笔很好。"

"郑大才子"这个肉麻的称谓被他那油腻的声音裹着吐出来时，郑能谅觉得仿佛有一坨浓痰落在鞋面上，被恶心得狠狠一哆嗦。他隔着长袖使劲搓着手臂上冒出的鸡皮疙瘩，连连解释道："任务，完成任务而已。"

胡娇粉是见过大世面的人，没把裘比轼的话当回事，也对才子不感冒，眼角向上一撇："哦，何戚辽那种？"

"不一样，阿辽写公文写诗歌比较拿手，散文小说什么的可不一定比得过郑大才子。"裘比轼似乎对郑能谅真有几分欣赏，不惜将手下的得力干将说成了陪衬。

"有什么不一样的？文笔好的人多了去，不就编编故事吹吹牛皮，挣几块钱稿费，骗些不成熟的小女生嘛。"在胡娇粉的眼里，何戚辽也好，郑大才子也罢，都是生活在凡间的俗人，与她这种"神界的主宰"根本没得比。

裘比轼呵呵一笑，不置可否，指指身后的"神秘花园"，朝郑能谅使了个暧昧的眼色:"约会?"

郑能谅提了提腰带:"嘘嘘。"

他这不经意的一答,引起了胡娇粉身上蝴蝶效应般的连锁反应:那坑坑洼洼的脸蛋宛如一沓被投入火堆的纸钱,瞬间一黑一红,烟焰四起;净爽娇嫩的眉头瞬间攒成一团,仿佛被轻薄了的含羞草;轻飘飘的脑袋被橡胶般柔韧的脖子用力一弹,向后疾闪,生怕被"嘘嘘"这个粗鄙的字眼玷污了高贵的节操。

郑能谅假装没看见她的反应,指着"神秘花园",一脸神秘地提醒裘比轼:"在这儿约会可要加倍小心呢,猫猫狗狗还有很多不三不四的人经常随地大小便,草丛里、树叶上、凉亭角角落落……到处都有他们留下的肥料,晒干风干了也看不出来,味道和细菌却都还在的。而且坏人非常多,听说前阵子还出过什么耍流氓的事来着……咳,反正又脏又乱不太平,可别让如花似玉的女朋友受委屈了。"

听完这番话,胡娇粉眼睛瞪得老大,身子微微颤抖,立马冲到路灯下,前前后后仔细检查高跟鞋,上上下下使劲拍打连衣裙,还举起胳膊像给烤鸡翅膀刷油似的来回嗅,终于发现了异常,怪叫一声,飞快地打开坤包,匆忙揪出一小袋湿纸巾,胡乱扯了两张,在右手小臂上拼命搓擦起来。

"我就说吧,这地方太脏。"郑能谅抬手在鼻前扇了扇,"擦不干净了,余味绕梁,三日不绝。"

"绝你个大头鬼!"胡娇粉气急败坏,也顾不上尊贵的身份和清高的姿态,将湿纸巾一丢,就要冲上前去教训他。不料她左脚高跟鞋的鞋跟卡在了水泥地上的一道裂缝里,咔嚓一下,将她绊了个趔趄,掀翻在地。

"哎哟!"一声惨叫揪起裘比轼的耳朵。他咕咚咕咚地滚到胡娇粉面前，满头大汗地蹲下身子："粉粉，伤哪了？"

胡娇粉痛得眼泪都出来了："呜呜，这里，呜呜……"

郑能谅本来只是开个玩笑，没想到她反应如此激烈还意外摔伤了，心中有些过意不去，便跟上去一看，胡娇粉的膝盖上嵌着一些碎石片，露出一道两寸多长的血口子，宛如一张垂涎欲滴的大嘴。胡娇粉也咧着大嘴，一边哭叫一边用手去捂伤口。

郑能谅连忙从口袋里掏出手帕："别碰伤口，会感染的，来，用这个按住它。"

胡娇粉哪还听他的，一把抓起地上的坤包劈头盖脸甩了过去："滚！"

"唉……"郑能谅离得近，又没防备，话音未落，脸就被坤包砸了个正着。

令裘比轼和胡娇粉没有想到的是，被坤包砸中的郑能谅就像一只鼻子受到猛击的大笨熊，晃了一晃，轰然倒地。

郑能谅也没想到，一只坤包也能开启盗格空间。

3

"坤包什么时候也变成女人身体的一部分啦?!"郑能谅义愤填膺地质问小麻花。

"从某种意义上来说，包包、首饰、手表、化妆品、衣裤鞋袜、香水镜子等，都可以算女人身体的一部分，"小麻花悠然地晃着舌头，"不过，专业而严谨的盗格空间是不会用这种定义来坑你的。你之所以站在这里，是因为沾到了胡娇粉的血。"

"血……"郑能谅马上想到刚才胡娇粉用手去捂伤口的画面。

小麻花确认道："没错，她伤口的血经过手和坤包两次转移，最终落在你的脸上，是无可置疑的身体接触。"

郑能谅瞠目结舌:"这也太狗血了吧!"

小麻花一本正经:"不,这是人血。"

郑能谅一脸的不服气:"我说,就算是这样的接触,那也不过沾到一点点血而已啊,至于把我拽进来吗!"

"血液可是人体极为重要的组成部分,哪怕只有一滴,也足以开启盗格空间。也正因为只沾到一点点,所以也只有一个未来可以选。"小麻花一边振振有词地解释,一边顽皮地将舌尖朝上撩了撩。

郑能谅抬头一看,海棠树茂密的枝叶间果然悬着一颗金光闪闪的巨蛋。似乎因为是独苗,这颗金蛋看上去比以往的任何一颗更大更沉,将手指粗细的枝条都拽弯了腰,蛋面上显现出的景象也比以往任何一幕更骇人:

这是一条一人多宽的通风管道,浓烟从管道深处和缝隙间不断涌出来,两个身影穿过浓烟,手脚并用地往外爬。前面一位正是胡娇粉,脸上蒙着毛巾,紧跟在她身后的是名短发男子,灰头土脸,眼中布满血丝与恐惧,一边用手捂住嘴,一边屈肘爬行。管道里亮了起来,出口就在前方,男子的手忽然碰到了胡娇粉的脚,令她浑身一震。她果断地回过头,一脚蹬开那人的手,同时飞快地从口袋里掏出一支管状物,朝对方的眼中喷去。在男子痛苦地捂住眼睛的同时,管道深处涌出一团橘黄色的火球,瞬间将他吞没。胡娇粉还没来得及转身,身下的管道便轰然塌陷,将她整个人拽了下去,同时翻起一片火光。两股火焰刚一交汇,管道四壁忽地一紧,旋即被一阵猛烈的爆炸撕成了碎片。画面中只剩一种颜色,纵然金蛋传递不出声音,郑能谅也已经感受到了扑面而来的滚滚热浪和冰冷的死亡气息。

望着又一次从头开始的画面,郑能谅的心跳愈来愈急,既被这场吞噬一切的灾难深深震撼，也对胡娇粉的所作所为感到愤慨。眼下她的命运就攥在他的手里，只要他定格这一幕，胡娇粉就将付出惨重的代价。然而他断然抛弃这选择，甚至连一次提问的机会都没有使用，便径直挥起黄金分戈，连枝带果应声而落。刚一触地面，硕大的金蛋便倏然消失，空余一截断枝轻轻弹落在郑能谅的脚边。

小麻花感慨道："没想到你人如其名，事事能谅。"

"我倒是想定格，可惜这蛋太大了，咽不下。"郑能谅不想抬高自己，便用玩笑应答。

小麻花说："在我看来，这算以德报怨。"

"在我看来，盗格者不应该利用能力来报私怨，何况我只是不欣赏她的为人，还算不上什么怨。"

"嗯，你能想到这一层很难得，"小麻花抿了抿唇，又朝地上的断枝微微一撅，"可画面上的情形你也看到了，她为了自己的安全，无视他人生命，不该死吗？"

"这的确很过分，但在那种情境下，很多人都可能做出这样的举动。更重要的是，如果我因此而惩罚她，选择定格这一幕，那么她旁边那个无辜的人也会受到牵连，不如直接盗走这场灾难，对大家都好。"

小麻花叹了一口气："真是个善良天真的盗格者。"

郑能谅有些奇怪，这句话听上去似褒扬，却为什么要叹息呢？只听小麻花接着说："傻小子，好心未必能办好事。对命运的选择，光有清泉般纯净的心灵是远远不够的，还应该有皓月般明亮的眼睛。"

"什么意思？"郑能谅心头一紧。

"谁告诉你盗取了这一幕，灾难就不会发生了？你又凭什么断言,那人是无辜的?"

一股凉意瞬间蹿上郑能谅的后背,他意识到自己刚才可能做了一个错误的判断和选择,连忙追问:"怎么回事?这场爆炸还是会发生吗?那人到底是谁?"

小麻花的舌头左右晃了晃:"我说过,我只是根据我的主观理解进行推测。未来的真正面目,只有发生了才知道。未知之事,该来自来,你选择的只是未来的一个点,而命运的轨迹和人生的盘面何去何从,更多的还是取决于俟影人自己的内心和选择。"说完便缩回了树中。

"唉……"郑能谅望着沉静如水的铜镜,兀自猜想起各种可能:莫非和初中时遇到的那次一样,虽然盗取了赵老太压在危楼下的画面,却阻止不了危楼的倒塌?这场爆炸终究不可避免,只是胡娇粉不在其中?如此说来,那个男的还是会遇难?听小麻花的口气,他似乎不是好人?莫非他是个追杀胡娇粉的凶徒,而胡娇粉是无辜的受害者?

一肚子的问题和焦虑还没来得及消化,郑能谅就已回到了现实世界。裘比轼和胡娇粉早没了踪影,坤包、高跟鞋跟、湿纸巾也一并消失,连地上和他脸上的血迹都被清洗得一干二净。尽管倒在地上的郑能谅还有脉搏和呼吸,但在裘比轼和胡娇粉看来,这小子可能是装晕讹人,也可能暂时休克,还可能因为这一摔留下什么后遗症,无论哪种情况都是很麻烦的,而眼下四周没有其他人,这个路段又没装监控,避免麻烦的最好办法就是溜之大吉。

郑能谅很了解这两位的品性和能力,所以对眼前的一切丝毫不觉得意外,也没有怨言。他从地上爬起来,拍拍屁股,走到附近的便利店买了瓶红药水,返回现场,将其尽数洒在自己躺过的位置上,然后若无其事地回到向日葵活动中心的包厢里,继续陪同学们玩到散场。

第二天,郑能谅照常去听外教上英语口语课。上到一半时,窗外闪过一个鬼鬼祟祟的人影——昨夜事发后一个多小时偷偷溜回现场的裘比轼被那一摊"血"吓得够呛,却没有找到郑能谅的"尸首",还以为遇到什么灵异事件了,直到此刻亲眼确认这小子没有变成僵尸才放下心来。

之后的一段时间,他们在校园里又撞见过几次,彼此都微笑着打招呼。那件事就像胡娇粉甩在郑能谅脸上的污血一样,没有留下半点痕迹。而胡娇粉就像郑能谅撒在厕所里的那泡尿一样,消失得无影无踪,有人说她去了加拿大,也有人说她去了新西兰,但只有她那位关系网比下水道还要四通八达的父亲才知道正确答案。

郑能谅根本没把胡娇粉对他的所作所为放在心上,但对于胡娇粉而言,这个出身卑微的家伙随时有可能用这件事来勒索她,于是果断转变一直不愿意出国留学的态度,依了父亲的安排。郑能谅不知道她这一番思量与选择,也不知道他在盗格空间的那个选择是帮了她还是害了她,更不知道,那一幕被盗取的未来究竟是完全不会发生,还是会以另一种形式呈现。在下一个猴年马月真相揭晓之前,他有足够的时间边思考边等待。

等待让时间显得慢,思考又令时间过得快,时快时慢的大一生活已过一半,迎来了一场雪。西都的雪虽也从天上来入地里去,却在气、韵、形、神各方面都别具一格:绵里藏针的沙尘吹来万里大漠的异域风情,荡气回肠的呼啸声翻开千年古城的浩瀚画卷,蓬头垢面的土模样透着百姓人家的质朴气息,遮天蔽日的大阵仗显出十分霸气的王者风范。

如此特立独行的一场雪,不光让人瞬间冷静,还让校园内外变得冷清起来。放寒假的前一天，郑能谅邀请霍九建、冉冰鸾和宋颖哲到外语学院民族餐厅小聚，算是为刚刚结束的半年大学生活来个小结。四个人点了些特色菜品，要了一箱啤酒，围坐一圈，谈笑风生。酒足饭饱，正要离去，郑能谅忽然发现霍九建的脸比他们三个都红，好奇道："我说，九哥你的酒量可比我们仨加起来还高，怎么就醉了？"

细心的冉冰鸾指了指斜对面包厢，低声说："好像自从那个姑娘进来以后，九哥的状态就变了。"

郑能谅和宋颖哲抬头望过去，只见对面那桌正好散场，一溜男女陆续走出包厢，一个梳着马尾辫模样俊俏的小女生在门口停住了脚步，朝他们挥了挥手："嗨，这么巧！"

"是啊，呵呵。"霍九建的矜持令他的笑容牵强得就像是用透明胶粘上去的，使郑能谅想起中学时代站在孟楚怜面前的自己。

说完这几个字，霍九建就像被磁带卡住了的随身听，僵在那儿发不出声来，郑能谅和冉冰鸾除了礼貌地笑笑也插不上话。幸好这位陌生姑娘没打算深入交流，在尴尬初显雏形的时候就被她的朋友们催着出去了。

望着还在发愣的霍九建，郑能谅有板有眼地分析起来："与漂亮女生打交道多少会有点小心翼翼，这是正常的，因为心里多少对她有所企图——男生只有在无欲无求的情况下才会在女生面前表现得自然得体。而九哥，你刚才的表现很不一般，所以可以断定，你跟这女的关系绝不一般。"

霍九建连呼冤枉："就是个老乡好不好！"

"什么话，老相好怎么就不好了？"郑能谅批评道。

"你小子别抠字眼损我啦，我跟她一点都不熟，一面之缘而已。"霍九建的脸越发红了。

宋颖哲笑道:"不对吧,九哥,加上刚才这一面,至少也有两面之缘了。"

"嗨,你们咋就不信呢,"霍九建急得直挠头,"刚进校的时候不是两个老乡领我来宿舍的吗?他们组织了一次老乡会聚餐,饭桌上认识的她,好像叫什么梅来着,对了,秦秀梅。"霍九建来自农村,他以为捏造一个富有乡土气息的名字出来,就能让郑能谅他们相信那女生真的只是他老乡。

揭穿这一点并不难,郑能谅马上冲出包厢朝过道尽头一望,见那女孩和她的朋友们正在收银台前有说有笑。他扯开嗓子就喊:"秦秀梅!"

不出所料,霍九建没有慌张地制止他,那女孩也对这名字毫无反应。然而意料之外的是,郑能谅听得脑后传来一声晴天霹雳:"瞎嚷嚷什么,我又不是聋子!"匆忙回头,一张清秀的陌生面庞赫然映入眼帘,柳眉微皱,樱唇轻抿,凌人的气势夹着淡淡的奶香味瞬间将他团团围住。

郑能谅就这样走进了秦允蓓的世界。

第九章　盗格如梦

1

秦允蓓念的是日语系,她在上大学之前的名字就叫秦秀梅,后来觉得太没个性就改掉了。霍九建怎么也没想到西都大学里竟真有一个叫秦秀梅的女生,还刚好被郑能谅撞见,这概率简直跟中彩票头奖差不多。他也为说谎付出了代价,就是在快乐老家请所有当事人和目击者搓一顿,包括郑能谅、冉冰鸾、秦允蓓、宋颖哲,还有那位被他称为"秦秀梅"的漂亮老乡。

快乐老家是外语学院附近为数不多的比较体面的餐馆之一,和向阳小居名气相当。所谓体面,应当符合以下条件:一、服务生干净体面,看着不像乞丐;二、餐馆内外没有只讨钱不要饭的假乞丐;三、顾客不会因为点了不该点的菜而沦落为真乞丐。

快乐老家之所以是"比较"体面,是因为它只满足了其中两条标准:环境幽雅;管理井井有条;服务生衣着光鲜仪表堂堂……美中不足就是顾客结账的时候快乐不起来。但霍九建看上去相当快乐,忙前忙后菜也没吃上几口,最后买单的时候还一边掏钱一边傻笑。大家终于知道了假"秦秀梅"的真实姓名——梅歆芾,的确是霍九建的老乡。据霍九建坦白,他之所以编个假名字来蒙大家,是因为他之前也根本不知道这个漂亮老乡的名字。

秦允蓓哇了一声："九哥，你可真是全宇宙上下五千年来最纯情、最木讷的男生了！"

霍九建的脸唰的一下又红了，连忙找个借口避风头："呃，我去看看小龙虾好了没。"

"别忙活了，"冉冰鸾拉住他，"从头到尾就看你这啊那的张罗个没完，把服务员的存在感都刷没了。"

郑能谅趁机给霍九建倒满一杯啤酒："九哥，咱不能忘了这顿饭的主题啊，你给人家小梅扣了个那么土的名字，不得敬上一杯赔礼啊？"

"哪里土了？哪里土了！"秦允蓓笑着抗议道，"不行，你也得敬我一杯赔礼！"

郑能谅吐了吐舌头，也把自己的酒杯高高举起，对霍九建说："瞧瞧，为了劝你一杯，把我也搭进去了，还不赶紧将功赎罪？"

霍九建只好硬起头皮去向梅歆苃敬酒："不……不好意思，给你瞎编……了个名。"

秦允蓓马上起哄："九哥又说错话了，人家名字都是认认真真起的，怎么是瞎编的？再罚，再罚！"

"唉唉，小蓓，没个先来后到啊？先罚的我，我这杯还没跟你喝呢。"郑能谅帮霍九建解围。

秦允蓓一瞄酒杯，又凑上前一闻："什么呀你这是？葡萄糖，还是武林第一奇毒？无色无味的啊！"

郑能谅解释道："我呀，酒精过敏，从小滴酒不沾，以水代酒，请多多包涵。"

秦允蓓将信将疑地向他的好友们求证，霍九建和冉冰鸾知道郑能谅会喝一点，不过几杯就醉，也只在极特殊的场合才喝，于是不约而同地点了点头。

"那行,我一杯啤酒,你五杯白水。"秦允蓓爽快地举起杯子,跟他轻轻一碰,一饮而尽,俏皮而挑衅地看着他,不给他说不的机会。

郑能谅见一个姑娘如此豪气,也不能厌了,当下捧起桌上一瓶还剩三分之二的大瓶矿泉水,二话没说,咕嘟咕嘟全灌了下去,一抹嘴巴:"怎么样,够诚意吧?"

众人齐声叫好,秦允蓓也冲他一竖大拇指:"宰相肚里能撑船,你这肚子啊,简直可以让十个宰相在里面举行游泳比赛了!来来来,咱们慢慢切磋。"说着,招手示意郑能谅坐她身边去。他却猛地推开椅子,兔子似的向包厢外窜去,逮着服务员就问:"厕所在哪?!"

须臾,郑能谅揉着肚子打着饱嗝回到包厢,受到英雄般的热烈欢迎。宋颖哲从餐桌中间的瓷瓶里抽出一枝塑料花,双手递到他面前:"借花献佛,不成敬意。"秦允蓓扯下长长一条卫生纸,一边朝他的脖子上挂一边唱:"远方的客人请你留下来……"

郑能谅接过花,抚摸着卫生纸,感慨道:"差点把命都留下来了。"

冉冰鸾笑着扶他入席:"酒渴思吞海,名不虚传哪!"

霍九建拍着手,赞不绝口:"生子当如郑能谅!"

郑能谅一瞪眼:"你丫就知道占便宜,都当兄长了还嫌辈分不够啊!"

秦允蓓咯咯一笑:"阿谅,你可是我见过最够意思也最有意思的南方人了。"

郑能谅还没缓过劲来,又打了个饱嗝,连忙低下头猛咽口水,却被宋颖哲打趣道:"哟,被小蓓这一夸,小谅都害羞了呢,脸蛋就和胸前的红领巾一样,更鲜艳啦。"

"哪有红领巾？那是胸毛。"郑能谅脱口而出的自嘲顿时引起一阵哄堂大笑。

秦允蓓热情地夹起一只小龙虾，放在郑能谅的盘子里："表现这么好，奖励一下。"

郑能谅撇了撇嘴："塞牙缝都不够，好歹给只母的。"

"母的就够塞牙缝了？"

"母的可以下崽啊，子子孙孙无穷匮也。"

"小龙虾靠一只母的就能繁殖？"

"这不还有我嘛！"

秦允蓓一愣，旋即哈哈大笑："你口味可真重。"

郑能谅剥开虾壳，吮了吮手指："嗯，我们淳源人就喜欢口味重的菜，无辣不欢。"

"淳源？"秦允蓓眼睛一亮，"是那个产'三头'的淳源吗？"

郑能谅也很诧异："是啊，这你都知道？"

秦允蓓嘿嘿一笑："吃货的基本修养嘛，兔头是我最爱，我也特别能吃辣。对了，淳源离我家还很近噢，说起来咱们算是一衣带水的邻居呢。"

"这么巧？你哪的？"

"石头城。"

"南京？那你刚才说我什么'南方人'，还以为你是北方的呢。"

"我是北方的啊，秦淮不是南北分界线吗？我就住在秦淮北岸。"

"拜托，南北分界那个秦淮是秦岭淮河，不是秦淮河，你这地理是美术老师教的吗？"

"……不管，反正我家比你家更靠北，就是北方。"

"好吧，北方姑娘，既然你说你也特能吃辣，那就舍命陪君子吧。"郑能谅说着也给她的碗里夹了一只小龙虾。

"唉，"秦允蓓连连摆手，"最近长痘痘，不能吃。"

郑能谅马上凑过去盯着她的脸左看右看："哪有痘？"

秦允蓓脸一红："谁说痘痘只能长脸上？"

郑能谅反应奇快，目光唰地向下一扫："拜托，长屁股上那叫痔疮。"

"讨厌，长你嘴上才好！"秦允蓓把那只小龙虾又夹到郑能谅的盘子里，"你能者多劳吧，我就算可以吃，也嫌剥壳太麻烦。"

郑能谅笑着将刚才剥好的龙虾肉送到她嘴边："大小姐，这服务够到位吧。"

秦允蓓忙一侧脸："咦，上面还有你的口水呢。"

郑能谅不假思索地缩回筷子，伸出舌头把龙虾肉前前后后舔了个遍，再送回去："喏，干净了。"

两个人唇枪舌剑你进我退，把一桌人逗得前俯后仰，都忘了霍九建才是这饭局的发起者和主角。霍九建也很乐意被众人忘记，因为他觉得能看梅歆苘一眼都是幸福，能和她同桌共餐更是妙不可言，要是和她说上一句话简直能快乐得飞上天。但他根本不敢贸然上前搭讪，生怕一个不得体的动作或者一句不合适的话语让自己在她心目中的形象大打折扣，以至于从开局到散场，他与她都几乎没有交流。

第二天，郑能谅就迫不及待地跳上绿皮火车，经过30多个小时的跋涉，回到久违的淳源，见到了父母望穿秋水之后露出的笑容，还有光阴偷偷刻下的痕迹；闻到了朝思暮想的故乡的空气，那是江南小城特有的恬静气息；吃到了无可替代的汽糕、兔头、青蛳和手工番薯干，味道比从前更美妙；听到了无所不在的老旋律，虽然少了那些传遍西都大街小巷的新潮流行乐的时尚动感，却多了几分怀旧的亲切。

郑能谅从西都带回一只彩绘泥塑和一块小玉石，并不昂贵，却是精心挑选，泥塑是照着他手里那张照片上孟楚怜的模样订做的，玉石正反面也请人分别刻上了"楚""怜"二字。他记得孟楚怜对西都的向往，相信她一定会喜欢这两件礼物，于是带着它们坐了五个小时的大巴，前往孟楚怜所居住的城市。他从小企鹅那里打听到了她的住址，想给她一个惊喜——在他看来，走很远的路去见一个很想见的人，是一件无比浪漫的事。一路上，他不厌其烦地哼着《漂洋过海来看你》，幻想着上百种她收到礼物时的反应，不时露出令旁边乘客心神不宁的诡异笑容。

孟楚怜的家很好找，黄金地段，依山傍水——不是西都大学那种"依山傍水"。远远望去，在迎春花和翠竹的掩映之下，一座白墙红瓦的西式别墅分外醒目。小区门口两道拱门当中有一间岗亭，形状极似一只蒜头鼻，左右两根电动升降杆一字紧锁，宛如一对肃然低垂的眼睑，只有在豪华轿车经过的时候才毕恭毕敬地抬起来。全副武装的保安像几只绿头苍蝇，叮在这张不苟言笑的门脸上，偶尔受惊了才会扑腾一下。

郑能谅低头看了看一身与环境格格不入的装束，捏了捏装着两件廉价礼物的口袋，心底发虚，手上冒汗。幸好那些保安只看了他几眼，也没说什么。

穿过门岗，郑能谅循着门牌号去找孟楚怜的家。小区很大，他绕来绕去半天才接近目标，刚转过一户人家的花园，就远远望见一个熟悉的身影，急忙一闪身缩到栅栏后面。

"真是冤家路窄！"他暗骂。

曾经苦口婆心教导他看破红尘的任赣士正一边穿外套一边找

鞋，笑声中满是得意。半开的防盗门里，露出那张郑能谅朝思暮想的面孔，依然清新，更加美丽。

"谢谢你，路上小心。"声音也还是那么沁人心脾。

这七个字如针入耳，扎得郑能谅眼冒金星。恍惚间，他看见自己的心脏蹦出胸膛，有鼻子有眼地悬在半空，突突乱跳，先是被一瓶老陈醋劈头浇下，酸得皱眉咧嘴；又掉进一盆冰水，冻得瑟瑟发抖；再撒上一层盐，痛得嗷嗷直叫；接着落在一副烤架上，熏了个面目全非；最后被千刀万剐切成了片，成为看门狗的盘中餐。

郑能谅无法确定眼前这一幕意味着什么，更不敢深入探究其背后的含义，可是一想到这半年来在大学校园里三番五次听到见到的任赣士和别的女孩的亲密情景，他就禁不住替孟楚怜感到气愤与担心。任赣士根本配不上她，她的善良却让他的伪装屡试不爽。

任赣士穿好外套和鞋子，潇洒地一捋头发，手扶门框，脖子微微向前一探，冲着孟楚怜的脸颊袭去。郑能谅的心又一紧，却见孟楚怜笑着往后一缩，避开了他的吻别，递上一个意味深长的眼神，轻声道了句"拜拜"，便合上了门。任赣士在空中虚挥一拳，扭头悻悻而去。

见任赣士出了小区大门，郑能谅才小心地朝着孟楚怜的屋子走过去。这一刻，那扇防盗门仿佛连接了过去和未来，混淆了现实与梦境，令他瞬间产生一种时光倒流如梦如幻的错觉，依稀看见白衣素面站在阳光里的少女，看见四仰八叉躺在跑道上的少年，看见两人手拉手走过西都古老的长街，还有缀满道格海棠树的无数颗金蛋，都在昭示着同一幕动人的婚礼画面……

站在还残留着熟悉清香的门前，郑能谅一手从兜里取出沾满汗水的小礼物，一手缓缓伸向门铃，心里循环默念着开场白。

叮咚！

"来了！"活泼的应答声伴着紧凑的拖鞋摩擦声从门缝里传出来，"糊涂虫，又落东西了吧！"

一抹紧张的笑容在郑能谅的脸上彗星般划过，陨灭。

咔！孟楚怜打开门，望着空无一人的院子和地上两件古怪的小玩意儿，一脸茫然。

年三十的晚上，淳源下起了雪。郑能谅通过电话给孟楚怜送上了新年祝福，为了这通电话，他纠结了好久，因为他原以为她会通过小区保安或者监控录像查到他的行踪，或者从礼物上的蛛丝马迹发现送礼人的身份，还有可能在与小企鹅的闲聊中了解到他曾打听过她的家庭住址从而推断出后续的一切。然而孟楚怜并没有问起礼物的事，让他精心准备的各种说辞毫无用武之地。相比之下，更令她感兴趣的是他在西都这半年的见闻，那些往来书信里未能尽言的趣事。这下把郑能谅难住了，趣事确有不少，可其中不少涉及了盗格空间，不能说，还有许多他觉得有损自身形象的，也不便说，一番筛选下来就没什么可说的了。他磕磕巴巴敷衍了几句，幸好孟楚怜又接到另一通拜年电话，尴尬才匆匆结束。

当冬天随着冰雪一道融化掉的时候，郑能谅千里迢迢回到了309宿舍。一进楼，他就被老纪叫住了，只见窗户里递出一大一小两个包裹来。

"什么鬼？货到付款？"郑能谅不敢贸然去接，"我可没带钱。"

老纪斜了他一眼："小姑娘送你的礼物。"

郑能谅一愣："什么小姑娘？"

"不认识，没留名，就说一定要交到你本人手上。"

"两个都是？"

"嗯，小的那个是上个月底送来的，大的那个是昨天送来的。"

"长什么模样？"

"瓜子脸，瘦瘦的……我这老花眼也看不仔细啊！怎么的，收个包裹还看脸？你不要给我好了。"

"那可不行，万一是火辣情书或者情趣内衣什么的，怕您老人家受不住。"

老纪一口茶喷了一桌："你小子没大没……"

郑能谅夺过包裹，撂下一串怪笑，一溜烟蹿上楼。进了宿舍，四下无人，他便反锁房门，跳上床，拉起帘子，打开简易书桌，把包裹往上面一放。说不好真是情趣内衣呢，他好奇地用剪刀拆开了大个的包裹。

椰蓉酥饼、蟹壳黄、马蹄糕、桂花糕、麻糬、青团、糖不甩……大大小小的包装，五花八门的美食，顿时让郑能谅口水横流，连肚子都发出迫不及待的咕咕声。

如果这是个恶作剧，那就让它来得更猛烈些吧！郑能谅一边往嘴里塞了块麻糬，一边为小包裹宽衣解带。一张做工考究的唱片封套赫然映入眼帘，这是一张年代久远的专辑，来自一个英国的传奇乐队。目光扫过封套上的曲目，他的心跳忽然加速，耳畔瞬间荡漾起一段半年前邂逅的旋律。

那是军训第二周的一个黄昏，身心俱疲的郑能谅一回宿舍就倒在床上，拧开调频收音机，扣上头戴式耳机。女主播夜子刚报完曲目，旋律初起，他就感到一阵清风袭来，身上的臭汗散了一大半，倦意全无。当优雅而忧伤的华丽嗓音从耳机中缓缓流淌出来时，他的灵魂瞬间出了窍，被勾入耳壳，沿着导线飞快地游进收音机，又乘着一道道电波向四面八方飘去。令人浮想联翩的曲调和叫人欲罢不能的声线轻而易举地占领了他的耳朵，唤醒每一颗细胞，彻底征服他的心，以至于他根本没去注意听歌词在唱些什么。未及尽兴，一曲已毕。他嗖的一下冲到电话机旁，开始不停地拨打点歌热线，却始终没能挤进去。

节目临近尾声时，导播切入最后一个听众来电，对方是个女生，声音细嫩："夜子姐姐，我想点今天开头放的那个曲子。"

夜子柔声问道："是《I Started A Joke》（《我开了个玩笑》）吗？"

"对，对，就是这首。"女生很开心。

"那你想点给谁呢？"夜子又问。

"点给我的初恋男友，今天是他的忌日。"

"好的，祝你男友生日……呃，不好意思，请节哀。那就让我们在这经典之声中告别短暂的音乐之旅，明天同一时间，不见不散。"

这一遍，郑能谅听得更投入。歌词中并无生涩的词汇，他听懂了大意，却又隐隐觉得，在那充满故事性的字句和极具感染力的演绎之下，似乎另有深意。当最后一个音符消失在电波中的时候，他的眼眶竟已微微湿润。

关上收音机，他马上飞奔到最近的一家音像店，买了一盒收录有那首歌曲的卡式录音带。专辑里的每一首歌都很动人，可他只对《I Started A Joke》情有独钟，廉价的随身听没有单曲循环功能，他便不厌其烦地倒带。在之后漫长的岁月里，这首歌曲与《红拂夜奔》成为他精神花园中两朵长盛不衰的奇葩。

此刻，郑能谅小心地从封套中抽出那张沉静如水的黑胶唱片，手指缓缓拂过覆在碟面上的保护膜，就像考古学家为稀世珍宝擦拭灰尘。封套中落下一张小书签，上面写着一行清秀的字：朋友从国外带回来的唱片，听着不错，送你过耳瘾。等寒假结束，再带些家乡的美食，让你饱口福。

落款是秦允蓓。

2

尽管在男女关系方面天生比较愚钝，郑能谅还是从秦允蓓的热情和大方中察觉到了一丝超越普通友谊的企图。这姑娘富有亲和力的性格让他觉得蛮舒服，对幽默的敏感度也令两人的互动其乐无穷，不过对于郑能谅来说，这就如同云游四海的旅者遇到了一位好客健谈的客栈老板，聊得再欢也终须一别——在遥远的地方，还有个叫孟楚怜的目的地。更何况他是个乌龟般慢热的人，头一回碰见秦允蓓这种动如脱兔的姑娘，还真有点跟不上节拍，除非秦允蓓跑到半路倒在树下打个盹，否则他只能望尘莫及。

预感到前路坎坷的郑能谅只须快刀斩乱麻就可以避免麻烦，但手里这张殿堂级的唱片和眼前一大堆朝他抛着媚眼的美食让他实在下不了这个狠心。

"艺术是无价的，"他纠结地摩挲着唱片封套，又抓起一块椰蓉酥饼丢进嘴里，"唉，美食也是无罪的。"

拿人的手短，吃人的嘴软，秦允蓓的糖衣炮弹将郑能谅的防线敲开了一道小裂缝，还把他四周的友军炸得遍地开花。第二天，她就拎着两大塑料袋的水果、零食和饮料，雄赳赳气昂昂地跨进了309宿舍大门。

华泰崂以为是送外卖的，问了句"送错寝室了吧小妹"，立马被谷二臻瞪了一眼："错什么错？错了不要紧，将错就错才是好孩子，好孩子来来来，既来之则安之。"说着他就要扑上去大快朵颐。

霍九建眼疾手快,从秦允蓓手上接过塑料袋,半开玩笑地向众人介绍道:"这位是秦允蓓,我的'冒牌'老乡。"

秦允蓓笑嘻嘻地朝三个上铺分别挥了挥手:"第一次来,见面礼俗了点,不要嫌弃噢。"

谷二臻已经撕开辣条吃了起来,鼓着一张油嘴回应道:"嗯嗯,我就是个俗人,越俗越好。"

秦允蓓朝窗户边的下铺一伸脖子:"郑能谅呢?"

"去人文学院图书馆了。"冉冰鸾说。

秦允蓓做了个惊讶的表情:"哟,他受什么刺激了,这才刚开学就比你这学霸还用功了哪。"

冉冰鸾笑笑:"他说去查点资料。"

"该不是去查我送他的那张唱片正版还是盗版吧?"秦允蓓调侃道。

"那个我鉴定过了,正宗的宝贝,他都准备买个保险箱把它藏起来了。"冉冰鸾说着打开一个带锁的抽屉,拉出满满一抽屉糕点,"你给小谅送的这些好吃的,要不是我们几个轮班监视着,昨天晚上就被谷二臻砸锁私吞了。"

谷二臻红着脸向哈哈大笑的秦允蓓辩解道:"不是,闷在抽屉里不透风,不抓紧吃掉要变质的。"

这边秦允蓓和 309 宿舍的男生们打成一片,那边郑能谅正在人文学院图书馆里走马观花。秦允蓓猜对了四分之一,他是去查两个问题的答案,其一确与那张唱片有关,但不是查正版还是盗版,而是寻找关于比吉斯乐队(Bee Gees)的资料,另一个便是盗格空间的来历。人文学院图书馆藏书丰富,郑能谅找了一整天,可无论在"艺术—音乐"还是"动物—蜜蜂"的索引下都没发现比吉斯乐队的蛛丝马迹,更别提什么盗格空间了——当他向图书管理员说出这四个字的时候,对方还以为他是个走火入魔的科幻爱好者。

他悻悻地回到宿舍,一推开门,霍九建就扑上来忏悔:"小谅,我有罪!"

"那还不赶紧去公安局自首?!"郑能谅笑着推开他。

"我没用,没能替你守住家业,"霍九建指着一片狼藉的桌子,控诉道,"都是睡神干的!小蓓给你的零食、水果全被他贪污了,要不是我身上没什么肉,他连我都不会放过!"

谷二臻从上铺丢下一截鸡骨头,正中霍九建脑门:"恶人先告状,三分之一是你吃的!"

郑能谅大度地摆摆手:"什么给我的,又没写我的名字。小蓓大方开朗,乐善好施,那是给咱宿舍全体吃货的救济粮,见者有份。"

华泰崂纠正道:"那可不一样,她来的时候特地问了你去哪呢。"

"废话,你们都在,就我不在,可不得随口问一句,就别上纲上线了。"郑能谅心虚地岔开话题,"这事啊,你们还得感谢九哥,人家主要是看九哥的面子,要不是他的乌龙事件,小蓓也不可能认识我们。"

霍九建马上把皮球踢回去:"不对吧,要是冲我来的,咋给你送了那么多特产美食和珍藏版唱片?"

郑能谅辩解道:"我只是签收人,美食可全都交公了,你们谁也没少吃,那唱片没有留声机根本放不了,所以由我暂时代为保管。"

阚戚智嘿嘿一笑:"你就不要嘴硬了,人家姑娘就是对你有意思呢。"

华泰崂戳了戳郑能谅胸口,像煞有介事地道:"别说我没提醒你，你可是有家室的人。"

霍九建一脸不忿："这叫什么世道，像我这么优秀的男生一个女朋友都没，你这手无缚鸡之力的书呆子却能吃着碗里的瞧着锅里的。"

"嘿，我哪有瞧锅里？我可比你专一着呢！"郑能谅白了他一眼。

阚戚智又冷笑道："别装了哈，一个那么漂亮，一个那么有钱，换我也想脚踩两只船的。"

"什么话，小蓓也很漂亮的，孟楚怜也未必没钱啊！"华泰崂说着也羡慕起来，"啧啧，这才叫人生赢家啊！"

在一片调侃嬉闹之声中，只有冉冰鸾给的提醒最中肯："小谅，我觉得小蓓是个敢爱敢恨、有情有义的好姑娘，你要是对她没意思，应该早点明白告诉她。当断不断，反受其乱。"

于是，郑能谅马上确定了本学期的工作重点：头等大事就是要帮霍九建把梅歆茚追到手；次等大事就是要让秦允蓓的热情降降温，起码要在沸点以下。

他做事喜欢从次要的做起，策略就是用孟楚怜来击退秦允蓓，在他看来，让一个女孩对男生死心的最好办法就是证明他已经有了心上人。可他觉得自己出面不太合适，一来刚拿了人家的厚礼就拒之于千里之外，显得有些翻脸无情；二来秦允蓓又没说要和他怎么样，他主动跳出来宣布有女朋友就显得有些自作多情。纠结之下，他只好请舍友们帮忙出点子，却遭到了异口同声的拒绝。

"你和小蓓多般配啊！我就那么随口编个假名字，就把你和她牵上线了，这可是三辈子都修不来的缘分哪！"霍九建玩着秦允蓓送他的拉力器，苦口婆心地开导他。

"嗯，我也觉得小蓓和小谅天生一对，一个活泼热情，一个内敛含蓄,性格互补才能天衣无缝。"华泰崂对镜子里自己的新造型十分满意,尤其是头上那顶秦允蓓送的牛仔帽。

"可不是嘛……嗝,呼,"谷二臻嚼着秦允蓓送的薯片,打了个饱嗝,补充道,"张爱玲说过,要抓住男人的心,先要抓住男人的胃,你看我们小蓓多懂事,一下就抓住了我们一屋子的胃,这样的好姑娘上哪找去?"

"就知道吃,俗不俗?"连向来不轻易夸人的阚戚智也对秦允蓓赞赏有加,"小蓓同学最脱俗的地方就在于慧眼识人,给吃货送美食,给猛男送健身器,给二货送牛仔帽,给小谅这种文艺青年就送黑胶碟,所以,只要看一看她给我送的礼物,就知道我是个气质美男了。"说着,他小心地打开一瓶护肤霜,轻轻地举到鼻尖下,深情地嗅了起来。

望着这一群毫无原则和立场的墙头草,郑能谅无助地摇了摇头,把最后的希望寄托在诚实正直的冉冰鸾身上。冉冰鸾叹了口气,语重心长道:"小时候,老师就教导我们,自己的事要自己做,我可不当这坏人。"

就这样,秦允蓓在309宿舍站稳了脚跟,就算郑能谅狠得下心以怨报德与她断绝来往,也无法割断她与他身边这些墙头草的联系,何况他也是头一次遇到这样的姑娘,毫无应对的经验,只能摸着石头过河,走一步看一步了。

不觉已至惊蛰,西都迎来了久违的小雨,郑能谅给孟楚怜写了一封信,谈天说地,评古论今,洋洋洒洒几大页。经过半年多的书信往来,最初的谨慎与生涩渐渐退去,取而代之的是闲言碎语的自在和不加修饰的自然。每次提笔,他不再思前想后,无须字斟句酌,也不会一封信写上几天几夜,似乎只有在这纸墨之间,他才能把孟楚怜当作和小企鹅一样的朋友,无话不谈。当然,有些话对她俩都不能谈，比如在孟楚怜家看见任赣士的事，他只能烂在肚子里。还有些话只能对小企鹅谈，就是任赣士在西都大学的风流韵事，尽管他写得很含蓄，小企鹅还是在回信里把任赣士批得体无完肤。在告诉小企鹅之前，郑能谅还犹豫了一下，觉得在人背后说闲话不太光明磊落，可要想光明磊落就应该把任赣士、孟楚怜都约到一起，三个人坐下来边喝茶边谈任赣士劈腿的事，那也未免太惊世骇俗了。为了不让孟楚怜被蒙在鼓里，说一回闲话又何妨，而他又不能直接对孟楚怜说，唯有迂回地告诉小企鹅，由她当传声筒。为了让目的性不那么明显，他还做足了铺垫并认真推敲了字句，使任赣士在信中出现得十分自然，就好像说起一位久违的普通校友一般。

情报成功送出，估摸不用多久，孟楚怜就会看穿任赣士的真面目并与之分手，这应该是个天大的利好，令郑能谅充满了期待与欢喜。他开心并不是觉得可以乘虚而入，而是替孟楚怜终于可以摆脱渣男而庆幸，其实自从拥有了盗格能力后，他的心里就早已明白，自己绝不可能带给孟楚怜正常人的生活和幸福，所以，任赣士和孟楚怜的关系也从来不曾影响过他对孟楚怜的心意，倘若孟楚怜的男朋友是一位正直善良、有情有义的好男人，他祝福都来不及。

同样，他也不想耽误秦允蓓，只是不知如何才能将伤害减至最低，这需要充分的准备和合适的时机。于是，在和秦允蓓相识不久后的那个黄昏，当他手脚并用、提心吊胆地朝学校大礼堂的屋顶爬上去的时候，心里已经暗暗下了决心。可他没想到，秦允蓓先下手为强，用一种既含蓄又爽快的方式向他表达了心意，要不是他摸到了裤袋里藏着的孟楚怜的照片，说不定就被感动得脑门一热答应了。更没想到的是，他一番装傻充愣竟几乎没有对秦允蓓造成伤害,她只是做了个夸张的生气表情和想要踢他下去的假动作,然后云淡风轻地笑笑:"不着急。"

"嗯,是不用着急,我还是处男呢。"郑能谅挪了挪屁股,试图用自嘲缓解那一丝不知从何处冒出来的歉意。

"哈哈哈!"秦允蓓被逗得花枝乱颤,"你是不是处男不好说,但肯定是个闷骚文艺男。"

郑能谅不知这词算褒算贬:"此话怎讲?"

秦允蓓从包里抽出一本《西都风》在他眼前晃了晃,调侃道:"吟诗作赋还不够文艺啊?隐姓埋名还不够闷骚啊?"

郑能谅翻开边角被折起的那一页,正是署着自己笔名的一首小诗:

四时美景出茶乡
三山风光入淳江
两岸烟火笼寒水
一堂欢笑驱严霜

这是他寒假回到故乡和梁晨谛等同学故友聚会时有感而发即兴创作的,发在校刊上挣点零花钱,没想到被秦允蓓识破了身份,不禁有些尴尬:"谁说是我写的?"秦允蓓自信一笑:"淳江、茶乡,咱校淳源来的除了你还能有谁?""那多了去了,还有……我的学姐金一鸣啊,她可是我们淳源一中的大才女呢。"郑能谅匆忙中揪出个替身,却被秦允蓓立马戳穿:"少来!女的能用'四裤全输'这种笔名啊!""那……"郑能谅还想到了任赣士,但一转念,自己的作品绝对不能给那渣男脸上贴金,便只好坦白了:"好吧,是我写的,不过就是一首上不了台面的打油诗,又没平仄又不押韵又没意境的，闷骚我承认，文艺可配不上。"

"谦虚……"秦允蓓的眼中流露出欣赏的光芒，身子轻轻向后仰，手往地上一撑，忽有发现："咦，这是什么？"她从地上摸起孟楚怜的照片，应该是郑能谅挪屁股的时候从裤袋里掉出来的。他猛地想起了此次屋顶会面的主题，索性顺水推舟："你是个好姑娘，刚才的提议也让我很感动，可我已经有女朋友了。"

"真的假的，"秦允蓓将信将疑，"以前咋没听你说？"

郑能谅耸耸肩："以前你也没把话挑这么明啊，我主动提这事就太自作多情了，谁会见人就说'我有女朋友'呢？"

秦允蓓翻来覆去地欣赏这照片，赞不绝口："好漂亮呀，清纯如水，美丽如花。还留了唇印呢，好甜蜜，你俩怎么认识的啊？给我讲讲你们的浪漫故事呗，学习学习。"

这哪是要学习，分明是要调查。郑能谅早有准备，清了清嗓子，拿出背得滚瓜烂熟的台词，天马行空地胡诌起来。浪漫的邂逅，默契的牵手，甜蜜的交往，深情的守望，丝毫不受分隔两地的影响，只待大学毕业共结连理。为了说服秦允蓓知难而退，郑能谅还引经据典、声情并茂地把他和这位"女朋友"的关系描绘得坚如磐石、稳如泰山、韧如蜘蛛侠的蛛丝、深如马里亚纳海沟，十艘核动力潜艇也拉不动。估计秦允蓓会失望透顶并且伤心欲绝，涕泪俱下是少不了的，他连手帕都准备好了，三条。

然而，不知是郑能谅高估了自己的口才还是低估了秦允蓓的心理承受能力，这丫头竟然又笑了。起初他还担心这是精神错乱的前兆，可她的思路非常清晰，情绪也十分稳定："这就对了，说明我没看错人，要是我一追你就答应，那这花心男不要也罢。"

郑能谅傻眼："可我已经有女朋友了。"

秦允蓓不以为意地瞟了他一眼："怎么了？女朋友而已，又没结婚，我还有过男朋友呢，难道我一辈子不能嫁人了？有竞争才能进步嘛，太容易得手的也没什么意思。"

A 计划宣告失败，非但没有吓退秦允蓓，反而给孟楚怜平白无故变出一个"情敌"来。从那以后，斗志昂扬的秦允蓓三天两头请郑能谅出去玩，都被他以各种借口推掉，但借口总有用光的时候，他终于答应了她一次。因为他发现，躲不是办法，不如将计就计，试一试 B 计划。计划很简单，就是要千方百计地败坏他在秦允蓓眼里的形象，让她讨厌他，从而主动放弃。

于是，他穿着好几个礼拜没洗的脏衣服和臭袜子就去赴约了，还故意迟到了半个小时，一坐下就把腿往椅子上一架，粗话脏话低俗笑话随着唾沫一起横飞，眼睛不安分地朝别桌的漂亮姑娘身上乱瞟，甚至偷偷在秦允蓓吃的面里塞了一大勺芥末并把茶壶里的水换成白酒……结果，这一切只换来她接二连三的欢笑和发自肺腑的赞美："没看出来啊，你这家伙表面上闷头呆脑的，原来这么会玩！跟你在一起总是有惊喜哈，太有趣了！"

黔驴技穷的郑能谅想过干脆扇她两耳光拉倒，可是狠不下心。约会结束，他悻悻地回到宿舍，向情场前辈汇报了战况，并虚心求教："鸾少，你说，为啥这么做都不管用？"

冉冰鸾分析道："你没有做坏人的天赋，坏得不专业，不真实，而女孩大多喜欢这种坏得恰到好处的男生。"

郑能谅瞠目结舌："那你的意思是我要坏彻底一些才能让她讨厌我？难不成还要去放个火杀个人什么的？"

霍九建说："那你就更甩不掉了，我看过一个叫什么什么少年杀人事件的片子，里面有个很坏的公子哥，抽了一女孩一大嘴巴，后来那女的莫名其妙抛弃男友去跟公子哥好了，哪怕最后被前男友捅死也不回头。所以幸好你没坏彻底，不然秦允蓓肯定也死不回头了。"

郑能谅若有所思道:"照这逻辑,如果不想让女孩爱上自己,唯一的办法就是变成好男人?简直太神奇了!"

成为好男人不是一蹴而就的事,郑能谅意识到摆脱秦允蓓将是一场持久战,便决定先把霍九建的事给办了。从刚才得出的分析结论来看,霍九建只要一坏到底就有把握追到梅歆苘,最好是个黑社会或者通缉犯什么的,那样梅歆苘就非他不嫁了。可惜霍九建虽然体格健美、武力超群,却是个慈悲为怀的和平主义者,杀只鸡都要三个帮手,一个烧水,一个褪毛,一个杀,他自己则躲在一旁心惊肉跳地念阿弥陀佛。

"你这也太水了,白瞎了一副好身板!"听完霍九建的坦白,郑能谅一脸的恨铁不成钢,"得给你好好包装一下!"

郑能谅和冉冰鸾先用了一个礼拜的时间,天天带霍九建穿梭于师大路上的大小录像厅,学习了《教父》系列、《疤面煞星》《低俗小说》《英雄本色》《古惑仔》等中外经典,然后依葫芦画瓢给霍九建设计了一套造型方案:眼戴墨镜,嘴叼雪茄,梳起大背头,喷上古龙水,一袭黑风衣,两把大砍刀,走起来八字步虎虎生风,一坐下就用燃烧的美元点烟抽,平静中透着霸气的眼神分分钟秒杀全场。

光听着这方案,霍九建就热血沸腾了,然而巧妇难为无米之炊,预算紧张的他们只能就地取材:没有墨镜,就用毛笔把近视眼镜涂黑;没有雪茄,就用圆棒冰代替;没有黑风衣,就披一块毛毯;没有大砍刀,就别两把扫帚;没有古龙水,就洒点花露水……只有换发型是免费的,哗哗哗一梳,喷上定型水,就算大功告成了。

霍九建站在镜子前,自信心爆棚:"怎么样,帅不帅?"

"当当当，当，当当当！当当当，当，当当当……"在他左边的谷二臻马上用嘴巴伴奏起《赌神》的经典插曲。

"龙搬，龙牢，蛮累偷偷缸水，尾巴要……"右边的"歌后"华泰崂也情不自禁一展歌喉。

冉冰鸾一个劲给霍九建打气："超有型的！比发哥还要酷百倍，梅歆苪见到你绝对不能自拔！"

"什么发哥？"阚戚智却一语点破真相，"你这都快成发糕了！加个破碗，加根拐棍，不就是苏乞儿吗？"

郑能谅也不得不承认："确实寒碜了点，舍不得孩子套不着狼，该下本钱的还是不能省。"

霍九建咬咬牙，掏出了半个月的生活费，到批发市场和路边摊上淘来一套新行头，软毡帽、长围巾、二手黑风衣、人造皮手套、山寨名牌表、高仿牛津鞋，又是一番捯饬。

冉冰鸾上下打量着他："酷是够酷了，可九哥的特长没有展示出来，这一身裹得太严实，性感的肌肉都看不到咯。"

霍九建摩挲着风衣的袖子："总不能剪了吧？"

郑能谅提醒道："袖子是不能剪，可风衣不是敞开的吗？可以把你的腹肌亮出来啊！"

"我晕，难道里面什么都不穿？"霍九建说着都有些害羞。

"嗨，你真笨，可以穿短一点嘛，比如肚兜、露脐装之类的。"郑能谅不怀好意地笑着。

霍九建一把推开他："你怎么不说穿文胸呢？！"

最后折中了一下，在风衣下面配一件天蓝色皮马甲，既显身材又不走光。

郑能谅满意地点点头："不错，外形上已经有点坏样了，下面来解决内在的问题，要做到表里如一地坏。"

"那还有救吗？我还想顺利毕业呢。"霍九建很担心。

冉冰鸯安慰道："嗨，又没让你真干坏事，就是摆个坏男人的模样嘛，演戏当然要演全套。"

尽管跟预期效果比打了不小的折扣，但霍九建扮演黑帮大佬的新形象对付大多数小姑娘已绰绰有余，可当他兴冲冲跑去找梅歆苈表白时，发现她身边站着一位男子。此人从头到脚的装束与霍九建的几乎一模一样，不过每一个零部件都明显高级许多。两个不同风格的对手尚有竞争可言，但同一风格的两个档次高下立判。

梅歆苈的男朋友见有人模仿自己，以为遇到了脑残粉，一撩风衣准备给霍九建签名，不料他扭头就跑。

计划内的两件大事都做得非常失败，郑能谅有些郁闷，便一个人去逛街散心，路过一家水果店的时候，看见了墙上那个大大的"拆"字和正在发愁的杰叔。他的随手一改令杰叔赞不绝口，也让自己重拾了信心和好心情，还从此吃上了更价廉物美的水果。看上去这是个时来运转之兆，不过一个礼拜后在那录像厅里发生的事，他就不知是好是坏了。

那天是他18岁生日，在一条陌生的小巷，遇到了一位陌生的姑娘。她跟他聊了几句话，陪他看了场通宵录像，然后不辞而别。她挥一挥衣袖，只留下一串奇怪的数字；他揉一揉眼睛，却想起昨夜的海棠树。

那一刻，正牵着孟楚怜的小手徜徉在一片花海中的他忽然堕入紫絮纷飞奇香缭绕的盗格空间，一看身边的心上人不见了，不由心中一阵慌乱，但他马上意识到自己其实是从梦境进入了幻境，因为只有在梦里他才可能无所顾忌地与她手牵手。与清醒状态下突然触发不同，这一次他没有晕厥，因为本来就在睡梦中。海棠

树上悬着一高一低两颗金蛋,排球大小。他先瞅了一眼低处那颗,顿时心惊胆战:

天色有些昏沉,看不出是傍晚还是清晨,一条笔直的高速公路上,游动着一条由无数盏车灯织成的长龙。忽然,龙头上两只巨眼一歪,一沉,一灭,紧接着绽放出一朵红黄相间的地狱之花,瞬间吞没了紧随其后的几辆车,浓烟滚滚而起。在惯性的作用下,后面的车如飞蛾扑火般前仆后继地投入烈焰和浓烟之中,只见一对对车灯就像飞入囊中的萤火虫一样,或挤成一团,或黯然消失。一阵激烈的碰撞之后,高速公路上横七竖八地塞着数十辆车,有的叠罗汉,有的底朝天,有的被拦腰截断,有的飞进了路边农田,有一辆车及时刹住了脚,却被后面冲上来的车撞成了夹心饼干,还有好几辆车在碰撞中发生了爆炸,一时间到处都是火光、残骸和死伤者……

这一幕长达数分钟的惨剧逼真得让人难以置信,爆炸的烈焰和遍地的鲜血映红了郑能谅的眼睛,各种物质燃烧的气味似乎也从金蛋中透出,侵入他的鼻孔,带着恐惧与绝望的气息一路蔓延到他的五脏六腑,虽然只有图像而无声音,他的心却已被若隐若现的哭喊声和爆炸声揪得酸痛难忍。

与此相比,高处那颗金蛋上的情景温和得像一幅油画,那是在一条空荡荡的酒店过道里,细碎的灯光洒在装修朴素的墙面上,令人昏昏欲睡,一位穿着低调的女子戴着黄色胶皮手套,正用一块白色的抹布细心地擦拭着一间客房的门把手。就算没有看清她不时侧向镜头的脸庞,单凭那与众不同的气质和后颈露出一截的蝎子文身,郑能谅也能认出就是那位陪他坐在录像厅里的阿姚。

他连忙把视线扫回第一颗金蛋,在画面中飞快地搜索着她的身影,可连环车祸现场乱成一团,简直比大海捞针还难。正焦急间，一辆被撞得面目全非的金黄色跑车跃入眼帘，就在第一个爆炸点右前方不远处。没错，是阿珧的车！他的心顿时揪了起来，离爆炸中心那么近，恐怕……而且从车辆的损坏程度上看，车里的人也已凶多吉少。

郑能谅不忍再多看一眼，毫不犹豫地挥起黄金分戈，盗走了这一幕未来。望着消失在脚下的金蛋，又看看枝头那颗金蛋上平静的画面，他长舒一口气，也有些无可奈何，自我安慰道：当清洁工总比香消玉殒好百倍了。

"嚯，选得这么干脆，我都成摆设了。"小麻花自嘲道。

"别那么小瞧自己，怎么会是摆设，好歹是个会说话的宠物嘛。"救了阿珧一命的郑能谅心情不错。

"看来下次要让你选择超时，体验一下留在盗格空间给我当宠物的滋味。"

"别，公报私仇可不对。何况把我这么个小鲜肉留在身边，将来要是让你的旧爱、会说话的松鼠知道了，它肯定会吃醋的。"

"油腔滑调，自作多情，呕！"小麻花的两瓣嘴唇一弓，做了个呕吐的表情。

"哈哈，你还会做这么复杂的动作呢，看来这两瓣嘴唇不只是摆设。"

"还能把你嚼成渣渣噢，要不要试试？"树上的嘴陡然扩大了好几倍。

郑能谅慌忙后退几步："别别，君子动口……"

"废话，这不就是动口嘛。"

"我的意思是，说说就好，别来真的嘛……其实我还有很重要的正事要问你呢，一次一问，别浪费了。"

"问吧。"

"阿玬早餐一般喜欢吃什么?"

"……正你妹个事!"

"怎么,这都答不出来,还好意思当素问镜呢!"

"谁答不出来!你也太八卦了,居然问这种无聊问题,好歹是从业多年的盗格者,不会问点有知识含量的?"

"什么问题是有知识含量的?难道问她的三围是多少,还是她喜欢什么颜色的内衣?这种问题是我这清纯朴素的人问得出的吗?再说了,就算我问了这些,你也不可能告诉我答案啊……"

"切,只要你敢问,我就不怕告诉你。"

"呃……那我要换问题。"

"没机会了,你问的是她早餐喜欢吃什么,答案是,煎饼果子,加孜然。回答完毕,拜拜。"

"哎,再聊聊嘛……"郑能谅来不及反悔,就被送出了盗格空间。

他原以为离开盗格空间后就会睁眼看到阿玬,本想问一下她刚才到底对他做了什么亲密的动作,还打算请她好好吃顿早餐——要是给她点一份加孜然的煎饼果子,她一定会感到很惊奇吧!

然而令他惊奇的是,眼皮怎么也睁不开,四周的场景也没有切换回那破旧的录像厅,而他依然牵着孟楚怜的小手在没有尽头的花海中漫步——这正是他刚才进入盗格空间前在做的美梦。看来的确太累了,所以回到现实世界还在睡,幸好美梦也在继续。

这个梦弥补了现实中的遗憾,郑能谅很乐意就这样一直走下去。他想找点话题和孟楚怜聊,一时不知从何说起,说初中运动会上的初遇,有点天真;说被罚扫厕所时的邂逅,有点尴尬;说见她帮助乞丐时的感动,有点矫情;说营救流浪猫的义举,有点虚荣……每一件都历历在目，哪一件都开不了口。这时，孟楚怜忽然松开了他的手，头也不回地朝远方奔去。他慌了，冲上去一把拽紧她的手，说有话要说。她回过头，没有说话，却用微笑鼓励他。于是，那个困扰他许久的谜团又从脑海中浮了出来。他终于鼓足勇气，对她说起了庄璧楼，说起了那个神秘的"女贼"，说起了那些将会发生在下一个猴年马月里的未来，以及画面中让他百思不解的面孔。然而，她的回应依然只是温柔甜蜜的微笑和平静如水的沉默——梦里的人怎么可能给他答案呢？

郑能谅并不介意，能陪着她走，比答案更重要。走着走着，他忽然发现四周的花有些古怪，刚才都是红色，一下变成了绿色，紧接着又变成了黄色，形状也随之改变，红色时像一颗颗心脏，绿色时像一只只脚掌，黄色时又像一张张脸蛋——凑近一看，不是像，竟是真的脸，有鼻子有眼，还露出喜怒哀乐各种表情。他想与孟楚怜分享这个奇怪的发现，却见她在前方百步之外踽踽独行，花海已被一道悬崖拦腰截断，她的脚步却丝毫未停。不等他冲上去阻止，她已纵身跃下悬崖。他惊慌失措，狂奔到悬崖边，朝下一望，顿时惊得说不出话来，视野中既不见孟楚怜的身影，也没有黑暗的深渊，目之所及，是一个从未见过的世界：下方崖壁上耸立着一望无际的原始森林，千奇百怪的树木令人眼花缭乱；对面"崖壁"隔着千丈远，却既无陆地也无山岩，朦胧的雾气中闪过一道道红色和紫色的异光，仿佛混沌初开的天地，令人心生敬畏；崖底传来阵阵沉闷的巨响，似猛兽低吟，又似雷电齐鸣，分不清是来自原始森林还是来自混沌虚空。

这真的是个梦吗？郑能谅刚起疑心，忽觉身子一晃，重心下沉，眼前那个奇异的世界也整个翻转起来，瞬间便折了个90度。刚才还趴在崖边向下看的他，此时却挂在世界的边缘，身后的花海已然变成了新的悬崖。不知是不是幻觉,他远远望见原始森林的尽头拔起一座山峰,高耸入云的峰顶闪着橘红色的光芒,光芒之下似有一粒豆大的人影。他想要呼救却喊不出声来,想要爬上去却没有力气,只觉一股强大的吸力将他拼命往下拽。说时迟那时快,原始森林中突然钻出一只巨大的爪子,飞快地朝他袭来。那爪子上的五根手指全无皮肉,只见白骨,每个指尖上还长着一只三角形的怪眼,血色密布,目光凌厉。摔下悬崖是死,被这魔爪抓住了也好不到哪儿去,他正要闭上眼睛听天由命,忽然感到心口无比灼热。低头一看,只见左胸不知何时泛起一片白光,白光中还隐隐透出上下两道月牙形的紫光。紫光急速扩大、延伸,瞬间在他身前竖起一面巨嘴似的屏障,阻住了恐怖魔爪的来袭,照得五指上的怪眼纷纷躲闪。只缓了一缓,森林深处又传来更多怒吼声,四面八方的树木纷纷倒下,不知还有多少怪物蜂拥而来。千钧一发之际,那紫色的巨嘴陡然张大数倍,倏地一收,一股强大的气流直扑郑能谅,眨眼间就将他吹出九霄云外,吹回到现实世界中来。

这梦境太逼真了!一身冷汗的郑能谅感到心脏的狂跳余波未平,十根手指隐隐有些酸麻,就跟真的在悬崖边吊了半天似的。若不是扫地大妈挥舞的鸡毛掸子和阿珧留在薯片包装袋上的古怪数字,他还一时回不过神来。

这一场不期而遇又不辞而别的邂逅将阿珧烙进了郑能谅的记忆中,然而他不是个见异思迁的人,也没那么容易产生爱情,录像厅奇妙夜对他来说无非是一个类似盗格空间般古灵精怪的小意外,有火花,有惊喜,但只是插曲,并非主旋律。在他看来,自己与阿珧就像直角坐标系的两道轴,在某一点匆匆相交,然后分道扬镳。

生活照常继续,他还有许多现实的难题要处理,比如捉襟见肘的生活费,比如如影随形的秦允蓓,比如险象环生的期末考。秦允蓓比期末考更难处理,而当秦允蓓与期末考交织在一起的时候,就是难上加难了。

"你看我,像不像倒霉鬼?"秦允蓓一脸丧气。

郑能谅怜悯地左看右看:"霉鬼算不上,就是个霉女。"

据秦允蓓哭诉,她挂的三门课都很冤。第一门《日语翻译理论与实践》,教授是个厚道人,事先整理出150道题的题库,承诺试题尽在其中,全部背下来就能拿满分。秦允蓓不奢望满分,便偷了个懒,把前120题背得滚瓜烂熟,心想就算按比例抽题也足够及格了。谁知教授也偷了个懒,直接把后30道题编成了试卷,于是秦允蓓考了零分。

第二门《日本文学史》,教授也不为难人,只在乎学生的听课率,而检验的方法也很特别,全部浓缩在试卷最后两道附加题里:

1. 4月1日那一堂课上,我说的第一句话是(　　)
A. 今天自学　　B. 现在点名　　C. 同学们好　　D. 下课
2. 我的口头禅是:做人要摸着(　　)说话
A. 良心　　　　B. 秃头　　　　C. 屁股　　　　D. 钱包

秦允蓓纠结了好久,估摸着这么有个性的教授说话肯定不按常理,于是分别选了D和B,结果答案是C和A。教授的解题思路是:第一题答错证明你没有来听我的课,第二题答错证明你在侮辱我的品位和情操。至于评分标准,答错一题扣21分,两题都错就不及格。

第三门《逻辑学》,秦允蓓吸取了前两次失败的教训,总结了高年级前辈们的经验,决定采取装病避考的策略,打不起总躲得起。因为该科教授是个通情达理的人,对因病缺考的学生从不要求补考,直接以班级平均分计算,这一次也不例外。问题是一个人一旦衰起来,数九寒天都会中暑,秦允蓓怎么也想不到,由于全班同学普遍不用功,结果只有十几个人及格,导致平均分只有40多分,她也被拖下了水。

对于这种千载难逢的霉运,郑能谅深表惊奇与同情:"你真是有如神助啊!"

秦允蓓叫道:"什么呀,这也叫神助?"

郑能谅狡黠一笑:"衰神也是神嘛。"

一半出于同情,一半迫于秦允蓓的软磨硬泡,郑能谅答应暑假陪她去旅游散心,食宿由她安排。

第十章　少林奇妙之旅

1

"挂科万岁！"秦允蓓快乐地舞起双臂，蹦上了前往郑州的绿皮火车，转身朝不远处拖着两只大行李箱"吭哧吭哧"的免费搬运工频频招手："快点快点！"

郑能谅叫苦不迭："快个头啊，当我是铁道游击队的哪，人家游击队追火车也没带这么多行李的啊！"

秦允蓓咯咯直笑："谁叫你平时缺乏锻炼啊，这就叫头脑发达、四肢简单。"

"猩猩四肢、头脑都不简单，你咋不带只猩猩来？"郑能谅总算挤上了车厢，使劲抹了抹湿漉漉的额头。

秦允蓓一边掏出手绢给他擦汗，一边继续开玩笑："咳，猩猩不是太黑了嘛，又没有酒窝，还不会跟我斗嘴，只好用你将就一下咯。"

十几个小时的车程，沿途大多是又黑又长的隧道和草木稀疏的黄土丘，望着这单调荒凉的风景，听着耳机里似山泉般轻灵明快的《假日》，郑能谅的思绪又不由自主地飘起来。一开始，秦允蓓还家长里短地找话题，却见他又是听歌又是出神的，便嘟了嘟嘴，伸手轻轻拽下他右侧的耳机线，戴在自己耳朵上，一听就乐了:"咦,这不是我送你的那张专辑吗?"

郑能谅把口袋里的随身听摆在桌上,脸依旧朝着窗外:"你那古董级的唱片要用老式留声机才能听,能带上火车?再说我也舍不得呀。这是十几块一盒的翻录磁带,曲目都和唱片上一样的,早就买了。"

秦允蓓更加高兴了:"看来你很喜欢呀。"

郑能谅转过头来:"对了,你之前怎么想到送我的?"

秦允蓓做了个鬼脸:"刚好那几天一个国外的朋友寄来的,很好听,我就想,你这样的男生应该会喜欢吧。"

"我这样?什么样?"

"傻样,哈哈!"

"哦。"郑能谅心不在焉地应了声,又把目光转向窗外,头靠着玻璃,沉浸在旋律中。

"嘿……"秦允蓓的聊兴刚被这话题撩起,岂肯轻易被打发,忽听得耳机里传来一串和风细雨般的低吟,瞬间被这股以柔克刚的力量软化,手指跟着节拍在桌面上轻轻敲了起来:"哗、哗哗、哗哗哗……"

听完这段,秦允蓓见郑能谅开始闭目养神,便打开背包,抽出《瓦尔登湖》——这是郑能谅上车前给她推荐的读物,不是投其所好,也并非因材施教,而是死马当活马医。他知道她是个吃安眠药都未必静得下来的人,只有下一剂催眠曲加催眠书的猛药。不出所料,她目录还没看完就睡着了。

宝贵的安宁持续不了太久,因为每当列车停靠站台的时候,它都会被铺天盖地的吆喝声赶到九霄云外。好客的小贩们早已在站台上严阵以待,列车还未停稳便一拥而上,争先恐后地朝车窗里塞水果、茶叶蛋和矿泉水,热情程度不亚于当年淮海战役推着小车支援前线的老乡。郑能谅的肠胃功能一般，也没有准备腹泻药，所以一路都没消费。可路程还没过半，他就惊讶地发现两人自带的粮食储备已经被秦允蓓单枪匹马地一网打尽了。她还理直气壮地把责任推到他身上："都怪你啊，不陪我聊天，不聊天我当然要吃东西了啊，总不能让嘴巴闲着。"

郑能谅刚要反驳，忽然想起野外求生节目中教过的生存法则——在没有补给的情况下要尽可能地保存体力，于是果断地放弃了和她理论。考虑到接下来还要跟饥饿对抗数个小时，他又果断地进入了梦乡。结果没过多久，他就被秦允蓓用小抱枕拍醒。她说要上洗手间，让他看住行李。

他嘟囔道："有什么好看的，行李早被你吃光了。"

饥肠辘辘地走出火车站时，恰是正午时分，郑能谅发现自己置身于一个天色更灰暗、空气更浑浊的城市，似乎回到了黄昏的西都，有种时空混乱的错觉。接站的人群中忽然蹿出一位少年，轻轻跃过隔离带，三步并作两步跑到他们面前，二话没说就给了秦允蓓一个熊抱。秦允蓓也大方地拍了拍他的背，介绍道："这是我高中同学，金飞祚。这是我朋友，郑能谅。"

金飞祚身材精瘦，皮肤黝黑，头发微卷，有些凌乱，一双眼睛炯炯有神，手指细长，很有劲。好客的他已安排好了酒店，又在学校附近最热闹的大排档为两人接风，一入座，就给秦允蓓倒了杯清酒。秦允蓓大方接过："谢谢，还记得我的口味呢。"

"喝酒的女生我就认识你一个，能记不住吗？"金飞祚说着朝郑能谅一晃酒瓶，"清酒，啤酒，还是白的？"

不等郑能谅开口，秦允蓓已抢答："他呀，酒精过敏，还不如我呢。"

本来见金飞祚如此热情豪爽，郑能谅一时兴起很想与他喝上几杯,幸亏快人快嘴的秦允蓓提醒了他这一"忌",便尴尬笑笑:"惭愧,扫兴了。"

金飞祚也不勉强:"那就多吃菜,别客气。"

郑能谅喝着饮料,看两位势均力敌的酒伴变着花样把酒灌进彼此的肚子,听他们你一言我一语地回忆青春。金飞祚和秦允蓓从小住在同一条街道,小学、初中、高中都上同一所学校,他比她大一岁,也高一届,每次升学的时候她都会开玩笑地说"你开路,我殿后"。高一那年,在班上一直名列前茅的金飞祚忽然成绩一落千丈,留了一级。两人又在高中同桌了三年,结果一个考上了西都大学,一个来了这儿。望着两腮酡红正和金飞祚猜拳的秦允蓓,郑能谅莫名地想起了孟楚怜,似乎有一阵子没有收到她的消息了。

善解人意的老天仿佛感应到他的愁绪,漫起淡淡的雾,还洒落丝丝细雨。郑能谅靠在椅背上,仰望悬在头顶晃悠悠的小灯,忽然涌起满腔诗情,当下从包里抽出《瓦尔登湖》,提笔在封底上一挥而就:

> 碎雾残月雨飕飕
> 疏影孤灯念悠悠
> 曾经年少不知愁
> 回首流光晓春秋
> 淡看风云贪美酒
> 笑忘红尘爱自由
> 一人一笔一江湖
> 无欲无求无恩仇

"咦，深藏不露啊，诗人。"金飞祚眯着醉眼，对郑能谅刮目相看。

郑能谅收起笔，开玩笑道："下雨了嘛，当然湿。"

"咦，你不是酒精过敏吗，还贪美酒？"清醒的秦允蓓马上发现了诗句里的逻辑漏洞。

"嗨，虚构的嘛，又不是日记，说的是一种意境。"郑能谅尴尬地解释道，要不是创作的欲望和灵感稍纵即逝，他也不会当着两人的面写诗。

"说得好！一人一笔一江湖，就为这意境，干一杯！"金飞祚将酒杯一戳，碰了下郑能谅面前的茶杯，"以茶代酒，喝的也是个意境。"

三人相视一笑，举杯相碰，一饮而尽。不知是酒量过人，还是猜拳技术略胜一筹，喝到最后，秦允蓓只是微醺，金飞祚却醉成了一摊烂泥。幸好他体重和秦允蓓差不多，郑能谅一个人就把他背回了宾馆。两张单人床，金飞祚和秦允蓓一人一张，酣然入梦。郑能谅裹着毯子躺进沙发，抱起《瓦尔登湖》看到半夜。

凌晨三点，他被一阵凉意撩醒，发现自己侧身躺在金飞祚的那张床上，金飞祚不知去向，另一张床上也空空如也。他心中一惊，却听见淅淅沥沥的水声穿过卫生间半掩的门，与电视中噼里啪啦的弹壳落地声互相呼应，飘荡在房间的每个角落。正纳闷间，水声戛然而止，过了一分钟左右，又传来玻璃门开合和拖鞋摩擦地板的声音。

屋里没有开灯，借着卫生间的光，一个穿着白色浴袍的倩影投入墙上的梳妆镜，反射到郑能谅半闭的眼睛里，令他的心跳骤然加速。宽松的浴袍像一顶帐篷罩在秦允蓓清瘦的身躯上，却藏不住她玲珑的曲线，也抓不住她嫩滑的肌肤，无可奈何地从右边滑落一小截，露出优雅的锁骨和精致的削肩，在半明半暗的过道上泛起一层迷人的微光。润泽的秀发一头扎入这层微光中，仿佛一片鲜翠欲滴的新竹拔地而起，衬得那眉目如画的面庞更加娇媚。

她一边梳理头发，一边朝他的床铺走来。他心中一乱，下意识地合紧了眼缝。她从他脚畔掠过，走到床的另一侧，轻轻上了床。他的大脑已经完全空白，心脏跳到了嗓子眼，手臂被侧卧半天的身子压得麻木了也不敢挪，全身上下尤其是后背的每一寸肌肤都进入了一级警戒状态。他不知道她接下来要做什么，也不知道这次会以怎样激烈的方式触发盗格空间，只能屏息等待。

背后伸过来一只温热的手臂，捏着被角越过他的上方，将被子盖在他的腰际。细如发丝的气流从后颈飘来，拂过他的脸庞，伴着一缕熟悉的清香。漫长的数秒静默过后，气流悄然退去，手臂也离开了他的腰间。他感觉到床垫的凹凸变化，恍若站在海边看潮起潮落。

洁白如玉的身影又一次掠过他的床尾，来到另一张单人床前，似一片雪花般飘入被窝。一切平静如梦。

2

日上三竿的时候，郑能谅和秦允蓓被金飞祚的敲门声叫醒。穿上衣服开了门，郑能谅便发问："咦，你昨天不是醉在我床上了吗？"

金飞祚挠了挠头，有些不好意思："唉，酒量大不如前，丢人现眼了，半夜醒来一看自己鸠占鹊巢，连忙物归原主，害你睡了半宿沙发，所以也没敢太早来吵醒你们，肯定没有休息好吧？"

郑能谅一下理清了昨晚的情况，连忙答道："不会，睡得好得很，早就起床了，正边聊天边等你呢。"

"是啊是啊,早就起床啦。"秦允蓓裹着被子顶着乱蓬蓬的头发从墙角探出小脑袋,笑嘻嘻地附和道。

吃完早餐,打点行装,三人坐上了前往少林寺的巴士。在糟糕路况和糟糕车况的双重作用下,这辆巴士像嗑了摇头丸一样兴奋,每个零部件都在载歌载舞。颠了好一阵,上了国道,才稳下来,一位戴黄帽的导游取出小喇叭开始介绍少林寺和沿途风光,郑能谅边听边观察四周旅伴。左前方,一对情侣在津津有味地接着吻,邻座的老爷爷忧国忧民地摇着头。左后方也有一对情侣,男的脑袋插在女的怀里,安详地打着鼾,女的一双小手在男的一头乱发里穿梭,专心致志地搜索着什么。这画面让他想起了《动物世界》,总觉得那女的还不时将找到的跳蚤往嘴里塞。

秦允蓓也想起了《动物世界》,不过脑海里浮现出的是鸳鸯,心头一热,轻轻握住郑能谅的手,却遗憾地发现一个障碍:"你干吗老戴个手套?"

"哦,有点小洁癖,外头细菌多。"

"那这大热天的一身长袖长裤又算怎么回事?"

"汗毛太多,羞羞嘛,"早有准备的郑能谅对答如流,还劝起她来,"而且阳光里的紫外线对皮肤损伤很大的,你最好也多穿点。"

秦允蓓低头看了看自己清凉性感的着装,不以为然地撇撇嘴:"切,才不要,晒成黑炭也比捂出痱子、闷到发霉了强。何况,我有防晒霜,可没带痱子粉。"

"来,笑一个。"金飞祚举着照相机瞄准秦允蓓。秦允蓓马上挽起郑能谅的胳膊,比了个胜利的手势,冲镜头甜甜一笑。咔嚓一声过后,郑能谅指着照相机,一本正经地对秦允蓓说:"你拍就拍,还拉上我当陪衬,这下好了,一朵鲜花插牛粪上,铁证如山。"

秦允蓓微微皱起鼻子，哼了一声："还好意思说呢，板着个脸能好看吗？你就不会笑一下啊，酒窝呢？"

郑能谅耸耸肩，道："你见过哪堆牛粪会笑的？"

忽然一个急刹车，巴士在一条长长的"S"形斜坡上停了下来。郑能谅探出头向前方望去，只见首尾相连的各色车辆密密麻麻挤满了整条山路，车窗和后视镜反射出的阳光照得人眼花缭乱。

"这么长！等到过年去啊？师傅，少林寺还有多远？"性急的秦允蓓可没耐心，冲到车门旁边问司机。

司机巴不得乘客们全下车好让他早点打道回府，便答："不远啦，三五里吧。"

"马上到了，走走更快！"秦允蓓朝后面一挥手，带头跳出了烤箱似的车厢。

郑能谅和金飞祚跟了出去，一同步行，有说有笑地朝着目的地而去。大约走了十里，长长的车龙还未到尽头，也没见少林寺的影子。金飞祚打开事先准备的地图对着四周环境比对了半天，完全不知身在何处。

秦允蓓眉头紧锁："司机不是说三五里吗？"

郑能谅抹了抹满脸的汗，提醒道："你没学过数学？三五不就是15吗？"

"你咋不说35里呢？"秦允蓓狠狠白了他一眼，转头向路旁一位卖矿泉水的中年妇女问路，"阿姨，这儿离少林寺还有多远哪？"

中年妇女慈眉善目地笑着："买水不？"

竹篮里塞满了各种矿泉水，全是名牌，"娃呵呵""康帅傅""农天山泉"，有产地，有日期，还有防伪标签。瓶身粗糙，富有质感，无疑是纯手工打造，洋溢着浓郁的匠人精神。瓶盖的封口均已打开，可见都找人试喝过，绝对不会有毒。每一瓶里还体贴地插着一根黑不溜秋的吸管，管子上黏附着厚厚一层藻类生物，水中漂浮着五颜六色的小颗粒，显然含有丰富的微量元素。路边，一条小溪从山上蜿蜒而下，望不到尽头。不胜酷暑的游客们三三两两聚在溪畔，把脚探入其中，远远望去就像一长串怪异无比的葡萄。

秦允蓓用十元钱换来这样一瓶精装的洗脚水和所要的答案："转过前面那个弯再走半个小时就到了。"

三人顶着烈日继续跋涉，穿得最严实的郑能谅最受罪，口渴难耐眼冒金星，随手揭开瓶盖就要喝，幸好被里边散发出的阵阵浊气刺激得汗毛直竖，顿时大脑清醒，浑身清凉。之后，他们又向一位老汉买了三根登山手杖，从几名村姑手里买了三顶遮阳帽和一把折扇，在一位老妪的摊前消费了五只茶叶蛋，换得一条条宝贵的线索，一步步向少林寺靠近，虔诚之心随着身外之物悉数奉上。结果最后那位老妪的话令三人生不如死："少林寺啊？早过了！你们沿着这条溪往回走几里，右头有个岔路，拐进去就是。"

原路折回，来到一处热闹场所。眼前的景象与郑能谅多年来魂萦梦绕的少林寺相去甚远，恰似地球的两极，彼此用射电望远镜也瞧不见对方。三人买了票，进入少林寺，映入眼帘的却是一些在其他任何地方不用花钱就能看见的饭店和旅馆，也不乏少林特有的景观，只是已被分割包围。这里有禅院，不过旁边还有溜冰场；这里有宝殿，但台阶之下遍布西瓜摊；这里有塔林，四周却团簇着卞石店。顺着山路往上看，满眼花花绿绿，左侧一溜鳞次栉比的店铺，右侧一片星罗棋布的地摊，服色各异的小贩和游客互相交织，人声鼎沸。店铺和地摊的外围，是一座座武术学校，围墙上贴满招生启事和各种广告，一群群稚气未脱的孩童在尘土飞扬的空地上耍着花拳绣腿。

秦允蓓回过身,噔噔噔跑到入口的牌楼下,抬头看了看那三个镀鎏金的大字,纳闷道:"没走错啊,的确是少林寺,可这哪有佛门清静的样?"

"铁杆少林粉"郑能谅又缓步上前,双手合十,语重心长地对她说:"这位女施主,清静不在佛,也不在门,而在你的心里,只要有一颗淡泊的心,无处非净土,无处不清静,佛门再闹也会觉得清静,不用到佛门也一样清静。"

"三藏法师,信不信我用这芭蕉扇送你去西天?"秦允蓓轻轻打开刚买的折扇,在胸前轻轻一晃,笑嘻嘻地对郑能谅抛了个媚眼。

"哇,别动!太美了,必须封印!"金飞祚被她脱俗的气质和俏皮的神态惊艳到,飞快地掏出相机,开始找角度。

这一刻,静静流淌的小溪、缓缓蠕动的人潮、明净热烈的阳光、低吟浅唱的暖风,还有远处那仙雾缭绕的峰峦,都心有灵犀地将秦允蓓当成了焦点,衬得她美若天仙,也令郑能谅怦然心动,灵魂出窍,飘回多年前蹲在厕所窗台上的那个午后。于是,他用一种比照片更生动更永久的方式记录下了这美妙的瞬间:

> 一溪闲愁两岸浓,三夏暑融,四野绵濛。
> 五彩画扇落凝琼,六月清风,七窍玲珑。
> 八方闼然犹惊鸿,九霄云动,十障皆空。
> 百步缥缈觅仙踪,千山不逢,万般如梦。

"天哪,小蓓随手打了下扇子,你就能编出首《一剪梅》来,她要是唱首歌跳个舞,你还不得写部小说来夸啊!"金飞祚笑道。

郑能谅回过神来："哈，纯属自娱自乐，不入流的。"

秦允蓓却很受用："管你 blue 流还是 black 流，我就喜欢文采风流。"说着，她一撩裙摆，冲他嫣然一笑："要不现在就舞上一段，再给你点灵感？"

金飞祚朝四周看了看，按住胸口劝道："别！大庭广众，太刺激了，心脏受不了。"

郑能谅摸了摸肚子："我心脏还好，可肚子饿得不行了，现在不缺灵感，只求一饭。"

"哈哈！好吧，先解决温饱，"秦允蓓说着一指不远处的一座别致小楼，"那家怎么样？一品江湖，看名字就透着武侠风，你俩一定喜欢。"

三人走上石阶，跨过高高的门槛，一股浓浓的江湖味扑面而来。古色古香的装修风格，荡气回肠的电影配乐，一下子把食客们带回了刀光剑影的时代。工作人员清一色古装，衣服上标明了各自的身份：清洁工是"扫地僧"，厨师是"食神"，帮厨是"火工头陀"，男服务员个个师出"少林"，女服务员统统来自"峨眉"，连收银员都穿着"金钱帮"的衣服。除了取名为"聚义厅"的大堂之外，每个包厢都对应一个江湖门派。

在秦允蓓的建议下，三人进了"古墓派"。一名男服务员提着一只长嘴茶壶闪亮登场，二话没说要了一通功夫茶，洒得三人嗷嗷直叫。接着又进来一位女服务员，递上一份做工精美的《江湖菜谱》。菜谱只有文字没有配图，分类却十分细致有趣，粤女剑（粤菜）、楚留香（湘菜）、蜀山剑侠传（川菜）、白马啸西风（西北菜），应有尽有。每一道菜也煞费苦心地起了与江湖有关的名字，看得人眼花缭乱。

"哎，这道'九阳神功'是什么？"金飞祚指着菜单问道。服务员刚要回答,就被秦允蓓打断了:"等下,不要说!"她兴冲冲地向两位男生提议:"我们都别问,直接点,就跟盲选一样,多好玩!"

三人便兴致勃勃地点了一堆菜,然后开始了望穿秋水的漫长等待。眼瞅着大厅里那些桌的菜碟子走马灯似的来来往往,秦允蓓坐不住了,打开包厢门,拦住一个长着双下巴的女服务员:"喂,能不能在我们饿死之前给口饭吃?"

双下巴应声好,立马捧来一小碟米饭,不多不少刚够一口。见她一脸憨笑地等待表扬,秦允蓓差点背过气去:"吃干饭?菜哪?!"然后一指大堂:"外面那些客人都在我眼皮底下换了三四拨了,是我们点的菜太难炒,还是断货了?"

双下巴这才明白过来,转身飞奔去催菜。郑能谅正要喊她把米饭留下,包厢的玻璃门忽然被重重拉开,一位脖子上文着骷髅头的男服务员端着一盘菜闯了进来,往餐桌上呼啦一推:"给,'化骨绵掌'。"

3

望着盘里一堆细碎的蒜末,秦允蓓瞪大了眼睛:"这是什么?"

骷髅头粗声粗气地解释道:"蒜泥鹅掌。"

金飞祚好奇道:"呃,为什么叫'化骨绵掌'?"

骷髅头又解释:"鹅掌是去了骨头的。"

"可蒜泥鹅掌不应该是蒜泥炒鹅掌肉吗?鹅掌肉呢?这不就是盘蒜泥炒蒜泥嘛。"

骷髅头随手拿起桌上的水果刀在盘里拨弄起来,没好气地反问道:"这不是肉吗?这不是吗?"

郑能谅意识到如果再坚持己见,很可能会被这家伙切碎了加到蒜泥里去，于是很识相地答道："咦，真的有！你们大厨的刀法真是炉火纯青，瞧把这骨头剔得多干净，这肉剁得多细腻，简直跟唾沫星子一样精致。辛苦你了。"

骷髅头哼了一声，放下刀，转身离去。不到一分钟他又端来一只碟子："给，'陆小凤'。"

郑能谅还以为他在叫谁，愣了下，却见秦允蓓得意地对金飞祚夸耀道："哈，我就知道这'陆小凤'和鸡有关！"

"嗯，这盐卤鸡倒还有模有样，量也足。"金飞祚满意地夹起一块放进嘴里，刚嚼一下就吐了出来，"哇，这是什么鸡啊？牙都崩了。"

秦允蓓也试了试，轻轻一咬，便囫囵吞下，秀眉微蹙："这鸡是老死的吧？"

郑能谅抽出根牙签，往鸡肉上一戳，牙签应声而断。他沉吟道："嗯，看来这就是传说中的童子鸡。"

"什么？童子鸡能这么硬？"秦允蓓质疑道。

"要知道，只有童子之身才能练成如此深厚的铁布衫。"郑能谅用筷子轻轻敲着鸡肉，一脸的见多识广。

接着，他们又陆续见识了在几块芋艿上铺一层白萝卜丝的"白发魔女"和由五只红薯拼成的"五鼠闹东京"，你推我让谁也不忍心对这令人叹为观止的艺术品下筷子，翘首以盼最后一道压轴菜——"千蛛万毒手"。

许久，来了个女领班，和颜悦色地解释道："不好意思，你们这道'千蛛万毒手'能不能换个菜？"

秦允蓓忙问："什么情况？'千蛛万毒手'到底是啥？"

"猪肚炖猪蹄。猪蹄卖完了。"

金飞祚抱怨道："没了不早说？害我们干等半天。"

"刚才我们已经派人去进货了,可还要等一阵子,现在应该还在……"

"进货?"秦允蓓调侃道,"去养猪场了吗?小猪还没生下来?现在是不是在等母猪临盆啊?"

郑能谅一本正经地对领班说:"让你们的伙计千万不要催,慢慢来,万一动了胎气这两个小时又白等了。"

领班哭笑不得,眼珠一转,发现桌上那四个几乎没动过的菜盘,便道:"这已经上了几道菜了,你们可以先吃啊!"

一听这话,秦允蓓就跳起来了:"还好意思说呢,你看看这些菜,加起来够我一个人吃吗?还有这鸡,比我们四个人加起来岁数都大了!你还不如给我们退单算了!"

"呃,下好的单是不能退的。"领班自知理亏,连忙提出个折中的方案,"这样吧,既然你们对这几道菜不满意,我们可以破例让你们换四个同价位的菜,怎么样?"

三个人合计了一番,都觉得饿着肚子再找别的店实在麻烦,便重新点了四个菜。这次菜上得非常快,连服务员都换成了一位美少女,在制服上"峨眉"二字的衬托下,给人一种纪晓芙再世的感觉。

"哟,果然有诚意,服务档次一下提高了。"郑能谅朝金飞祎含蓄一笑,大加赞赏。

"哼,无事献殷勤,非奸即盗!"秦允蓓气呼呼地瞪了他一眼。

美少女将一个精美的托盘摆在桌面上,优雅地取下托盘上的木罩,柔声道:"'独孤九剑',请品尝。"

三个人不约而同凑上前去,瞪大眼睛,因为不这样做根本看不见。宽大的瓷盘里,躺着一朵指甲盖大小的蘑菇,上面插着九根牙签。

"这是什么鬼？"秦允蓓问。

美少女字正腔圆地介绍道："这就是本店81道名菜排名第七位的'独孤九剑'，你看，九根牙签代表九剑，每一根都取自这山上最古老最有灵气的毛竹，由本店的首席名厨亲手一刀一刀削制而成，尖利无比，隐有剑气。"

金飞祚按住狂跳的心脏，声音颤抖："那独孤呢？"

美少女玉指一点："盘子里那一朵千挑万选出来的小蘑菇，不正是'独菇'吗？"

郑能谅从蘑菇上拔下一根牙签，捏在指间一边转一边欣赏，若有所思地问道："这'独孤九剑'多少钱来着？"

"不贵不贵，只要35块。"美少女笑容可掬。

秦允蓓一拍桌子："你们这也太欺负人了吧！35块都可以买把真正的剑了！再说这蘑菇要不要那么小啊，你还不如给我来个'七剑下天山'呢！"

"那可不能这么说，"美少女不慌不忙地翻开菜单，指着一道菜名，心平气和地解释道，"虽然'七剑下天山'也要35块，可它是七根牙签加一块豆腐，要知道，豆腐可比蘑菇便宜多了，当然是这'独孤九剑'的性价比更高呀。"

她这一番分析，加上那甜美的声音和淡定的气场，令三个人的心里顿时舒服了许多，甚至油然而生一种捡了大便宜的感觉。等他们反应过来，美少女已飘然离去，秦允蓓也顾不上追出去理论，一下扑上饭桌，用"九剑"把"独菇"撕成了三瓣，一边给郑能谅和金飞祚分餐，一边囫囵吞下自己那份。

"唉，想起了当年的上甘岭。"郑能谅看着手里的一小粒蘑菇，还在满眼泪花地感慨，金飞祚早就把他那份填进了肚子，连牙签也咬去半截。

不一会儿，美少女又扭着腰肢游入包厢，放下手里带罩子的托盘，笑吟吟道："'一指禅'，请品尝。"

"别动！我来！"郑能谅怕秦允蓓受不了刺激，抢在美少女打开罩子之前飞身而上挡在菜盘前，轻轻掀起罩子一角，看见了鸡爪。确切地说，是鸡爪上的一根指头，还是小脚趾，厚重浓郁的油光掩盖不住它的瘦弱绵软，一看就知道是来自一只得了骨质疏松的老母鸡。

秦允蓓从他身侧探出脑袋，无奈地叹了口气："唉，不出所料，'一指'果然是鸡爪，只是没想到是一根。"

郑能谅不甘心地质问道："那所谓的'禅'呢?!"

美少女彬彬有礼地指了指他的脸："你看着菜肴的眼神还不够'馋'吗？口水都流下来了。"

郑能谅一抹嘴角，也没工夫和她争辩，一把抓起那根鸡脚趾，掰成三段，和另外两个饿鬼大快朵颐起来。不等他们把鸡骨头嚼碎，第三道菜又来了。这道"四大皆空"看上去很不错的样子，因为托盘里摆了四个尺寸明显比之前的大许多的菜盘。

金飞祚喜上眉梢，自豪地宣布："哈哈！这道菜我点的！眼光不错吧，一道菜就有四盘哟！"

美少女一手一个掀开了两个罩子，郑能谅和秦允蓓迫不及待地同时扑上去，各打开了一个。

"我去……"望着四个光溜溜的盘子，秦允蓓的眼珠都要掉出来了。她抄起一只盘子，举在灯光下又看又闻又舔，真的是什么也没有，干干净净，一尘不染。

"不用试了，"郑能谅气若游丝道，"这'四大皆空'的意思就是四盘全是空屁。"

美少女竖起大拇指："好悟性！"

郑能谅白了她一眼："要不是看在你是个美女的分上，我现在就扑过来掐死你。"

美少女咯咯娇笑道："你都饿成这样了，谁掐死谁还不一定呢。"

金飞袢挣扎着拉住郑能谅的手，劝道："我看最后那道菜也别指望了，趁它还没上，赶紧退了吧。"

不等郑能谅回答，美少女就扼杀了他们的计划："对不起，第四道菜——'玉女心经'已经上好了。"

三个人同时傻眼："什么？！"

美少女柔情似水的目光缓缓地从三人身上挪向了桌面，悠悠地停在那盘"四大皆空"上。

郑能谅一愣："你什么意思？难道这四个空盘子不光是'四大皆空'，还能解释成'玉女心经'不成？"

美少女摊开玉掌指着秦允蓓，振振有词："这位姑娘貌美如花，显然是'玉女'，而她现在这近乎抓狂的模样，不正是'心惊'吗？本店这'四大皆空'和'玉女心经'乃是珠联璧合、相辅相成的一对，往往能达到一菜两用、两菜合一的至高境界。"

噗！金飞袢一口茶喷在那四只空盘子上："你逗我吗？这是黑店吗？！"

美少女面不改色地拍了两下手："恭喜恭喜，这两道菜上都沾了你的口水，现在想退也退不了了，请慢用。"说着，她后退两步，关门而去。

"你给我站住！"秦允蓓拔腿就追，刚到门口就被领班堵了回来。领班赔着笑劝道："贵客息怒，息怒，这丫头新来的，不懂事，您别跟她一般见识，有什么不满意的尽管跟我说。"

秦允蓓指着餐桌："你看看这都什么玩意儿？！这菜能吃吗？"

领班伸长脖子一看，眉头马上皱了起来："哎哟哟，这也太不像话了，这么点菜怎么够吃呢？真是作孽啊！要不要再加几个菜？"说着她唰的一下从身后抽出菜单。

"加你妹啊！"秦允蓓一巴掌拍掉菜单，"你就说说这几道菜是怎么回事，'四大皆空'给我们四个空盘子？'玉女心经'还拿老娘开涮？"

"冷静，姑娘冷静，"领班连忙把椅子拖过来，请秦允蓓坐下，安慰道，"您不满意，是我们服务不周，这样吧，这四个菜分文不收，好不好？您看几位等了这么久，肚子一定也饿了，先吃点饭填填肚子吧。"

说完，她冲包厢外路过的一位服务员叫道："来三碗米饭，要快！"

三碗米饭转眼端到三人面前，有刚才那四道惨不忍睹的菜做铺垫，眼前这碗里的干饭简直就是山珍海味，三人立刻把抱怨抛到一边，也顾不上形象，三下五除二，扒得一粒不剩，结果一个个被噎得大眼瞪小眼。贴心的领班又叫人上了两壶茶、一大盘花生米。三个人边喝边聊，人生、理想、爱情、江湖，无所不谈。

秦允蓓看领班笑眯眯地坐在一边，像一尊弥勒佛，便把茶壶朝她轻轻一推："哎，你别光看啊，也喝点嘛，花生米吃啊，不用客气。"

"嘿嘿，这个我没口福了。"领班说着抬手看了看表，柔声道，"时候不早了，各位先把单结一下吧。"

"我来结。"秦允蓓大咧咧地站起来，接过账单一看，傻眼了："什么？个十百千……一万多？！"

领班云淡风轻地提醒道："不要激动，有明细的。那四道菜我已经给你们免单了哟。"

三人一看账单明细，果然，"独孤九剑""一指禅""四大皆空"和"玉女心经"一共 300 多块都没算进去，接着往下看，秦允蓓马上发现了问题："这包厢费怎么比那四道菜还贵？"

领班走到窗户边，指着暮色下的巍巍群山："山景房，一小时 200 块，还给你们打了八折。"

"行行行，"秦允蓓继续逐项质疑，"那这 650 块的服务费是怎么来的？"

领班见招拆招，游刃有余："各位都去过理发店吧？应该知道导师、总监、店长剪头价格都不一样的吧？同理，我们这儿的服务员也都按级定价的，你们包厢前后安排了两名服务员，前一个是少林派七品行者，服务费 50 块，后一位是峨眉派三品居士，250 块，再加上我这一品监院的 350 块，一共正好 650 块。"

"呃，听起来很正规的样子，那么这咨询费 1000 块又算什么？"

"作为监院，我的时间宝贵，回答问题当然要收费，每个 20 块，考虑到三位的消费已超过一万块，所以现在你问的这些关于账单的问题，我就不另外收钱了。"

"嗯，好像我们捡了个大便宜呢。那这个又怎么解释？米饭 9000 块？！还说不是黑店？"

"话不要乱讲，我们的米饭是明码标价的，你看菜单。"

"废话！这上面明明写的是米饭两块钱！"

"没错，米饭确实是两块钱……"

"啊哈！你终于承认了！"

"一粒。"

"……"

"我们这个是统一标准的碗，一碗米饭 1500 多粒，零头还给你们去掉了。两块钱一粒，3000块一碗，三碗就是9000块。"

"一碗3000块……你怎么不说一晚3000块呢？夜总会的头牌也没你贵啊！"

"你这就不讲理了，谁知盘中餐，粒粒皆辛苦，爱惜粮食是我们中华民族的传统美德，尤其是在当今物质生活极大丰富的年代，倡导节约更是一种绿色环保的健康理念。米饭按粒算，正是要提醒你们农民伯伯种粮食的辛苦，杜绝不必要的浪费。"

"我……去！你们怎么不把茶水也按滴算啊？！"

"恭喜你都学会举一反三了！我们的茶水就是这么算的，一滴一毛钱，很实惠哟，两壶茶每壶算你一万滴，一共2000块。还有花生米，也是论粒卖的，十块一粒。"

"……你怎么不去卖大力丸呢？"

"好眼力！我以前就是卖大力丸的。我这人就是这样，干一行爱一行，做什么都是实打实的，这么算下来，你们一共消费了15 650块，零头就算了，15 000块吧。"

秦允蓓出离愤怒了："你们怎么不去抢啊？直接把我们绑起来，拿光身上的钱不就完了，何必搞这么复杂？"

领班忽然瞪大了眼睛，脸上一直挂着的笑容瞬间退去，仿佛受到了极大的侮辱，义正词严地抗议道："你把我们当成什么人了？一品江湖堂堂名店，诚信为本，怎么会做那么卑鄙的事？我们从始至终都是高度尊重并且按照你们的意愿行事的，我们的饭、菜、茶水都是明码标价的，菜也都是你们自己点的，什么叫抢？"

金飞祚马上抓住一个漏洞："不对！米饭可不是我们点的，是你主动提供的。"

领班用手紧紧抓住菜单放在胸口，似在宣誓，又似在抗议："你这人太没良心了！作为顾客，你们是我们的上帝，试问，眼看上帝要饿死了，难道我置之不理？点三碗饭来挽救你们的生命，何错之有？再说了，点不点饭是我们的事，吃不吃的决定权还是在你们手中，难道刚才是我们强迫你们吃的吗？"

她说得好有道理，大义凛然的神情令三人不禁为自己刚才捧着饭碗狼吞虎咽的丑态感到无比羞愧，但郑能谅还有话说："我们饿成那样，还不全是因为你们那几道菜根本没法吃？！这叫鱼目混珠、偷工减料，是赤裸裸的欺诈！"

领班冷笑一声："麻烦你回忆清楚，刚才每一道菜上来的时候，我们的服务员是不是都解释过其含义？哪一道菜和名字不符了？什么叫鱼目混珠？难道'独孤九剑'就真的给你上九把宝剑？你吞得下去吗？难道'一指禅'就真的剁根手指给你？你敢吃吗？难道'玉女心经'还要真的给你弄个玉女来？你想什么呢你？"

她停顿了几秒，给三人反驳的机会，但他们已被深深震撼，一个字也驳不出来了。她便开始心平气和地给他们讲道理："至于菜量的问题，谁也没规定一盘蘑菇不得少于多少朵，一盘鸡爪不得少于多少根，我们一品江湖之所以叫'一品'，就是因为始终把品质放在第一位，求精而不求多，每一份食材都是精挑细选、万中无一的极品，论质量那都是一个顶一万个的，你觉得，这能用简单的数量堆砌来比较吗？怎么能说是偷工减料？何况，我们的菜单上早就明明白白写着'菜名仅供参考，请以实物为准'，何来欺诈之说？"

一番有理有据、声情并茂的辩白令三人哑口无言，虽然明知被坑了却不得不乖乖认栽，可就算乖乖认栽也拿不出那么多钱来。领班嘴角微翘："钱不够没关系，你们两个男的可以洗碗拖地倒泔水，至于这姑娘嘛，长得还挺水灵的，还债就更容易了，嘿嘿，我们很人性化的……"

郑能谅一个哆嗦，见领班伸手要去抓秦允蓓，急忙飞身上前，紧紧扣住了领班的手腕。刚碰上她的肌肤，他心里就咯噔一下，糟糕，盗格空间！

奇怪的是，他没有晕过去，也没看见海棠树。更奇怪的是，领班竟然轻轻一转腕，反抓住了他的右肘。他只觉胳膊一麻、一软，便不听使唤了。包厢外马上闪入一位左青龙右白虎的彪形大汉，一手一个抓起秦允蓓和金飞袏就走。

"救命！"秦允蓓拼命挣扎，哭喊声渐行渐远。

"放开她！"郑能谅惊叫一声扑上去，人却从黑暗中猛地坐起，只听得耳畔飘荡着《斯卡波罗集市》凄美婉转的旋律，不由长舒了一口气。

"怎么了？"金飞袏的声音从左边传来。睡在床铺另一头的秦允蓓也把搁在枕边的随身听的音量调低了半圈，支起身来问道："都放摇篮曲了，还睡不踏实呀？"

郑能谅一抹额头上的冷汗，心有余悸："呼，还好只是个噩梦。"

听他讲完这个怪诞得有些真实的梦，秦允蓓顿时乐得在床上打起滚来："哈哈哈！可别说，这事他们干得出来，幸好我们后来点的四个菜不是什么'独孤九剑''四大皆空'！"

金飞袏悻悻道："亏你笑得出来，我们吃的那四个菜也没便宜到哪里去啊，要不然的话，我们也不用在这破屋子里挤着睡了。"

原来之前在一品江湖他们重新点了四个家常菜，加上茶水、包厢费也花去近千元，大大超出了预算。吃完那顿饭，天色已晚，找遍了附近有模有样的旅馆，价位都在他们的承受能力之外，无奈之下只好挑了一家看上去还比较干净的民宅。房间挺宽敞，不过空荡荡，没有一件500元以上的家具；床挺大，不过只有一张，枕头也只有一个；视野挺开阔，门前窗后一览无余，不过窗户上没几块完整的玻璃，大多是纸糊的，门上千疮百孔，风一来哐哐作响。一开始郑能谅还担心三个人合用一张床不太合适，但一看屋里根本没有沙发，地上也到处是鸡粪、老鼠屎和其他来历不明的污迹，便不再充君子。秦允蓓也觉得在这处处有陷阱的是非之地，三个人还是睡在一起比较安全，男女分两头，一人一床毯子，和衣而睡，也没什么不方便的。房东的数学知识和社会经验都相当丰富，一人过夜50块，三人150块，不过两男一女要加100块隐私保密费，一共250块，不还价。

"这也不能怨我，"秦允蓓把矛头转向郑能谅，"还不都是因为他，来之前非逼着我只带和他一样多的现金，死要面子活受罪，现在好了吧，一天用掉了两天的预算。"

郑能谅掀开毯子挪到床边，一边在黑暗中找鞋一边说："知道你不差钱，可我们还是学生，出来玩也得有点学生的样子，总不能鼓着腰包大手大脚，搞得跟煤老板来投资房地产似的。"

秦允蓓哼哼道："那也不用搞得这么捉襟见肘啊，我说带张卡备用，你也不让。"

郑能谅趿拉着鞋，借着依稀的月光朝墙角的夜壶走去："虽然现在手头紧了点，但这何尝不是一段有趣的经历？你说你养尊处优十几年，可曾饿过肚子？可曾吃过'陆小凤'和'五鼠闹东京'这等人间美味？可曾住过这种古董级的老房子？可曾用过如此传统怀旧的生活用具？"说着，他弯腰捡起一只老夜壶，面朝墙壁开始放水，大珠小珠落玉盘之声在空旷的屋子里荡漾开来。

"哎哟，我的妈呀，你这么享受吃苦，咋不去支援非洲建设呢？"秦允蓓捏着鼻子，瓮声瓮气道。

随身听里缓缓流出沉静如水的《月光奏鸣曲》，令刚打完尿颤的郑能谅一身轻松、心神荡漾，尽管这一路走来坎坷不断，他依然对心中的武林圣地充满了景仰与期待。他拉上裤链，站在吹弹可破的窗户边，望着远处朦胧的山影幽幽道："久处红尘知冷暖，初临禅境试高深，我觉得，今天经历的一切苦难其实都是佛祖对我们诚心的考验，看来这一趟必定有所斩获。"

"斩个毛获，"秦允蓓没好气道，"我看你就是个孟获，诸葛亮懒得斩你，你还以为是自己脖子硬呢。"

郑能谅只把她的嘲讽当作耳边风，继续自言自语："嗯，白天看到的喧嚣都只是表象，寂静的夜晚才会撩开武林神秘的面纱，半夜出去转转肯定会有奇遇，要知道，得道高僧都是昼伏夜出的。"

秦允蓓纠正道："耗子才昼伏夜出。"

4

郑能谅最终还是打消了夜闯少林寺的念头，一来是对自己的武学功底有清醒的认识，碰上个毛贼都可能被打得满地找牙；二来这一天下来实在太疲惫，本来吃个午饭，结果折腾到连晚饭一起解决了，还只吃了三分饱，现在别说夜闯，就连起夜都费劲。

三人就在这张可以并排躺四五个人的大破床上对付了一宿，尽管屋里闷热无比，此地的蚊虫也都跟练过武似的特别能战斗，他们还是很快进入了梦乡。天一亮，他们便重整旗鼓，杀回那片热闹的集市，开始新的探险。

路过一个卖兵器的小店，秦允蓓打算买 20 柄宝剑回西都送给朋友们。郑能谅提醒道："这不是个小数目，也不是小罪，带回西都，涉嫌走私军火；发给朋友，涉嫌建立非法武装。买来也是你自己拿，我可不帮忙，你想清楚咯。"

秦允蓓哼了一声，买下两柄宝剑，一柄交给金飞祚，一柄抽出鞘举在手里把玩。没走出几步，她就踩着一个坑，脚一崴，下意识用剑尖撑地，咔嚓，断了。

"赔！"她把断剑丢在柜台上。

店主看也不看："剑是用来观赏的，不是当拐杖的，你撑地它才断，只能怪你太重，该减肥了。"

"我减肥?！我还没你一条腿肥呢！一撑就断，还算什么宝剑？"

店主拿出一柄标价1500块的剑："宝剑和人一样，是分档次的，想摔不坏，你应该买这把传说中历千年而不朽的倚天剑。"三人定睛一看，果然是举世闻名的"倚天"剑，便心悦诚服地离开了。

他们也不敢再买别的纪念品，直奔深山而去。半路见一庙，烧香者络绎不绝，个个都说这里佛光普照，许愿灵验无比。郑能谅很想许一个与孟楚怜有关的愿望，这个愿望他在心里早已许过无数次，可从未有过任何的仪式。他向旁人一问，一支香50元，顿时囊中和脸上都羞涩起来。

秦允蓓鼓励道："不贵不贵，一人许一个嘛，我请客。"于是三人跪成一排，一同敬香许愿。秦允蓓虔诚地三叩首，喃喃道："请菩萨保佑我和……"

"嘘，说出来就不灵了。"郑能谅小声提醒道。

三人默默许愿完毕，起身离开，郑能谅还一步三回头。秦允蓓搗了他一拳："干吗？没打草稿，许错愿了？"

郑能谅巴巴地望着佛像："我是想再许个愿，请菩萨把刚才的香火钱赐还给我们。"

秦允蓓忍俊不禁："要脸不？居然跟神仙要回扣。"

郑能谅嘿嘿一笑:"神仙都是视钱财如粪土的,才不会跟我们凡夫俗子计较呢。"

行至半山,秦允蓓嚷嚷口渴,一眼望见前方不远处有个地摊在卖西瓜、玉米和茶叶蛋,兴冲冲跑上去一问,惊得直咋舌:"这西瓜怎么比超市里的贵好几倍啊?"

小贩正色道:"开过光的西瓜,普通西瓜能比吗?"

郑能谅也在一旁帮腔:"就是,这儿是神仙出没的地方,你想,飞机上卖的东西都比地上贵那么多呢,飞机才多高?神仙飞多高?知足吧。"

又热又渴的秦允蓓也顾不上心疼钱,买了两只开过光的西瓜。三人分而食之,金飞祚还吃了一棒玉米,彩色的。半小时后,金飞祚忽感腹痛难忍,汗如雨下,疑为武林第一奇毒"大肠杆菌"所致。遍寻茅厕,不得,于林间僻静处救急,一泻千里。刚提起裤子,他就被一位高大威武的神僧抓了个现行。神僧慈悲为怀,念其初犯,罚款 100 元后放行。

无限风光在险峰,郑能谅本想更上一层楼,深入探寻佛门圣地之妙意,奈何金飞祚已经拉肚子拉得灵魂出窍,秦允蓓也因酷热难当体力不支而瘫软在地,旁边就有几位轿夫,不过单人单趟就要 100 多,不用算也知道余额不足。正好从山上下来几名游客,郑能谅忙问:"前面还有多远?"答曰:"快了,两小时。"郑能谅正准备把这个好消息告诉躺在地上的两位同伴,那人又补了句:"两小时就能到半山腰了。"

"行行好,不用到半山腰,我这剩下的半条命就没了。"秦允蓓摘下草帽,一边扇一边诉苦。

金飞祚也忧心忡忡地望着她:"你衣服都湿透了,这天气实在不适合再爬了。"

秦允蓓低头一看，顿时花容失色："天哪，这可是我刚买的新衣服，都泡成酸菜了！"

"好吧好吧，打道回府。"郑能谅将景区的地图揉成一团攥在手心，宣告征途结束。

"算你还有点人性，没狠到要把老娘热死才罢休。"秦允蓓这才笑着戴上草帽，从地上一跃而起，大摇大摆地朝山下走去。

"也不是怕你热死，"郑能谅把金飞祚从地上扶起，跟上去与她并肩而行，用手在她上身一比画，坏笑道，"主要是怕你这一身湿到透明的造型扰了佛门清净，对佛祖大不敬。"

"你个欠揍的……"秦允蓓抬腿欲踢，郑能谅早已笑着跑远了。

望着在崎岖山路上黯然游动的身影，感受着从脚底传来的丝丝震颤与隐隐酸痛，郑能谅的心情开始随着午后的日光悄悄下沉。半途而废让他感到一丝郁闷，渐渐发展成忧伤，每往山下前进一步，他就觉得离儿时的梦想又远了一光年。虽然此行始于他的提议，他也很想完成这旅程，但结局并非他一人所能决定的。这其中似乎包含了某种暗示，但他一时也想不明白。

夕阳滑向山脊，天与山的交界处泛起一片橘黄色的光。

"好美啊！"秦允蓓挽起郑能谅的胳膊，对金飞祚说，"可别白来一趟了，给我们合个影吧！"

"好嘞！"金飞祚抱起相机开始找角度。郑能谅也大方地带着秦允蓓来到路旁一棵老树前，面朝镜头一站，道："意境不错，就这儿了。"

秦允蓓回头上下打量那树，大惑不解："哪不错了？这就一棵老的枯树，什么意境？"

"拍出来就是一句古诗的写照啊，"郑能谅神秘地笑笑，"枯藤老树昏鸦。"

秦允蓓更糊涂了："怎么说？"

"在这张照片里，我是枯藤，老树是老树，昏鸦呢，不是我和老树。"

"讨厌！"秦允蓓刚挥手去打，金飞祚就咔嚓一按快门，但他的摄影技术很特别，拍出的照片上空无一人。

"你这拍的啥？"郑能谅问。

"看那，是谁？"金飞祚得意地指了指远处。

郑能谅和秦允蓓抬头一望，只见高高的山梁上聚起一团巨大的灰色云朵，俨然一尊佛祖侧身像：高高隆起的肉髻、微微前倾的额头、轻轻低垂的眼眸、合于心口的双掌，宝相庄严，栩栩如生。

"哇，太美了！"秦允蓓赞不绝口。

"这就是传说中的神迹吧？"郑能谅不禁肃然起敬。

被"神迹"吸引，游客们纷纷驻足留影，摆出各种造型，有的顶礼膜拜，有的拈花微笑，有的扮作哼哈二将，有的打出如来神掌，怪相百出。秦允蓓也心血来潮，非要做一个凌空跃起振臂高飞的姿势与佛祖合影，奈何金飞祚的手速斗不过地心引力，拍了十几次才定格下最美的一瞬，把她累得气喘吁吁："哎哟我的妈，早知道吊威亚了。"再一看照片上自己轻盈飘逸的风采，她又笑了："值！"

面对如此可遇不可求的奇景和美照，郑能谅当然不会错过。他倚着一座歪倒在路边的石碑，将手里那一团地图摊开对折，一边扇风一边欣赏一边酝酿。片刻后，皱巴巴的地图上出现一首《清平乐·凤舞九天》：

夕照点点
漫舞幽岭前
云海松涛醉谪仙
草色山光踏遍
倩影步步生莲
骚客个个辣眼
千道佛光飞悬
一凤直上九天

"乖乖,这是要把我吹上天啊!"秦允蓓一把抢过地图,喜形于色,"一言不合就飙诗词,这是要闹哪样?"

金飞祚笑道:"看来是隐藏技能被激活了。"

秦允蓓朝郑能谅挥了挥地图:"他以前也写,可这两天特别活跃。"

"那肯定是美景和美人的功劳咯,心花怒放,自然文思泉涌。"金飞祚指指半空中的"神迹",又指指她。

郑能谅微笑着,不置可否。这两天的点点滴滴带给他一些熟悉又亲切的感觉,又让他想起一些人和事,还似乎在他心底引起了某种微妙的反应,不过这一切只能放在心底。

告别了"神迹",三人照着地图走马观花地把沿途剩余几个景点转了一遍,似乎想寻找些什么,却一无所获,看上去就像一伙不得要领的盗墓贼。少林之行匆匆落幕,当他们又一次站在入口的牌楼下,回顾两天的行程,发现除了见识了几道惊心动魄的菜肴,邂逅了一幕"神迹"之外,并没有留下多少值得回味的东西。

忽然郑能谅一脸惊慌四处乱翻,原来钱包丢了。三人沿着来路找了半天,没有发现。秦允蓓叹了口气:"唉,这人来人往的,肯定找不到了。"

金飞祚拍拍口袋,安慰郑能谅:"没关系,破财消灾,钱我这还有,够我们再撑两天的。"

秦允蓓也劝:"是啊,丢了就丢了吧,反正你那钱包又破又旧,里面也没几个钱,对你来说本来就可有可无。"

对郑能谅而言,这钱包确实不值钱,却绝非可有可无,因为里边有一张无法用钱来衡量的照片,此刻不知落在谁的手中。天色越来越暗,他不得不放弃寻找,和同伴们坐上了前往火车站的大巴。

耳机里传出《布列瑟农》的前奏,充满忧凄与哀愁的旋律与郑能谅此刻的心境不谋而合,令他越发黯然神伤。照片遗失事件似乎是命运安排的一个隐喻,提醒着某种现实的不可能。他反复思考这个问题,以及与这个问题有关的一切人和事,心中蔓延起一股奇怪的情绪,脑海里随之跳出三三两两的字词。他从背包里取出日记本和笔,在空白页将它们整理成句:

　　山水相逢两相忘
　　日月同天不同光
　　踽踽独行的兵荒马乱
　　孤掌难鸣的地久天长
　　极致的幸福
　　只存在于寂寞的穹苍

"哇,又写诗!"秦允蓓好奇地凑了过去。

郑能谅飞快地合上本子塞进背包:"没。"

从他的语气中听出了倦意,秦允蓓知趣得点到为止。坐在郑能谅身旁的金飞祚也有些累了，便对她说："来，换个位置，我趴桌上睡一下，你坐过道这边，也免得再钻到窗外去找虐。"秦允蓓冲他做了个鬼脸，乖乖换了座位。不一会儿，金飞祚趴在桌上睡着了，秦允蓓这才小声地问郑能谅："你怎么了？没精打采的，也不休息一下，是不是哪里不舒服？"

"不是。"

"钱包丢了就丢了，我送你个新的。"

"不用。"

"是不是我偷看日记惹你不高兴了？"

"没有。"

"那别老是发呆嘛，发挥一下你的特长，损我两句呗。"她嘟着嘴，轻轻摇晃他的衣袖。

郑能谅转过脸来，取下耳塞，赔上一笑，满足了她的愿望："好啦，好啦，我可是不敢睡呀，怕你和上次从西都来的火车上一样，把干粮吃光光了，说不定啊，我的钱包就是被你偷偷吃掉了呢。"

秦允蓓脸一红，哼了一声，随手拿起桌上一张报纸翻看起来，不再搭腔。郑能谅轻轻拍了拍她的头，戴好耳塞，伴着纯净忧伤的歌声，继续发呆。不多时，她靠在他的肩膀上进入了梦乡。不经意的一瞥，他惊讶地发现，身旁睡着的人好像孟楚怜。顺滑的秀发、优雅的睫毛、齐整的眼角、粉嫩的鼻尖、玲珑的唇线、清浅的梨涡，每一个细节都如此相似，连发际淡淡的清香，也仿佛是那熟悉的味道。

他不知该如何解释这一切，也许她们用了相同的洗发水或沐浴露，也许是受了光线、睡姿或观察角度的影响，也许是他一直没有如此近距离仔细看过秦允蓓的脸而忽视了她与孟楚怜之间本来就存在的某些相似点,再或者是秦允蓓此刻的安静状态与平日里的性格和气质存在极大反差从而削弱了她的辨识度,还有可能是因为他这一路一直想着那张丢失的照片而出现了错觉。

尽管脑海里有个理性的声音一直在提醒郑能谅,这是秦允蓓,却已不重要。他轻轻低下头,在她那清亮的额角印了一个浅浅的吻。

在任何时候重温这个画面,郑能谅都无法回忆起当时自己的动机,也说不清出于怎样的情感。除去一切前因后果,那个吻就变得很空洞,既非承诺也非施舍,只是物理意义上的肌肤触碰,如同万有引力一般,自然而然。